JUSTICE DIVINE

DES MÊMES AUTEURS

SECRETS, Éditions du Rocher, 2012.
CELUI QUI N'ÉTAIT PAS UN MEURTRIER, sous le titre *DARK SECRETS*, Éditions Prisma, 2013 ; Babel noir n° 267.
LE DISCIPLE, Éditions Prisma, 2014 ; Babel noir n° 270.
LE TOMBEAU, Éditions Prisma, 2014 ; Babel noir n° 273.
LA FILLE MUETTE, Actes Sud, 2018 ; Babel noir n° 243.
RECALÉ, Actes Sud, 2019 ; Babel noir n° 281.
JUSTICE DIVINE, Actes Sud, 2021 ; Babel noir n° 299.
CE QU'ON A SEMÉ, Actes Sud, 2023.

Titre original :
En högre rättvisa
Éditeur original :
Norstedts, Stockholm

ISBN 978-2-330-18380-6

HJORTH & ROSENFELDT

JUSTICE DIVINE

roman traduit du suédois
par Rémi Cassaigne

BABEL NOIR

I

13 octobre

Je rêve de toi.
Presque toutes les nuits, depuis que j'ai commencé.
Qu'en penserais-tu si tu savais ?
De ce que je fais.
Sans doute du mal.
Tu me demanderais d'arrêter.
Tu étais une meilleure personne que moi.
Mais cette nuit-là, tu as supplié que je te sauve.
Que je vous sauve, tous les deux.
Je n'ai pas pu.
Même pas en rêve.
Alors je fais ce que je peux.
J'ai l'intention de recommencer.
Ce soir.
La cinquième.
Klara Wahlgren.

Avec octobre arriva l'hiver.

Le temps avait été étrange, cette année.

Le printemps n'avait pas pris véritablement son essor avant la fin mai. Il avait autant neigé sur les casquettes d'étudiants lors des festivités traditionnelles et très fréquentées de la Walpurgis que le lendemain sur les cortèges nettement plus clairsemés du 1er Mai. L'été s'était fait attendre jusqu'à fin juin, la température n'avait dépassé les 20 degrés que la semaine après la Saint-Jean mais, ensuite, la chaleur s'était maintenue jusqu'à la mi-septembre.

Ensuite, il n'y avait pour ainsi dire pas eu d'automne.

Et le 8 octobre ça avait recommencé. Les habitants d'Uppsala avaient découvert une fine couche de poudre blanche en remontant leurs stores ce matin-là. À peine quatre mois sans neige, voilà qui apportait bien sûr de l'eau au moulin des climatosceptiques.

"*On n'a pas l'impression que la terre se réchauffe, si vous voulez mon avis.*

— Personne ne te demande ton avis", aurait voulu dire Klara chaque fois qu'elle entendait cette rengaine et voyait le rictus satisfait qui l'accompagnait en général.

Le changement climatique était ô combien réel.

Trois ans de sciences environnementales à Lund et un master en développement durable à Uppsala en avaient convaincu Klara. Les résultats d'années de recherche à l'échelle mondiale étaient sans ambiguïté, quelle que soit la vue depuis la fenêtre de la cuisine en ce mois d'octobre.

Mais il faisait vraiment froid, songea-t-elle en boutonnant son manteau trop léger, alors qu'elle quittait le local de cours quelques minutes avant 9 heures du soir. Comme d'habitude, une fois le dernier élève parti, elle était restée pour tout ranger.

Tapisserie.

18 h 30-20 h 30 à partir du 15 septembre.

Neuf séances.

Ce soir, ils s'étaient vus pour la cinquième fois. Klara aimait observer les progrès de chacun. Elle adorait animer ses cours.

C'était la quatrième année.

Elle vérifia encore une fois que la porte s'était refermée derrière elle avant de commencer à descendre Östra Ågatan. Pas rapides dans le froid. Son téléphone sonna, elle le sortit et répondit avec un petit sourire étonné.

"Salut mon bonhomme, tu ne dors pas ?

— Tu rentres quand ?" La voix fatiguée de Victor. Elle l'imagina assis sur le canapé dans son pyjama Spiderman, les dents brossées, les cheveux ébouriffés, luttant pour garder les yeux ouverts.

"Là, je vais à la voiture, alors j'en ai pour un quart d'heure, vingt minutes. Tu voulais me dire quelque chose de particulier ?

— Mon bandage."

Son fils avait fait une course d'orientation à l'école la semaine dernière, avant la neige, il avait sauté sur un bout de ferraille qui traînait dans la forêt et s'était ouvert le talon. Cinq points de suture. Il fallait changer le bandage chaque soir.

"Papa ne peut pas s'en occuper ?

— Tu le fais mieux."

Klara soupira en silence. C'était toujours agréable d'être appréciée et réclamée, mais Zach et elle avaient partagé leur congé parental et il avait été au moins aussi présent qu'elle pendant toute l'enfance de Victor, parfois davantage, pourtant dès qu'il s'agissait de… pour à peu près tout en fait, Victor demandait maman. Elle voyait bien que Zach trouvait un peu pénible d'être toujours un second choix.

"Mais je ne suis pas à la maison et tu as besoin de dormir, tenta-t-elle tout en tournant dans Ångkvarnsgatan.

— Mais mon bandage, alors ?

— Laisse papa s'en occuper, va te coucher, et si tu es encore réveillé quand j'arrive et que ce n'est pas bien fait, je te le referai."

La proposition fut accueillie en silence, comme si le garçon de huit ans essayait de deviner s'il n'était pas en train de se faire rouler.

"On fait comme ça ? demanda Klara.

— D'accord…

— Bien. Bisous. À demain."

Elle raccrocha et remit le téléphone dans sa poche. Y laissa la main. Il faisait vraiment froid.

Avait-elle bien fait ?

Si elle trouvait Victor réveillé en arrivant à la maison, si elle lui changeait son bandage, n'était-ce pas une façon d'admettre que Zach ne faisait pas aussi bien qu'elle ? Aurait-elle dû être plus dure ? Lui dire que papa allait changer le bandage et qu'il allait se coucher, point final ?

Ne pas donner d'alternative.

Probablement.

Avec un peu de chance, Victor dormirait et elle éviterait ainsi le problème, se dit-elle en entrant dans le parking.

Il y avait six places dans la cour intérieure carrée. Deux étaient réservées au cercle d'études. Il ne restait plus que sa Polo bleue dans le coin du fond.

Klara s'arrêta.

Il faisait sombre.

Plus sombre que d'habitude.

Les bâtiments alentour n'étaient que des bureaux ou des locaux associatifs, pas éclairés à cette heure-ci. C'était comme d'habitude, mais aujourd'hui, les deux lampes extérieures de la façade n'étaient pas allumées. Klara ne savait pas où étaient leurs interrupteurs, mais se dit que quelqu'un avait dû les éteindre par erreur.

Elle constata que ce n'était pas le cas en s'approchant de sa voiture, à mesure que ses yeux s'habituaient lentement à l'obscurité. Sous l'armature de la lampe fixée au mur, près de sa voiture, elle trouva des éclats de verre.

L'ampoule était brisée.

Ou s'était-elle détachée toute seule et écrasée par terre ? Mais comme les deux lampes étaient cassées, quelqu'un s'était probablement amusé à les détruire. Klara avait beau se considérer comme encore jeune, elle se surprit à penser : *sûrement des jeunes*. C'était peut-être une forme de méthode Coué : considérer le vandalisme et autres comportements déviants comme l'apanage d'un certain manque de maturité. Tout autour d'elle dans la société, des signes indiquaient cependant de plus en plus clairement que ce n'était pas le cas.

Elle sortit ses clés de voiture de sa poche. La Polo cligna deux fois des phares et ses rétroviseurs prirent leur position avec un faible ronronnement. Elle allait poser la main sur la poignée sûrement glacée de la portière quand elle tendit l'oreille, saisie d'un frisson désagréable.

Des pas silencieux derrière elle.

Elle n'était pas seule.

Un bref instant, elle vit une ombre noire se refléter dans la vitre de la portière.

Déformée. Grande. Proche.

Sans réfléchir, elle fit un pas rapide de côté tout en se retournant. Au lieu de la serrer par-derrière, la silhouette noire atterrit à côté d'elle contre la voiture. Elle eut le temps de remarquer la capuche noire et le visage masqué avant que le bruit ne la surprenne, aigu et perçant.

Comme une alarme.

Klara mit une seconde à comprendre que c'était elle qui criait.

La silhouette en face d'elle parut avoir un mouvement de recul devant la force de sa voix. Cela donna du courage à Klara.

Il ne lui vint même pas à l'idée de tenter de s'enfuir, de partir en courant.

Elle allait se défendre.

À tout prix.

Un conseil qu'elle avait un jour entendu lui traversa l'esprit : lors d'une agression, il fallait opposer le plus de résistance possible, et c'est ce qu'elle fit. Elle frappa, se débattit. Fit des pieds et des mains. Cogna le corps de l'agresseur. Fort. Encore et encore. Avec une colère aveugle. Tout en continuant de crier.

Klara ne savait pas combien de temps s'était écoulé, quelques secondes probablement, même si cela lui semblait beaucoup plus long, quand elle vit l'assaillant reculer de quelques pas avant de quitter les lieux en courant, vers la sortie du parking puis à gauche dans Ångkvarnsgatan.

Klara resta là. Le souffle haletant, rauque. Elle eut le temps de se dire qu'elle avait dû se déchirer quelque chose dans la gorge à force de crier quand toutes ses forces l'abandonnèrent et qu'elle s'effondra à terre, sentant à peine le froid et l'humidité qui traversèrent aussitôt son pantalon. Sa respiration se transforma en un gémissement muet. L'œil vide, elle fixa le sol devant elle. Son regard tomba sur un petit objet oblong sur l'asphalte, juste à côté de la voiture.

Une seringue contenant un liquide.

On avait voulu l'endormir.

L'endormir et la violer.

Exactement comme Ida.

La brigade criminelle lui manquait-elle ?

Vanja se surprenait assez souvent à se poser la question. Comme à présent qu'elle se préparait une tasse de thé dans la cuisine du petit deux-pièces de Norbyvägen qu'un de ses collègues d'Uppsala lui sous-louait. Un an pour commencer, pendant qu'il participait à un programme de coopération européenne de lutte contre le trafic d'êtres humains à La Haye. Cinquante-deux mètres carrés où, à première vue, elle ne trouvait pas un seul meuble ou objet qu'elle aurait pu elle-même choisir pour aménager ou décorer l'appartement, à part peut-être le grand téléviseur plat 75 pouces qui occupait tout le mur en face d'un canapé en cuir noir fatigué. Mais si on louait meublé, il fallait se faire une raison. Vanja pourrait supporter ça un an. Si elle restait plus longtemps, elle trouverait autre chose. À elle.

La brigade criminelle lui manquait-elle ? songea-t-elle en sortant le sachet de thé du mug décoré d'un motif *Star Wars* pour le jeter dans l'évier.

Pas le département en tant que tel, ni le travail en lui-même. Ce qu'elle faisait à Uppsala était au moins aussi intéressant, mais ses collègues lui manquaient. Elle réalisait maintenant, quelques mois après les avoir quittés, qu'ils étaient plutôt des amis. Peut-être ses seuls amis.

À part Sebastian, alors.

Ce n'était pas un ami.

Elle ouvrit le réfrigérateur, versa du lait dans son mug et rejoignit le petit séjour où son ordinateur était ouvert sur la table Ikea en verre fumé.

Elle avait promis à Torkel de revenir.

Quand elle aurait mis un peu d'ordre dans tout ça.

À savoir ?

Elle n'avait toujours aucun contact avec Anna, sur ce point rien n'avait changé. Sa mère lui avait menti toute sa vie et, quand la vérité avait enfin éclaté au grand jour, elle avait à nouveau trahi Vanja en reprenant contact avec Sebastian dans son dos et, pire, en couchant avec lui.

Elle avait donné quelques nouvelles à Valdemar. De brèves conversations impersonnelles sur son déménagement, sa nouvelle ville, ses nouveaux collègues. Il n'était pas venu la voir. Il avait beau avoir quitté Anna pour reconstruire sa relation avec elle, l'avoir élevée comme un père, être celui qui lui était le plus proche et qu'elle aimait plus que personne, ils n'avaient pas réussi à se retrouver.

Elle en souffrait.

Elle enrageait.

Que Sebastian ait réussi à détruire une des rares choses vraiment importantes dans sa vie. Peut-être Valdemar et elle parviendraient-ils à renouer des liens dans leurs nouveaux rôles, mais l'enquête pour malversations financières dont il faisait l'objet et sa récente tentative de suicide leur barraient encore la route, elle en prenait conscience.

C'était une tambouille.

Sa vie.

Loin, très loin d'être en ordre.

La seule chose qui était bien au fond, c'était sa relation avec Jonathan. Mais elle n'en était que meilleure. Ces vacances commençant à Copenhague qui les avaient conduits dans cinq pays d'Europe étaient exactement ce qu'elle espérait. L'inquiétude qu'il éprouvait qu'elle ait besoin de quelqu'un mais pas forcément de lui n'avait pas tardé à se montrer sans fondement. Après l'été, il avait parlé de leur avenir commun comme de la chose la plus évidente du monde.

Il n'avait pas adoré la voir déménager à Uppsala, mais ce n'était qu'à quarante minutes de train et Vanja rentrait à Stockholm aussi souvent qu'elle pouvait. Elle habitait alors chez lui, ayant sous-loué son appartement de Sandhamnsgatan.

Tout allait donc bien avec Jonathan. Quant à Sebastian, elle ne l'avait pas revu depuis qu'il l'avait laissée dans le garage souterrain du Waterfront, plus de trois mois auparavant. Elle savait qu'il s'était blessé lors de sa course folle avec une bombe dans la voiture, quelques côtes et un bras cassé, lui avait dit Ursula, mais elle n'en savait pas plus.

Elle ne voulait pas en savoir plus.

Moins Sebastian prenait de place dans sa vie, mieux elle se portait. Elle était sûre que c'était là une règle universelle.

Elle cessa donc de penser à lui, s'installa dans le canapé et revint au procès-verbal de la plainte déposée par Therese Andersson, tout en prenant une petite gorgée de thé brûlant.

> La plaignante quitte une fête au 23 Molngatan un peu avant une heure et demi du matin le 4 octobre et a décider de rentrer à pieds chez elle où elle habite dans Almqvistgatan, à quelques kilomètres seulement. Elle a prit le raccourci par la place Liljefors et en passant au niveau du lycée Liljefors elle a entendu des pas s'approché et quelqu'un l'a prise par derrière et elle a sentie une piqure au cou.

Vanja savait qu'elle ne pouvait s'attendre à ce que toutes les dépositions soient rédigées dans une langue parfaite, elle était même à peu près certaine qu'elles ne l'étaient pas pour la plupart, mais celle-ci était vraiment une épreuve. Elle jeta un œil sur son auteur : aspirant Oscar Appelgren. Encore en formation, donc, mais comme il n'y avait pas de cours de suédois à l'École de police, ses chances de s'améliorer étaient faibles. Elle inspira à fond et reprit sa lecture.

> Après, elle ne se souvient de rien avant de se réveillé par terre entre des buissons à côté de l'allée. Sa robe était pour ainsi dire relevé, ses collants déchirer et la plaignante a une sorte de sac sur la tête. La plaignante se lève et rejoint Vaksalagatan où elle appelle à l'aide. Il est alors environ deux heures et demie.
>
> La police est appelé à l'hôpital et un examen médicale montre un saignement du vagin suite à pénétrassion et des traces de sperme. Une analise de sang montre des traces de Flunitrazepam Mylan dans le sang.

Vanja referma cette orgie syntaxique et phonétique, prit son thé et se cala au fond du canapé.

Agression complète avec viol.

Elles ne constituaient qu'une petite proportion des viols signalés tous les ans. Le plus souvent, leur auteur était connu de la victime, et l'agression avait lieu au domicile de l'un des deux, mais ces affaires trouvaient un grand retentissement médiatique, si bien qu'on pouvait être porté à les penser plus fréquentes qu'elles ne l'étaient en réalité. Pour le moment, on avait assez peu écrit au sujet de ce qui était arrivé à Therese. Mais ça prendrait de l'ampleur si quelqu'un commençait à s'y intéresser sérieusement.

Car elle n'était pas la première.

Vanja se pencha à nouveau en avant, posa son mug et prit le rapport de l'institut médicolégal.

Il était assez maigre.

Sous les buissons, l'empreinte d'une chaussure de gymnastique de marque Vans, modèle UA-SK8-Hi MTE, et l'ADN tiré du sperme, mais qui n'est dans aucun fichier. En revanche, cette agression correspondait en tout point à un viol perpétré à peine un mois plus tôt.

Ida Riitala, trente-quatre ans.

Agressée au Vieux Cimetière le 18 septembre.

Même ville, même mode opératoire.

Un agresseur qui se faufile par-derrière, injecte un somnifère, enfile un sac de jute sur la tête de sa victime et la viole pendant qu'elle est inconsciente.

Le téléphone de Vanja sonna. Elle jeta un œil à l'écran.

Sa nouvelle cheffe. Anne-Lie Ulander.

Bientôt neuf heures et demie du soir. Ça voulait dire : davantage de travail. Vanja décrocha.

"Anne-Lie ?"

La conversation dura à peine trente secondes, puis Vanja referma son ordinateur portable, se leva et quitta l'appartement. S'il restait quelques doutes sur le fait qu'il s'agissait d'un violeur en série, ils étaient à présent balayés.

Ils avaient une troisième victime.

Klara était blottie sur le canapé. Malgré trois couches de vêtements et une couverture, elle gelait. Ça semblait ne jamais devoir cesser. À croire que le froid de cette sombre arrière-cour l'avait suivie chez elle comme une deuxième peau. Elle serrait à deux mains sa tasse de tisane en regardant la femme assise avec son carnet à l'autre bout du canapé, légèrement penchée en avant.

Anne-Lie Ulander. La commissaire.

Klara trouvait qu'elle ressemblait davantage à une avocate à succès dans une série télévisée américaine, avec sa robe rouge simple et bien taillée, sûrement très chère, et ses cheveux sombres qui tombaient sur l'épaule dans une coiffure qui semblait routinière et sans apprêt, mais que Klara soupçonnait de n'être ni l'un ni l'autre.

"Des vêtements noirs, une capuche rabattue et le visage couvert. Vous rappelez-vous autre chose ?"

Klara croisa le regard compatissant d'Anne-Lie et secoua la tête.

"Avez-vous une idée de sa taille ?"

Klara réfléchit un instant. Si elle était certaine de ne jamais oublier ce qui était arrivé, sûre que c'était pour toujours gravé en elle, ses souvenirs étaient étonnamment indistincts et incohérents. Comme si son cerveau essayait de la protéger en l'empêchant de trop bien se souvenir.

"Je ne sais pas. Plus grand que moi.

— Et combien faites-vous ?

— Un mètre soixante-neuf."

Anne-Lie nota cette dernière indication dans la maigre déposition de Klara sur le déroulement des faits dans cette cour. Dès que Vanja serait là, elle se rendrait sur le lieu de l'agression. Carlos était déjà sur place et il était bon, mais ils ne pouvaient pas se permettre la moindre erreur. Trois agressions en un mois. Un homme très dangereux se promenait dans les rues de sa ville.

"Il s'est réveillé quand je suis arrivée à la maison", dit tout bas Klara. Anne-Lie leva les yeux de son carnet et suivit le regard de Klara vers la cuisine où un homme était assis, un petit garçon en pyjama Spiderman sur les genoux. À voix basse, l'homme faisait la lecture au garçon qui luttait visiblement pour rester éveillé, tout en levant parfois des yeux inquiets vers Klara. "Il s'était endormi, mais il a dû nous entendre, entendre que quelque chose n'allait pas…

— Voulez-vous que je lui parle ?"

Klara lâcha son mari et son fils des yeux et interrogea Anne-Lie du regard.

"Et pour lui dire quoi ?

— Quel âge a-t-il ?

— Huit ans.

— Je peux lui dire que je vous parle parce que vous avez vu quelque chose, pas parce qu'il vous est arrivé quelque chose. Dédramatiser tout ça.

— Zach l'a déjà fait. Il a dit qu'il y avait des adultes pas gentils qui se battaient devant l'école et que j'avais eu un peu peur…"

Elle s'interrompit quand elle entendit la porte de l'appartement s'ouvrir, son corps se figea. Anne-Lie s'en rendit compte et posa sur son bras une main rassurante.

"C'est ma collègue", expliqua-t-elle. Klara se tourna vers la porte du séjour et suivit des yeux la jeune femme qui entra et se présenta comme Vanja Lithner.

"Klara Wahlgren", parvint à croasser Klara. Elle avait mal à la gorge. Ça ne faisait qu'empirer. Elle devait s'être abîmé quelque chose. Elle aurait peut-être mieux fait d'aller à l'hôpital. Elle n'y était pas allée. Tout à l'heure. Après. Puisqu'il ne s'était rien passé.

Ou en tout cas pas ce qui aurait pu se passer.

Elle frissonna à nouveau. But une gorgée d'infusion. La boisson chaude ne parvenait ni à adoucir la douleur dans sa gorge, ni à la réchauffer, mais elle la buvait malgré tout. De la camomille dans son mug *Meilleure Maman du Monde*, assise dans son canapé, de retour de son cours.

C'était normal.

C'était rassurant.

La nouvelle policière ôta son manteau et s'assit tout en lui demandant comment elle se sentait. Klara haussa les épaules. Comment se sentait-elle ? Elle ne savait pas. Ses pensées partaient en vrille. Elle se sentait épuisée, à présent que l'adrénaline était retombée, et pourtant elle avait l'impression que son corps tournait à plein régime.

Anne-Lie se leva et passa ses notes à Vanja.

"Il faut que je me rende sur les lieux de l'agression, mais Vanja prend le relais." Elle sortit une carte de visite.

La posa sur la table basse. “Si vous avez besoin d’aide, de poser une question, d’accéder à des soins, n’importe quoi, appelez-moi.

— Merci.”

Anne-Lie posa en coup de vent une main sur l’épaule de Klara et, avec un “à plus” à Vanja, elle quitta la pièce et l’appartement. Klara la regarda partir. Une photo était encadrée au mur à côté de la porte conduisant à l’entrée. Zach, Victor et elle. L’année précédente en Crète. Ils avaient découvert un petit village sur la côte sud, Loutro. Pas de route, on y accédait en bateau. Une cinquantaine de maisons dispersées en demi-cercle autour de l’eau claire de la baie. De petits restaurants et un hôtel, pas grand-chose à faire à part se baigner, bronzer et se reposer.

Les vacances parfaites.

La vie parfaite.

Revivrait-elle jamais ça ?

Sous le cadre, un fauteuil qu’elle avait retapissé. Elle contemplait son tissu à fleurs quand une idée lui vint. Elle y avait pensé, par terre, puis ça s’était envolé.

“Est-ce que c’est celui qui a agressé Ida ?”

Vanja leva les yeux de son carnet, étonnée.

“Ida Riitala ?”

Klara hocha la tête.

“C’est lui ?

— Vous la connaissez ?” demanda Vanja au lieu de répondre, immédiatement intéressée. Le fait que les deux victimes se connaissent pouvait, dans le meilleur des cas, limiter et resserrer l’enquête. En même temps, ça ne voulait pas forcément dire quelque chose. Ça pouvait être un pur hasard. Mais si on avait cassé les lampes de la façade pour l'attendre, elle ? Sauf qu'ils ne savaient pas si c'était l'agresseur qui avait plongé les lieux dans le noir. Peut-être avait-il juste aperçu Klara sortir du cercle d'études, il l'avait alors suivie, vue entrer dans une cour sombre et déserte et profité de l'occasion.

Mais Klara connaissait Ida Riitala.

"Comment la connaissez-vous ?

— Nous chantions dans la même chorale autrefois. Nous sommes amies." Elle se tut, mais elle semblait avoir autre chose sur le cœur. Vanja attendit. "Sur Facebook en tout cas, reprit Klara, après avoir réfléchi à leur relation. Nous ne nous voyons pas très souvent...

— Therese Andersson, vous la connaissez, elle aussi ? demanda Vanja.

— Non, qui est-ce ?

— Elle a à peu près le même âge que vous, elle est consultante en hygiène de vie, vit dans Almqvistgatan en couple avec Milan Pavic."

Klara secoua la tête.

"J'ai une photo d'elle."

Vanja avait l'habitude de garder sur son téléphone les photos des personnes figurant dans ses enquêtes. Elle savait que ce n'était pas très conforme aux lois et règlements sur la conservation des données personnelles, mais c'était commode, ça l'aidait dans son travail, aussi ne s'en était-elle jamais inquiétée outre mesure.

Elle alla chercher une photo de Therese qu'elle présenta à Klara qui, après y avoir jeté un rapide coup d'œil, secoua de nouveau la tête.

"Est-ce que c'est pour ça que vous êtes venues à deux ?" Elle indiqua d'un signe de tête la place qu'Anne-Lie avait occupée sur le canapé. Je m'attendais à un policier… ordinaire, vous savez, et encore. On entend toujours dire que vous manquez de temps et de ressources pour mener des enquêtes."

Vanja lutta pour étouffer un grand soupir. Elle était fatiguée de voir la confiance en la police s'amoindrir d'année en année, et cette image d'organe sans ressources, inefficace et parfois incompétent se répandre au sein de la population. Même si cela correspondait parfois hélas à la réalité.

"Les crimes violents sont la priorité, mais oui, nous sommes là parce que nous pensons que la personne qui vous a agressée pourrait avoir attaqué d'autres femmes, ici, à Uppsala.

— Comme l'homme de Haga ?"

Cette fois, Vanja ne put retenir un soupir. Elle y avait elle aussi pensé après l'appel d'Anne-Lie.

L'homme de Haga, condamné pour deux tentatives de meurtre, quatre viols dont deux aggravés, et deux tentatives de viol, mais soupçonné d'autres agressions à Umeå entre 1998 et 2005. Sept ans avant qu'on l'arrête. Trop de temps.

Trop de victimes.

Trop de souffrance.

Trop de peur.

"Nous allons l'arrêter bien avant qu'il ressemble à l'homme de Haga." Vanja n'en doutait pas. Klara ne sembla pas réagir, mais porta à nouveau son regard vers la cuisine. Vers sa famille.

"On a bientôt fini ? demanda-t-elle. Il est tard…

— Oui, si vous ne vous souvenez de rien de plus ?

— Non.

— Si c'était le cas, ne manquez pas de nous appeler", dit Vanja en se levant pour récupérer son manteau.

Klara se leva elle aussi, mais ne fit pas mine de raccompagner Vanja. Elle gagna la cuisine et prit dans ses bras son fils à moitié endormi. Il passa les bras autour de son cou et enfouit son nez dans ses cheveux. Zach se leva, une main légèrement posée sur son dos, et ils se dirigèrent vers la chambre.

La petite famille.

Klara se demanda si elle se sentirait un jour à nouveau fatiguée.

Oserait fermer les yeux. Oserait se détendre.

Pour le moment, cela lui semblait impossible.

Carlos Rojas grelottait en piétinant devant les rubalises, tandis que les techniciens de la police scientifique inspectaient soigneusement les alentours de la seule voiture garée sur le parking. Il s'était bien couvert quand il avait reçu l'appel : bonnet, gants, écharpe, plusieurs couches de vêtements sous son manteau, il était même allé au grenier chercher des chaussures plus épaisses.

Et pourtant il avait froid.

Ceux qui entendaient son nom et voyaient ses cheveux et son teint sombres pensaient que c'était parce qu'il était espagnol, pas habitué au climat nordique. Faux : il avait vécu toute sa vie en Suède. Sa mère avait rencontré son père en vacances à Málaga trente-deux ans auparavant, et il était venu s'installer avec elle en Suède, à Varberg, où ils avaient eu Carlos et ses deux sœurs. Ce n'était donc pas une enfance sous le soleil d'Espagne qui le rendait mal équipé pour le froid. C'était comme ça, voilà tout.

Pas seulement l'hiver.

Il avait toujours froid.

Il frappa plusieurs fois ses mains gantées l'une contre l'autre et sautilla sur place. Ça ne faisait aucune différence.

Carlos sut qu'Anne-Lie arrivait avant même de la voir. Depuis six ans qu'il travaillait sous ses ordres, il avait appris à reconnaître le bruit de ses pas : toujours des chaussures ou des bottes à talons.

Toujours bien habillée.

Simple, classique, cher.

Ses vêtements étaient le signe d'une évidente autorité.

Ce soir ne faisait pas exception. Bottes noires montant jusqu'au genou, robe rouge qu'on devinait sous le manteau noir à double boutonnage de chez Hope, cache-cou en laine d'agneau multicolore. C'était un centre d'intérêt qu'ils partageaient. La mode. Carlos ne comprenait pas les gens qui s'en fichaient. Ce qu'on portait en disait plus long qu'on ne le pensait. Ou qu'on ne voulait l'admettre. Ça n'avait rien à voir avec l'argent. Le style n'était pas forcément coûteux. On l'avait ou on ne l'avait pas. Par exemple, sa nouvelle collègue, Vanja Lithner : bonne policière, rien à redire sur la personne, même si elle n'était pas surdouée pour les relations sociales, mais ça sautait aux yeux : elle ne consacrait pas trois minutes par semaine à se demander quels vêtements acheter ou comment s'habiller.

"Tu as froid ? demanda Anne-Lie en le rejoignant quand elle vit ses épaules crispées.

— À ton avis ?

— Je crois que l'hiver va être rude pour toi, on n'est encore qu'en octobre." Elle lui adressa un petit sourire avant de se tourner vers la scène de crime dans la cour d'immeuble. "Qu'est-ce qu'on a, jusqu'ici ?

— Des empreintes de chaussures, ça a l'air d'être la même marque et la même taille qu'aux autres endroits, mais il a perdu sa seringue cette fois-ci.

— Est-ce qu'on peut trouver d'où elle vient ?

— On verra bien.

— A-t-on trouvé un sac ?”

Carlos secoua la tête. Anne-Lie se retourna et regarda vers la rue dans les deux directions.

“Des caméras de surveillance ?

— Aucune dans la rue à ce niveau, mais il y en a une dans Östra Ågatan. J'ai demandé à avoir tous les enregistrements à partir de 20 h 30.

— Bien.

— Autre chose…

— Oui ?

— Les lampes sur la façade. J'ai appelé ceux qui louent des places dans ce parking.” Il désigna la cour intérieure illuminée par les techniciens de la police scientifique. “Un certain Fredrik Filipsson est venu chercher sa voiture juste après 20 heures et il affirme qu'elles étaient alors toutes les deux allumées.

— Donc il l'attendait.

— On dirait bien.

— Parce qu'il la connaissait.

— Il peut l'avoir suivie un certain temps. Elle se gare là tous les jeudis, revient toujours à peu près à la même heure. Exactement comme Ida Riitala qui coupait toujours par le cimetière après son footing.”

Anne-Lie soupira à nouveau. Se détourna de Carlos pour regarder vers le Fyrisån et le stade universitaire, de l'autre côté de la rivière sombre et glacée. Elle aimait son travail. Sous tous ses aspects. Mais ça, elle n'en voulait pas. Il fallait résoudre cette affaire. Vite. Elle aurait voulu soumettre à un test ADN tous les habitants d'Uppsala de plus de quinze ans.

“Trois agressions en moins d'un mois.”

C'était une constatation, mais Carlos répondit pourtant.

"Oui.

— Il ne va pas s'arrêter.

— Non.

— Les femmes vont avoir peur de sortir.

— Encore plus peur."

Anne-Lie hocha la tête. C'était la réalité, un vrai problème social. Les femmes avaient peur de sortir seules. Dans toutes les villes, partout. Selon une enquête récente, plus d'une femme sur cinq avait au moins une fois renoncé à quitter son domicile par peur. La liberté de mouvement des femmes était réduite, leurs possibilités limitées. Et c'était en situation "normale".

Sans violeur en série rôdant en liberté.

"Il faut mettre le paquet, dit-elle en se tournant à nouveau vers Carlos.

— Tu veux des renforts ?

— Je veux des renforts."

Sur ce, elle s'en alla. Carlos entendit s'éloigner le claquement de ses talons après l'avoir perdue de vue. Il ne savait pas ce qu'elle voulait dire par "des renforts", mais était sûr qu'il n'allait pas tarder à le savoir.

Si Anne-Lie l'avait décidé, il en irait ainsi.

"Tu as bientôt fini ?"

Billy entendit sans l'enregistrer la question provenant de l'autre côté de la porte de la salle de bains. Il essuya le miroir embué, se pencha au-dessus du lavabo et observa son visage.

Comme il l'avait fait ce jour-là.

Ce matin de juin. Quand il s'était réveillé avec une énorme gueule de bois sur le canapé. Ça semblait faire une éternité. Le même visage, un autre miroir.

Chez elle. Chez Jennifer.

Avant qu'il se souvienne…

L'eau coulait de ses cheveux humides, s'arrêtait sur ses sourcils avant de goutter sur ses joues. Il croisa son propre regard. Se regarda au fond des yeux. Le miroir de l'âme, à en croire l'expression poétique consacrée. Mais alors ses yeux auraient dû le trahir, ce qui n'était visiblement pas le cas. Les siens étaient doux, à ce qu'il semblait. My avait l'habitude de le dire. *"Tu as des yeux doux."* Ils ne disaient rien du désir noir lové comme un serpent affamé dans son ventre. Rien des idées de domination et de contrôle qui l'habitaient depuis un moment mais qu'il avait réussi à refouler. Après ce qui s'était passé avec Jennifer. Il n'avait pas pour habitude de se livrer à de profondes considérations philosophiques mais, ces derniers temps, comment ne pas se demander qui il était vraiment.

Qui était-il devenu ? Qu'était-il devenu ?

Le squash, qui d'habitude le fatiguait bien, l'avait ce soir déstabilisé. Non pas le match en lui-même, mais ce qui s'était passé après. Au vestiaire. Son collègue, qui venait de gagner en trois sets (11-8, 11-8, 12-10), était sorti de la douche et venu s'asseoir à côté de lui sur le banc, la serviette toujours attachée autour de la taille, les cheveux mouillés. Billy avait décidé de prendre sa douche chez lui. Il était plus furieux de sa défaite qu'il ne voulait l'admettre. En trois sets, putain, ça ne lui était pas arrivé depuis des années. Il était en train de tomber malade ou quoi ?

"Tu connais Jennifer, hein ? Holmgren", avait dit son collègue tout en cherchant son déodorant au fond de son sac de sport. Billy s'était figé, toutes pensées concernant le match balayées. C'était un terrain miné. Que s'était-il passé ?

"Oui, on a travaillé quelques fois ensemble. Pourquoi ?"

Ce qui était la vérité, mais pas toute la vérité. Loin de là. Ils avaient aussi couché quelques fois ensemble. Plus que travaillé. Et la dernière fois, ça avait tourné à la catastrophe.

"Tu as su ce qui lui était arrivé ?

— Non, quoi ?"

On frappa à la porte, qui s'ouvrit aussitôt. Ils ne fermaient jamais. My trouvait ça inutile : puisqu'ils n'étaient que deux dans l'appartement, ils savaient si c'était occupé ou non. Billy sursauta devant le miroir, comme si elle l'avait surpris à faire quelque chose qu'il n'aurait pas dû. Ce qui n'était pas loin de la vérité.

"Qu'est-ce que tu fabriques, là-dedans ?

— Rien.

— Il faut que je me brosse les dents, je voudrais me coucher."

My entra dans la salle de bains, prit sa brosse électrique et déposa du dentifrice sur sa tête ronde.

"Tu as vu le lien que je t'ai envoyé ?"

Elle le poussa pour accéder au lavabo, ouvrit le robinet pour mouiller la brosse. Billy ramena d'urgence ses pensées au présent. Se força à paraître concerné, intéressé.

"Oui, bien sûr. Lequel ?

— Je n'en ai envoyé qu'un aujourd'hui. Töreboda." Elle avait l'air d'être chez le dentiste quand elle essayait de garder la mousse de dentifrice dans la bouche tout en parlant. "La maison blanche en bois avec terrain en bord de lac."

Billy hocha la tête comme s'il s'en rappelait, à présent qu'elle en parlait. Elle avait peut-être envoyé un lien aujourd'hui, mais la vérité était qu'il n'ouvrait plus ce qu'elle lui envoyait. Elle allait de toute façon prévoir un itinéraire pour un futur week-end qu'ils consacreraient à visiter un certain nombre de maisons, et celle qu'elle choisirait, ils l'achèteraient. Il prendrait l'air intéressé.

Il parlerait rénovation et comment utiliser le terrain.

Il l'accompagnerait à la banque pour s'assurer qu'on leur accorderait un prêt.

Il acquiescerait en souriant quand elle dirait combien leurs futurs enfants adoreraient venir passer l'été là.

Il aurait vraiment voulu qu'il en aille ainsi.

Qu'ils aient un avenir ensemble. Il l'aimait. Il s'était vraiment donné du mal, ces derniers mois. Pour tout laisser derrière lui. Pour redevenir ce qu'il avait été. Celui qui lui plaisait. Le gars simple, gentil, pas compliqué.

My voulait une maison de vacances et, d'habitude, elle obtenait ce qu'elle voulait. Ils s'étaient rencontrés lors d'une fête de la Saint-Jean un peu plus d'un an plus tôt. En octobre, elle avait estimé qu'ils devaient s'installer ensemble et en mai, onze mois après leur rencontre, ils s'étaient mariés.

En juin il l'avait trompée.

Avec Jennifer.

Jennifer qui savait.

Que quelque chose s'était produit en lui quand il avait été forcé d'abattre Edward Hinde pour sauver Vanja et Charles Cederkvist, pour se sauver lui-même. Il avait joui de ce sentiment enivrant. Le pouvoir de décider de la vie et de la mort.

Jennifer qui comprenait.

Qui l'avait aidé. En lui permettant de réaliser ses fantasmes de contrôle, de supériorité, de domination associée au sexe et à la jouissance physique. Jennifer qui maintenait le serpent rassasié et assurait son équilibre.

Jusqu'à ce qu'il soit saoul.

Jusqu'à ce que ça tourne à la catastrophe.

Il s'aperçut qu'il n'avait rien dit. À propos de la maison blanche en bois à Töreboda. My cracha dans le lavabo et le regarda gravement.

“Qu'est-ce qu'il y a ?

— Rien.

— Tu es sûr ? Tu n'as pas l'air dans ton assiette depuis que tu es rentré de ton entraînement."

Elle l'avait remarqué, évidemment. C'était son boulot. Lire les gens, les interpréter et les aider à atteindre tout leur potentiel. Elle était bonne. Bonne pour lui. Il aurait voulu ne pas lui mentir. Mais elle n'avait pas besoin de tout savoir. Une demi-vérité n'était pas un mensonge.

"Tu te souviens de Jennifer ? Avec qui j'ai travaillé quelques fois..."

Bien sûr qu'elle s'en souvenait, il avait pas mal parlé d'elle à la maison, et My savait qu'ils se voyaient aussi hors du travail.

"Oui, qu'est-ce qui lui arrive ? dit-elle logiquement.

— On pense qu'elle s'est noyée.

— Quoi ?

— En France. Un accident de plongée, tu sais, elle pratiquait les sports extrêmes.

— Mon Dieu, c'est horrible ! fit My en glissant contre lui pour le serrer fort dans ses bras. Je suis tellement désolée. Je sais que tu l'aimais bien.

— Oui, oui, c'est vrai..."

Ils restèrent ainsi en silence, puis My relâcha son étreinte et le regarda dans les yeux.

"Mais on *pense* seulement qu'elle s'est noyée ? On ne l'a pas retrouvée ?

— Non, mais on a retrouvé ses vêtements près d'une enfilade de grottes. Ça dépend bien sûr de ce qui s'est passé, je suppose, mais s'il y avait du courant, alors..."

My poussa un profond soupir, tendit le cou et lui posa un léger baiser sur la bouche.

"Pauvre..."

Billy ne savait pas trop si elle parlait de Jennifer ou de lui quand elle le prit à nouveau dans ses bras pour le consoler. Elle ne connaîtrait jamais la vérité et, si horrible que cela paraisse, avec la mort de Jennifer en France, il pourrait laisser toute cette histoire derrière lui. Commencer à se persuader que ça n'avait jamais eu lieu. Recommencer, et bien faire.

Il n'était pas trop tard.

Sala.

Il y avait, en tout cas il y avait eu, une mine d'argent dans ce trou.

C'était tout ce que Sebastian savait de la localité où il se trouvait. Cela, et l'existence d'un hôtel deux étoiles à cinq kilomètres du centre-ville, dans un grand bâtiment gris-beige de quatre étages qui ne faisait même pas l'effort d'avoir l'air accueillant, ni à l'extérieur, ni à l'intérieur. Sa chambre faisait probablement quelques mètres carrés de trop pour être qualifiée de cagibi. Quatre murs badigeonnés d'un jaune nicotine qui ne réussissait qu'à leur donner l'air sale, avec pour seule décoration une pauvre reproduction de Carl Larsson mal encadrée. Un tabouret tenant lieu de table de nuit à une extrémité du lit étroit. Un petit poste de télévision trapu posé sur une étagère d'angle à son pied. Aucune tentative de cacher les câbles, ni ceux du téléviseur, ni ceux des deux lampes de la chambre, et une salle de bains où Sebastian parvenait avec une certaine difficulté à se retourner sans se cogner aux murs. Bien sûr, c'était dur de tenir une librairie ces temps-ci, mais de là à tomber si bas… Mais il fallait se battre et être positif, avait dit la libraire quand les difficultés du livre physique avaient été abordées au cours de la visite de Sebastian.

Se battre et être positif.

Sebastian, lui, avait accepté la situation.

Peut-être même s'était-il fait une raison, mais de là à être positif, putain non.

Il ne faisait plus partie de la brigade criminelle. Torkel avait fini par en avoir assez. Ou plutôt : Vanja en avait eu assez de lui, et Torkel avait été obligé de choisir. Il avait choisi Vanja. Pas étonnant, Sebastian aurait fait la même chose à sa place. Ce qui était étonnant, c'était qu'on l'ait gardé un an et demi. Disons qu'il ne s'était pas vraiment donné du mal pour être l'employé du mois.

Vanja. Sa fille.

Il ne l'avait pas vue depuis juin.

Il se souvenait de ce qu'il avait ressenti en la laissant dans le garage sous le Waterfront tandis qu'il partait avec la bombe dans la voiture : il s'était dit qu'il la voyait pour la dernière fois.

Qu'elle allait disparaître de sa vie.

Pour toujours.

C'était manifestement ce qui était en train de se passer. Longtemps, il avait espéré qu'elle passerait prendre de ses nouvelles, mais elle n'était jamais venue. Il était clair qu'elle ne voulait plus avoir le moindre contact avec lui.

C'était sa faute à lui. Bien sûr.

Comme toujours.

Il avait eu tellement de chances avec elle, et n'en avait saisi aucune.

Il était bien conscient d'avoir toujours fait les mauvais choix, de s'être détruit lui-même. Mais chaque fois qu'il éprouvait quelque chose qui pouvait ressembler au bonheur ou même à la sérénité, la culpabilité l'assaillait.

Il l'avait lâchée.

Son autre fille.

Il tenait sa petite main, mais il avait laissé le tsunami l'emporter.

Il ne méritait pas ça.

Il avait tort, il le savait. Mais savoir qu'on avait tort et faire quelque chose pour y remédier étaient deux choses différentes. Alors il avait continué.

Il n'avait pas du tout participé à la suite du travail sur leur dernière enquête, sur le Tueur de la Téléréalité, David Lagergren, l'homme qui avait tué pour créer un mouvement d'opinion contre la bêtise et l'infantilisation de la société, mais qui avait fini terroriste. Son procès avait eu lieu en septembre et, sans surprise, Lagergren avait été condamné à la perpétuité. Sebastian se doutait qu'il n'était pas près de voir sa peine aménagée.

La seule chose positive dans l'affaire Lagergren était qu'il apparaissait clairement dans les rapports que Sebastian avait joué un rôle important dans l'enquête, dans la traque et dans son arrestation. Sa spectaculaire course folle en voiture qui s'était achevée par une explosion dans la baie de Riddarfjärden n'avait rien gâché non plus. Ça avait fait les choux gras de quelques plateaux télé et émissions d'information au milieu d'un été plutôt pauvre en sensations.

Son ancienne maison d'édition l'avait contacté en août. Les livres de Sebastian sur Edward Hinde avaient suscité un certain intérêt : que dirait-il d'en écrire un autre ? Sur Lagergren, peut-être ? Sebastian avait aimablement mais fermement décliné la proposition. Il ne voulait pas contribuer à attirer davantage l'attention sur cet homme, quand il y en avait d'autres qui l'intéressaient davantage.

Ralph Svensson, par exemple.

L'homme qui avait tué quatre femmes sur ordre de Hinde.

Des femmes avec lesquelles Sebastian avait eu une relation sexuelle, souvent très courte.

Il avait en outre tué le vieil ami et collègue de Sebastian, Trolle Hermansson.

L'éditeur avait adoré l'idée. Une suite naturelle de ses précédents livres, avec en plus une implication de sa part qui rendrait le livre plus personnel et généreux. Sebastian n'avait pas l'intention de l'écrire ni personnel ni généreux, mais il avait touché l'avance et s'était mis au travail. Il passait ses journées chez lui, dans son bureau resté tant d'années inoccupé. Longtemps, il n'avait utilisé que la chambre d'amis, la cuisine et la salle de bains de l'appartement. Les autres pièces étaient trop associées à d'autres temps.

Des temps plus heureux.

Le temps heureux.

Le seul dont il puisse se souvenir.

Celui avec Lily et sa fille. Ils n'avaient pas habité là particulièrement longtemps, ils avaient déménagé à Cologne après leur mariage, mais ils y avaient été ensemble, tous les trois. Sabine avait une chambre à elle. Vanja y avait elle aussi dormi quelques nuits.

À l'époque, quand elle ne le haïssait pas.

Avant qu'il ne détruise tout.

Le Disciple, ce serait le titre du livre. Avec pour sous-titre : *L'héritage d'Edward Hinde*. Jusqu'à présent, il s'était surtout occupé des recherches et préparé à la première interview de Ralph, la semaine prochaine

Il avait à faire.

Sebastian jeta un œil à l'ordinateur posé sur le lit, mais repoussa l'idée. Exactement ce qu'il aurait dû faire quand l'éditeur lui avait proposé ce plan de petite tournée de conférences et signatures. Six endroits dans tout le pays, sur quinze jours. Ça devait correspondre avec la sortie de ses anciens livres en édition de poche limitée.

Il avait accepté.

Voilà pourquoi il se retrouvait dans cette chambre d'hôtel déprimante à Sala.

L'unique librairie de la ville l'accueillait. Une vaste boutique bien achalandée, à deux pas de la grand-place. Un personnel qui semblait sincèrement ravi de sa venue. Quarante personnes dans le public, peut-être quarante-cinq. Principalement des femmes bien sûr, comme dans la plupart des événements culturels partout dans le pays.

Sebastian ne s'en plaignait pas.

S'il le voulait, il avait du succès auprès des femmes. Le plus souvent, il voulait. Presque toujours.

La cour, la séduction et le sexe qui venait après étaient parmi les rares choses qui le tenaient encore debout.

Combler provisoirement le vide. Étouffer la douleur.

À la librairie, elles avaient été attentives, comme d'habitude. En particulier une femme, à peine cinquante ans, assise à droite de l'estrade installée pour l'occasion. Elle avait été la première à poser des questions quand le public y avait été invité et était ensuite venue faire dédicacer ses deux livres. L'ancienne édition, remarqua Sebastian, acquise avant que son implication dans l'affaire du Tueur de la Téléréalité ne le fasse provisoirement repérer comme célébrité par le radar médiatique.

"Vous pouvez mettre Magda", lui avait-elle indiqué avec un sourire que Sebastian avait interprété comme plutôt admiratif. Une fan, ce serait donc plus facile.

"C'est vous ? avait demandé Sebastian en répondant à son sourire.

— Oui, et vous pouvez aussi écrire quelque chose de personnel, si vous avez envie", avait-elle ajouté en croisant son regard.

Il lui avait écrit un petit roman sur la première page et avait continué à bavarder avec elle tout en dédicaçant les livres des autres personnes qui faisaient la queue. Ils étaient sortis ensemble de la librairie et elle lui avait demandé où il logeait. Il le lui avait dit et elle avait compati. Il y avait de meilleurs hôtels à Sala.

Il l'espérait vraiment.

Pour Sala.

Il fut tiré de ses pensées par la sonnerie de son ordinateur. Un appel Skype. Pas besoin de regarder l'écran pour savoir qui c'était. Il se demanda rapidement s'il avait le courage de lui parler, arriva à la conclusion que oui et décrocha. Ursula apparut à l'écran.

"Salut, je ne t'ai pas réveillé ?

— Non, t'inquiète", répondit-il en se disant qu'il avait bien fait de répondre. Ça lui faisait plaisir de la voir.

“Tu es où ? demanda-t-elle après avoir observé son écran sans reconnaître l’arrière-plan.

— Dans un hôtel merdique, à Sala.

— Qu’est-ce que tu fais là-bas ?

— Un truc avec mes bouquins. Et toi ?

— Toujours au boulot.

— Oui, je vois ça.”

Il reconnaissait le mur derrière elle. Elle était dans la salle de réunion du troisième étage, qu’ils n’avaient jamais appelée autrement que la “Salle”. Le point fixe de la brigade criminelle, où ils rassemblaient toutes les informations dont ils disposaient sur l’enquête en cours. Sebastian se surprit à constater que ça lui manquait. Tout lui manquait. Le travail et les collègues. Absurde, car il n’y retournerait très vraisemblablement jamais.

“Toujours pas de vie et beaucoup à faire ?

— J’aide le groupe des affaires classées sur un truc.”

Ce qui signifiait que la Criminelle n’avait été saisie d’aucune nouvelle affaire, et qu’Ursula n’avait donc toujours pas de vie à elle. Sebastian aurait dû s’abstenir de creuser le sujet. Elle l’avait appelé tard le soir pour parler. Elle pensait à lui. Il aurait dû lui en être reconnaissant. En même temps, la reconnaissance et le lâcher-prise, ce n’était pas trop son truc.

“Donc Torkel n’est pas là ?”

Ursula pouffa, se pencha et baissa un peu la voix, ce qui était tout à fait inutile. Sebastian avait peine à imaginer qu’elle ne soit pas seule au bureau à l’heure qu’il était. Seule dans la Salle, décidément.

“Il arrête tous les jours à 5 heures tapantes depuis qu’il s’est installé avec Lise-Lotte.”

Sebastian nota en tout cas qu'elle n'avait pas dit "cette Lise-Lotte", c'était toujours un progrès, mais il lui semblait toujours deviner une pointe de jalousie dans sa voix dès qu'il était question du nouvel amour de Torkel. Peut-être se faisait-il seulement des idées ? C'était Ursula qui avait rompu. Mais cela ne voulait pas nécessairement dire qu'elle voulait le voir plus heureux avec une autre. C'était mesquin, stupide, mais elle était humaine, et c'était humain d'être mesquin et stupide.

"Tu rentres quand ?

— Demain.

— Tu veux qu'on se voie ? On dîne ensemble ?

— Oui, pourquoi pas."

Ursula lâcha un petit rire.

"Cache ta joie…"

Avant que Sebastian ait le temps de répondre, on frappa à sa porte.

"Qui c'est ?

— Le *room service.*

— Dans un hôtel merdique, à une heure pareille ?"

Il oubliait parfois qu'elle était une policière drôlement douée.

"Je dois raccrocher. À demain."

Avant qu'Ursula ait le temps de demander quoi que ce soit ou de protester, il raccrocha. Il fit un petit sourire. Malgré tous ses mauvais choix, il n'avait pas réussi à s'aliéner tout le monde. Il aimait bien Ursula. Ils avaient traversé bien des turbulences mais s'étaient stabilisés dans ce qu'il ne pouvait pas décrire autrement qu'une relation d'amitié. Même si son objectif était de la remettre dans son lit. Non qu'elle lui manque spécialement ou qu'il pense que le sexe allait les rapprocher. Juste parce qu'il était évident qu'il allait devoir se battre pour ça. Jouer le jeu peut-être mieux que jamais, rien que pour gagner. Elle constituait un vrai défi.

À la différence de la soirée qui l'attendait, supposa-t-il.

Il alla ouvrir la porte.

C'était Magda. De la librairie.

Il ne connaissait pas son nom de famille. N'avait pas non plus l'intention de lui demander. Il attrapa son manteau et l'enfila.

"On va prendre un verre quelque part ou vous voulez manger un morceau ?" dit-il en sortant dans le couloir. Hors de question de lui laisser une chance de proposer de rester à l'hôtel.

Même pour baiser, cette chambre ne faisait pas l'affaire.

Tout éveillé, Billy fixait le plafond en essayant de contrôler sa respiration. Il jeta un coup d'œil à My. Elle dormait paisiblement, couchée comme d'habitude sur le flanc gauche. Donc il n'avait probablement pas fait de bruit.

Pas crié.

Comme dans son rêve.

Il ne l'avait pas fait depuis un moment, mais voilà qu'il était de retour. Il supposait que c'était une réaction à cette conversation dans le vestiaire et à tout ce qui s'était ensuivi. My lui avait demandé s'il voulait en parler, mais avait eu le tact et l'intelligence de ne pas essayer de lui tirer les vers du nez quand il lui avait dit qu'il n'en avait pas envie. Elle avait pourtant passé le reste de la soirée avec lui, compréhensive et présente. D'habitude, elle s'endormait dès que sa tête touchait l'oreiller, mais ce soir elle l'avait tenu contre elle, lui avait caressé les cheveux. Toute proche. Peau contre peau. Là pour lui s'il avait besoin.

Elle était bien pour lui. Il ne la méritait pas. Mais il allait s'en montrer digne. Le temps allait transformer tout ce qui s'était passé en lointain souvenir. Ça disparaîtrait dans le paysage. Un chuchotement muet qu'il apprendrait à ne plus écouter.

Puis le rêve était venu.

Il n'a rien d'onirique. Rien d'abstrait ou d'irréel. Pas de contours adoucis, rien d'atténué, d'embelli. Au contraire. Tout est impitoyablement clair et détaillé.

L'avait ramené.

Il sort de la salle de bains et traverse l'appartement en courant, jusqu'à la chambre où Jennifer est étendue nue sur le lit. Les mains attachées à la tête du lit avec des menottes. Les jambes écartées, attachées avec de fines lanières de cuir. Il respire si fort qu'il tremble en tendant la main vers son épaule, mais s'interrompt.

Là-bas, ce matin-là.

Des marques mauve sombre autour de son cou. Laissées par ses doigts. Devant, très nets, deux pouces qui ont appuyé sous le larynx. Son visage. Le bout de la langue qui pointe entre les lèvres sèches. Les vaisseaux qui ont éclaté sous la peau du visage et dans ses yeux qui le fixent, auxquels il lui est impossible d'échapper…

Billy écarta la couette et se redressa dans le lit. Impossible pour lui de dormir davantage cette nuit. L'angoisse s'était à nouveau emparée de lui. Presque aussi épuisante et paralysante qu'alors.

Quand c'était arrivé.

Il ne se rappelait pas en détail les instants qui avaient suivi le moment où il l'avait trouvée ni combien de temps s'était écoulé avant qu'il ne retrouve une forme de contrôle. Il se souvenait que des pensées absurdement banales, comme le fait qu'il allait rater le train pour la côte ouest et que My allait être fâchée, s'étaient mêlées à la conscience de ce qui s'était passé. De ce qu'il avait fait.

Jennifer était morte.

Il l'avait tuée.

La panique combinée à la gueule de bois l'avait fait vomir. Quand il avait sorti la tête de la cuvette des toilettes et s'était rincé la bouche, il avait pensé qu'il était obligé de faire une déclaration. Appeler la police, les collègues. Tout leur dire. Leur faire comprendre qu'il s'agissait d'un accident. Mais il s'était abstenu. Ça n'aurait pas changé grand-chose. Qu'il n'y ait pas eu préméditation.

Elle n'en était pas moins morte, et c'était lui qui l'avait tuée.

Il allait tout perdre. Son travail, My, ses amis, tout.

Il était retourné dans le séjour, avait juré, pleuré, s'était cogné les tempes pour essayer d'y voir plus clair.

Faire ce qui était juste ou sauver sa peau.

Le combat intérieur.

Il avait fini par se décider. Il se souvenait de cet instant : assis sur le canapé, il avait posé les yeux sur les piolets et les mousquetons accrochés au mur. Non seulement il avait pris une décision, mais il était en train d'élaborer un plan. Il savait ce qu'il allait faire. Devait faire.

Il allait se sauver, sauver ce qu'il avait.

Billy sortit du lit et quitta la chambre, referma silencieusement la porte derrière lui et, sur la pointe des pieds, gagna la cuisine, où il avait laissé son ordinateur sur la table. À présent que Jennifer était officiellement portée disparue ou même présumée morte, ils allaient peut-être essayer de reconstituer les derniers mois de sa vie. La moindre erreur de sa part pouvait tout faire basculer.

Billy s'assit, ouvrit l'ordinateur et se connecta. Le plan avait été simple, son exécution avait en revanche exigé du temps et la mobilisation de ses compétences spécialisées.

Il avait décidé de maintenir Jennifer en vie numérique.

Il avait appelé My pour lui dire qu'il devait rester une semaine de plus pour travailler sur le Tueur de la Téléréalité. Le procureur voulait vraiment qu'il n'y ait pas la moindre faille dans le dossier. Bien sûr, elle avait été déçue, avait proposé de rentrer à Stockholm pour lui tenir compagnie. Il avait réussi à l'en dissuader : il valait mieux qu'elle reste sur la côte ouest avec ses amis, comme prévu, il descendrait les rejoindre dès qu'il pourrait.

Et ainsi il s'était acheté une semaine.

Il avait rassemblé le téléphone de Jennifer, son ordinateur, sa carte bancaire, son boîtier de codage et tout ce qui pouvait lui servir. Avait vérifié à quelle fréquence elle mettait à jour son statut sur les réseaux sociaux. Il avait de la chance. Instagram une fois par semaine, Facebook pareil. Quelques échanges via Messenger, mais rien d'ingérable pour lui. Le plus ennuyeux, c'étaient les coups de fil mais, là encore, la chance était avec lui. Ses plus proches relations semblaient préférer la contacter par SMS ou Snapchat. Quand un appel arrivait, il le laissait sonner et envoyait ensuite un SMS : elle avait vu que la personne avait appelé, était-ce important ? Le plus souvent non, et ça se réglait en quelques échanges de messages.

Il avait consacré sa semaine à Stockholm à publier des mises à jour sporadiques où Jennifer se baladait seule en ville et faisait des trucs. Le plus souvent, elle n'était pas sur les images qu'elle postait, mais parfois, Billy sentait qu'il fallait produire un selfie. Pas trop souvent, ça prenait du temps et c'était risqué, il s'agissait de faire coller les proportions, l'éclairage et les distances. Mais les nouvelles techniques lui facilitaient la tâche. Il n'y avait jamais eu autant de possibilités de truquer les photos et les films qu'aujourd'hui, et si on s'y prenait bien, les faux étaient impossibles à détecter. Il passait le reste du temps à lire ses publications pour se familiariser avec son style, sa façon de s'exprimer, d'utiliser les abréviations et les émojis. Il avait réussi à esquiver quelques rares invitations à boire un verre, se baigner ou faire une soirée barbecue. Dans l'ensemble, personne ne semblait s'interroger sur son existence prolongée.

La semaine suivante, il était descendu rejoindre My sur la côte ouest. Ça avait été le plus difficile. Seul à Stockholm, il était tellement concentré sur ce qu'il avait à faire qu'il avait presque oublié pourquoi il en était là. Revenu dans le monde réel, c'était plus dur. Les gens normaux, les contacts, les amis, les enfants des amis, le minigolf, les promenades, les nuits avec My. Parfois, il avait l'impression de poser sur lui-même un regard extérieur, persuadé que ce qu'il était devenu se voyait comme le nez au milieu de la figure. Qu'à force de faire tous ces efforts pour agir normalement il obtenait le résultat inverse. Il avait fait quelques mises à jour isolées qui indiquaient que Jennifer se trouvait toujours à Stockholm, mais qu'elle s'apprêtait à partir bientôt en voyage.

Ils avaient mis plus de temps que Billy n'aurait cru à trouver ses vêtements et ses affaires. Bien sûr, il avait choisi une grotte réputée difficile pour la plongée spéléo, en grande partie inexplorée, et pour ces raisons peu fréquentée, mais quand même.

Il était descendu en France à la mi-juillet.

Avant ça, il avait veillé à ce qu'elle "perde" son téléphone pendant presque une semaine, et demande donc à tous ceux qui voulaient la joindre de passer par Messenger. De cette façon, il était au moins dispensé de faire des mises à jour photographiques. Puis elle était revenue en disant qu'elle partait en bus pour la France, sans préciser qu'elle comptait y faire de la plongée.

La France avait été un défi.

D'une part parce qu'il s'agissait de partir presque une semaine sans éveiller de soupçons chez My, d'autre part parce qu'il avait dû simuler un voyage en bus sans jamais montrer le bus, pour que personne ne puisse vérifier ensuite auprès de la compagnie, veiller à ce que Jennifer ne réserve que des hôtels à *check-in* automatique sans caméra de surveillance à l'entrée, y arrive tard et en parte tôt pour que le moins de clients possible puissent la voir. Faire bien attention aux endroits où sa carte de crédit était utilisée.

Au bout de quatre jours, il avait cessé toutes les mises à jour, et elle avait disparu. Il avait appris que son père avait signalé sa disparition quand elle ne s'était pas présentée à son poste comme prévu début août, mais ensuite, ça avait traîné.

Jusqu'à aujourd'hui.

À présent, on avait enfin trouvé ses affaires qu'il avait disposées dans les grottes réputées peu praticables. C'était irresponsable d'y plonger seule, mais ceux qui connaissaient Jennifer savaient qu'elle en était capable.

Pour le fun, le défi, l'adrénaline.

Du moins Billy l'espérait-il.

Il vérifiait à présent les flux de Jennifer sur toutes les plateformes. Quelques nouveaux messages sur son Facebook : on ne pouvait pas y croire, on espérait que Jennifer allait bientôt donner des nouvelles. Mais il constata qu'il n'avait pas commis d'erreur. Le fait que personne ne l'avait vue dans le monde réel depuis fin juin était passé inaperçu.

"Qu'est-ce que tu fais ?"

Billy sursauta en entendant la voix de My. Il comprit très vite qu'elle ne voyait pas l'écran et ouvrit aussitôt un document professionnel.

"Je bosse, je n'arrivais pas à dormir."

My s'approcha, lui passa le bras sur les épaules, jeta un coup d'œil à l'écran avant de se pencher pour l'embrasser sur la tête.

"C'est à cause de cette histoire, avec Jennifer ?

— Je suppose.

— Tu veux que je te tienne compagnie ?"

Il lui caressa le bas du dos et soupira.

"Non, va te coucher, va."

Elle se contenta de hocher la tête, mais resta là. Son secret le déchirait. Mais il n'y en aurait bientôt plus entre eux. Quand l'accident de plongée en France serait la version officielle, il pourrait à son tour se convaincre que c'était effectivement la vérité. Le cri qui bouillonnait en permanence sous la surface se réduirait à un chuchotement silencieux. Il en était convaincu.

Bien sûr, ils ne retrouveraient jamais le corps de Jennifer.

Il avait dû s'occuper de ça aussi, à Stockholm.

Ça avait été une semaine chargée.

14 octobre

C'est déjà hier.
Que j'ai trahi. Toi.
Vous autres. J'ai échoué.
Je n'ai pas pu dormir.
J'aurais voulu sortir. Monter.
Te souviens-tu des nuits d'été quand nous montions sur le toit ?
Nous embrassions la ville du regard.
En silence le plus souvent, mais parfois nous parlions.
De tout. De l'avenir.
Nous n'aurions jamais cru qu'il serait si bref.
La police est venue. Là où Klara m'a échappé. Je les ai vus.
Ce serait dommage que j'aie commis une erreur.
Qu'ils soient déjà sur mes talons.
J'ai besoin de plus de temps.
Je pensais en avoir.
Mais nous le pensions aussi à l'époque.
Ces nuits-là, sur le toit.

Je n'ai rien vu ni entendu à propos de Gävle.
Ils ont donc encore un bout de chemin à faire.
Mais spéculer ne sert à rien.
Je continue selon le plan.
Je n'ai pas encore fini.
Loin de là.
Demain, je pars pour Västerås.

Sebastian poussa la porte de bois brun de l'hôtel. Le jeune réceptionniste lui sourit.

"Bonjour", dit-il d'un ton guilleret et chantant qui le lui fit instantanément haïr. Sebastian le dévisagea et continua sans rien répondre.

"Vous avez de la visite."

Sebastian s'arrêta net. Sa réaction instinctive fut de tourner les talons et de s'en aller. Fuir. Personne n'était censé pouvoir venir le voir ici. Personne sauf Magda. Avait-elle réussi à arriver avant lui à l'hôtel ? Elle s'était réveillée seule dans le lit, s'était sentie exploitée, avait pris la voiture, pas satisfaite du rôle qui lui revenait. Il passa rapidement en revue la soirée et la nuit. Elle avait ses livres, savait pas mal de choses sur lui. Était très intéressée.

Trop intéressée ?

Si c'était elle, Sebastian espérait qu'elle était venue lui faire des reproches. Ça, il pouvait encaisser. Par contre, si elle insistait pour continuer, ça devenait embarrassant. Il avait eu son lot de femmes qui s'étaient fait un film après une aventure d'un soir. La dernière purgeait sa peine à la prison pour femmes d'Ystad après sa tentative de meurtre sur Ursula.

“Ah, te voilà !”

Sebastian se tourna vers le couloir qui menait aux chambres. D’un côté, deux fauteuils en cuir noir étaient adossés au mur, devant une table basse garnie de journaux gratuits. Dans l’un d’eux, une femme était assise. Pas Magda. La quarantaine bien tassée, estima Sebastian. Cheveux sombres à l’épaule, yeux bleus et belle silhouette sous son manteau, nota-t-il instinctivement tandis qu’elle reposait un journal et se levait.

“Tu ne me reconnais pas, constata la femme en se dirigeant vers Sebastian, un petit sourire amusé aux lèvres.

— Non”, admit-il sincèrement.

Aurait-il dû ? Était-elle à la librairie hier soir ? Il aurait alors dû la remarquer. Elle semblait nettement plus intéressante que cette Magda un peu tristounette avec qui il avait passé la nuit.

“Anne-Lie Ulander, nous nous sommes rencontrés à Lund.”

Ce qui ne l’aidait toujours pas d’un pouce. Avait-il couché avec elle ?

Peut-être. Possible. Il espérait bien.

Mais cela n’expliquait toujours pas ce qu’elle faisait à son hôtel, à Sala, à six heures et demie du matin. Quand était-il allé à Lund pour la dernière fois ? Ça faisait des années.

“Tu nous as aidés pour une enquête, compléta-t-elle.

— Ah, tu es policière à Lund, conclut Sebastian en perdant aussitôt tout intérêt, dès lors que c’était probablement lié au boulot.

— J’étais, je suis maintenant à Uppsala.

— Ah, d’accord.

— Tu as pris ton petit-déjeuner ?”

Non. Magda dormait toujours quand il avait filé, juste après 5 heures. Il avait consulté la carte sur son téléphone, et vu qu'il lui faudrait tout juste quarante minutes pour rentrer à pied à l'hôtel. Il avait espéré que la promenade lui ferait du bien, l'aiderait à conserver sa fugace sensation de satisfaction, mais à mi-chemin, dans la ville déserte, l'impression d'être vide, lourd, l'avait déjà rattrapé. Il avait alors fait un détour, espérant un lever de soleil, littéralement une illumination, mais il faisait toujours sombre à son arrivée.

Sombre et déprimant.

Mais il n'allait pas s'attarder. Il avait décidé de filer dans sa chambre, de faire ses bagages et de quitter l'hôtel. Mais voilà qu'Anne-Lie s'était pointée.

“Je ne prends pas de petit-déjeuner”, répondit-il. Ce qui n'était pas vrai, mais il n'avait vraiment pas envie de prolonger son séjour à Sala ni de savoir ce que lui voulait une policière d'Uppsala.

“Moi, si”, dit Anne-Lie en lui souriant. Elle jeta un regard alentour et lui prit le bras. “Mais pas ici.”

"Non."

Sa réponse était courte et concise. Ne laissait aucune place à l'interprétation ni au malentendu. Mais il était évident qu'Anne-Lie ne s'avouerait pas si facilement vaincue.

"Pourquoi ? demanda-t-elle, plus curieuse que déçue, tout en mordant dans le sandwich à l'avocat qu'elle s'était acheté.

— Je ne veux pas."

La simple vérité.

Sebastian posa son expresso, la seule chose qu'il avait commandée dans le café où l'avait emmené Anne-Lie, et où il n'y avait que quatre autres clients. Il était encore tôt.

"Est-ce qu'il y a quelque chose qui te ferait changer d'avis ?" demanda Anne-Lie en croisant son regard pardessus le bord de son verre de jus de carotte. Il n'y avait pas le moindre sous-entendu sexuel ni la moindre trace de proposition équivoque dans la question, aussi Sebastian décida-t-il de ne pas jouer là-dessus.

"Comment m'as-tu trouvé ? demanda-t-il plutôt.

— J'ai appelé Torkel Höglund, qui m'a dit que tu ne travaillais plus avec lui, que tu écrivais un livre. C'est vrai ?"

Il était étonné. Que Torkel soit au courant. Ursula devait le lui avoir dit. Il se demanda si Torkel le lui avait demandé par intérêt, ou si c'était Ursula qui le lui avait appris sans qu'il lui demande rien. Non que cela ait la moindre importance. De ses anciens collègues, ce n'était pas Torkel qui lui manquait le plus.

"Alors j'ai appelé ton éditeur, qui m'a dit que tu étais ici, poursuivit Anne-Lie comme il ne répondait pas à sa question.

— Pourquoi ne pas m'avoir directement téléphoné ?

— Tu aurais répondu ?

— Non.

— Tu aurais rappelé ?

— Non."

Anne-Lie lui sourit à nouveau, comme si son style ouvertement hostile l'amusait.

"Je n'ai mis que quarante-cinq minutes pour venir, dit-elle en haussant les épaules. Je m'étais dit que tu aurais plus de mal à refuser en face, continua-t-elle en balayant du regard la table qui les séparait. Surtout si je t'invitais à petit-déjeuner.

— Raté, glissa Sebastian. Je viens de le faire."

Son sourire disparut. Elle prit une serviette pour s'essuyer la bouche avant de se pencher vers lui. Le visage grave.

"Nous avons deux viols et une tentative en moins d'un mois. Il ne va pas s'arrêter là. Il va y avoir d'autres victimes. C'est un prédateur.

— Il y en a beaucoup, constata Sebastian en haussant les épaules.

— Et tu ne te sens pas la responsabilité d'aider à les arrêter, quand tu en as la possibilité ?" continua

Anne-Lie. Avec à nouveau une sincère curiosité dans la voix.

Sebastian croisa son regard. La vérité était que non, il ne se sentait pas responsable. Il n'avait pas la charge de tous les malheurs du monde. Il n'était pas mû par un quelconque désir de l'améliorer. Il répondait de lui-même et de ses actes et n'avait jamais compris ceux qui déclaraient, dès que quelqu'un faisait quelque chose de mal, qu'ils *"avaient honte d'être suédois"*, ou *"honte d'être un homme"*, ou de manière plus générale avaient honte pour les autres. Il ne croyait pas à la culpabilité collective. Ni à la responsabilité collective. Il était conscient du fait que l'avouer le ferait passer pour aussi égoïste et insensible qu'il l'était en réalité, et il se surprit, pour une raison inconnue, à ne pas vouloir donner une trop mauvaise image de lui à Anne-Lie.

"Je ne travaille plus avec la police, dit-il plutôt, en baissant les yeux pour boire une gorgée de café.

— Et c'est ton propre choix ?" Sebastian la regarda, interloqué. Comme il était évident qu'il n'avait pas l'intention de répondre, elle continua. "D'abandonner la Criminelle et de faire la tournée des librairies de province pour parler de livres publiés il y a vingt ans ?"

Sebastian continuait à se taire. Anne-Lie repoussa son assiette, joignit les mains sous son menton et le cloua du regard.

"J'ai lu tes livres. Ils sont pas mal, tu es un auteur correct, mais un putain de bon criminologue.

— Je suis le meilleur, s'entendit répondre automatiquement Sebastian.

— Alors pourquoi ne pas faire ce pour quoi tu es le meilleur, plutôt que ce pour quoi tu n'es qu'à moitié bon ?

— Parce que je ne veux pas.

— Bon, bon, OK, au moins j'aurai essayé, dit-elle en se calant au fond de son siège. Je vais devoir essayer avec l'autre, là. Per Riddarstolpe.

— C'est un crétin, dit Sebastian, sans pouvoir retenir un petit sourire. Et je vois clair dans ton petit jeu.

— Mon petit jeu ? s'étonna Anne-Lie, arborant à nouveau son sourire charmant.

— Tu te sers de mon hostilité notoire envers Riddarstolpe pour me pousser à accepter de travailler avec toi. Ça ne va pas marcher.

— Très bien, alors finissons ce petit-déjeuner en faisant bonne figure et repartons chacun de notre côté." Anne-Lie saisit sa tasse de café et se pencha en arrière. "Tu as vu de bons films, récemment ?"

Sebastian la dévisagea. Elle était d'une autre trempe que les policiers avec qui il avait travaillé. Il comprenait à présent pourquoi il ne voulait pas qu'elle pense trop de mal de lui. Il l'aimait bien. Mais il ne travaillerait jamais pour elle et elle ne coucherait jamais avec lui, aussi feraient-ils comme elle venait de le dire : petit-déjeuner en faisant bonne figure, puis chacun partirait de son côté.

Son téléphone sonna. Elle le sortit de sa poche, regarda l'écran et répondit sans s'excuser.

"Salut Vanja, qu'est-ce que tu veux ?"

Elle se détourna pour écouter la réponse, mais il le remarqua à peine. Avait-il bien entendu ?

Vanja ? Sa Vanja ?

Travaillait-elle à Uppsala, à présent ?

Il savait qu'elle avait fait une pause avec la Criminelle, mais Ursula et lui n'avaient pas évoqué sa nouvelle affectation. Il n'avait pas demandé, elle n'en avait pas parlé. Anne-Lie finit son appel en disant qu'elle serait rentrée vers 9 heures, puis reposa son téléphone, toujours sans s'excuser.

"Qui était-ce ? demanda Sebastian d'un ton qu'il espérait neutre.

— Une de mes enquêtrices. Tu dois la connaître, elle vient de la brigade criminelle. Vanja.

— Vanja Lithner ?

— Oui, c'est elle. Une fille bien."

Sebastian était bien le dernier à croire à l'intervention divine, au destin ou au hasard, mais ça... Vanja à Uppsala, travaillant sur une enquête à laquelle on venait de lui proposer de participer. Et voilà que ça lui tombait dessus un beau matin dans un foutu trou comme Sala.

Une nouvelle chance.

Une dernière chance.

Il saisit sa tasse de café et se cala au fond de son siège, veillant bien à ne pas paraître trop enthousiaste.

"J'ai réfléchi, pendant que tu étais au téléphone... commença-t-il avant de boire une gorgée de café, comme s'il cherchait la formulation juste. Tu penses donc que ce type va être pire que l'homme de Haga ?"

Anne-Lie le regarda avec étonnement. Elle s'attendait à tout, sauf à ce qu'il ait réfléchi à son enquête, c'était évident.

"S'il continue sur sa lancée, oui", répondit-elle avec une pointe d'espoir dans la voix.

Sebastian hocha la tête, comme s'il pesait le pour et le contre, puis la regarda dans les yeux.

"OK, je t'écoute."

"Putain, tu rigoles, ou quoi ?!"

Difficile de savoir à qui s'adressait Vanja, mais comme elle ne le quittait pas des yeux depuis son entrée dans le bureau, Sebastian supposa que cette courte saillie lui était destinée, même si c'était Anne-Lie qui était responsable de sa présence.

Il avait réfléchi à l'attitude à adopter pour l'approcher, alors qu'ils s'étaient engagés dans Svartbäcksgatan pour se garer devant l'hôtel de police, un immeuble moderne de neuf étages à la façade intégralement vitrée, partagé, d'après les panneaux, avec le bureau du procureur et l'administration pénitentiaire.

Il était resté dans la voiture, prenant conscience qu'il avait le trac.

Fallait-il avoir l'air surpris, comme s'il n'avait pas la moindre idée qu'elle travaillait à Uppsala et encore moins sur cette enquête ? S'il l'avait su, il n'aurait jamais accepté ce boulot. Il rejeta rapidement cette idée. Mentir était une chose, il était drôlement doué pour ça, mais feindre l'étonnement au point qu'elle y croie était plus douteux. Et puis Anne-Lie pouvait dire qu'ils avaient parlé de Vanja à Sala et éventer son mensonge en moins de deux.

Elle avait tapé à la vitre, il était descendu de voiture et, après s'être identifié, il avait suivi Anne-Lie vers les ascenseurs. Là, il s'était décidé pour des excuses. Commencer par admettre qu'il savait bien qu'elle ne voudrait pas de lui, poursuivre en l'assurant qu'il ne ferait rien d'autre que travailler avec elle, reconnaître ses fautes passées et promettre changement et amélioration.

Amen.

Mais il eut à peine le temps de sortir de l'ascenseur, encore moins de dire quoi que ce soit.

Vanja les aperçut arriver et il la vit se figer. Ses yeux s'assombrirent, ses épaules remontèrent et elle se campa là, tout le corps tendu, prête à l'attaque quand ils poussèrent la porte et entrèrent dans le bureau. Anne-Lie n'eut pas le temps de le présenter avant qu'elle demande si c'était une blague. Anne-Lie se contenta d'adresser un bref regard à Vanja, puis fit un geste en direction d'un homme d'une bonne trentaine d'années assis à un bureau devant la fenêtre.

"Voici Carlos Rojas, mon plus proche collaborateur", dit-elle. L'homme se leva, tendit la main et Sebastian remarqua qu'il portait au moins trois pulls.

"Voici Sebastian Bergman, criminologue, il peut nous aider", continua Anne-Lie en se débarrassant de son manteau.

"Bonjour, bienvenue", le salua Carlos, tout en interrogeant Anne-Lie du regard : n'avait-elle pas entendu la réaction de Vanja ? Allait-elle totalement s'abstenir de la commenter ?

"Merci", répondit Sebastian en prenant sa main. Elle était glacée, comme s'il arrivait sans gants d'un jour d'hiver.

“Vanja, je peux te dire deux mots ?” reprit Anne-Lie d’un ton de conversation ordinaire, avec un signe de tête vers son bureau, qui n’était au fond que des murs en verre jetés autour d’une table, d’un placard et de deux fauteuils pour les visiteurs.

“Bonjour Vanja”, tenta doucement Sebastian, mais elle se contenta de le dévisager avant de suivre sa cheffe.

Anne-Lie pendit son manteau tout en désignant à Vanja un des deux fauteuils Hans Wegner qui faisaient face à son bureau. Vanja s’assit, tournant le dos à Sebastian et Carlos, restés juste dehors. Les cloisons de verre ne créaient pas la discrétion qu’aurait souhaitée Vanja. Elle avait l’impression de sentir les regards de Sebastian dans son dos, mais ne se retourna pas pour voir si c’était seulement le fruit de son imagination.

“Bon, allez, raconte…” dit Anne-Lie en s’asseyant en face de Vanja.

Par où commencer ? Expliquer que Sebastian n’avait cessé de supplier et d’insister pour qu’elle lui fasse une place dans sa vie, rien que pour lui faire du mal ? Qu’il promettait toujours de faire de son mieux et finissait toujours par la trahir malgré tout ? Qu’elle s’était sentie aussi blessée que furieuse en le revoyant à l’instant ? Jusqu’où aller dans le déballage ?

Sur Anna, Valdemar et Sebastian.

Maman, papa et papa.

“Tout d’abord, c’est mon père.”

Il fallait bien commencer quelque part, et c’était de loin l’information la plus importante.

"Vraiment ? fit Anne-Lie en haussant les sourcils.
— Oui."

Anne-Lie regarda vers les bureaux, où Carlos indiquait une place à Sebastian. Puis elle revint à Vanja et, de la tête, lui fit signe de poursuivre. Il était clair qu'elle ne considérait pas le lien de parenté comme une raison suffisante pour réagir violemment ou remettre en question la présence de Sebastian. Vanja décida de ne pas prendre de pincettes.

"Il est accro au sexe. À plusieurs reprises, il a couché avec des personnes concernées par nos enquêtes, témoins, procureures, proches des victimes, tout le monde. Il manque totalement de professionnalisme.

— Bon à savoir", opina tranquillement Anne-Lie. Pas exactement la réaction à laquelle Vanja s'attendait. Elle sentit qu'elle perdait son calme.

"Il est arrogant, égoïste, insolent, sexiste, je ne sais pas ce qu'il te faut, mais putain, dans une équipe, c'est un problème relationnel sur pattes.

— C'est moi la cheffe, alors les problèmes relationnels, c'est de mon ressort."

Vanja soupira de déception, elle n'arrivait à rien. Anne-Lie semblait avoir pris sa décision, peu importait ce qu'elle disait.

"Il m'a blessée plusieurs fois, lâcha-t-elle, faisant une dernière tentative en suppliant personnellement la femme qui lui faisait face. C'est à cause de lui que j'ai quitté la Criminelle."

Ce qui n'était que partiellement vrai. Au printemps dernier, elle avait compris qu'il fallait qu'elle fasse bouger les lignes. Qu'elle se lance dans quelque chose de nouveau. À force de mijoter, elle en était arrivée à se demander ce qu'elle voulait vraiment, qui elle était, comment se "trouver soi-même", même si elle n'aurait jamais elle-même prononcé des mots aussi fumeux. Quitter la brigade criminelle avait fait partie du processus. Mais la capacité de Sebastian à atterrir systématiquement dans leurs enquêtes avait emporté sa décision. Anne-Lie croisa son regard et se pencha vers elle.

"J'entends ce que tu dis, Vanja. Il n'a pas bonne réputation, ça c'est sûr." Elle se leva, gagna la fenêtre et regarda la circulation autour du rond-point, huit étages plus bas. "Mais ce n'est qu'une question de temps avant que la presse ne s'empare de tout ça. Ça va faire du bruit. À ce moment-là, il faudra que j'aie fait tout ce que je pouvais. Avoir embauché le meilleur profileur de Suède est un pas dans la bonne direction."

Vanja se surprit à opiner du chef : sans aucun doute, d'un point de vue purement policier, le raisonnement d'Anne-Lie tenait la route.

"Si tu mets de côté les aspects personnels, continua Anne-Lie en se tournant vers Vanja, est-ce qu'il n'est pas bon dans son travail ?"

Vanja n'avait pas l'intention de jouer un quelconque rôle dans le débarquement à Uppsala de Sebastian, aussi garda-t-elle le silence, ce qui était déjà une réponse suffisante.

"Il gardera sa bite dans son pantalon et traitera les gens avec respect tant qu'il sera ici.

— Bonne chance, pouffa Vanja.

— Mais la question est… continua Anne-Lie comme si elle n'avait pas entendu : toi, peux-tu travailler avec lui ?

— Je préférerais éviter, répondit sincèrement Vanja.

— Je suis désolée, Vanja, il faut que tu me répondes par oui ou par non.”

Ils avaient tout fait pour que le matin soit le plus normal possible. Pour Victor. S'étaient levés ensemble, avaient pris le petit-déjeuner, préparé son sac de gym.

Ils avaient mis du temps à s'endormir. Zach et elle avaient veillé tard, chuchoté au lit avec leur fils endormi entre eux. Zach avait sombré vers une heure et demie et, à son grand étonnement, Klara avait réussi à s'assoupir quelques heures elle aussi. Ce matin, elle allait mieux. C'était peut-être l'effet de la routine : Victor l'obligeait à continuer à être sa maman habituelle. Zach s'était demandé ce qu'il devait faire : se mettre en congé pour rester à la maison ? Revenir après avoir déposé Victor à l'école ? Ils avaient décidé d'y aller tous les trois. Après avoir dit au revoir à Victor, Zach lui avait à nouveau posé la question. Que voulait-elle faire ?

Klara voulait aller voir Ida.

À peine un mois plus tôt, ayant appris par des voies détournées ce qui était arrivé au cimetière, elle avait brièvement envisagé de prendre de ses nouvelles, mais n'avait pas donné suite. À présent, elle pensait aller la voir.

Elle ne savait pas bien pourquoi.

Elle avait l'impression qu'il fallait qu'elle le fasse, tout simplement.

Zach l'accompagna, et ils décidèrent qu'il repasserait la prendre une heure plus tard. Si elle voulait rester plus longtemps ou écourter, elle n'aurait qu'à envoyer un message.

Klara avait presque eu un choc en voyant son ancienne camarade. Ida avait l'air fatiguée, des poches sombres sous les yeux, le teint gris pâle, et ses cheveux pendaient gras et inertes comme si elle ne s'était pas douchée depuis longtemps. En outre, elle avait maigri. Bien sûr cela pouvait dater d'avant son agression, Klara ne l'avait pas vue depuis plusieurs années, mais elle avait l'impression que ce n'était pas le cas. Ida n'avait pas eu l'air de se réjouir particulièrement ni d'apprécier sa visite : après un constat, "ah, salut, c'est toi", et une courte accolade, elle avait fait entrer Klara dans son appartement.

Elles étaient à présent assises à la cuisine, comme tant de fois jadis.

Quand elles se fréquentaient encore.

Rien n'avait changé. La table en demi-cercle calée contre le mur, les chaises de cuisine blanches, la commode contre l'autre cloison avec la petite coupe en étain et les figurines de Jésus et Marie, le tableau d'affichage au-dessus, les portes de placards crème, le micro-ondes sur le plan de travail en bois clair. Klara ne voyait aucun changement depuis sa dernière visite.

"Pourquoi ? Je ne pense qu'à ça", dit Ida en servant le café dans les tasses posées sur la table. Klara trouva qu'elle dégageait une vague odeur de poubelle. "Pourquoi c'est arrivé ? Pourquoi moi ?

— Tu vois quelqu'un ? demanda Klara en attrapant la brique de lait.

— En fait non, dit Ida en remettant la cafetière sur son socle. Maman m'a proposé de descendre pour passer du temps avec moi, mais je ne veux pas.

— Pourquoi ? Ça t'éviterait de vivre seule."

Pourquoi ? Ida s'était elle-même posé la question. Sans aucun doute, ça lui aurait fait du bien d'avoir quelqu'un à la maison les premières semaines, quand elle sursautait au moindre bruit dans la maison, au moindre pas dans l'escalier. Mais elle ne voulait pas. Elle aurait préféré que personne ne sache ce qui lui était arrivé.

"Elle ne supporterait pas ça, elle serait encore plus inquiète que moi." S'efforçant de sourire, elle revint s'asseoir en face de Klara. "Et je ne veux pas qu'elle me traite différemment."

Sauf que tout était différent.

Certes, son corps avait désormais plus ou moins repris son rythme habituel. Les tremblements incontrôlables avaient cessé, elle ne se réveillait plus aussi souvent la nuit. Elle devait encore se forcer à manger, mais au moins, elle le faisait. Du côté des émotions, c'était autre chose. Elle avait du mal à se concentrer, passait d'une humeur extrême à l'autre, tantôt en colère, tantôt triste. Ses pensées revenaient toujours à la même question.

Pourquoi ?

Pourquoi c'est arrivé ?

Pourquoi moi ?

Elle priait. Plus que jamais, elle avait besoin d'aide pour comprendre, pour guérir. Mais elle ne recevait pas de réponse. Essayait de trouver la consolation dans la

Bible. Ne voulait pas aller à l'église. Ne voulait pas que les gens inclinent la tête en ayant pitié d'elle.

Ou pire : pensent qu'elle l'avait mérité.

Que c'était un juste châtiment pour quelque chose qu'elle avait fait.

Elle savait bien que Dieu ne punissait pas de cette façon, que Jésus avait pris sur lui tous les péchés, et qu'il suffisait de prier pour obtenir son pardon. Mais tout le monde dans la paroisse ne le voyait pas du même œil. Certains croyaient en un Dieu qui châtie justement. Ça, elle ne pouvait pas en parler avec Klara. Elles s'étaient rencontrées à l'église voilà des années, mais Klara avait pris une autre voie.

"Personne de l'église ne vient t'aider ? entendit-elle sa vieille amie demander, comme si elle lisait ses pensées.

— On m'accompagne une fois par semaine faire mes courses. Je n'ose pas sortir seule."

Klara la comprenait. Zach l'avait à peine déposée devant l'immeuble qu'elle s'était mise à angoisser, et la peur s'était sournoisement emparée d'elle le temps de monter les quelques marches jusqu'à la porte d'Ida. Ce qu'éprouvait Ida devait être cent fois pire.

"Parfois, je n'arrive même pas à descendre les poubelles", confirma Ida. Presque tout, à l'extérieur de l'appartement, déclenchait des souvenirs de l'agression. Les bruits, les odeurs, les gens. La solution était de rester à la maison. Son univers s'était réduit à deux pièces et une cuisine. Elle se leva pour remplir à nouveau leurs tasses. "Tu crois que tu pourras les descendre en partant ?

— Bien sûr. Tu crois que c'est un hasard si nous avons été agressées toutes les deux ?"

Elle lui était venue comme ça. Cette question. En s'entendant la prononcer, Klara eut l'impression que c'était ça qui l'avait poussée à venir, inconsciemment. La recherche d'un lien.

"Qu'est-ce que ça pourrait être d'autre ? répondit aussitôt Ida depuis le plan de travail. Tu n'as pas dit qu'il y en avait eu une troisième ?

— Si, une certaine Therese…

— Que nous ne connaissons pas du tout, la coupa Ida.

— Non.

— Tu vois."

Le silence se fit dans la cuisine. Ida reposa la cafetière puis resta immobile. Elle n'avait pas l'air d'avoir envie de s'asseoir à table avec Klara. À vrai dire, elle avait accueilli cette visite avec des sentiments mitigés. Dès que Klara lui avait dit pourquoi elle était venue, ce qui lui était arrivé la veille, les questions familières avaient ressurgi.

Pourquoi moi ?

Mais cette fois, une petite voix silencieuse ajoutait :

Pourquoi pas elle ?

Elle essayait de ne pas se dire que c'était injuste. C'était mal de souhaiter le malheur d'autrui. Mais Klara avait tourné le dos à Dieu. Elle avait quitté l'Église et la communauté et elle s'en sortait avec un petit mal de gorge. Ida, elle, n'avait jamais douté, pas une seule fois. Et elle avait été violée.

"Dis, je suis désolée, mais je suis vraiment très fatiguée", dit-elle, signifiant ainsi que la visite était terminée. Klara se contenta de hocher la tête, puis se leva.

"Bien sûr, je comprends", dit-elle.

Ida la raccompagna jusqu'à la porte, regarda en silence Klara remettre ses chaussures et ses vêtements chauds, prendre les deux sacs-poubelles et s'arrêter, la main sur la poignée de la porte.

"Appelle-moi si tu as besoin de quelque chose ou si tu veux que je t'aide."

Elles savaient toutes deux que ça n'arriverait pas.

Ida referma derrière Klara et enclencha la chaîne de sécurité avant de retourner à la cuisine débarrasser les tasses.

Ça aurait pu être agréable.

Une ancienne amie qui essayait de renouer contact.

Une main tendue.

Ça aurait pu être comme d'habitude.

Mais sa vie ne serait plus jamais comme d'habitude. En quelques minutes, un homme l'avait détruite. Ida inspira profondément en s'efforçant de refouler ces pensées. De les mettre de côté. Parfois, elle y parvenait. À se convaincre qu'elle ne devait pas perdre espoir.

Elle avait survécu.

Ça ne pouvait qu'aller mieux.

Le pire avait déjà eu lieu.

Elle alla rincer les tasses dans l'évier, heureuse à son insu d'ignorer combien elle se trompait.

Rashid descendit de voiture et leva les yeux vers les fenêtres du troisième étage. Les stores étaient baissés. Évidemment. Il ferma sa voiture, soupira et traversa la rue.

Le bailleur l'avait nommé syndic voilà tout juste un an. L'idée était que les locataires soient toujours en contact avec la même personne. Que la communication entre locataires et bailleur soit simplifiée. Cela devait construire une relation de confiance.

Ça avait moyennement marché avec Rebecca Alm.

C'était la quatrième fois qu'il venait pour la même raison.

Il composa le code, entra dans l'immeuble, prit l'ascenseur pour le troisième. Tous les locataires avaient trouvé que l'initiative du bailleur d'installer plusieurs détecteurs de fumée dans chaque appartement et de les équiper d'extincteurs arrivait à point nommé, et l'avaient bien accueillie.

Tous, sauf Rebecca.

Elle était persuadée que les détecteurs cachaient des caméras ou d'autres dispositifs de surveillance et avait refusé catégoriquement qu'on lui en installe. Rashid s'était bien gardé du moindre commentaire sur la stupidité de la chose, mais lui avait patiemment expliqué qu'il s'agissait aussi de la sécurité des autres locataires et que ce n'était malheureusement pas négociable. Les détecteurs avaient donc été installés malgré ses véhémentes protestations. La semaine suivante, il était revenu voir : ils avaient été démontés. Un échange de vues assez envenimé s'était ensuivi, pour arriver à la conclusion que Rebecca pourrait installer elle-même ses propres détecteurs, mais qu'ils devraient être en place pour le 1er octobre au plus tard. Rashid essayait de joindre Rebecca depuis le 3 pour venir inspecter l'installation, mais elle n'avait ni répondu, ni rappelé.

Rashid sortit de l'ascenseur et s'avança jusqu'à la porte en bois clair marquée d'une plaque *Alm* au-dessus de la fente de la boîte aux lettres. Il sonna et attendit, sans grand espoir que Rebecca lui ouvre, même si elle était chez elle. Il sonna encore, plusieurs fois. La cloche retentissait à l'intérieur de l'appartement, mais personne ne venait ouvrir. Avec un petit soupir, Rashid sortit son passe. Après avoir appelé, envoyé des SMS, des mails, des courriers papier à l'ancienne sans jamais obtenir de réponse, le bailleur avait consulté ses juristes et conclu qu'on pouvait entrer dans l'appartement sans le consentement du locataire dans une situation concernant la sécurité de l'ensemble du bâtiment.

Rashid sonna une dernière fois, attendit encore une dizaine de secondes puis inséra sa clé, la tourna dans la serrure et entrebâilla la porte.

“Bonjour ! Rebecca ! lança-t-il par l'interstice. C'est Rashid, j'entre.”

Pas de réponse. Grand silence à l'intérieur de l'appartement. Rashid ouvrit complètement la porte et avança d'un pas dans la petite entrée.

“Bonjour ! Rebecca ? C’est Rashid, vous êtes là ?”

Un silence compact répondit à sa question et il se détendit un peu en refermant derrière lui. Il n’avait pas eu énormément affaire à Rebecca Alm, mais savait qu’elle se serait opposée à ce qu’il entre chez elle avec son passe. Si elle était absente, il n’aurait pas à la calmer, et n’aurait très probablement pas droit non plus à un dépôt de plainte pour intrusion illégale.

Il essuya ses chaussures sur le paillasson, avança dans l’appartement et entra dans le séjour, qui faisait un angle avec la cuisine, à rénover dans deux ans. Rashid jeta un œil au plafond, au-dessus du canapé deux places et de la table basse. Pas de détecteur. Il éprouva une certaine déception, il avait espéré que ce serait la dernière fois qu’il aurait à s’occuper de ça, mais visiblement ce n’était pas le cas. Il continua, jetant au passage un œil vers le plan de travail de la cuisine. Des restes de petit-déjeuner qui avaient l’air de dater un peu. Était-ce de là que provenait cette odeur vaguement douceâtre ?

Rashid continua jusqu’à la porte fermée de la chambre. Un détecteur de fumée dans chaque pièce, c’était l’accord. Comme il n’y en avait pas dans le séjour, il n’avait pas grand espoir de trouver la chambre équipée mais il était obligé de contrôler. Il poussa la porte et recula aussitôt d’un pas.

Elle était chez elle.

Elle dormait.

Ses pensées se bousculèrent. Il ne pouvait pas la réveiller, elle serait morte de peur. Alors que faire ? Quitter l’appartement ? Laisser la porte de la chambre ouverte et retourner sonner ? Revenir plus tard ? Puis une partie de son cerveau prit acte de ce qu'il voyait réellement. Rebecca était étendue sur le lit, oui, mais elle ne dormait pas. Pas comme ça.

Sur le ventre, à même le couvre-lit, les jambes dépassant du rebord.

Nue de la taille jusqu'en bas, à part ses chaussettes.

Avec un sac sur la tête.

Torkel sortit du métro et commença à remonter Bergsgatan. Plus tard qu'il ne l'escomptait. Ça avait été une sorte de grasse matinée. Encore. Il fourra ses mains dépourvues de gants dans les poches de son pardessus. Tout le monde se plaignait du froid, de l'hiver précoce, mais Torkel trouvait ça revigorant. Il n'avait pas à se plaindre. Le fait était qu'il se réveillait chaque matin avec une impression presque irréelle.

Il était heureux.

Ça faisait longtemps qu'il n'avait pas connu ça, constata-t-il. Yvonne et lui ne s'étaient plus entendus pendant de longues années avant leur divorce, et après ça… Qu'avait-il eu ? Le boulot qui lui prenait le plus clair de son temps, et une sorte de liaison avec Ursula, avec qui il couchait de temps en temps, pas grand-chose de plus.

Il était seul.

Il n'était pas doué pour être seul.

Et l'été était venu. Après l'enquête sur David Lagergren, il était retourné à Ulricehamn. Retrouver Lise-Lotte. Ils étaient restés là quelques jours avant d'aller passer deux semaines ensemble dans le chalet de vacances qu'il avait dans les environs de Mjölby. Vilma et Elin étaient venues passer quelques jours. De leur propre initiative. Elin avait un job d'été dans un restaurant de Söder, mais bénéficiait d'une semaine de congé en juillet. Elle était accompagnée d'un des serveurs, par ailleurs son petit ami. Tout s'était bien passé. Elles avaient eu l'air non seulement d'accepter mais aussi d'apprécier Lise-Lotte.

Le dernier soir dans le chalet, avant qu'il ne soit obligé de rentrer reprendre le travail – il n'avait pas de grandes vacances d'été comme Lise-Lotte –, ils s'étaient installés sur la véranda pour finir la bouteille ouverte au dîner. Lise-Lotte avait posé son verre sur la table avant de se tourner vers lui. Gravement.

"Il ne faut pas… te mettre dans tous tes états", avait-elle commencé en lui prenant la main. Torkel avait senti son sang se glacer dans la tiède nuit d'été. Ça n'annonçait rien de bon. Toutes sortes d'idées lui avaient traversé l'esprit. Toutes sur le même thème.

Elle va me quitter.

Il le savait. C'était trop beau pour être vrai.

Il n'avait rien dit, s'était contenté de la regarder, sans se souvenir s'il respirait seulement.

"J'ai pensé à une chose", avait-elle continué.

Là, c'est sûr, elle va me quitter, avait pensé Torkel.

"Au fond, plus rien ne me retient à Ulricehamn."

OK, déménager plus près de chez sa fille, ou travailler quelques années à l'étranger. Pas beaucoup mieux.

"Tu voudrais que je déménage à Stockholm ? Chez toi ?"

D'abord, il n'en avait pas cru ses oreilles. Voudrait-il ?

Il le voulait plus que tout.

"Je veux dire, dis-moi si tu trouves que ça va trop vite", avait repris Lise-Lotte en le regardant, un peu inquiète.

Torkel avait alors réalisé qu'il n'avait toujours rien dit et qu'il commençait à être plus que temps.

"Non, non, non, pas du tout", avait-il réussi à lâcher. Puis il s'était à nouveau tu – ce qui aurait pu être interprété comme une hésitation. Comme s'il gagnait du temps pour se tirer de cette situation. Qu'un "mais" allait arriver d'un instant à l'autre. Ce genre de conversation n'était décidément pas son fort. "Ça me ferait très plaisir, était-il parvenu à lâcher.

— Très plaisir", avait répété Lise-Lotte, avec un sourire de soulagement qui montrait qu'elle aussi avait le trac en lui faisant cette proposition. Torkel avait alors senti que ses mots minimisaient la situation, ce qu'il éprouvait. Il fallait qu'il se résolve à sortir les grands mots, qu'il utilisait si rarement et qui pour cette raison le mettaient mal à l'aise.

"Je n'osais pas l'espérer, absolument pas le proposer, mais je ne demande pas mieux." Il croisa son regard et serra sa main. "J'aimerais beaucoup ça. Je t'aime."

Quitte à sortir les grands mots, autant choisir les plus grands. Et ainsi, ils habitaient à présent tous les deux dans son appartement d'Hornstull. Lise-Lotte avait eu un autre poste au sein du même groupe d'enseignement privé, comme directrice d'une école de Mälarhöjden. Ils se couchaient ensemble le soir, se réveillaient ensemble le matin. Pour la première fois depuis longtemps, il était pressé de rentrer chez lui après le travail.

Il était à quelqu'un.

Il était heureux.

“Comment ça va, ce matin ? lança-t-il à Ursula en poussant la porte du département.

— Ce midi, plutôt, répondit-elle en levant les yeux de son ordinateur. Tu sais, il y en a qui étaient là quand c’était encore le matin.”

Torkel s’abstint de commenter cette pique amicale, ôta son bonnet et son écharpe et se dirigea vers la kitchenette pour prendre son premier café.

“Tu veux quelque chose ? demanda-t-il.

— Non, merci, répondit Ursula. Tu as de la visite.”

Torkel s’immobilisa. De la visite ? À sa connaissance, il n’avait rien de prévu aujourd’hui. Quelque chose que Gunilla avait oublié d’indiquer dans l’agenda ? Ça ne lui ressemblerait pas. Torkel jeta un coup d’œil par-dessus son épaule à travers la porte vitrée de son bureau.

Vanja attendait sur le canapé.

Torkel ne put retenir un petit rire joyeux. Ils ne s’étaient pas revus depuis ce jour de juin où elle lui avait annoncé sa décision de prendre des distances avec la brigade criminelle pour quelque temps. Elle lui avait manqué. Plus qu’il ne se l’était avoué, réalisa-t-il soudain en la revoyant. Torkel décida aussitôt de laisser tomber son café et rejoignit son bureau. Vanja s’était déjà levée quand il poussa la porte.

“Mais qui voilà, quelle bonne surprise !” Il la serra longuement dans ses bras. “Alors comme ça, tu passes nous voir ? demanda-t-il en la relâchant.

— Oui, enfin… plus que ça. Si je peux ?

— Tu veux revenir ?” demanda Torkel avec une pointe d’espoir dans la voix. Il lui indiqua le canapé et Vanja se rassit. “C’est ce que tu veux ? Recommencer ?” Torkel s’assit dans le fauteuil en face d’elle.

“Oui, je veux revenir, confirma Vanja, sans pouvoir retenir un sourire devant la joie de Torkel.

— Tu es plus que bienvenue ! dit-il en donnant l’impression qu’il se faisait violence pour ne pas sauter de son fauteuil en applaudissant à tout rompre. Mais je croyais que tu te plaisais à Uppsala ?”

Vanja inspira profondément. Plus elle y réfléchissait, plus c’était incroyable, en fait. Six grandes divisions régionales de la police, trente districts, d’innombrables polices locales. Il y avait des crimes et des enquêtes dans tout le pays. Et pourtant, Sebastian Bergman réussissait à se pointer là où elle travaillait.

“Je m’y plaisais, commença-t-elle. Nous avions un violeur en série. Des agressions complètes…

— Ah ? l’interrompit Torkel. Je n’ai rien lu à ce sujet.

— Ça ne va pas tarder.

— Combien de victimes ?

— Trois pour le moment. En un peu moins d’un mois, alors il va y en avoir d’autres.”

Torkel hocha gravement la tête. Des agressions avec viols. Ce qu’il y avait de pire pour les victimes, bien sûr, mais peu de crimes avaient autant de retentissement social, terrorisant à juste titre la moitié de la population. Même les fusillades entre gangs, les voitures brûlées ou la criminalité organisée n’avaient pas d’effet comparable. Elles généraient un sentiment d’insécurité, oui, entretenu par la presse qui soufflait sur les braises et des politiciens cédant à la facilité, mais la plupart des gens voyaient bien qu’il s’agissait de règlements de comptes internes. Mais les agressions sexuelles… n’importe quelle femme, n’importe où, pouvait être la prochaine victime.

“Bref, continua Vanja. Devine qui ma cheffe a recruté pour cette enquête.”

Torkel ne voyait qu’une seule personne capable de pousser Vanja à renoncer à une enquête compliquée. Elle était quand même une des meilleures policières de Suède.

“Non ! fit-il.

— Si, confirma-t-elle.

— Sebastian ? dut malgré tout demander Torkel pour être certain qu’ils parlaient de la même personne.

— Égal à lui-même, plus énervant que jamais. Anne-Lie m’a demandé si je pouvais travailler avec lui, oui ou non, et me voilà, conclut Vanja avec un petit haussement d’épaules.

— Tu me feras penser à lui envoyer des fleurs”, plaisanta Torkel, qui la comprenait pourtant tout à fait. Sebastian avait été un stress pour tout le groupe depuis que Torkel l’avait réintégré à Västerås, mais surtout pour Vanja. Il avait littéralement bouleversé sa vie.

“Mais est-ce que je peux revenir ? demanda Vanja. Tu n’as pas pris quelqu’un d’autre ?

— Il n’y a pas eu de raisons de le faire, on a un peu bricolé sur des affaires classées, mais rien d’important. Pas d’enquête à nous.”

Vanja souffla. En quittant Uppsala, elle avait foncé directement à la Criminelle : il fallait qu’elle sache si elle avait un poste, un point de chute.

“Comment vont tous les autres ? demanda-t-elle, prête à se montrer plus sociable maintenant que le plus dur était fait.

— Bien, je crois”, répondit Torkel en regardant par sa vitre Billy qui venait de débarquer en jetant son sac à dos sur son bureau avant d'entreprendre de se débarrasser de son blouson.

"C'est grasse matinée pour tout le monde aujourd'hui, ou j'ai raté quelque chose ? demanda Ursula en jetant un regard à Billy qui pendait son blouson au dossier de son fauteuil de bureau.

— J'étais avec My, on avait des trucs à régler", mentit Billy en pêchant son ordinateur portable au fond de son sac. La vérité était qu'il ne s'était pas endormi avant cinq heures et demie, pour se réveiller deux heures plus tard, alors que My était déjà partie à la salle de sport pour avoir le temps de s'entraîner avant son premier client. L'angoisse et la peur avec lesquelles il s'était débattu toute la nuit étaient toujours là, et il avait consacré encore une heure à procéder à des doubles et triples vérifications des traces numériques laissées par Jennifer avant sa "disparition".

Ursula étouffa un soupir. Évidemment, Billy était avec My. Encore récemment, elle était la seule de l'équipe à vivre en couple stable. Avec Micke. Un couple qui certes battait de l'aile : elle le trompait régulièrement, il était visiblement malheureux, mais quand même…

Torkel était divorcé d'Yvonne.

Vanja et Billy célibataires.

C'était autrefois.

Aujourd'hui, chaque matin, Torkel parlait de sa soirée de la veille comme de la huitième merveille du monde, même s'il avait juste dîné et regardé la télé avec sa petite amie. Billy avait My, qu'Ursula n'avait jamais rencontrée, mais qui semblait avoir si bien passé la corde au cou de son collègue que c'en était un miracle qu'il ne l'appelle pas chaque fois qu'il devait donner son avis.

Et voilà que Vanja revenait.

Ursula avait pris un café et bavardé avec elle quand elle s'était pointée, tout juste une heure plus tôt, pour la découvrir elle aussi tellement satisfaite de son sort que c'en était énervant. Vanja n'était pas du genre à s'épancher sur sa vie privée, mais Ursula avait eu droit à l'interminable récit de ses vacances en amoureux à travers toute l'Europe avec Jonathan, chez qui elle allait devoir s'installer, puisque son appartement était sous-loué pour encore six mois.

Et elle, que faisait-elle quand elle ne travaillait pas ?

Le plus souvent, elle finissait sur le canapé, avec quelques verres de vin, devant Netflix. Parfois un livre. Il fallait juste qu'elle se l'avoue.

Elle était seule.

Elle l'était aussi quand elle habitait avec Micke et Bella. Elle était seule et avait peut-être même choisi de l'être. Elle ne reprochait donc pas à ses collègues d'être heureux. À vrai dire, elle ne pensait pas souvent à eux en dehors du travail.

À part Torkel.

Elle pensait parfois à lui.

Ils avaient malgré tout partagé quelque chose. Pas ce qu'il aurait voulu avoir, mais ce qu'elle était capable de lui donner. Qui s'était avéré insuffisant, naturellement. Ça ne suffisait à personne.

À une exception près.

Sebastian.

Un téléphone sonna. Celui de Billy. Elle l'entendit répondre sans l'écouter. Des années en *open space* lui avaient enseigné à filtrer ce qui se passait autour d'elle et qui ne la concernait pas. Pourtant, quelque chose dans la voix de Billy attira son attention.

"Qu'est-ce qu'il voulait ?"

Quelques mots seulement, mais sa voix était différente. Tendue.

"Mais pourquoi ?"

Ursula jeta un coup d'œil vers Billy : il avait le dos raide et semblait prêt à bondir de son fauteuil. Prêt à fuir.

"Il est là, maintenant ?"

Tendu, décidément. Dans sa voix et dans son corps.

"Non, non, je descends."

Il raccrocha alors, se leva et se dirigea vers la porte. Ursula le suivit des yeux. Qui que soit la personne qui attendait Billy, c'était quelqu'un qu'il n'avait pas envie de rencontrer.

Billy passa les portillons automatiques et gagna l'accueil. Il jeta un coup d'œil à Tamara, derrière son guichet, qui lui indiqua de la tête un homme d'environ cinquante-cinq ans, en jean et bomber bordeaux fermé sur un pull en laine, assis avec une serviette, un bonnet, des gants et une écharpe posés près de lui sur un des bancs fixés au mur près de l'entrée. Elle aurait pu s'en passer : d'une part parce que l'homme s'était levé en apercevant Billy, et de l'autre parce que Billy l'avait reconnu. Il parcourut les derniers mètres qui les séparaient et tendit la main à son visiteur.

"Bonjour, Billy Rosén, vous vouliez me voir ?

— Oui, je m'appelle Conny Holmgren, je suis le papa de Jennifer.

— Ah oui, je me disais bien que je vous reconnaissais, dit Billy aussi légèrement qu'il put. Je vous ai vu en photo chez Jennifer."

Autant lui dire qu'il y était allé. Que ça ait l'air d'une relation amicale normale, entre collègues. Les meilleurs mensonges collaient le plus à la vérité. Tout confirmer, surtout ce qui pouvait se prouver. Taire ou nier le moins de choses possible, le strict nécessaire.

Comme le fait d'étrangler quelqu'un lors d'une relation sexuelle en état d'ivresse.

Conny hocha la tête comme si ce qu'il disait était hautement plausible, puis le regarda avec des yeux dont Billy remarqua seulement alors qu'ils étaient rougis de larmes, emplis de chagrin et de désespoir.

"Vous avez peut-être appris ce qui est arrivé ?

— Oui, on me l'a dit hier. C'est terrible, je… je ne sais pas quoi dire. C'est tellement affreux…"

Conny ne répondit rien, se contentant de hocher la tête.

"Avez-vous du nouveau ? reprit Billy avec, espérait-il, la bonne dose d'espoir feint dans la voix.

— Non, rien, répondit Conny en secouant la tête. Ses chefs de Sigtuna sont en contact avec la police française, mais pour le moment…" Il ne termina pas sa phrase, parut un instant plongé dans ses pensées. Billy ne savait pas quoi dire.

"C'est terrible…", répéta-t-il pour rompre le silence qui s'était installé, en espérant pousser Conny à en arriver à la raison de sa visite. Ça n'avait pas l'air de marcher. L'homme restait silencieux, le regard perdu au loin.

"Je peux faire quelque chose pour vous aider ? demanda Billy après encore quelques secondes de silence.

— Vous la connaissiez, n'est-ce pas ? Vous vous fréquentiez ?" demanda Conny en croisant à nouveau le regard de Billy. Ce dernier tenta de décrypter si "Vous vous fréquentiez" était une manière discrète de dire "Vous couchiez ensemble". Les yeux de Conny restaient impénétrables.

"Oui, elle a travaillé plusieurs fois avec nous et nous avons gardé le contact", tenta Billy.

Conny parut s'en contenter. Billy se détendit un peu, Conny n'avait pas l'air d'être au courant. Le contraire eût été étonnant. Quelle femme adulte racontait à son père avec qui elle couchait ?

"Elle m'a parlé de vous", dit Conny tout bas.

Billy se contenta de hocher la tête. Parlé ? Dit quoi ? Elle ne l'avait jamais mentionné à ses parents par SMS ou conversation Messenger, il le savait. Ce qu'elle leur avait dit en direct, il n'en avait bien sûr aucune idée. Il ne pouvait qu'avancer prudemment, en tâtant le terrain.

"Oui, nous avons gardé contact, comme je vous le disais, on se voyait, de temps en temps.

— Elle m'a dit que vous vous occupiez de la partie technique, ici, dit Conny en embrassant le bâtiment d'un geste de la main. L'informatique, ce genre de choses.

— Oui c'est vrai. Principalement.

— Je veux vous montrer plusieurs choses, dit Conny en se tournant vers le banc où il avait posé sa serviette. On peut aller quelque part ?"

"J'en ai parlé à ses chefs à Sigtuna, mais ils n'avaient pas l'air particulièrement intéressés", dit Conny en ouvrant sa serviette. Ils étaient assis près de la fenêtre dans un café de Polhemsgatan, avec deux tasses que Billy était allé chercher mais qu'aucun des deux n'avait touchées. Conny déplaça le vase de fleurs et posa deux feuilles sur la table.

"Regardez ça", dit-il en poussant l'une des deux vers Billy, qui se pencha. C'était une image imprimée depuis le compte Instagram de Jennifer. Une de celles qu'il avait postées au cours de la semaine de juin qu'il avait passée seul à Stockholm.

Un selfie. Depuis Långholmen.

Le sourire de Jennifer dans le coin inférieur droit de l'image, avec à l'arrière-plan l'eau ensoleillée sous le pont de Västerbron.

"Et regardez celle-ci", dit Conny en plaçant l'autre papier à côté. Là aussi une photo de Jennifer, mais plus ancienne, et qu'elle avait prise elle-même. Billy la reconnut aussitôt. Elle avait été prise le printemps dernier, à Oslo. De l'eau à l'arrière-plan, c'était pour ça que Billy avait choisi d'y découper Jennifer pour la recoller devant la photo de Långholmen. Il l'avait un peu réduite, modifié l'éclairage et retournée en miroir, mais ça restait la même image.

"C'est la même image, dit Conny, comme en écho à ses pensées.

— Comment ça, la même image ?" Billy n'osait pas lever les yeux et croiser le regard de Conny. "Mais elles sont complètement différentes.

— C'est la même image de Jennifer.

— Je ne suis pas sûr de bien comprendre…" lâcha Billy en se risquant à lever les yeux. Sa voix n'avait rien dévoilé, alors avec un peu de chance son visage ne le trahirait pas non plus.

"Quelqu'un l'a falsifiée, asséna Conny en pointant la photo devant Långholmen. Regardez les cheveux. Ils sont soulevés de la tête exactement de la même façon, à part que là…" Il montra la photo d'Oslo. "… le vent les emporte vers la droite et sur l'autre vers la gauche. C'est en miroir."

Comme les chefs de Jennifer à Sigtuna n'avaient apparemment pas cru Conny, Billy lui lança lui aussi un coup d'œil sceptique avant de se pencher pour examiner les deux photos de plus près. Il le voyait à présent clairement. Un coup de vent qui soufflait derrière elle soulevait les cheveux de Jennifer d'une façon caractéristique et, il dut l'admettre, facile à identifier. Comment avait-il pu rater ça ? Il se maudit lui-même. Ça aurait été si simple à retoucher.

"Mais alors, qu'essayez-vous de me dire ?"

Conny hésita. Billy savait déjà vers où tout ça conduisait mais il supposait que Conny se montrerait prudent dans sa formulation, car ce qu'il s'apprêtait à dire risquait de sembler un peu dingue. La police de Sigtuna l'avait déjà éconduit.

"Alors voilà : quand nous sommes allés signaler sa disparition, en août, mon épouse Karin et moi avons indiqué que nous n'avions pas parlé à Jennifer depuis fin juin. Nous l'avons appelée trois fois, elle n'a jamais décroché, et chaque fois elle a répondu par des SMS, sans jamais rappeler.

— Et alors ? glissa Billy.

— J'ai parlé avec quelques-uns de ses amis début août, puis à nouveau hier et aujourd'hui. Personne ne l'a vue depuis le 25 juin."

Billy ne répondit rien. Conny posa à nouveau l'index sur les images posées entre eux sur la table.

"Si cette photo est fausse, il a pu lui arriver quelque chose dès le mois de juin.

— Quoi, par exemple ? demanda Billy en l'interrogeant du regard. Elle aurait volontairement disparu ?

— Non.” Conny parvint à charger ce seul mot d’irritation et de déception. “Si elle avait volontairement disparu, il n’y avait pas de raison de falsifier des images.”

Conny inspira à fond, sachant bien qu’il donnait l’impression de quelqu’un qui refusait d’accepter la mort de sa fille, ou en tout cas la façon dont elle était morte, et qui s’agrippait au moindre détail pour que ce ne soit pas vrai.

“Je sais ce que vous pensez, mais…” Il chercha à nouveau le regard de Billy et, pour la première fois depuis le début de leur conversation, il sembla sur le point de fondre à nouveau en larmes. “Elle était sauvage. Elle aimait les défis, mais elle ne serait jamais allée plonger seule dans une grotte inconnue en France. Elle n’était pas inconsciente.”

Billy se contenta de hocher la tête, tout en réfléchissant très vite à la situation. Au fond, il avait une sacrée chance que le père de Jennifer soit venu le trouver, lui. Conny n’avait pas l’air du genre à baisser les bras. Tôt ou tard, quelqu’un l’aurait cru et aurait commencé à enquêter sur la disparition et la mort de Jennifer. Désormais, cette personne, ce serait Billy. Tout ce que Conny semblait savoir à son sujet était qu’il travaillait à la brigade criminelle sur les aspects techniques. “L’informatique, ce genre de choses”, pour le citer. Que Conny n’ait jamais un seul instant imaginé qu’il puisse être impliqué, il l’attribuait au fait que la plupart des gens, à juste titre, n’imaginaient pas que des policiers puissent commettre des crimes. Comment il allait remédier à tout ça, il n’en savait rien encore, mais décider d’aider Conny lui ferait gagner du temps.

“Ça a l’air assez tiré par les cheveux, dit lentement Billy, comme s’il hésitait encore à croire ou non à cette histoire. Mais j'aimais vraiment bien Jennifer, alors je peux y jeter un coup d'œil, voir ce que je peux faire.

— Merci, merci." Le soulagement et la gratitude étaient palpables dans la voix du vieil homme, il était clair qu'il s'était préparé à un nouveau non.

"Je vais vous donner accès à tout ce qu'elle a publié sur Facebook et ailleurs depuis la fin juin, reprit-il. Vous pouvez garder ces tirages si vous voulez."

Billy se contenta de hocher la tête, ignorant toujours comment il allait se tirer de cette ornière. Tout ce qu'il savait, c'était qu'il ne voulait pas passer plus de temps au café avec le père endeuillé de Jennifer. Comme sur commande, son téléphone se mit à sonner. Il le ramassa. Torkel.

Son autre vie l'appelait.

Vanja était toujours là, remarqua Billy en se dépêchant d'entrer dans la Salle et de s'installer à la place libre près de la porte.

"Pardon, qu'est-ce que j'ai manqué ?

— Rien, on t'attendait, répondit Torkel en se levant du bout de la table, un fin dossier posé devant lui. Laissez-moi pour commencer vous dire combien je suis content de nous voir à nouveau tous rassemblés, poursuivit-il en promenant son regard sur chacun. Ça fait vraiment plaisir."

Ursula faillit glisser qu'il manquait Sebastian pour qu'ils soient à nouveau tous rassemblés, mais elle s'abstint. Vu les personnes présentes, un tel commentaire ne ferait que gâcher la bonne ambiance qui régnait jusqu'ici.

"Comment ça, tu es revenue ? demanda Billy à Vanja tout en prenant une des bouteilles d'eau minérale disposées sur la table.

— Eh oui, je suis revenue.

— Super. Mais pourquoi, je croyais que tu te plaisais à Uppsala ?

— En effet, je t'en parlerai après.

— Nous allons malheureusement devoir en parler maintenant, l'interrompit Torkel. On a trouvé un corps dans un appartement de Gävle ce matin", continua-t-il en jetant un coup d'œil à Vanja, avant d'ouvrir le dossier posé sur la table. Vanja fronça les sourcils. Le regard de Torkel contenait presque une excuse. Comme s'il savait qu'elle n'allait pas aimer ce qu'il allait dire.

Un corps à Gävle.

Qu'est-ce que ça avait à voir avec la raison de son départ d'Uppsala ?

Certes, Gävle était dans le district de police de Gävleborg, qui relevait de la direction de police de la région Centre, basée à Uppsala. Où se trouvaient Anne-Lie et Sebastian Bergman. Mais c'était tout. Était-ce pour ça qu'ils allaient devoir aborder les raisons du départ de Vanja ? Ça semblait vraiment tiré par les cheveux.

Dès qu'elle vit les photos que Torkel leur mit sous les yeux, elle comprit que ça ne l'était pas du tout.

Au contraire.

"Bordel !" ne put-elle se retenir de lâcher en les voyant. Ursula et Billy se tournèrent avec curiosité vers elle, qui se contenta de s'enfoncer dans son fauteuil, les bras croisés, le menton sur la poitrine comme un enfant boudeur, tout en fixant d'un regard noir Torkel et les photos étalées sur la table, sachant bien où cette réunion allait les mener.

"Rebecca Alm", dit Torkel en indiquant la photo d'une femme étendue sur le ventre.

Les jambes dépassant du bord du lit.

Nue depuis la taille, à part des chaussettes.

Un sac sur la tête.

"Trouvée ce matin, comme je disais, par un des représentants du syndic. On l'a aussitôt rapprochée d'une enquête en cours à Uppsala, alors ça a été pour eux.

— Pour Anne-Lie, glissa Vanja.

— Oui, confirma Torkel avec un hochement de tête.

— Est-ce que quelqu'un va nous expliquer, ou on continue à jouer aux devinettes ?" demanda Ursula en se tournant vers Vanja. Laquelle regarda Torkel qui à son tour haussa un peu les épaules en lui faisant un geste qui signifiait : à toi l'honneur. Vanja inspira à fond et se redressa sur son siège.

"Nous enquêtions sur un violeur en série qui endort ses victimes et leur met un sac sur la tête. Exactement comme ici." Elle désigna les photos présentées par Torkel. Billy se pencha pour les rapprocher de lui. "Anne-Lie, ma cheffe là-bas, a recruté Sebastian pour cette enquête, raison pour laquelle je suis partie, termina Vanja.

— Et maintenant elle veut nous embarquer, constata Billy.

— Comme elle me l'a dit : hier, c'était un violeur qu'elle avait sur les bras, aujourd'hui, c'est très vraisemblablement un meurtrier, confirma Torkel en opinant du chef.

— Elle est bien pour ça, compléta Vanja. Elle fait appel à l'aide dont elle a besoin."

Ça avait beau être un compliment, la déception de Vanja était tangible. C'était bien de faire appel à toutes les ressources disponibles, mais cela signifiait qu'elle allait devoir à nouveau travailler avec Sebastian.

"Il faut qu'on s'occupe de ça, dit Torkel, comme en s'excusant.

— Je comprends bien, répondit Vanja, plus sèchement qu'elle n'aurait voulu.

— Alors, qu'est-ce que tu en penses ? demanda Torkel

en allant reprendre à Billy les photos de Rebecca pour les ranger dans le dossier. Comment vas-tu faire ?"

Qu'en pensait-elle, en réalité ? Bizarrement, elle se sentait plus découragée qu'en colère. Apparemment, impossible pour elle d'échapper à Sebastian Bergman. Chaque fois, il parvenait à faire son nid dans leurs enquêtes, à se rapprocher de plus en plus de l'équipe et d'elle. Peu importait combien de fois ils s'étaient débarrassés de lui, il revenait toujours. Comme un putain de boomerang humain. Si elle avait cru aux forces supérieures, au karma ou au destin, elle se serait dit qu'il était écrit qu'elle aurait toujours cet insupportable salaud sur le dos.

Comme une punition.

Comme une épreuve.

Comme quelque chose de prédestiné.

"Visiblement, je ne lui échapperai pas… résuma-t-elle avec un léger haussement d'épaules.

— Il y a d'autres départements où tu pourrais travailler", tenta Torkel.

Vrai, mais Sebastian l'avait déjà chassée d'Uppsala, allait-il à présent la chasser aussi de la Criminelle ? C'était son lieu de travail. Elle était ici chez elle. Pas lui. Il y avait des limites à l'emprise qu'elle pouvait lui laisser prendre sur elle. Il était temps de relever la tête. Comme la dernière fois, il revenait et elle envisageait de battre en retraite. C'était trop simple. Trop lâche.

— Non, on y va. Je ferai au mieux.

— Sûre ?"

Vanja se contenta de répondre d'un hochement de tête.

"Je vais voir ce que je peux faire une fois sur place, mais ce n'est pas sûr que je puisse exiger qu'il parte.

— Je sais.

— Même si en fait je ne crois pas que quiconque ici ait envie de retravailler avec lui", continua Torkel en se tournant vers Ursula et Billy. Billy opina du chef d'un air un peu absent. Ursula commençait à être un peu agacée. Elle avait été celle qui avait le plus traîné des pieds pour reprendre Sebastian, quand il était revenu. À l'époque. La première fois. Beaucoup d'eau avait coulé sous les ponts et, en voyant des adultes se liguer ainsi contre lui comme des gamins dans une cour de récréation, elle ne put se taire plus longtemps. Et tant pis pour la bonne ambiance.

"Moi, je n'ai rien contre travailler à nouveau avec lui", dit-elle tranquillement en les fixant à tour de rôle, comme pour tendre la perche à leurs protestations. Il n'en vint aucune, mais Vanja la regarda comme si elle venait de la trahir, avant de se lever et de quitter la pièce.

"Bon, très bien, alors on y va", soupira Torkel. Il était loin, son bonheur du matin. Comme toujours quand Sebastian Bergman était de la partie.

Le corps était toujours dans la chambre.

Planté sur le seuil, Billy se surprit à le regarder fixement. Une femme morte sur un lit. Impossible de ne pas y penser.

Dans la voiture, en montant à Gävle, un trajet de deux heures que Billy avait expédié en à peine une heure et demie, il s'était demandé s'il devait aborder le sujet de Jennifer. Ils avaient malgré tout travaillé quelques fois avec elle. Ursula l'aimait bien, se rappelait Billy. Cela aurait été la chose la plus naturelle du monde de demander s'ils avaient appris ce qui s'était passé, mais en même temps, il ne voulait pas risquer de laisser voir que quelque chose clochait. My n'avait rien remarqué, mais elle n'était pas policière et ne travaillait pas avec lui depuis plusieurs années.

En plus, Vanja était comme un putain de détecteur de mensonges.

Un ton de voix faux, une brève hésitation sans raison, et elle mordait comme un cobra.

Mais s'il ne mettait pas ça sur le tapis et qu'ils apprenaient ensuite qu'il l'avait su pendant tout ce trajet, ça semblerait aussi bizarre. Il était sur le point de dire quelque chose quand il se figea.

Vanja savait qu'il avait trompé My.

Il le lui avait avoué dans un moment de faiblesse, alors qu'il avait mauvaise conscience. Cela lui semblait à présent presque ridicule, avoir mauvaise conscience pour une infidélité, mais ce qui était fait était fait.

Lui avait-il aussi dit avec qui ?

Il dut y réfléchir de plus près. Non, sans doute pas. À moins que ? Il essayait de se remémorer la situation. Ils visionnaient ensemble des films de vidéosurveillance de portiques de péage, à la recherche d'un camping-car.

Il avait avoué.

Elle avait demandé avec qui.

Il avait répondu… que ça n'avait pas d'importance.

Oui, c'était ça. Il en était certain. La question était donc : en parler ou non ?

"Vous avez appris, pour Jennifer ? demanda Vanja, décidant à sa place.

— Oui, répondit Ursula. C'est terrible. Vous vous voyiez en dehors du travail, non ? demanda-t-elle en se tournant vers Billy.

— Je l'ai vue de temps en temps, après la fois où on est allés ensemble à Kiruna, dit-il, concentré sur la route.

— Elle ne m'a jamais beaucoup plu, reconnut Vanja à voix basse, tournée vers le paysage qui défilait à une vitesse valant retrait de permis.

— C'est juste parce qu'elle t'a remplacée", répondit Billy, content du tour qu'avait si vite pris la conversation, mais veillant bien à ce qu'en aucune façon cela puisse sous-entendre que Jennifer valait mieux que Vanja.

Ne pas les comparer comme policières.

Il s'était jadis lui-même comparé à elle, et l'instinct de compétition de Vanja, allié à son incapacité à ne pas toujours être la meilleure, avait enfoncé un coin entre eux. Avant, ils étaient comme frère et sœur, aujourd'hui ils étaient collègues, amis même, mais la proximité et la confiance d'autrefois n'avaient jamais été restaurées. C'était peut-être une chance, songea Billy. S'ils avaient été plus proches, il lui aurait peut-être aussi dit *avec qui* il avait trompé My.

C'était déjà assez mal engagé comme ça.

"Non, c'est parce qu'elle ne me plaisait pas, maintint Vanja. Elle voulait que le boulot soit tout le temps excitant, merde. Courses-poursuites, coups de feu et tout le toutim.

— C'est un peu injuste de dire ça, répliqua Billy.

— Elle a plongé toute seule dans une grotte en France…

— Et elle est morte !"

Ça lui avait échappé plus haut et plus fort qu'il n'aurait voulu. Sa voix avait un peu craqué, et le silence se fit dans la voiture.

"Pardon, j'ai manqué de tact", entendit-on sur la banquette arrière. Vanja lui posa la main sur l'épaule et la serra. "Pardon, je sais que tu l'aimais bien.

— Oui…"

Il avait encore accéléré et ils n'avaient plus parlé de Jennifer. Billy espérait que ça continuerait ainsi.

"Pardon."

Un des techniciens essayait d'entrer dans la chambre. Billy recula d'un pas en poussant un profond soupir.

Gaffe.

Il retraversa la cuisine et gagna le séjour. Les techniciens n'avaient pas encore retrouvé son téléphone ni son ordinateur, mais ils n'avaient pas encore fouillé tous les placards et les tiroirs. C'était par là qu'il allait commencer.

Il était un bon policier.

Il n'allait plus penser à Jennifer.

Elle allait prendre de moins en moins de place.

Le cri deviendrait chuchotement.

Vanja était assise dans la cage d'escalier, adossée au mur, un rapport très préliminaire – en réalité guère plus que les notes des premiers policiers arrivés sur place – à la main. Elle n'avait pas grand-chose à faire sur la scène de crime proprement dite. C'était le domaine de Billy, et surtout d'Ursula. Mais se rendre à Gävle avait repoussé sa confrontation avec Sebastian de quelques heures encore.

Elle parcourut le texte qu'elle avait sous les yeux.

Rashid Nasir était arrivé juste après 9 heures ce matin. Avait ouvert avec un passe et découvert le corps. Le 112 avait reçu son appel à 09 h 16. Le premier policier était arrivé sur place moins de dix minutes plus tard, avait confirmé les déclarations de Rashid, sécurisé la zone et appelé collègues et techniciens. Ces derniers étaient encore à pied d'œuvre dans le petit appartement, mais leur seule constatation préliminaire était l'absence de traces d'effraction sur la porte d'entrée. Ils se trouvaient au troisième étage, il était donc peu plausible que le meurtrier soit entré par la fenêtre. Vanja nota de se renseigner sur le nombre de clés de l'appartement en circulation. Rashid en avait une. Il y en avait peut-être d'autres. C'était là à peu près tous les éléments dont elle disposait.

Personne n'avait encore entendu les voisins. Rien sur la dernière personne à avoir vu Rebecca. Rien sur la date depuis laquelle elle habitait ici. Rien sur son passé. Carlos avait sûrement déjà pêché tout ça, et sinon Billy le ferait en moins de deux une fois de retour au commissariat, mais puisqu'elle était là, autant se rendre utile plutôt que de rester assise dans l'escalier.

Elle se leva et alla sonner à la porte la plus proche de celle de Rebecca. Elle s'ouvrit aussitôt, comme si cette personne, un barbu d'environ trente-cinq ans en chemise de flanelle à carreaux et jean informe attendait en suivant tous les événements par son judas.

“Bonjour, Vanja Lithner, brigade criminelle, se présenta Vanja en montrant sa carte. Puis-je vous poser quelques questions ?

— Bien sûr, répondit l'homme, partageant son attention entre Vanja et les pleurs qui arrivaient du fond de l'appartement, de plus en plus insistants. Entrez, entrez. Je pensais qu'il allait se rendormir…” ajouta-t-il en ouvrant sa porte avant de disparaître dans l'appartement. L'homme ouvrit une porte et on entendit bientôt les pleurs plus distinctement, tandis qu'il se mettait à parler calmement à quelqu'un. Vanja entra, referma derrière elle et se fraya un passage devant la poussette qui encombrait l'entrée. En face, par une porte entrebâillée, Vanja aperçut un grand lit défait. Elle tourna à droite et entra dans un séjour. Un canapé gris près d'une table basse ronde à desserte. Un fauteuil dépareillé avec un repose-pieds à un bout du canapé. Des murs fraîchement repeints décorés d'œuvres d'art choisies par goût et non pour leur valeur. Des jouets jonchant le sol, une cuisinière pour enfants sous la fenêtre. Une maison habitée. Un confortable désordre. Vanja aimait ça.

“Asseyez-vous, asseyez-vous”, dit l’homme en lui indiquant le canapé quand il revint de la pièce adjacente au séjour que Vanja devina être la chambre d’enfant, puisqu’il portait sur le bras un garçon mal réveillé en couches et tee-shirt, une tétine à la bouche. Vanja fit un petit coucou au garçon qui se frotta l’œil du revers de la main avant de détourner la tête et d’enfouir son visage dans le cou barbu de son père. Vanja s’assit et regarda en direction de la cuisine où l’homme sortit un petit pot, en dévissa le couvercle et le mit à chauffer au micro-ondes. Pendant que ça chauffait, il remplit une gourde et la donna au garçon, qui y but avidement en regardant Vanja d’un œil sceptique.

Jonathan ferait un bon père, l’idée frappa Vanja. Ça pourrait ressembler à ça. Ils en avaient parlé. De faire des enfants. Pour rire, surtout, mais pas seulement. Ça semblait une étape naturelle qu’elle aurait très volontiers franchie avec Jonathan. Elle allait avoir trente-cinq ans l’an prochain.

“Comment vous appelez-vous ? demanda-t-elle à l’homme, qui avait posé un bavoir, une assiette creuse en plastique et une petite cuillère en plastique vert devant la chaise bébé.

— Ah, pardon, Pierre. Et voici Grim”, dit-il en montra de la tête son fils dans ses bras. Le four sonna. Pierre l’ouvrit, sortit le petit pot et le posa sur le plan de travail. Il alla installer Grim sur la chaise haute. Le garçon se mit aussitôt à geindre en tendant les mains pour qu’on le reprenne dans les bras.

“Oui, oui, oui, attends un peu”, dit Pierre en prenant le petit pot pour s’asseoir à côté de Grim à la table de la cuisine. Il versa le contenu du petit pot dans l’assiette, remua et souffla un peu dessus tout en attachant le bavoir au cou de Grim, avant de planter la cuillère dans la nourriture, qu’il poussa vers Grim. Ce dernier s’empara de la cuillère et entreprit de pelleter le contenu de l’assiette dans sa bouche, avec des résultats mitigés. Ce n’était pas le premier jour de congé paternité de Pierre, remarqua Vanja.

“Votre voisine, Rebecca, commença Vanja, maintenant que la situation semblait sous contrôle et que Pierre pouvait partager son attention entre son fils et elle. Depuis combien de temps habite-t-elle l’immeuble ?

— Je ne sais pas bien, nous habitons ici depuis bientôt deux ans et demi et elle était déjà là quand nous avons emménagé.

— Donc, vous ne la connaissiez pas si bien ?

— Pas du tout, en fait, oups…” Il se pencha rapidement pour ramener la main brandissant la cuillère pleine au-dessus de la table, au moment où Grim faisait mine de diriger un orchestre avec de grands gestes. “Elle était un peu bizarre.

— Comment ça ?

— Elle ne disait jamais rien, passait son temps à marmonner toute seule, était opposée à tout, on ne la voyait presque jamais.” Il prit la cuillère avec laquelle il avait servi le petit pot, ramassa ce qui était tombé sur le bavoir et le remit dans l’assiette. “Elle pensait être persécutée.

— Par qui ? demanda Vanja en se redressant dans le canapé.

— Je ne sais pas, je ne crois pas qu'elle le savait elle-même, mais tout tournait autour de cette affaire de détecteur d'incendie."

Vanja se leva du canapé et le rejoignit à la table de la cuisine. Grim la regarda avec de grands yeux, la cuillère à la bouche.

"Racontez."

L'après-midi touchait déjà à sa fin quand Billy, Vanja et Ursula arrivèrent à Uppsala. Vanja indiqua à Billy où il pouvait se garer, leur procura des badges et des passes et les conduisit au huitième étage. Elle poussa la porte du département qu'elle avait quitté un peu plus d'une demi-journée plus tôt, et où Carlos et Sebastian étaient tous deux assis à leur bureau. Ils levèrent les yeux. Vanja lança un regard dur à Sebastian puis se tourna vers Carlos.

"Voici Billy et Ursula, mes collègues de la brigade criminelle." Carlos se leva et vint à la rencontre des nouveaux arrivants.

"Carlos Rojas, soyez les bienvenus." Ils se serrèrent la main puis Carlos se tourna vers les bureaux, le long des fenêtres. "Je suis ici, Sebastian là, dit-il. Je suppose que Vanja va reprendre sa place habituelle tout là-bas, mais sinon vous pouvez vous installer comme vous voulez. Pour les mots de passe, les sessions et ce genre de choses, vous n'avez qu'à me demander.

— Merci", répondirent Billy et Ursula à l'unisson avant de se disperser dans la petite pièce. Billy prit possession du bureau le plus éloigné de la fenêtre, Ursula choisit celui en face de celui de Sebastian. Elle lui sourit en s'y installant, mais son attention était fixée ailleurs.

Sur Vanja.

Évidemment.

Il se leva et s'approcha d'elle.

"Salut", commença-t-il en s'efforçant de paraître aussi ouvert et contrit que possible. Non qu'elle daigne lui accorder le moindre regard, mais quand même. "Je sais que tu ne veux pas de moi ici, continua-t-il à voix basse.

— Et pourtant tu es là", répondit-elle avant de se frayer un passage et de regagner son ancien poste de travail. Sebastian hésita. Quand Torkel était arrivé, Sebastian lui avait demandé des nouvelles de Vanja, et avait ainsi appris qu'elle avait l'intention de revenir. Ce n'était pas de gaieté de cœur, mais elle ferait au mieux. Il ne savait que trop ce que cela voulait dire : elle essaierait à tout prix de l'éviter.

Compréhensible. Mais il ne pouvait pas le permettre.

Il avait besoin d'elle.

Il avait une dernière chance de tout raccommoder. Cette fois, il n'avait pas l'intention de tout gâcher. De trahir, de détruire. Elle allait peu à peu l'accepter. Non pas comme père, il n'osait plus l'espérer, mais comme quelqu'un qu'elle pouvait approcher. Supporter. C'était peut-être un peu pathétique mais il pourrait s'en contenter. Ce ne serait pas simple, il le savait, mais il comptait bien s'en tenir au plan pour lequel il avait opté dans l'ascenseur, avant leur première rencontre.

"Ce sera différent cette fois, dit-il en la suivant jusqu'à son ancienne place.

— Je ne crois pas, répliqua-t-elle sèchement avant

de s'asseoir dans son fauteuil de bureau en lui tournant le dos.

— Nous serons juste des collègues qui travaillent sur la même enquête. Rien d'autre. Promis.

— Tu n'as jamais tenu aucune de tes promesses jusqu'à présent, alors…"

Que répondre à ça ? Il ne se rappelait pas toutes les promesses qu'il lui avait faites, mais supposait qu'il avait manqué à toutes. C'était son habitude. Qu'il s'agisse de petites comme *"bien sûr que je reste pour le petit-déjeuner"* ou de grandes comme *"je te protégerai toujours"*. Sa vie entière était le résultat d'une suite de mensonges et de promesses rompues.

"Je sais que j'ai fait des choses stupides, que je t'ai blessée, mais…"

Elle pivota sur son fauteuil et croisa son regard pour la première fois depuis son arrivée.

"Est-ce que tu as quelque chose à me dire concernant l'enquête, là ?

— Hein ? Non, enfin oui…" Il regarda vers le bureau d'Anne-Lie où cette dernière s'entretenait avec Torkel. "… mais Torkel a dit qu'on ferait le point dès votre arrivée, alors j'attends.

— Qu'est-ce que tu fais là, alors ?

— Comment ça ?

— Tu l'as dit, nous serons des collègues qui travaillent sur la même enquête. Rien d'autre." Elle se cala en arrière, les bras croisés sur la poitrine, comme si elle s'appliquait à prendre ses distances jusque dans sa posture. Pas seulement en paroles. "Si tu n'as rien à me dire concernant l'enquête, pourquoi restes-tu là ?

— Quand on est collègues, on se parle, non ? tenta-t-il.

— Nous, non", lâcha-t-elle durement avant de lui tourner démonstrativement le dos.

Sebastian resta planté là quelques secondes, envisagea d'insister, mais estima que cela ne ferait qu'envenimer les choses.

"D'accord..." fit-il tout bas avant de la laisser. Il vit Ursula qui le regardait avec un petit sourire qu'il ne parvenait pas vraiment à interpréter, de la compassion amusée, si un tel mélange existait. Si Vanja était la moins contente de le voir et Ursula la plus contente, il devait y avoir quelqu'un entre les deux. C'était en tout cas ce que supposait Sebastian. Autant expédier tout d'un coup, faire le tour de la question, songea-t-il en se dirigeant nonchalamment vers Billy, occupé à installer son matériel.

"Salut, ça faisait un bail.

— Oui."

Quelque chose dans cette courte réponse suggérait que Billy ne se serait pas plaint que cela dure plus longtemps.

"Comment vas-tu ?" demanda Sebastian d'un ton familier en s'asseyant sur le bord de son bureau. Billy lui adressa un regard qui disait qu'il comprenait que cette question allait au-delà d'une simple curiosité sur son état de santé général. Sebastian était un des rares, le seul désormais, d'ailleurs, à connaître son désir sombre. À avoir vu jusqu'où il était prêt à aller.

"Tout va bien de mon côté, répondit Billy d'un ton neutre. Et toi ?

— Finies, les petites excursions dans les animaleries, les chenils et autres ?" continua Sebastian sans lâcher son collègue du regard. Billy se redressa tout en regardant alentour. Personne dans la pièce ne semblait faire attention à eux. Il s'approcha d'un pas de Sebastian et baissa la voix.

"Cette plaisanterie a un peu trop duré.

— Ce n'est pas une plaisanterie.

— Arrête ça. Je suis sérieux." Il y avait une dureté au fond de sa voix qui fit que Sebastian n'en douta pas une seconde. "Je sais ce que tu as vu, mais c'était autrefois. Une seule fois. Rien ne s'est passé depuis.

— OK, très bien.

— Alors laisse tomber."

Il se pencha vraiment tout près et Sebastian sentit son haleine sur son visage. Ils se toisèrent du regard quelques secondes, en silence. Un instant, une impression traversa Sebastian.

Billy pouvait être dangereux.

Pas seulement pour un chat.

"OK, je laisse tomber.

— Très bien, dit Billy en reculant d'un pas avant de continuer à installer son nouveau poste de travail. Dans ce cas, ce sera sympa de retravailler ensemble", reprit-il comme si les paroles échangées dans les secondes précédentes n'avaient pas existé. Sebastian se leva du bureau et retourna à sa place, où Ursula l'attendait. Elle lui donna une courte accolade de bienvenue.

"Ça fait plaisir de te revoir.

— Une sur trois, dit Sebastian avec un sourire et un geste vague dans la direction de Vanja et Billy. C'est plus que d'habitude !"

Ursula comprit que c'était censé être une plaisanterie, mais ce n'était hélas que trop vrai.

Ils étaient tous les sept rassemblés dans une des grandes salles de réunion, qui faisait passer leur Salle de Kungsholmen pour une ruine à restaurer : parquet en arêtes de poisson verni avec un grand tapis rouge rectangulaire sous une imposante table en chêne pouvant accueillir douze personnes. Des chaises à haut dossier tendues de cuir, plus confortables que la plupart de celles qu'il avait chez lui, pensa Billy en s'y asseyant. Au plafond, un éclairage moderne mais fonctionnel, sous forme de trois longs tubes d'aluminium munis d'ampoules. Sur un mur, un grand tableau blanc où étaient affichées des photos et une carte d'Uppsala. Cette carte était recouverte d'une mince plaque de verre qui permettait d'écrire directement dessus et d'effacer ou de corriger au besoin. Torkel nota de s'en procurer une semblable à Stockholm à installer dans la Salle. Le long d'un autre mur, un buffet dont les portes ouvertes laissaient voir une réserve de fournitures de bureau, papier, blocs-notes, stylos, dossiers et post-it bien rangés en piles classées. Posées dessus, une corbeille de fruits et des bouteilles d'eau et de coca. Au plafond pendait un vidéoprojecteur dernier cri braqué sur le mur du tableau blanc, où un écran était roulé. Dans les deux coins, des écrans de vidéoconférence sur des pieds orientables. Au cours des dernières années, la Criminelle avait pratiqué nombre de salles de réunion à travers tout le pays, mais celle-ci était sans conteste la plus luxueuse. Plus propre à accueillir le conseil d'administration de quelque célèbre société cotée en Bourse qu'à y discuter viols et meurtres.

"Très bien, commença Anne-Lie en descendant le dernier des stores orange des fenêtres donnant sur le couloir, de façon à empêcher tous regards indiscrets. Commençons par l'éléphant dans la pièce, sans tourner autour du pot. Sebastian…"

Tous se tournèrent vers Sebastian qui venait de se caler au fond de son fauteuil à côté d'Ursula, une bouteille d'eau minérale à la main.

"Il reste, affirma Anne-Lie. Je veux l'avoir ici, et c'est mon enquête.

— J'ai fait valoir que d'habitude, en arrivant, nous prenons les commandes, glissa Torkel en jetant un regard à Vanja, mais Anne-Lie le coupa.

— Pas ici. Toute aide est plus que bienvenue, mais je ne vais pas m'aplatir comme une plouc super impressionnée de vous voir arriver de Stockholm."

Ursula se surprit à l'apprécier. Son attitude, mais aussi quelque chose d'aussi simple que d'employer le mot *plouc*. Ursula avait longtemps soutenu la thèse selon laquelle le niveau de compétence de ses collègues diminuait à mesure que l'on s'éloignait des grandes villes. Le choix du vocabulaire pouvait signaler une âme sœur chez leur nouvelle collègue et enquêtrice en chef.

"Mais nous savons aussi, continua Anne-Lie en s'adressant à présent directement à Sebastian, que tu dois garder ta queue bien rangée derrière ta braguette et te tenir à carreau, sinon c'est la porte."

Oui, décidément, Ursula l'aimait bien.

Sebastian hocha la tête et but une gorgée d'eau, puis s'essuya la bouche du revers de la main.

"Je peux quand même la sortir pour pisser de temps en temps ?"

Anne-Lie ne daigna même pas lui répondre. Elle alla tirer le siège en bout de table et s'y assit.

"Bon, ça, c'est réglé. Passons aux choses sérieuses. Qui commence ?"

Elle promena son regard autour de la table. Carlos se leva et boutonna la fine veste matelassée qu'il portait par-dessus sa chemise et son pull en laine avant d'aller afficher à côté des autres l'agrandissement de la photo d'identité d'une femme. Cheveux bruns en mèches peu fournies, yeux sombres, pommettes saillantes, lèvres fines.

"Rebecca Alm, trente ans, née à Nässjö, installée à Gävle à vingt-deux ans, elle y résidait donc depuis huit ans. Travaillait à temps partiel à la cantine d'Ängsskolan, une école libre chrétienne. Ne fréquentait pas beaucoup ses collègues. Semble en général avoir été assez renfermée. Apparemment pas diagnostiquée, mais la collègue avec qui j'ai parlé pense qu'elle souffrait épisodiquement de dépression ou quelque chose comme ça, conclut Carlos. C'est tout pour le moment, je continue à creuser."

Avec un petit hochement de tête adressé à lui-même, comme pour souligner qu'il avait fini, Carlos regagna sa place.

"On a retrouvé un téléphone dans l'appartement, mais pas d'ordinateur, enchaîna Billy en montrant de la tête la photo de Rebecca. Je vais l'inspecter dès que possible pour voir si je la retrouve sur les réseaux sociaux.

— Son voisin m'a dit qu'elle pensait être persécutée, glissa Vanja.

— Par qui ? demanda Torkel en se penchant avec intérêt.

— Il ne savait pas, répondit Vanja avec un petit haussement d'épaules. Mais elle refusait d'installer les détecteurs de fumée, elle pensait qu'ils cachaient des caméras.

— Pourquoi quelqu'un aurait-il voulu la surveiller ? demanda Anne-Lie en allant noter « *Surveillée ?* » à côté de la photo de Rebecca. Elle a forcément dû en parler à quelqu'un ?"

Elle se tourna vers Carlos, qui imita le petit haussement d'épaules de Vanja.

"Pas que nous sachions. En tout cas pour le moment.

— OK. Savons-nous depuis combien de temps elle est morte ?"

Ursula s'étira sur son siège. Sebastian la regarda du coin de l'œil. Son invitation à dîner tenait-elle toujours ? Sinon, c'était une chambre d'hôtel solitaire qui l'attendait. Il avait l'intention de faire de son mieux pour tenir la promesse de changement et d'amélioration faite à Vanja, et quelques heures avec Ursula lui rendraient les choses plus faciles.

"Étant donné l'environnement et l'état du corps, je dirais deux semaines, plus ou moins quelques jours.

— Son voisin l'a vue le 2 octobre, dit Vanja.

— C'était aussi son dernier jour au travail, glissa Carlos.

— Personne n'a remarqué son absence ? s'étonna

Anne-Lie en notant 2/10 avec un point d'interrogation après le nom de Rebecca.

— Si, on l'a appelée, et deux de ses collègues sont venues, mais comme elle n'ouvrait pas…" Il fit un geste des bras indiquant que l'engagement de ses collègues en était resté là. "Apparemment, il lui arrivait de temps en temps de s'absenter comme ça, mais elle finissait toujours par revenir."

Une personne solitaire.

Les villes en étaient pleines. Plus elles étaient grandes, plus il y en avait.

Des personnes comme Rebecca, qui pouvaient disparaître des jours, des semaines, sans que personne ne s'inquiète de leur absence. Sebastian se surprit à se demander combien de temps on mettrait à le retrouver, s'il faisait un infarctus chez lui, dans son appartement de Grev Magnigatan. Longtemps. Plus de deux semaines, sans doute. À qui manquerait-il ? À Ursula, peut-être ? Mais pas assez pour qu'elle s'inquiète pour lui.

"Personne n'a remarqué l'odeur ? demanda Vanja.

— Il faisait assez frais dans l'appartement, elle était petite et mince, presque maigre, pas grand-chose à putréfier, elle s'est plus ou moins momifiée sur place", expliqua Ursula.

C'était déjà quelque chose, pensa Sebastian. Avec ses kilos en trop autour de la taille, il se mettrait quant à lui à sentir. Peut-être même à suinter à travers le plancher chez la vieille Ekensköld, à l'étage en dessous. Ce serait désormais sa raison de ne pas obéir à son médecin quand il lui disait qu'il se porterait mieux en perdant quelques kilos.

“L’institut médicolégal nous renseignera sur l’éventuelle présence de somnifère dans le sang ou traces de sperme, reprit Ursula en feuilletant les notes qu’elle avait devant elle. Elle avait un léger bleu au cou qui pourrait être une piqûre d’aiguille, mais nous n’en serons sûrs qu’après l’autopsie”, acheva-t-elle en se calant à nouveau au fond de son siège.

Anne-Lie alla devant la carte avec un feutre fin. “Ida Riitala a été attaquée ici…” Elle marqua un petit cercle sur la carte, avec le chiffre un à côté. “… le Vieux Cimetière, le 18 septembre.” Elle nota 18/9 dans le cercle.

“La suivante est Therese Andersson, cinq jours plus tard, ici.” Nouveau cercle, un deux et une nouvelle date : 23/9. “Puis il part à Gävle.” Elle écrivit le nom de Rebecca à l’extérieur de la carte, avec 2/10 et à nouveau un point d’interrogation.

“Klara Wahlgren, le 13 octobre.” Un cercle, un quatre et la date 13/10 achevèrent la récapitulation. Anne-Lie reposa son feutre et recula d’un pas. Tous étudiaient la carte en silence.

“Uppsala, Uppsala, Gävle, puis à nouveau Uppsala, dit Sebastian.

— Oui, qu’est-ce que ça a de spécial ? demanda Carlos.

— Cela suggère que les victimes sont peut-être choisies”, répondit Vanja à la place de Sebastian, qui éprouva une pointe de fierté.

Elle pensait bien. Elle pensait comme lui.

La fille de son père.

“En tout cas, que Rebecca l’était, développa-t-il en adressant à Vanja un regard approbateur qu’elle ignora naturellement. Y a-t-il un lien entre les victimes d'Uppsala et Alm ?

— Pas à notre connaissance, répondit Carlos. Mais nous n'avons pas encore interrogé les trois autres à ce sujet.

— Il y a un lien entre Ida et Klara, glissa Vanja.

— Lequel ?

— Elles se connaissaient. Elles ont chanté dans la même chorale."

Sebastian opina du chef. Deux des victimes se connaissaient, le meurtrier avait changé de ville pour en atteindre une autre. Ils étaient peut-être là sur une piste.

"Savons-nous comment il a réussi à entrer dans l'appartement ? demanda Torkel en se tournant vers Billy et Ursula qui étaient allés sur place.

— Non, répondit Ursula. La serrure était intacte, nous essayons de savoir combien il y avait de clés en tout.

— Est-ce qu'elle aurait pu lui ouvrir ?

— Elle était censée survivre, alors ce n'est pas très plausible, non ? répondit Sebastian sans faire le moindre effort pour cacher qu'il trouvait que c'était la question la plus stupide depuis le début de la réunion.

— Il était peut-être masqué et aura forcé le passage aussitôt la porte ouverte, persista Torkel en essayant de ne pas laisser transparaître son irritation.

— La porte avait-elle un judas ? s'enquit Sebastian en se tournant vers Ursula, qui hocha la tête. Une femme qui croit qu'on la surveille regarde par le judas, et si la personne est masquée, elle n'ouvre pas", conclut Sebastian comme s'il parlait à un enfant de cinq ans. Torkel allait répondre, mais Anne Lie le précéda :

“Tu as quelque chose à dire, ou tu es juste là pour nous critiquer ?

— Bonne question.” Sebastian se leva et s’approcha du tableau blanc. Il se campa devant, dos aux autres, et l’étudia quelques secondes. Il commençait parfois ainsi ses conférences. En se taisant, dos au public. À écouter le brouhaha se dissiper. Pour créer l’attention et l’attente maximales.

“C’est pour aujourd’hui ou pour demain ?” s’impatienta Torkel.

Sebastian se retourna avec un soupir.

“L’agresseur a fantasmé son acte un bon moment, et la première victime a probablement été attaquée dans un environnement qui lui était familier, pas trop loin de chez lui, commença-t-il en montrant le numéro un sur la carte.

— On se concentre donc sur Ida Riitala, se dépêcha de résumer Torkel. Quoi d’autre ?”

Sebastian croisa son regard. Il avait l’impression que Torkel cherchait à le faire apparaître un peu à son désavantage, peut-être une première étape avant d’obtenir son départ.

Ça ne marcherait pas.

“La femme est peut-être quelqu’un qu’il connaissait ou au moins qu’il avait déjà vu, il a éventuellement observé ses habitudes. Il veut autant que possible éviter les surprises.”

Sebastian se tourna à nouveau vers le tableau et, cette fois, il montra de la main les photos affichées.

“D’habitude, le mobile dans ce genre de cas est le pouvoir et le contrôle, même si on ne peut exclure une pure haine des femmes, mais le mode opératoire suggère quelque chose de plus compliqué que ça."

Il embrassa son assistance du regard et vit qu'il avait capté leur attention. Il envisagea une nouvelle pause théâtrale, mais s'en abstint :

"Le fait qu'il les endorme peut être dû à deux choses : soit il ne se pense pas capable de réussir l'acte lui-même si la victime est consciente, soit il a besoin d'éprouver un contrôle total."

Billy leva les yeux des papiers qu'il était en train de parcourir. Il se faisait des idées, ou cette dernière remarque lui était-elle destinée ?

"S'il s'agit de cette dernière hypothèse, cette personne a vraisemblablement déjà fait l'expérience du contrôle et de la soumission. Dans un contexte sexuel."

Cette fois-ci, Billy sut qu'il ne se faisait pas des idées : Sebastian jeta effectivement un coup d'œil dans sa direction.

"Une forme de sadomasochisme ?" demanda Vanja avec un petit dodelinement de la tête qui indiquait qu'elle ne comprenait vraiment pas ceux qui s'adonnaient à ce genre de pratiques sexuelles.

Billy, lui, comprenait parfaitement.

Le contrôle. La puissance enivrante. La satisfaction.

"Une forme de domination en tout cas, acquiesça Sebastian. S'il s'agit de la crainte de ne pas réussir l'acte lui-même, cette personne a très probablement peu d'expériences sexuelles antérieures, voire aucune, et si elle en a eu, elles sont mauvaises.

— Comment pouvons-nous le retrouver ? demanda Anne-Lie.

— Cette dernière catégorie, c'est difficile, car il s'agit souvent de solitaires, répondit Sebastian avec un petit soupir. S'il appartient à l'autre type, il se sera éventuellement adressé, avec un peu de chance, aux cercles BDSM, mais aura trouvé ça insuffisant.

— Est-ce que le sac sur la tête a aussi à voir avec le contrôle ? demanda Ursula.

— Il remplit deux fonctions. C'est une mesure de sécurité : si elles se réveillent, il ne faut pas qu'elles puissent l'identifier.

— Est-ce à dire qu'elles le connaissent ? glissa Vanja.

— Pas nécessairement, et il peut tout aussi bien s'agir de culpabilité. Il doit les dépersonnaliser. Les priver de visage. Littéralement.

— Sommes-nous sûrs qu'Ida Riitala est la première victime ? demanda Billy.

— Les dates nous donnent déjà une petite idée, répondit Sebastian d'un ton aigre, en imaginant la médaille de la question la plus stupide passer de Torkel à Billy.

— Il peut y avoir une statistique fantôme, des femmes qui n'ont pas voulu ou osé porter plainte, se défendit Billy en défiant Sebastian du regard.

— C'est inhabituel dans les cas de viols accompagnés d'agression", objecta Sebastian, notant pourtant à contrecœur qu'il y avait du vrai dans l'idée de Billy. Torkel garderait donc sa médaille.

"Nous nous concentrons sur Ida pour le moment, décida Anne-Lie. À la conférence de presse, ce soir, nous lancerons un appel encourageant de possibles victimes à se manifester pour nous fournir d'éventuelles nouvelles informations." Elle se leva pour signifier la fin de la réunion.

“Et les caméras de vidéosurveillance sur le chemin emprunté par Ida pour rentrer chez elle ? demanda Billy tout en rassemblant les documents qu'il avait devant lui.

— Il y en a quelques-unes, mais pas directement liées au lieu de l'agression, répondit Carlos.

— Je peux avoir les bandes ?

— Tout à fait.

— S'il y a un lien entre les victimes, je veux le savoir avant la conférence de presse”, dit Anne-Lie. Tous hochèrent la tête, et la réunion s'acheva pour de bon. Vanja se leva et quitta la pièce la première sans un seul regard en direction de Sebastian. En regagnant sa place, il jeta un coup d'œil à Anne-Lie qui l'encouragea d'un hochement de tête avec un sourire satisfait. Une marque d'estime bien agréable, mais ce n'était pas pour la sienne qu'il luttait.

Elle était traumatisée.

Ça avait frappé Sebastian dès qu'Ida avait ouvert sa porte aussi grand que le permettait la chaîne de sécurité, après qu'Ursula et lui eurent montré leur carte par le judas. Elle n'allait pas bien et ne voulait pas d'eux, en tout cas pas de lui, s'était-il dit quand elle les avait fait entrer à contrecœur dans le séjour de l'appartement, où ils s'étaient installés côte à côte dans le canapé. Elle était restée quant à elle debout près de la porte, comme prête à fuir au moindre danger. Sebastian l'observa se triturer nerveusement une mèche de cheveux qui pendait, raide et lourde, sur sa joue, et se mordre la lèvre inférieure. Quelque chose s'était brisé chez cette femme frêle aux yeux caves cette nuit-là au Vieux Cimetière. Quelque chose qui n'avait pas cicatrisé, pas guéri.

"Vous ne voulez pas vous asseoir ? demanda gentiment Ursula en indiquant de la tête le fauteuil près de la fenêtre.

— Je suis bien comme ça, dit Ida en secouant la tête. Qu'est-ce que vous voulez ?

— Connaissez-vous une certaine Rebecca Alm ?"

Ida secoua la tête en silence.

“Vous n’avez jamais vu cette femme ?” continua Ursula en posant sur la table une photo qu’elle poussa vers Ida, qui avança d’un pas et la regarda sans faire mine de la prendre. Elle secoua à nouveau la tête.

“Non, je ne sais pas qui c’est.” Elle leva les yeux de la photo et les fixa directement sur Ursula. “Pourquoi voulez-vous savoir ça ?

— Il lui est arrivé la même chose qu’à vous, intervint Sebastian sans laisser à Ursula le temps de répondre. À Gävle”, ajouta-t-il dans l’espoir qu’Ida se sente un peu rassurée en apprenant que l’homme qui l’avait blessée s’était déplacé, qu’il y avait plusieurs dizaines de kilomètres entre eux. Il était inutile d’en dire plus, de tout raconter. Que cette fois l’agression avait eu une issue mortelle et qu’elle s’était déroulée au domicile de la victime étaient des informations dont elle n’avait pas besoin. Cela risquait de la priver du dernier refuge où elle se sentait en sécurité. Son domicile. Certes, d’ici quelques heures seulement, la presse aurait connaissance du lien entre les agressions, et de la mort de Rebecca, mais Sebastian avait l’impression que l’isolement d’Ida la coupait aussi des informations et d’internet. Avec un peu de chance, elle ne le saurait jamais.

Ida se contenta de hocher la tête. Pas d’autres questions, d’interrogations sur comment, quand, pourquoi, s’ils avaient des pistes.

Quelques secondes de silence.

Elle est traumatisée, pensa-t-il à nouveau. Tout son être respirait le choc et le chaos. À côté de lui, Ursula reprit la photo qu’elle lui avait présentée et se leva.

“Donc, vous ne l’avez jamais vue ?”

Nouveau non de la tête. Ursula contourna le canapé et regarda Sebastian : il était temps pour eux de s'en aller.

“Avez-vous quelqu'un qui vous aide ? demanda doucement Sebastian en restant assis. Avec ce qui vous est arrivé ?

— Que voulez-vous dire ?

— On ne fonctionne plus comme d'habitude après une expérience aussi bouleversante, on peut avoir besoin d'aide pour se ressaisir, quelqu'un avec qui parler.

— Je prie.

— Quelqu'un d'autre que Dieu.”

Ida croisa son regard pour la première fois depuis leur arrivée.

“Vous ne croyez pas qu'Il peut aider ?”

Sebastian ne répondit pas directement. Personnellement, il ne croyait en aucune puissance supérieure. Mais il était convaincu que la foi et la religion pouvaient donner l'impression d'appartenir à un tout, qu'il y avait quelque chose de plus grand, un ordre, un sens. Croire en quelque chose pouvait apporter du secours dans beaucoup de situations, mais il était tout aussi convaincu qu'une jeune femme victime d'un grave traumatisme avait besoin d'autre chose, de plus.

“Je crois que Sa capacité à nous aider concrètement au jour le jour est quelque peu limitée.

— Vous ne croyez pas en Dieu ni en Jésus, asséna Ida d'un ton qui indiquait qu'elle s'était fait son idée sur le type de personne qu'était Sebastian et par là même son opinion sur lui.

— Mes parents y croyaient, répondit sincèrement Sebastian pour tenter malgré tout de raccrocher les wagons.

— Mais pas vous, insista Ida après cette non-réponse. Voilà pourquoi vous ne comprenez pas qu'Il nous aide pourvu qu'on Lui fasse confiance."

En effet. Il ne comprenait pas.

N'avait jamais compris.

Et encore moins fait confiance.

Au contraire, il avait consacré la plus grande partie de son enfance à lutter contre tout ce que ses parents croyaient et défendaient et, finalement, ils n'étaient pas les seuls à s'être lassés de son désintérêt rebelle et de son active prise de distance. Sa mère le lui avait dit, la dernière fois qu'ils s'étaient vus :

Dieu t'a abandonné, Sebastian.

Il t'a lâché la main.

Si c'était effectivement le cas, cela expliquerait pas mal de choses. Mais il n'avait pas l'intention de faire partie de ceux qui se tournaient vers telle ou telle chapelle quand ils rencontraient des difficultés dans leur vie. Ce serait confortable de pouvoir tout mettre sur le dos d'un autre, d'autre chose. De n'être pas entièrement responsable de n'avoir pas su tenir sa fille, pas su la sauver. Que sa mort fasse partie d'un dessein divin plus vaste. Impénétrable certes, mais néanmoins un dessein.

Il n'avait cependant pas envie de se lancer dans une discussion dont il savait d'expérience qu'elle serait inutile. Il s'agissait de foi. Soit on croyait, soit on ne croyait pas, avec une personne croyante comme la jeune femme qu'il avait en face de lui, la raison et l'argumentation ne pouvaient jamais l'emporter.

"Vous n'allez pas bien", dit-il plutôt avec toute la sollicitude qu'il put. Ida ne lui répondit pas. "Quand êtes-vous sortie pour la dernière fois ? continua Sebastian, sans obtenir de réponse là non plus. Ida…

— Il y a une semaine, je crois, finit-elle par lâcher.

— Se cacher du monde n'est pas une solution.

— Dieu m'apportera une solution.

— Dieu vous aide peut-être en vous incitant à voir quelqu'un, tenta Sebastian, voyant que pour la première fois Ida semblait avoir enregistré ce qu'il avait dit. Ses voies sont impénétrables, continua-t-il avec cette citation qu'il avait quelquefois entendu prononcer chez lui quand il se passait quelque chose qu'on n'arrivait pas bien à expliquer. C'est peut-être pour cela qu'Il m'a envoyé à vous", conclut-il. Il comprit qu'il était allé trop loin en voyant la réaction d'Ida.

"Vous croyez accomplir la volonté de Dieu, *vous* ?" cracha-t-elle presque, la voix pleine de mépris.

En temps normal, l'idée aurait pu le tenter mais, vu la situation, il aurait voulu se mordre la langue et n'avoir jamais dit ça. Il était peut-être sur le point d'arriver à l'atteindre, et il avait gâché sa chance.

"Ce n'est pas moi qui ai besoin de le croire", dit-il en espérant que cette formulation fumeuse trouverait un écho chez elle. Visiblement non.

"Allez-vous-en", lâcha Ida.

Sebastian se leva lourdement. Ida recula quand il s'approcha d'elle et de la porte.

"Vous avez besoin de quelqu'un, essaya-t-il une dernière fois.

— Partez, s'il vous plaît.

— Il n'y a pas quelqu'un que je pourrais appeler pour vous ?" proposa-t-il en dernier recours. Ida croisa les bras sur sa poitrine et baissa les yeux.

“Sebastian…” Ursula lui fit signe de venir, ils ne pouvaient rien faire de plus. Pas pour l’instant, en tout cas. Avec un soupir de découragement, il la suivit dans l’entrée, hors de l’appartement.

Aussitôt la porte refermée, Ida vint la verrouiller et remettre la chaîne de sécurité. Puis elle souffla en luttant pour tenir debout, physiquement épuisée par l’effort d’avoir eu deux inconnus si près d’elle. Deux policiers, en plus.

Elle gagna la cuisine, s’assit sur une des chaises en essayant de mettre de l’ordre dans ses idées. Ses yeux tombèrent sur son portable, sur le plan de travail. Allait-elle appeler Klara ? Lui demander s’ils étaient aussi passés chez elle ?

Évidemment que oui.

Qu’avait-elle dit ? Avait-elle dit quelque chose ?

Elle se mordit nerveusement la lèvre inférieure en se demandant comment elle supporterait la prochaine visite de la police, quand ils reviendraient lui annoncer que Klara Wahlgren avait reconnu Rebecca et dit qu’Ida aurait elle aussi dû la reconnaître. Qu’elles se connaissaient visiblement assez bien. Peut-être suffirait-il de dire qu’elle ne l’avait pas reconnue sur la photo, qu’elle avait regardée un peu négligemment.

Ida sentit un goût de sang et porta un doigt à sa bouche. Elle s’était entaillé la lèvre. Elle regarda la tache de sang mêlé de salive sur son doigt. Ses pensées s’emballaient. Trop nombreuses, trop. Rebecca aussi. Ça devait être ça. Ça ne pouvait pas être autre chose. Elle lécha le sang sur son index, absente. Il avait raison. Ce psychologue.

Elle avait besoin de quelqu'un.

Elle avait besoin d'aide.

Elle avait besoin d'un guide, de réponses. Quelqu'un qui décide. Il fallait qu'elle sache si elle avait bien fait. Elle prit son téléphone et composa un numéro.

Ingrid était déjà irritée avant de recevoir cet appel téléphonique.

Une journée de merde, pour être honnête.

Tôt dans la matinée, un journaliste avait appelé pour l'interroger au sujet de quelque chose qu'elle avait apparemment dit dans un camp de confirmation au Jämtland, à l'époque où elle était pasteure de la paroisse de Nya Uppsala, et qu'un des confirmands avait trouvé agressif et méprisant. Si la chose refaisait surface aujourd'hui, plusieurs années après, c'était probablement à cause de la prochaine élection épiscopale. Elle n'était pas inquiète, au fond, elle s'était contentée de proclamer la parole de Dieu selon les Écritures, et si quelqu'un l'avait mal pris ou avait trouvé ça dérangeant, il n'aurait peut-être pas fallu faire sa confirmation. Il s'agissait de confirmer son baptême. De dire oui à Dieu, d'accepter de remettre sa vie entre Ses mains.

Même si l'organisation au sein de laquelle elle agissait, l'Église suédoise, essayait de vendre ça comme une sorte de stage où affirmer sa vision du monde. *Tu es précieux et important parce que tu es qui tu es : c'est là que réside le sens. Comme personne, tu es responsable de ta vie et de ta façon d'accueillir les autres*, pouvait-on lire sur le site de l'Église à la page consacrée à ce sacrement. Des truismes qui auraient pu être tirés de n'importe quel manuel de développement personnel bon marché. Très peu ou rien sur Dieu. Peut-être les confirmands allaient-ils *comprendre la valeur d'être exactement qui ils sont et d'être aimés de Dieu*, mais rien sur le fait qu'il fallait L'aimer en retour.

Le prier.

Le vénérer.

Que c'était de Dieu et de Jésus qu'il s'agissait.

Mais de nos jours, tout ce qui ne s'adressait pas à l'ego surdimensionné des jeunes était considéré comme sans intérêt, supposait-elle.

Même si Ingrid n'avait pas fait grand cas de l'appel de ce matin, il avait néanmoins influencé ses préparatifs en vue de l'audition obligatoire – ou *hearing*, comme le Conseil, pour une raison impénétrable, l'avait baptisée. Deux personnes l'avaient cuisinée pendant une bonne demi-heure à l'approche de l'élection. L'une était une femme qui enseignait la science de la foi et des visions du monde à l'université d'Umeå, l'autre le responsable de la programmation des rassemblements de l'Église suédoise dans un centre de stage près de Lund. Il n'y avait certainement rien à redire au sujet d'aucun des deux, mais Ingrid avait trouvé qu'ils mettaient l'accent sur les mauvaises choses, posaient les mauvaises questions, si bien qu'elle avait dû sans arrêt les remettre dans le droit chemin, ce qui l'avait peut-être fait passer pour une personne fuyante.

Refusant de répondre.

Comme une politicienne.

Après, ils l'avaient remerciée en disant que tout ça était très bien. Ingrid n'arrivait pas à décider si ce n'était qu'une formule de politesse ou s'ils le pensaient vraiment. Toute sa campagne consistait à se présenter à l'opposé des vents libéraux qui soufflaient sur l'Église, une alternative pour ceux qui voulaient retrouver les anciennes valeurs. Et ils étaient nombreux. Nombreux à voir avec effroi leur propre Église discuter pour savoir si Dieu existait vraiment ou s'Il n'était qu'une métaphore. Nombreux à ne pas en croire leurs oreilles quand ils entendaient de hauts dignitaires affirmer que la vérité était du côté de la métaphore et non de la lettre. Nombreux à avoir suivi le débat où des chrétiens étaient invités à cacher leur croix quand ils travaillaient par exemple dans le secteur médical car elle risquait d'être perçue comme un symbole provocant.

Ingrid avait des réponses sur tous ces points, encore fallait-il qu'on lui pose les bonnes questions, ce que personne n'avait fait jusqu'ici.

Elle était rongée par l'impression d'avoir raté une formidable occasion de percer, ce qui avait augmenté son irritation quand, après son audition, elle était allée à une réunion avec les représentants syndicaux au sujet d'un problème d'environnement professionnel. Tout le monde savait comment s'appelait ce problème d'environnement professionnel et quel poste il occupait, il y avait déjà eu d'innombrables réunions de concertation pour planifier les mesures à prendre à son sujet. Rien de nouveau n'allait sortir de la réunion du jour, Ingrid en était convaincue. Elle avait été surprise : le problème en question envisageait désormais de quitter son poste. À condition de recevoir une année de salaire en indemnités de départ. Ce qui permettrait également d'éviter que ce problème d'environnement professionnel ne connaisse une trop grande publicité au sein de la paroisse.

Ce n'était rien d'autre qu'un chantage.

Ils essayaient de tirer profit du fait qu'elle posait sa candidature à l'élection épiscopale.

Elle était une des sept candidats, dont trois avaient une réelle chance d'être élus, de son point de vue. Ce qui pouvait être ramené à deux si elle décidait d'utiliser ce qu'elle savait sur Göran Peltzén. Le voyage à Londres en 2012 avait coûté beaucoup plus cher que prévu à la paroisse de Strängnäs. En regardant les choses de plus près, si Ingrid avait bien compris, on trouverait un certain nombre de factures de restaurants et de théâtres réglées par la paroisse, ce qui était difficilement justifiable. En outre, il semblerait que les épouses et maris accompagnants avaient bénéficié d'un tarif substantiellement réduit. La question était : allait-elle utiliser ce qu'elle savait ? Si oui, il s'agirait de le faire fuiter anonymement dans la presse locale. Mais dans ce cas, il lui fallait être certaine que ces révélations ne permettraient pas de remonter jusqu'à elle. Sinon ce déballage risquait de se transformer pour elle en casserole à traîner. En réalité, elle aurait voulu rester au-dessus de ça, mais en ce moment, tous les coups semblaient permis. Elle était sûre que c'était un de ses concurrents qui avait fait sortir cette histoire de confirmand traumatisé.

Elle y avait réfléchi dans la voiture en rentrant le soir. Était arrivée à la conclusion qu'elle était indignée et en colère, le pire état d'esprit imaginable pour prendre une décision importante : elle avait donc décidé de garder pour elle jusqu'à nouvel ordre ce qu'elle savait sur Göran Peltzén. L'élection n'était que dans deux mois. Elle avait le temps. Laisser passer quelques semaines, essayer d'apprécier la réaction du public à son audition. Tout était sur internet, afin que les électeurs puissent se faire leur idée sur les candidats. Peut-être n'était-ce pas aussi mauvais qu'elle le croyait ? Elle regarderait ça dès son arrivée, et agirait en fonction. C'était décidé. En remontant l'allée du garage, devant sa villa de Domherrevägen, elle se sentait déjà de meilleure humeur.

Tout allait s'arranger.

Dieu la guiderait.

Comme toujours.

Elle venait de couper le moteur et allait descendre de voiture quand son portable sonna. Numéro inconnu. Pourvu que ce ne soit pas encore ce journaliste, se dit-elle en décrochant. Ce n'était pas le cas.

“Bonjour, c'est Ida. Ida Riitala, entendit-elle faiblement à l'autre bout du fil.

— Oui… ?

— Je ne sais pas si vous vous souvenez de moi, je faisais partie d'Ab…

— Je me rappelle”, la coupa brusquement Ingrid. La dernière chose dont elle avait besoin aujourd'hui était qu'on lui rappelle cet épisode de sa vie à Uppsala. “Qu'est-ce que je peux faire pour toi ?” reprit-elle d'un ton plus aimable.

Elle écouta alors pendant cinq minutes Ida lui parler des viols, de Klara et Rebecca, de la police, du fait qu'elle n'avait rien dit, de ses doutes.

“Mais je ne sais pas, finit-elle. Nous devrions peut-être… Il faudrait peut-être… Qu’en pensez-vous ?”

Ingrid se cala contre l’appuie-tête, ferma les yeux et inspira profondément. Elle était déjà irritée avant de recevoir cet appel téléphonique.

“Je pense que tu as très bien fait”, dit-elle en adoptant la voix qui, elle le savait, incitait les gens à l’écouter. À lui faire confiance. “Il n’y a aucune raison de revenir en arrière. Nous avons tous laissé ça derrière nous, montré nos remords, prié et obtenu le pardon.”

Un silence lui répondit, silence qu’elle interpréta comme une hésitation.

Il était facile d’hésiter dans l’adversité.

“Tu as très bien fait. Parler, impliquer la police, ce sont des solutions humaines, et tu dois te concentrer sur les solutions de Dieu. Il a une vue d’ensemble, Il se sert de ce qui arrive pour t’améliorer, te rendre plus forte. Il t’éprouve, mais jamais plus que tu ne peux le supporter. Sois-en certaine.”

La réponse d’Ida lui confirma qu’elle avait utilisé le bon argument, qu’elle avait fait mouche. Elle continua la conversation encore cinq minutes, le temps de s’assurer qu’Ida était convaincue que le mieux était de ne rien dire à personne. Elle finit en proposant à Ida de l’appeler n’importe quand, à n’importe quel sujet, ce qu’elle espérait ne jamais devoir arriver.

Elle resta là quelques minutes à réfléchir. Allait-elle appeler les autres ? Klara avait quitté l’Église. Quitté Dieu. Les arguments qu’elle avait utilisés avec Ida ne marcheraient pas avec elle. Un appel d’Ingrid la priant de continuer à garder le silence pouvait même produire l'effet inverse. Même chose pour Rebecca Alm, si Ingrid l'appelait elle croirait probablement à une conspiration de forces puissantes liguées contre elle. Elle avait toujours eu une imagination débordante.

Le mieux qu'Ingrid avait à faire était d'attendre.

Voir ce qui allait se passer.

Avoir confiance en Dieu pour trouver une solution.

Elle descendit de voiture et entra dans la maison. Ôta ses chaussures et suspendit son manteau. Alluma quelques lumières en gagnant la cuisine. En branchant la bouilloire, elle sentit combien elle était fatiguée.

La journée avait été longue.

Mais elle n'était pas encore finie. En attendant que l'eau bouille, elle alla dans son bureau démarrer l'ordinateur. Elle s'assit, posa les coudes devant le clavier et appuya le front dans ses paumes. La maison était silencieuse. Sauf… Ingrid se redressa. Tendit l'oreille. Avait-elle entendu quelque chose ? Elle tourna la tête vers la porte et le reste de la maison.

Rien. Silence.

Retentit alors le petit clic à la cuisine, annonçant que l'eau était chaude. Elle se connecta avant de retourner à la cuisine se préparer un thé.

Elle le sentit plus qu'elle ne l'entendit.

Quelqu'un dans la maison.

Derrière elle.

La panique monta, mais elle n'eut pas le temps de se retourner.

Pas encore une fois. Pas encore une fois.

La pensée la traversa avant qu'elle sente la piqûre dans son cou et s'effondre à terre.

"Merci à tous d'être venus malgré l'heure tardive", commença Anne-Lie quand Torkel et elle se furent assis côte à côte à la table d'une des petites salles de réunion au rez-de-chaussée de l'hôtel de police et que le brouhaha eut cessé. Il y avait quelque chose comme trente places assises, estima Torkel. Environ la moitié étaient occupées. Une quinzaine de personnes, donc. Combien de journaux, de chaînes de télévision et de sites cela représentait, il n'en avait aucune idée. La plupart des journalistes présents les filmaient par tous les moyens, de la caméra sur pied au portable tenu à la main.

"Voici Torkel Höglund, de la brigade criminelle, poursuivit Anne-Lie en désignant Torkel. Son équipe et lui nous assistent dans cette enquête."

Torkel adressa un bref signe de tête au public. Il ne connaissait qu'une seule personne.

Axel Weber.

Évidemment.

Il suivait le travail de la Criminelle et avait joué un rôle actif dans la précédente enquête. Un rôle *trop* actif, tout le monde s'accordait là-dessus. Weber lui adressa un petit sourire et le salua d'un signe de la main. Il ne répondit ni à l'un, ni à l'autre.

"À la date d'aujourd'hui, nous avons un meurtre, deux viols, et une tentative de viol que nous pensons être l'œuvre d'une seule et même personne", attaqua Anne-Lie. Torkel vit l'intérêt de leurs auditeurs s'éveiller.

Dos redressés.

Stylos sur blocs.

Doigts sur claviers.

Avant de commencer, ils avaient décidé qu'Anne-Lie ferait la conférence de presse. Torkel répondrait aux questions qui lui seraient directement adressées ou à celles qu'elle lui laisserait. Rien d'autre. Au fond, ça lui était égal, il n'avait pas d'avis sur cette répartition des rôles. C'était sa façon de présenter les choses. Comme un ordre. Torkel réalisa qu'il n'avait pas reçu d'ordre depuis longtemps et découvrit qu'il n'aimait pas beaucoup ça.

Ils avaient aussi décidé à quelles questions ils répondraient, et fait le tri entre les informations à partager et celles à garder secrètes. Sebastian et Ursula étaient revenus de chez Ida Riitala avec les mêmes informations que Vanja de chez Klara Wahlgren.

Aucune des deux ne connaissait Rebecca.

Vanja avait cependant trouvé le témoignage de Klara un peu fuyant et voulait passer un peu plus de temps à tenter de trouver un lien. Torkel était convaincu qu'elle finirait par en trouver un. Son instinct en la matière était imbattable. Carlos avait rapporté exactement la même chose de son entretien avec Therese Andersson. Elle non plus ne connaissait pas Rebecca et n'avait jamais entendu parler d'elle. Il n'y avait donc aucune raison de révéler que deux des victimes se connaissaient. Cela ne ferait que provoquer d'inutiles spéculations. Il ne dirait rien non plus des seringues ni des sacs. Si cette affaire prenait autant d'ampleur que Torkel le craignait, ces deux détails seraient de toute façon connus d'ici vingt-quatre heures. Les enquêtes hautement prioritaires auxquelles s'intéressait la presse étaient sujettes aux fuites.

"Pouvons-nous avoir les noms des victimes ? demanda un homme chauve assis tout au fond à droite, un téléphone portable à la main, quand Anne-Lie passa aux questions, une fois son exposé terminé.

— Non. Seulement Rebecca Alm.

— Celle qui est morte. À Gävle, dit Weber en consultant ses notes.

— Oui.

— Savez-vous pourquoi il a changé de ville ?"

Torkel hocha la tête. Une question intelligente. Une question justifiée. Weber couvrait les affaires criminelles depuis si longtemps qu'il avait presque développé un instinct policier.

"Non, pas pour le moment.

— Est-ce que cela ne suggère pas qu'elle était une victime choisie, qu'il voulait l'atteindre elle, en particulier ?" Weber insistait, sans quitter Torkel du regard. Mais c'est à nouveau Anne-Lie qui répondit.

"Pas nécessairement. Il peut s'être trouvé à Gävle pour plusieurs raisons.

— Mais c'est une hypothèse sur laquelle vous travaillez ?

— Bien sûr, mais une parmi tant d'autres."

Weber se contenta de hocher la tête et se replongea dans ses notes. En apparence satisfait pour l'instant.

Torkel se demanda s'il aurait droit à un coup de téléphone plus tard dans la soirée. Une rousse d'une cinquantaine d'années assise sur la droite derrière Weber leva la main tout en se penchant en avant.

"Vous avez évoqué des pratiques sexuelles BDSM. Pouvez-vous développer un peu ?

— De quelle façon ?

— Développez juste un peu."

Torkel comprenait exactement où elle voulait en venir. Plus de soixante ans après ce qu'on avait appelé la révolution sexuelle, qui était censée dédramatiser et normaliser le sexe, le sujet demeurait excitant. Attirant. S'il s'agissait par-dessus le marché d'une sexualité quelque peu déviante et qu'on pouvait l'associer à un crime sordide, cela devenait de la pure dynamite. Ou un pur aspirateur à clics, comme on disait de nos jours.

"Notre profileur a une théorie selon laquelle l'homme que nous recherchons pourrait avoir autrefois expérimenté le contrôle et la soumission, confirma Anne-Lie à côté de lui. Dans un contexte sexuel.

— Comment ça ?"

Évidemment, cette femme ne se contenterait pas d'une formulation aussi évasive.

Elle en voulait plus.

Comme tous les autres.

Anne-Lie et Torkel échangèrent un regard. Où placer le curseur ? Si Sebastian avait vu juste, entrer en contact avec des personnes qui auraient pu expérimenter des scénarios analogues avec l'homme qu'ils recherchaient les intéressait. En même temps, ils ne voulaient pas que trop de détails finissent dans la presse. Anne-Lie fit un signe de tête à Torkel : *à toi de jouer.* Il eut l'impression que c'était pour avoir quelqu'un à qui faire porter le chapeau si ces révélations devaient leur compliquer la tâche dans une phase ultérieure de l'enquête.

"Peut-être qu'il souhaitait que les femmes restent sans bouger sur le ventre pendant tout le rapport sexuel ? Qu'elles cachent leur visage, peut-être en le couvrant ?

— A-t-il couvert leurs visages pendant les viols ? demanda un jeune homme tout au fond de la pièce.

— Ce genre de pratiques", répondit Torkel comme s'il n'avait pas entendu la question. Il sentit plus qu'il ne vit qu'Anne-Lie, à côté de lui, trouvait qu'il en avait déjà trop dit.

"Nous souhaitons entrer en contact avec toute personne s'étant trouvé à l'heure dite à proximité des lieux et adresses des agressions, enchaîna Anne-Lie, faisant ainsi comprendre à tous qu'on avait assez parlé de sexe et de mode opératoire. Nous vous avons imprimé une liste des lieux et des horaires : prenez-la et faites-en bon usage, continua-t-elle avec un signe de tête en direction de deux policiers en uniforme qui attendaient à la sortie avec chacun une liasse de papiers entre les mains.

— Et s'il y a des personnes qui n'ont pas déclaré une agression ou tentative d'agression, nous souhaitons vivement qu'elles nous contactent, glissa Torkel.

— Donc il y a peut-être davantage de victimes, constata l'homme du fond.

— C'est en tout cas ce que nous voulons savoir", dit Anne-Lie en se levant. Sans un mot, elle rassembla ses notes et quitta la pièce avant que Torkel ait le temps de réagir. Ils étaient deux jusqu'ici, et il se retrouvait tout seul. Surpris par cette sortie précipitée, il se tourna vers la presse rassemblée. Il chercha le regard de Weber, mais ce dernier semblait profondément plongé dans ses notes.

“Euh… Merci d’être venus, parvint à sortir Torkel tout en se levant. Nous vous sommes reconnaissants de nous aider à diffuser les informations utiles à l’enquête, et nous vous tiendrons informés de nos progrès. Merci encore.” Puis il emboîta le pas à Anne-Lie pour sortir de la pièce, laissant quelques questions sans réponse.

Le brouhaha reprit dans la pièce, tandis que les quinze journalistes ramassaient leurs affaires et se préparaient à publier sur différentes plateformes ce qu’ils venaient d’apprendre.

Uppsala était sous la menace d’un violeur en série.

Qui avait tué une femme.

Et se livrait éventuellement à des pratiques de sexe extrême.

Axel Weber resta assis, immobile. Il regardait ses notes. Au milieu de la page, il avait entouré quelque chose de plusieurs tours de stylo.

Deux mots.

Rebecca Alm.

Il avait déjà entendu ce nom-là.

Je suis à Uppsala. On se voit ?

Et voilà, c'était écrit. Impossible de revenir en arrière.

J'aurais trop voulu, mais je ne suis pas en ville.

Ursula était sur le point de lui demander où il était quand elle s'avisa *a)* qu'étant vendeur, il devait sans doute être quelque part en train de vendre. Et *b)* que ça ne la regardait pas. C'était peut-être même un bobard pour éviter de la rencontrer.

OK, une autre fois.

La balle était désormais dans son camp.

Je rentre demain. Tu seras encore là ?

Oui, je suis là pour quelques jours au moins.

Demain soir, ça t'irait ? Pour se voir ?

Très bien.

Cool. Je t'appelle et on décide quelque chose. Je suis content qu'on puisse enfin se voir.

Oui, moi aussi.

Ils terminèrent en échangeant leurs numéros de téléphone pour faciliter le contact. Ursula copia le sien et fit aussitôt une recherche. Il appartenait à un certain Petros Samaras à Uppsala. Pour le moment en tout cas ça collait. Elle referma son ordinateur et se cala au fond de son siège avec un soupir. Encore un soir dans une chambre ordinaire d'un hôtel ordinaire.

Elle en avait connu des centaines.

Celui-ci s'appelait Gillet, à deux pas de l'hôtel de police. Un bâtiment de cinq étages dont l'extérieur sentait les années 1970 à plein nez et dont l'intérieur s'efforçait, avec un certain succès, d'avoir l'air moderne et chaleureux. Il disposait d'un spa, d'une salle de sport, d'un restaurant et d'un bar. Aucun de ces équipements ne tentait Ursula et, côté travail, elle n'avait pas d'os à ronger : les résultats préliminaires concernant Rebecca Alm n'arriveraient pas avant demain, et elle avait déjà lu tout le reste. Plusieurs fois.

Alors que faire ?

Torkel était rentré à Stockholm. Retrouver Lise-Lotte. Vanja avait la visite de son petit ami et, de toute façon, ne logeait pas à l'hôtel. Billy était resté à Uppsala mais était encore au travail. Quand Torkel lui avait proposé de rentrer avec lui, il avait dit qu'il pensait rester visionner les bandes des caméras de vidéosurveillance. Voir s'il trouvait quelque chose qui leur donne un indice, une direction. Il était marié depuis six mois, mais ne voulait pas rentrer retrouver sa femme. Mais qui Ursula était-elle pour le juger ? Jamais, quand elle était mariée, elle ne s'était pressée pour rejoindre son mari et sa famille.

Restait donc Sebastian.

Quand elle se laissait aller à repenser aux moments où elle avait été le plus heureuse, aussi satisfaite qu'elle pouvait l'être, c'était avec lui. Peut-être parce qu'ils étaient si semblables, parce que lui non plus ne pouvait ou ne voulait pas être à la hauteur des exigences d'autrui, des attentes, de l'image stéréotypée de l'amour, du romantisme et du couple. Elle doutait réellement d'être capable d'aimer comme la plupart des gens s'attendaient à être aimés, mais elle avait aimé Sebastian. Quand il l'avait trompée, ça lui avait fait plus mal que le jour où Micke lui avait annoncé qu'il avait rencontré Amanda et avait l'intention de la quitter.

Sebastian et elle étaient en train de reconstruire quelque chose, avant qu'elle se fasse tirer dessus. Puis il l'avait à nouveau trahie. Aujourd'hui, ils étaient amis. Du moins lui semblait-il, mais elle avait toujours l'impression que Sebastian ne s'en contentait pas, qu'il avait toujours un plan sexe en tête. Que c'était ça le but, quand ils étaient ensemble.

Amis et plus si affinités.

Ou copains de baise, une expression qui lui convenait sans doute mieux.

Il s'était ouvert à elle, lui avait raconté. La culpabilité, le manque et le chagrin. Il s'était approché. Mais ils n'iraient pas plus loin.

Même si elle pensait qu'ils auraient pu être bien l'un pour l'autre, aller vraiment bien ensemble, elle n'avait pas l'intention de réessayer.

C'était trop pénible.

Il était trop impossible, trop abîmé.

Il ne se permettrait jamais d'être heureux, il la tromperait à nouveau rien que pour se gâcher la vie, et elle n'avait pas l'intention de s'exposer à ça.

Pas encore une fois.

Mais elle avait besoin de quelque chose, non, faux, elle n'avait besoin de rien, elle voulait quelque chose. Quelque chose de simple, spontané, sans exigence.

Comme c'était autrefois avec Torkel.

Voilà à peine un mois, après avoir surfé quelques jours, elle s'était inscrite sur un site de rencontres. Visiblement, c'était comme ça que *tout le monde* se rencontrait de nos jours, mais ce n'était pourtant pas sans un sentiment de malaise qu'elle avait rempli sa fiche. Les réponses, ou plutôt les *matchs* n'avaient pas tardé. Elle en éliminait la plupart immédiatement, le reste après quelques conversations préliminaires. À part un, avec qui elle avait chatté de temps en temps depuis bientôt trois semaines.

Petros Samaras, cinquante-trois ans, séparé, deux enfants, commercial d'une entreprise pharmaceutique, habitant Uppsala.

En tout cas d'après ses déclarations. Impossible de vérifier, bien sûr. Elle ne savait même pas s'il ressemblait à sa photo de profil. Ils ne s'étaient jamais rencontrés. Elle avait résisté à la tentation de rechercher son nom dans le registre de la police, s'était contentée d'une rapide recherche sur internet pour s'assurer qu'il existait bien un homme portant ce nom résidant en Suède.

En rentrant du travail, elle avait ouvert son ordinateur, s'était connectée, avait rejoint leur espace de chat personnel pour lui envoyer un petit bonjour, lui demander s'il avait un moment.

Il avait répondu moins de deux minutes plus tard.

Après les préambules habituels sur comment ils allaient *(bien)*, ce qu'ils faisaient *(rien de spécial)* et une déclaration selon laquelle il songeait justement à lui écrire quelques minutes seulement avant qu'elle lui écrive *(deux âmes, une seule pensée)*, Ursula était restée là, les doigts flottant au-dessus de son clavier. Avait-elle vraiment envie de ça ? Oui, avait été la réponse. Pourquoi pas ?

Je suis à Uppsala. On se voit ?

Et elle se retrouvait là.

Dans sa chambre d'hôtel.

Elle prit son téléphone, autant ajouter son numéro à ses contacts, comme ça, elle verrait que c'était lui s'il appelait. Puis elle resta là, portable à la main.

En fait, il y avait une autre personne qu'elle connaissait à Uppsala.

Pas aussi bien qu'elle aurait dû, mais quand même.

“Pourquoi ici ? demanda Ursula en regardant autour d’elle le local où elles étaient installées.

— C’est ouvert, central et pas cher, répondit Bella en posant une bière et un verre de vin sur la table avant de se glisser sur le banc en face de sa mère.

— Pas besoin que ce soit bon marché, je t’invite.

— J’aime bien, ici.”

Ursula regarda sa fille boire une gorgée de bière. Peut-être aimait-elle vraiment cet endroit, mais elle aurait tout aussi bien pu l’avoir choisi parce qu’elle savait qu’Ursula n’aimerait pas. En demi-sous-sol, sombre, presque plongé dans le noir à part quelques ampoules cachées sous de bizarres abat-jour poussiéreux collés aux briques irrégulières des murs. Des tables en bois poisseuses avec un banc de part et d’autre, pas de chaises. Des miroirs de bar qu’elle n’avait pas vus depuis les années 1980 et un flipper Jack Vegas tout seul dans son coin. Les autres clients avaient l’air de ne pas avoir les moyens d’aller ailleurs, où on ne les aurait de toute façon pas laissés entrer.

Mais Ursula laissa aussitôt tomber.

Avant de quitter l’hôtel, elle avait pris une résolution : ne pas chercher la confrontation, éviter les conflits.

Tout faire pour s'en tenir à une conversation agréable entre mère et fille. Dieu sait qu'elles n'en avaient pas eu beaucoup.

Sa faute. Comme toujours.

Elle avait gardé ses distances.

Pas été comme les autres mamans.

Les autres mamans ne laissaient pas tomber leurs filles à sept ans pour déménager à Stockholm avec leur amant.

Les autres mamans n'étaient pas là pour leurs filles que quand ça les arrangeait.

Les autres mamans montraient par leurs paroles et leurs actes qu'elles aimaient leurs filles.

Elle avait tout fait pour pousser Bella à être la fille de son père.

Au moment du divorce, Ursula avait réalisé qu'il fallait qu'elle développe une nouvelle relation avec Bella pour ne pas la perdre complètement. Jusqu'à présent, les résultats étaient mitigés.

Des coups de fil sporadiques.

Pas de visites. Avant aujourd'hui.

"Tu as l'air d'aller bien", dit-elle en goûtant le vin. De la maison. Le seul blanc qu'ils avaient, d'après Bella qui avait demandé un chardonnay.

"Oui, ça va.

— Et tes études ?

— Ça va.

— Qu'est-ce que tu fais ?

— Du droit fiscal.

— Passionnant.

— Pas spécialement."

Le silence se fit. Ursula sirota son vin âcre. Elle avait l'impression qu'on attendait d'elle qu'elle fasse tous les frais de la conversation.

"Ça fait longtemps qu'on ne s'est pas vues.

— L'an dernier. Tu es venue ici m'annoncer que papa et toi alliez divorcer."

Cette rencontre-là ne s'était pas non plus terminée comme Ursula l'avait espéré, elle n'avait pas besoin qu'on le lui rappelle ni de s'en rappeler, aussi changea-t-elle aussitôt de sujet.

Ne pas chercher la confrontation, éviter les conflits.

Une agréable conversation mère-fille.

"Comment ça se passe avec Andreas ?"

Un profond soupir lui indiqua que cette question n'était pas la bienvenue, ou du moins déplacée.

"On n'est plus ensemble. Ça fait bientôt un an qu'on a rompu.

— Tu ne m'avais pas dit.

— Tu n'as pas dû me demander.

— Tu peux me raconter des choses que je ne demande pas.

— Je l'aurais peut-être fait si j'avais pensé que ça t'intéresserait. Ma vie."

Et voilà. La critique. C'était optimiste de croire qu'elles pourraient se voir sans ne serait-ce qu'effleurer des années de distance et de relégation au second plan.

— Pardon si je t'ai donné cette impression", dit Ursula avec un incontestable accent de sincérité. Bella lui lança un regard qui disait qu'elle s'attendait à autre chose. À ce qu'Ursula se sente injustement accusée, qu'elle se défende, se défausse.

“Ça m’intéresse, reprit Ursula avec la même franchise. C’est juste que j’ai toujours eu un peu de mal à le montrer. Et tu as toujours été plus proche de papa.

— On se demande pourquoi, glissa Bella.

— Avant qu’on divorce, je savais des choses à ton sujet par son intermédiaire, continua Ursula sans relever la pique. Je vais m’améliorer, c’est promis. Je veux m’améliorer.”

Bella ne répondit pas, mais hocha la tête pour elle-même. C’était déjà ça. Tout ne s’était pas dénoué d’un coup de baguette magique : tôt ou tard, il leur faudrait aborder le rôle d’Ursula dans la situation où elles avaient échoué, mais c’était déjà un premier pas. Ursula estima qu’elles le sentaient toutes les deux et qu’elles n’avaient pas besoin d’aller plus loin pour ce soir.

“Donc pas de petit ami. Et le volley, alors ? demanda-t-elle d’un ton léger, pour s’éloigner des sujets sérieux.

— Je n’ai pas dit que je n’avais pas de petit ami, juste que je n’étais plus avec Andreas.

— Alors, c’est qui, maintenant ?

— Il s’appelle Nicco. Il a un an de moins. On s’est rencontrés en semaine d’intégration.”

Ursula lui sourit. Elle but son vin en essayant de ne pas grimacer, l’invitant tacitement à continuer, mais visiblement c’était là tout ce que Bella était disposée à partager au sujet de son nouvel amour. Ursula devait-elle à présent montrer son intérêt en posant d’autres questions, ou cela ne serait-il perçu que comme une curiosité mal placée ? Elle avait si peu d’expérience de ces choses-là…

“Tu veux que je te raconte des choses que tu ne demandes pas ? proposa Bella en choisissant à sa place.

— Oui.”

Ursula vit le petit sourire derrière le verre de bière, et eut soudain l’impression qu’elle allait le regretter.

“Je vais avoir un demi-frère.

— C’est vrai ?

— En février. Amanda est au cinquième mois.”

Ursula tarda à répondre. Elle n’était absolument pas jalouse, et au fond pas surprise : Micke avait eu la chance de recommencer, de recommencer du bon pied, alors évidemment il l’avait saisie.

C’était autre chose qui la gênait.

“C’est chouette, finit-elle par lâcher. Tu les féliciteras de ma part quand tu les verras.

— Bien sûr.”

C’était le sourire de Bella. Peut-être était-elle impatiente d’avoir un frère, contente pour Micke ? Ou alors elle se réjouissait de raconter quelque chose qu’elle pensait que sa mère ne voulait pas entendre.

Elle décida de croire à la première hypothèse, que sa fille ne cherchait pas consciemment à la blesser. Elle se tourna vers le bar bondé. Peu importait qu’il soit un peu aigre et à température ambiante.

Elle allait prendre un autre verre de vin.

Au moins.

Le barman posa devant lui un nouveau verre de ginger-ale. Sebastian remercia de la tête et saisit le verre avec un soupir. Irrité, impatient et ennuyé : un assez bon résumé de son état d'esprit.

À leur retour de l'hôtel de police, il était resté un moment étendu dans sa chambre à repenser à l'enquête, avait failli s'endormir, mais avait résisté.

Il ne voulait pas prendre le risque de rêver.

De se réveiller en sueur, la main droite serrée à bloc. Avec le grondement de masses d'eau qui retentissait dans ses oreilles. Déchiré par le vide et le chagrin au point de réussir à peine à respirer. Alors il ne pourrait pas se rendormir, plus dormir de la nuit.

Il s'était donc levé, avait pris une douche rapide et était allé frapper chez Ursula.

Pas de réponse. Personne.

Déçu, il était descendu s'installer au bar. Avait commandé son premier ginger-ale de la soirée et scruté les environs. Il y avait un certain potentiel. Ni en quantité ni en nombre, mais il aurait certainement pu trouver quelqu'un à mettre dans son lit. Par exemple cette femme seule devant son ordinateur à cette table un peu plus loin.

Peut-être quarante-cinq ans. Ordinaire. Ni ses vêtements ni sa coiffure n'indiquaient une grande confiance en soi. Quelques kilos en trop autour de la taille. Il s'imaginait la rejoindre. Engager la conversation. En quelques minutes, il surmonterait sa réticence initiale et parviendrait à lui offrir un verre. En revenant avec son drink, il apprendrait son nom, sa profession, et ce qui l'amenait un soir comme celui-ci dans un hôtel à Uppsala.

Intéressé, tout ouïe. Il voudrait en savoir plus.

Entièrement concentré sur la femme qu'il avait en face de lui.

Le jeu. La séduction. Comme une danse. Conduire et suivre tour à tour. Tout pour qu'elle se sente remarquée, regardée, encouragée, et par là semer chez elle l'envie d'autre chose, afin qu'elle ait l'impression que c'était elle qui le séduisait, et non l'inverse. Que ce soit elle qui propose de quitter le bar, lui qui suggère de monter chez elle prendre un dernier verre.

Ça aurait très certainement marché. Il l'avait fait des centaines de fois. Mais pas ce soir. Il avait promis de se tenir.

Sebastian 2.0.

New and improved.

Il regrettait déjà.

L'irritation était en train de prendre le dessus sur l'impatience et l'ennui comme sentiment dominant.

La faute à Anne-Lie.

Sa foutue règle du célibat.

Coucher avec des gens liés à l'enquête était une chose, mais qu'est-ce que ça pouvait bien faire qu'il baise une assistante comptable de Vänersborg entre deux âges, si c'était tout ce qu'il y avait à se mettre sous la dent ? Rien. Mais il n'osait pas courir le risque. Si ça se savait, il dégagerait de l'enquête.

Ursula aurait pu le sauver. Ils devaient dîner ensemble, mais visiblement elle avait eu autre chose à faire, mieux à faire. Elle l'avait laissé tomber. Alors c'était sa faute à elle aussi.

Un mouvement du côté de la porte d'entrée captiva son attention. Quand on parle du loup : Ursula était de retour. Il l'appela et lui fit signe. En la regardant le rejoindre, il nota qu'elle était un peu éméchée. Elle s'assit au bar à côté de lui. La soirée ne serait peut-être pas complètement fichue, finalement.

“Où étais-tu ?

— Je suis allée voir Bella… ma fille, ajouta-t-elle en l'absence de réaction de Sebastian. Elle fait ses études ici.

— Oui, je sais”, mentit Sebastian. Elle le lui avait sans doute déjà dit, mais il n'avait pas écouté. “Et pourquoi ?

— Elle a été prise ici.

— Non, je veux dire, pourquoi l'as-tu vue ?

— Comment ça, pourquoi ?” Ursula semblait encore interloquée. “C'est ma fille.

— Jusqu'ici, ça n'a jamais eu aucune importance. Ce n'est pas toi qui as remporté la médaille de la pire maman de Suède ?”

Ursula le dévisagea. Ah, d'accord, ce serait une soirée de ce genre. De deux choses l'une : elle pouvait quitter le bar, regagner sa chambre. Ou ignorer l'insulte et essayer d'orienter la conversation sur une autre pente, en partant du bon pied. Parler de sa soirée avec Bella, qui avait fait le yoyo entre agréable et inconfortable, avouer qu'elle ne savait pas vraiment dire si ça s'était bien passé, ni ce que chacune en avait réellement tiré.

Mais ça n'intéresserait pas Sebastian. Déjà pas en temps normal, *a fortiori* ce soir, où il semblait de mauvaise humeur. Il ferait semblant, bien sûr, mais uniquement dans la mesure où il pensait que ça aiderait à la mettre dans son lit.

"Qu'est-ce que tu as à me chercher ? demanda-t-elle d'une voix sèche en optant pour une troisième voie : rester, mais poser des limites. Tu veux que je m'en aille ?

— Non, lâcha Sebastian en détournant le regard.

— Ne me parle pas mal, alors.

— Mais enfin quoi, c'est vrai, non ?

— Ça ne veut pas dire que tu as le droit de me le balancer à la figure."

Un petit hochement de tête suivi d'un silence où des gens normaux auraient dit pardon, essayé de se rattraper. Des gens normaux, pas Sebastian.

"Qu'est-ce que tu as ? finit par demander Ursula. Pourquoi tu fais la tête ?

— J'ai passé une soirée de merde, et c'est ta faute.

— Comment ça ?

— On devait dîner ensemble, mais tu t'es barrée.

— On devait ?

— C'est toi qui en as parlé. Hier."

Mais oui, pendant leur conversation sur Skype, mais ça n'était qu'une proposition, quand ils pensaient tous deux être à Stockholm, et si elle se souvenait bien, il avait eu l'air moyennement intéressé.

"Mais bon, voilà, ça ne s'est pas fait, se contenta-t-elle de soupirer. Alors ne me parle pas mal."

Une nouvelle occasion pour lui de s'excuser.

"On s'en fout, tu es là, c'est ce qui compte, dit plutôt Sebastian en faisant un signe de tête au barman. La soirée est encore jeune, tu peux te racheter."

Il la regarda avec un petit sourire. Une trace d'impatience et d'espoir dans le regard. Ou alors elle se faisait des idées, surinterprétait tout parce qu'elle le connaissait trop bien ? Autant être claire :

"Pour ta gouverne, je n'ai pas l'intention de coucher avec toi."

Elle sentit qu'il s'énervait, mais c'était son problème, pas le sien. Elle couvrit doucement sa main de la sienne sur le comptoir.

"Je peux prendre un verre de vin avec toi si tu veux de la compagnie."

C'était ce que faisaient les amis. Répondre présent. Donner de son temps. Offrir une présence, de l'attention. Elle l'avait malgré tout aimé jadis. C'était peine perdue avec Sebastian Bergman, elle aurait dû le prévoir, avant qu'il retire sa main de la sienne.

"C'est parce que tu as pitié de moi.

— C'est parce que j'aime bien ta compagnie, quand tu n'es pas un salaud. Ce que tu es un peu trop souvent, sache-le."

Sebastian croisa son regard. Il regrettait de s'être ouvert à elle, cette fois-là, dans sa cuisine de Grev Magnigatan. De s'être montré si vulnérable, de lui avoir donné l'impression qu'il avait besoin de quelqu'un, qu'il voulait tisser des liens. De lui avoir donné la possibilité d'utiliser sa faiblesse, tout simplement.

"Je préfère être seul que participer à un putain de projet compassionnel.

— OK, comme tu veux", dit-elle en se laissant glisser de son tabouret et en récupérant son sac à main. La limite était atteinte. Largement. Une autre ne lui aurait pas laissé autant de chances. "Tu as été gentil avec Ida Riitala aujourd'hui. C'est un côté que tu devrais cultiver.

— Gentil, doux, mignon… les hommes de ce genre portent un nom : ils s'appellent Torkel."

Ursula n'avait même pas le courage d'essayer de savoir si c'était juste une pique contre leur chef ou l'expression d'une sorte de jalousie. Elle s'en fichait.

"Torkel est quelqu'un de bien et tu le sais, se contenta-t-elle de lâcher.

— Il est l'équivalent humain de la position du missionnaire. Ça fait le job, mais qu'est-ce qu'on s'emmerde !

— Bonne nuit, Sebastian."

Et elle s'en alla. Il la regarda s'éloigner.

Ça avait foiré.

C'était lui qui avait foncé dans le mur.

Plus quelqu'un essayait de s'approcher, plus il s'y appliquait. Ursula connaissait son fonctionnement, ce qui le motivait, mais pas sûr que ça change quoi que ce soit. Il prit son téléphone et rédigea un SMS – *PARDON* – tout en se rappelant ce qu'elle lui avait dit à Ulricehamn.

Plutôt qu'être une ordure puis t'excuser, tu n'as jamais songé à arrêter d'être une ordure ?

Il l'envoya malgré tout.

Mieux que rien. Espérait-il.

Il fit mettre ses consommations sur sa chambre et quitta le bar. Monta se coucher, alluma la télé. Un programme éducatif. Comme si la soirée n'était pas déjà assez catastrophique.

Elle se força à fermer les yeux.

Le moindre bruit avait beau la faire sursauter, elle se répétait qu'elle pouvait se détendre.

Elle était en sécurité. La maison était vide. Il n'était plus là.

Mais il était revenu. Il le lui avait fait encore une fois.

Lentement, mais résolument, elle refoula les souvenirs de son réveil, l'obscurité malgré ses yeux ouverts, jusqu'à ce qu'elle se débarrasse du sac. Sa respiration rapide, bruyante tandis qu'elle enlevait les vêtements qui lui restaient et se mettait sous la douche. Elle y était restée longtemps. La peau de ses doigts joints sur sa poitrine était encore fripée. Se concentrer sur la respiration. Inspirer par le nez, expirer par la bouche. Ignorer la petite voix. Au lieu de penser à ce qui s'était passé, une prière silencieuse et fervente adressée au Seigneur.

Il la mettait à l'épreuve.

Mais elle la surmonterait.

Dieu avait permis cette chose effroyable. Par deux fois. Il aurait été si facile de se mettre à douter. Mais elle savait qu'Il voulait utiliser ce qui s'était passé pour la transformer. La faire parvenir plus forte sur l'autre rive. Avec Lui. Pourvu qu'elle accepte de remettre sa vie entre Ses mains, Dieu la conduirait vers une nouvelle phase de sa vie. Il l'aiderait à atteindre de nouvelles certitudes, un nouveau niveau, la ferait s'approcher d'un pas de la personne qu'Il voulait qu'elle devienne et soit. L'épreuve, si douloureuse soit-elle, s'avérerait précieuse. Dans la chaleur du four, les scories se volatilisent et l'or se purifie, comme l'avait un jour exprimé un collègue.

Couchée sur le dos dans son lit, les yeux clos, les mains jointes sur la poitrine, elle priait pour elle-même en silence. Confirmait encore et encore qu'elle était prête à remettre entièrement sa vie entre Ses mains, à Le louer dans la certitude qu'Il était toujours la solution, qu'il y avait un dessein. Un certain calme se fit, et le souvenir lui sembla déjà s'estomper. Elle avait confiance, Dieu l'aiderait à trouver la voie, car Il savait qu'elle avait l'étoffe pour continuer à avancer.

Comme la dernière fois. La première fois.

Il l'avait aidée à traverser l'épreuve. Il s'était écoulé des jours, des semaines même, sans qu'elle y pense, curieusement cela l'avait aidée à se concentrer. Ce n'était pas par hasard que cela se passait aujourd'hui, si près de l'élection épiscopale. Elle avait été obligée de faire son examen de conscience, de devenir davantage la personne que Jésus souhaitait qu'elle soit.

La différence était que, cette fois, elle avait une idée de ce dont il s'agissait.

Ida, Klara, Rebecca et elle.

Un acte de vengeance.

Difficile de croire qu'il s'agisse d'autre chose, mais jamais elle ne laisserait quiconque le savoir.

Ni maintenant. Ni jamais.

La question l'avait traversée sous la douche. Allait-elle téléphoner aux autres ? Les prévenir ? Leur dire que l'horreur allait se répéter ? Que ce n'était pas fini ?

Alors, elles préviendraient sûrement la police. Pour être protégées. Peut-être en viendraient-ils d'une façon ou d'une autre à tendre un piège à l'homme en question ? Quoi qu'il en soit, ils sauraient où chercher, pour l'arrêter et ainsi mettre un terme aux agressions et aux souffrances. Si on ne pensait qu'en ces termes, la réponse à la question était simple : oui, il fallait qu'elle les appelle. Qu'elle les prévienne.

Mais…

La police se demanderait quel était le lien entre ces quatre femmes – Ida en avait brièvement évoqué une cinquième, mais Ingrid n'avait jamais entendu parler d'elle –, pourquoi elles avaient commencé par mentir, et quel événement avait pu déclencher une chaîne d'agressions aussi violentes.

Elle serait alors forcée de raconter. Cela sortirait au grand jour. Dès cet instant, ses chances de devenir évêque seraient balayées. La possibilité pour elle de témoigner des Évangiles et de répandre la parole de Dieu dans ses termes originels serait perdue. La déchéance de l'Église suédoise pourrait continuer, avec une voix forte en moins dans le camp de l'opposition.

Une décision difficile en temps normal, presque impossible dans les circonstances présentes. Elle finit par décider de ne rien faire. Rien dire. En tout cas pour le moment. Si la volonté de Dieu était que les autres soient prévenues, que plus aucun mal ne leur soit fait, Il veillerait à ce qu'elles sachent.

Elle pria aussi pour cela. Qu'il les couvre de sa main protectrice. Elle y mêla les louanges qui l'apaisaient, sans pourtant parvenir à couvrir la petite voix en elle.

Avait-elle pris la bonne décision ? Pour les bonnes raisons ? N'avait-elle pas finalement choisi sa propre personne et ses intérêts avant ceux des autres ? Agi égoïstement ? De manière non chrétienne, même ? Elle avait probablement la possibilité d'empêcher des souffrances. Le prix à payer était le titre d'évêque.

Le jeu en valait-il la chandelle ? Était-ce juste ?

Tout cela faisait partie de la mise à l'épreuve et c'était à Dieu qu'il revenait d'y mettre fin. Pas à elle. Elle ne pouvait que s'adresser à Lui. Malgré elle, l'Épître aux Romains, XII, 19 lui revint :

Amis très chers, ne vous vengez pas par vous-mêmes, mais laissez la colère de Dieu agir, car il est écrit : à moi la vengeance, je donnerai à chacun ce qu'il mérite. Parole du Seigneur.

Ingrid refoula cette pensée, toutes pensées, y compris la petite voix, et pria intensément pour oublier. Non seulement le traumatisme physique et psychique de ce soir, mais aussi tout le reste : Linda Fors, cette terrible nuit huit ans plus tôt, les décisions prises alors.

Pria pour que ce fardeau lui soit enlevé, ne serait-ce qu'un bref instant.

Elle fut exaucée sous la forme d'un sommeil inquiet.

15 octobre

On parle de moi dans les journaux. Sur le Net.
Apparemment, Rebecca Alm est morte. Je ne savais pas.
Tu sais que ce n'était pas voulu.
La police demande de l'aide. Des tuyaux. Recherche des témoins.
Visiblement, personne n'a rien dit.
La culpabilité et la honte doivent les en empêcher.
Voilà pourquoi il leur faut l'aide du public.
C'était bête de ma part d'avoir trop d'assurance, de croire que je ne faisais pas d'erreurs.
Accélérer, avoir le temps d'aller plus loin avant qu'ils m'arrêtent, ou faire profil bas un moment, c'est la question.
Je dois continuer. Mais il suffit d'un seul mot, que quelqu'un donne ton nom, et ils me trouveront. M'arrêteront.
Je n'ai pas encore terminé.
Tu le sais, Linda.
J'ai encore rêvé de toi cette nuit.

C'est toujours comme ça à l'approche de ton anniversaire.
Tu étais couchée sur la banquette arrière. Du sang partout.
Mais c'était un rêve.
Bien sûr, c'était leur faute.

La chanson qu'il avait entendue à la radio en se garant lui était restée dans la tête.

Il ne connaissait pas son titre, mais elle passait partout l'été précédent. Une chanson espagnole dont Justin Bieber chantait une partie. Il le savait parce que Vilma appréciait Justin Bieber. Voilà deux ou trois ans, on aurait dit *idolâtrait*, mais le pic d'hystérie étant un peu retombé, Torkel estimait qu'*appréciait* situait les choses au bon niveau.

Il sortit de l'ascenseur en sifflotant, gagna la machine à café, y plaça un mug et appuya sur le bouton *café au lait*. Il avait passé une bonne soirée la veille. Dîné tard avec Lise-Lotte, parlé de la journée tout en regardant d'un œil les infos, puis au lit.

Quelqu'un à la maison.

Quelqu'un à qui parler.

Quelqu'un auprès de qui dormir.

Tout ce qu'il désirait.

Son mug à la main, il gagna les bureaux. Anne-Lie était déjà là derrière ses parois de verre. Il la salua de la main, rejoignit son bureau, ôta son manteau.

"Tu es déjà là ?", constata-t-il quand Anne-Lie vint le rejoindre. Il pensait être le premier. Il était parti de chez lui quarante-cinq minutes avant l'heure, au cas où il y aurait eu des embouteillages, mais ça avait bien roulé.

"Je voulais m'assurer que tout se passait bien avec les renforts et les aspirants.

— Il y a eu beaucoup d'appels ?

— En fait, non. Quelques-uns, mais pas beaucoup."

Torkel hocha la tête, déçu. La dernière fois que la Criminelle avait lancé un appel à renseignements lors d'une conférence de presse, ils avaient reçu des tuyaux par centaines. Mais en même temps, il y avait eu beaucoup plus de battage dans la presse, il s'agissait quand même de célébrités de troisième zone assassinées.

"Quelque chose d'utilisable ? demanda Torkel en buvant une gorgée de café avant de s'asseoir à son bureau.

— Pas encore."

Anne-Lie approcha le fauteuil du poste le plus proche et s'y assit.

"Depuis combien de temps es-tu à la Criminelle ?

— Longtemps, plus de vingt ans.

— Alors tu t'y plais.

— Dans l'ensemble, oui.

— Quel âge as-tu ?"

Torkel la regarda avec étonnement. La question était inattendue.

"Cinquante-huit ans. Pourquoi ?

— Tu penses que tu vas travailler jusqu'à soixante-trois ?

— Je ne sais pas. Peut-être. Pourquoi ?"

Anne-Lie se tut. L'idée lui trottait derrière la tête depuis un moment. Hier, en rentrant chez elle, elle se l'était formulée. Elle était dans la police depuis bientôt vingt ans. Elle était devenue commissaire, on lui avait proposé le poste de chef régional, qu'elle avait décliné. Trop de travail administratif. Elle avait travaillé à peu près partout en Suède, changeant de poste chaque fois qu'elle se lassait. Pas du travail en lui-même, mais des lieux, des gens. Quand tout s'enlisait dans la routine, il fallait qu'elle bouge. Mais se déplacer dans tout le pays avec de nouvelles enquêtes, de nouveaux collègues, toujours travailler sur des affaires triées sur le volet…

Ça lui irait bien.

Ça lui dirait bien.

“Je me disais… je suis proche de Rosmarie Fredriksson, du DON, et on en parle parfois, dit-elle avec un haussement d'épaules qui signalait que c'était juste histoire de bavarder.

— Vous parlez de mon éventuelle mise à la retraite ?”

Torkel posa sa tasse, se pencha un peu en avant. Rosmarie Fredriksson n'était pas seulement au Département opérationnel national, elle était aussi la supérieure hiérarchique directe de Torkel. Il aurait volontiers qualifié leur relation de professionnellement tendue.

“Non, non, dit Anne-Lie avec un petit rire désarmant. On parle juste du poste, qui a l'air super sympa.

— Tu le veux ?”

Clamer haut et fort qu'elle convoitait le poste de Torkel aurait été un peu culotté et n'aurait pas arrangé leur collaboration déjà un brin crispée, mais elle n'avait pas envie de mentir ni de s'excuser d'avoir de l'ambition.

“C'est toi qui l'as, répondit-elle avec un laconisme diplomatique.

— Exact. C'est moi qui l'ai.”

Il lui lança un regard dont il espérait qu'il lui ferait bien comprendre qu'il avait l'intention de le garder. Anne-Lie lui fit un bref sourire au moment où Carlos entrait en compagnie de Vanja et d'Ursula.

"Putain qu'il fait froid", grommela Carlos en frottant ses mains gantées tandis qu'il se dirigeait vers sa place. Torkel ne répondit rien : il avait vu sur le tableau de bord de sa voiture qu'il faisait quatre degrés à Uppsala. Un peu frais pour la saison, peut-être, mais il était simple de s'habiller pour ne pas avoir froid et il n'y avait pas de quoi faire comme si on rentrait d'une expédition polaire.

"Bonjour à tous, salua Anne-Lie en se levant. Prenez du café si vous en voulez, et on se retrouve en salle de réunion dans dix minutes.

— Billy et Sebastian ne sont pas là ? demanda Vanja.

— D'ici dix minutes, j'espère."

Sur quoi Anne-Lie regagna son bureau. Torkel prit son café et rejoignit Vanja et Ursula.

"Salut, vous arrivez ensemble ?

— Vanja est passée me prendre, répondit Ursula en souriant à sa collègue.

— Et Sebastian, alors ?

— Je ne savais pas que j'en étais responsable.

— Comme vous logez au même hôtel, je me disais…

— Je ne l'ai pas vu depuis hier soir.

— Alors il n'y a plus qu'à espérer qu'il se pointe.

— Ou pas", glissa Vanja.

Le terrain était miné. Quoi qu'il fasse, il était perdant. Être d'accord avec Vanja sur le ton de la plaisanterie irriterait Ursula, faire remarquer avec légèreté que

Sebastian faisait partie de l'équipe irriterait Vanja. Aussi garda-t-il le silence.

"Café ? proposa Ursula en se tournant vers Vanja.

— Je viens avec toi."

Elles quittèrent la pièce ensemble. Torkel eut l'impression qu'il avait réussi à les irriter toutes les deux. L'équipe avait changé. Parfois, elle semblait au bord de l'éclatement. C'était peut-être le cas, il s'était passé beaucoup de choses dans la vie de chacun ces dernières années, mais Torkel n'arrivait pas à se défaire de l'impression que le problème avait commencé quand Sebastian s'était pointé à Västerås et que Torkel l'avait recruté. Il se souvenait bien de ce qu'il avait dit à Sebastian après leur première réunion de travail.

Débrouille-toi pour que je n'aie pas à regretter ma décision.

Il avait perdu le compte de toutes les fois où il l'avait regrettée.

Il venait d'en ajouter une.

"Bonjour !"

Sebastian était déjà installé dans la salle de réunion, occupé à classer des documents en différents tas sur la table quand les autres entrèrent. Son salut était lancé à la cantonade, mais son regard fixé sur Vanja montrait que c'était principalement à elle qu'il s'adressait. Elle répondit avec un coup d'œil qui signifiait qu'elle aurait préféré l'ignorer complètement, mais que sa bonne éducation et sa politesse le lui interdisaient.

"Salut."

On ne pouvait pas faire plus court. Elle s'installa à la première place libre, aussi loin de Sebastian que possible.

"J'ai pris des croissants pour tout le monde, reprit Sebastian, visiblement d'excellente humeur, en montrant de la tête un plat de viennoiseries au milieu de la table.

— Qu'est-ce que tu fais si tôt ici ?"

Torkel regarda tous les documents étalés devant Sebastian tandis qu'il s'asseyait.

"Je me suis dit que c'était aussi bien de jeter un œil sur les tuyaux arrivés depuis hier soir.

— On a un groupe d'auxiliaires qui s'occupe de ça, l'informa Anne-Lie.

— Je sais, je vérifie juste qu'ils n'aient rien oublié. C'est pour ça que je suis là, non ? Pour apporter mon expertise."

Il n'avait pas l'intention de leur expliquer que son rêve l'avait réveillé à quatre heures et demie et qu'il n'avait pas pu se rendormir. Sa chambre d'hôtel comme une cellule. L'angoisse l'en avait chassé et à vrai dire il n'avait trouvé nulle part ailleurs où aller.

"Sinon, j'ai passé la soirée à l'hôtel, continua-t-il d'un ton léger. J'ai passé un moment au bar avec Ursula quand elle est revenue de son rendez-vous avec sa fille, puis je suis allé me coucher. Seul. Bien sage, la queue rangée dans le pantalon. Comme convenu.

— Très bien, on s'y met ? proposa Anne-Lie avec un soupir tandis que Billy entrait dans la pièce, son ordinateur dans une main, une tasse de café dans l'autre.

— Désolé du retard", murmura-t-il tout en s'installant. Sebastian l'observa ouvrir son ordinateur et d'une main experte le connecter au vidéoprojecteur. Il avait l'air crevé. Peut-être tout simplement parce qu'il avait travaillé tard et peu dormi.

Sebastian l'espérait.

L'alternative l'effrayait.

Billy était abîmé. Il avait été forcé de tuer en service. Deux fois. Chez lui, ces deux actes avaient été associés à la jouissance. Pouvoir, désir et jouissance. Sebastian le savait, mais s'était trouvé diverses raisons de ne pas approfondir le sujet. Il s'était persuadé que ce n'était pas nécessaire. Que lorsqu'il avait vu Billy tuer un chat l'été précédent, c'était un acte isolé. Que Billy avait mesuré combien c'était malsain. Qu'il avait la situation sous contrôle, comme il en avait assuré Sebastian la dernière fois qu'ils en avaient parlé.

Hier, cependant, Billy avait montré un autre visage. Son état ne s'était pas forcément aggravé, mais Sebastian se demandait si son collègue maîtrisait aussi bien la situation qu'il l'affirmait. Il allait sans doute falloir à nouveau prendre le problème à bras-le-corps, se dit-il à contrecœur.

"Qui veut commencer ? demanda Anne-Lie, le tirant de ses réflexions.

— J'ai visionné les enregistrements des caméras de vidéosurveillance des abords de la scène de crime hier, dit Billy en répondant du même coup à sa question. Pour moi, ça ne nous donne qu'une seule piste possible."

Il pianota sur son clavier et une image grumeleuse s'afficha au mur.

"Voici une Audi Q3 de 2015. Elle passe devant la caméra de Thunbergsvägen dix minutes avant l'agression d'Ida Riitala le 18."

Carlos se leva et alla mettre une petite croix sur la carte affichée au mur. Tous virent combien elle était proche du cercle numéroté 1 qu'Anne-Lie avait tracé précédemment. Billy afficha une autre photo à côté de la première.

"Voici une Audi Q3 du même modèle à l'angle de Sågargatan et de Kungsängsesplanaden quelques minutes seulement après l'agression de Klara Wahlgren, avant-hier."

Carlos indiqua l'endroit sur la carte. À quelques blocs du parking du cercle d'études.

"Qu'est-ce qui se passe avec les plaques d'immatriculation ? demanda Torkel en attirant l'attention sur le petit rectangle surexposé situé sur les deux images, là où aurait dû apparaître une plaque.

— Traitées avec une sorte de spray réfléchissant, pour éviter les caméras."

Presque tout le monde autour de la table hocha la tête. Ça n'en était pas moins suspect.

"Et donc, combien d'Audi Q3 de 2015 sont en circulation dans le coin ? demanda Torkel en se tournant à nouveau vers Billy.

— Beaucoup, beaucoup trop. Je suis allé chercher les listes au registre des immatriculations, puis j'ai repensé à ce que Sebastian avait dit au sujet de la première attaque, qu'elle n'avait probablement pas eu lieu très loin du domicile de l'agresseur."

Les images des caméras de vidéosurveillance furent remplacées par une photo d'identité tirée du registre des passeports. Un homme d'une quarantaine d'années à l'implantation capillaire fuyante et arborant une barbe sombre bien taillée sur un visage large fixait l'objectif.

"Dan Tillman en possède une et habite Vänortsgatan, au numéro 83."

Carlos plaça une croix sur la carte, indiquant que Tillman vivait à quelques minutes seulement du Vieux Cimetière.

"Que savons-nous de lui ?

— Quarante-deux ans, développeur produit dans une entreprise technique à Stockholm, divorcé, garde ses enfants une semaine sur deux, pas de casier, mais a fait l'objet de plusieurs plaintes.

— Pour quels motifs ?

— Menaces et harcèlement contre son ex-femme et des petites amies. Aucune de ces plaintes n'a donné lieu à une mise en examen. La dernière remonte à l'été dernier, quand il a publié des photos dénudées de son ex dans un groupe Facebook.

— Charmant garçon, glissa Vanja.

— Pas vraiment, répliqua Billy. Il milite dans un certain nombre de groupes, presque tous ouvertement antiféministes et/ou racistes. Assez souvent, il y exprime le souhait que les personnes qui le contredisent soient violées. Ou leurs femmes, s'il s'agit d'hommes. Et de préférence par des immigrés."

Il fit s'afficher une page où il avait rassemblé un certain nombre de commentaires publiés par DanneTillman1. La photo du profil montrait clairement le même homme que sur la photo d'identité précédente. Ils prirent quelques secondes pour lire les courtes publications, qui toutes exprimaient le souhait que d'autres personnes soient victimes de violences sexuelles, et qui se réjouissaient quand c'était le cas.

"Qu'est-ce que tu en penses ?"

Anne-Lie s'était tournée vers Sebastian.

"Les hommes de ce type vont rarement au-delà de ce genre de commentaires. En général, trouver un exutoire à leur colère et une reconnaissance de leurs pairs leur suffit."

Billy regarda les publications projetées au mur, en éprouvant presque de la tristesse. Il était un des plus ardents défenseurs d'internet. Il adorait ça. Ça avait tant d'aspects positifs et fantastiques. Mais aujourd'hui, on ne semblait plus parler que des côtés négatifs. La façon dont l'information était stockée et diffusée, l'hypothèse d'une domination mondiale de Google, tous les mensonges, la haine et les menaces. Pour Billy, internet était comme une grande ville. On y trouvait de tout. L'offre était énorme. Il y en avait pour tous les goûts. Mais comme dans toutes les villes, il y avait des égouts où toute la merde était recueillie, et si on y allait, oui, ça puait vraiment.

"Mais ça n'empêche, il faut aller lui parler, conclut Sebastian.

— Habitant si près, il aurait vraiment pris sa voiture ? glissa Ursula au moment où Billy éteignait son ordinateur.

— Certains hommes d'un certain âge prennent toujours leur voiture, répondit Sebastian. Mais à part ça, oui, la voiture lui donne la possibilité de quitter rapidement les lieux, une plus grande impression de sécurité, ça fonctionne comme une sorte de barrière protectrice.

— OK, bon boulot. On va aller lui parler. Vanja, Carlos ?"

Ces derniers répondirent d'un hochement de tête en échangeant un coup d'œil et un sourire tandis que Carlos regagnait sa place. Anne-Lie garda son attention fixée sur lui.

"Ångkvarnsgatan. L'agression de Klara Wahlgren. Qu'est-ce qu'on a ?

— L'empreinte de chaussure provient d'une Vans, modèle UA-SK8-Hi MTE, la même qu'avant. La seringue retrouvée ne donne aucune piste, on peut en acheter n'importe où sur internet.

— Et Rebecca Alm ?

— Encore rien, constata Ursula. Je compte sur un rapport préliminaire aujourd'hui dans la matinée.

— Autre chose ?” demanda Anne-Lie à la cantonade, mais tous hochèrent la tête en silence.

“Bon, Vanja et Carlos prennent Tillman. Billy, vois ce que tu peux trouver de plus sur lui.

— OK.

— Ursula, tu nous tiens au courant des résultats du labo et nous, on continue à surveiller les tuyaux qui nous arriveront dans la journée”, finit-elle. Elle se tourna alors vers Torkel : “Tu veux ajouter quelque chose ?”

Y avait-il quelque chose à ajouter ? Elle avait déjà donné des ordres à toute son équipe, à part Sebastian, mais lui, de toute façon, il ne faisait jamais ce qu'on lui demandait. C'était comme si, non contente de diriger l'enquête, elle lui avait déjà pris son poste. Ou alors il surinterprétait, à cause de leur bref échange du matin. Inutile d'en faire tout un plat. Pour le moment.

“Non, ça me semble un bon plan de bataille.

— Très bien.”

La réunion s'acheva. Tous rassemblèrent leurs affaires et quittèrent la salle au fur et à mesure. Vanja alla regarder la carte de près pour mémoriser les nouvelles annotations. Sebastian se leva et la rejoignit l'air de rien.

“J'ai entendu dire que ton petit copain était venu.

— Et alors ?” lâcha-t-elle, sur la défensive, sans se retourner.

Mais c'était une réponse. Toujours ça.

“Sympa. Jonathan, c'est ça ?”

Une seule réponse, c'était visiblement tout ce à quoi il aurait droit. Sa question se heurta au silence de Vanja, mais elle se retourna.

“Tu voulais quelque chose qui concerne l'enquête ?

— En fait, oui, je comptais venir aussi voir Tillman.

— Non, pas question.”

Elle se fraya un passage devant lui, rassembla ses affaires et sortit. Sebastian soupira. Il s’attendait à devoir se battre, mais comment lui montrer qu’il avait changé si elle ne lui lâchait pas un millimètre de terrain ? Il jeta un regard à Ursula qui s’était attardée. Elle secoua la tête, l’air de dire : toi, tu ne lâches jamais l’affaire, hein ? Puis attendit que Vanja ait fermé la porte pour se tourner vers lui.

“Écoute, pour hier…

— Oui, je sais, c’est bête, tu n’as pas eu mon SMS ?

— Si.

— Bien.”

Mais quelque chose dans l’expression d’Ursula lui disait pourtant que tout n’allait pas si bien que ça.

“Tu veux aussi que je m’excuse ? Pardon, j’ai été bête hier.”

Il fallait vraiment chercher pour trouver la moindre pointe de regret dans sa voix. Un instant, Ursula parut se demander s’il valait la peine de continuer cette conversation, puis elle s’approcha d’un pas.

“Il ne s’agit pas que d’hier. Toutes les emmerdes de ta vie ne te donnent pas le droit de traiter tout le monde comme de la merde.

— Je comprends. Et ce n’est pas ce que je veux faire… En tout cas pas avec toi, ajouta-t-il en se rendant compte que c’était trop déformer la vérité.

— Alors contrôle-toi mieux. Recommence encore une fois et je passe dans l’équipe Vanja.

— Compris.

— Tu n'as pas envie de ça", dit-elle d'une voix plus douce, comme pour lui faire comprendre qu'elle ne le menaçait que pour son bien. Parce qu'elle savait ce qu'il voulait.

Ce qui en l'occurrence était la vérité.

"Non, je n'ai pas envie de ça", confirma-t-il avec un accent de sincérité.

Elle croisa son regard brièvement, puis recula de quelques pas, se pencha pour prendre un croissant et quitta la pièce en le laissant là.

Contrôler.

Sa vie.

Elle aurait aussi bien pu lui demander de faire l'ascension de l'Everest.

"Est-ce que j'ai besoin d'un avocat ?"

Dan Tillman était imposant, musclé et plus grand que Vanja n'avait imaginé, sûrement plus d'un mètre quatre-vingt-dix. Pour le reste, il ressemblait à sa photo d'identité. La seule différence était un tatouage qui dépassait un peu du col de son pull. Il devait être récent, supposa Vanja, sinon elle aurait dû le voir.

"Vous avez un avocat ?" s'étonna Carlos. Il était toujours aussi étonné de constater l'influence générale des séries policières et judiciaires américaines. À quel point les gens connaissaient mieux leur système juridique que le suédois.

"J'ai le droit d'en avoir un. Fourni par l'État. Vous devez m'en procurer un."

En se garant devant l'immeuble en briques de trois étages sur Vänortsgatan, Vanja avait senti que ça n'allait pas être simple. Plusieurs des publications qu'elle avait parcourues sur le compte Facebook de Tillman manifestaient, en plus de la haine des femmes et du racisme, un mépris virant le plus souvent à la pure détestation à l'égard des institutions et des politiciens, surtout s'ils étaient situés à gauche. Certes, la police n'était que peu mentionnée, mais jamais positivement. Elle en regrettait presque de n'avoir pas emmené Sebastian : un salaud contre un autre salaud.

En montant l'escalier, elle avait fait part de ses craintes à Carlos, qui lui avait juste conseillé de ne pas céder aux provocations. Ce qui n'était pas son fort, s'était-elle dit en sonnant. Ils s'étaient présentés en montrant leurs cartes de police à Tillman, qui avait immédiatement demandé s'il avait besoin d'un avocat.

"Vous n'êtes pas soupçonné de quoi que ce soit, lui expliqua Vanja aussi aimablement qu'elle put.

— Qu'est-ce que vous faites là, alors ?

— Nous souhaitons vous parler.

— Et si je n'ai pas envie de vous causer ?"

Ce qui crevait les yeux. Vanja s'attendait à voir la porte se refermer dans les dix secondes quand Carlos s'avança d'un pas.

"Dans ce cas, nous nous en allons, et notre enquête continue, vous apparaissez un peu plus suspect à nos yeux, donc nous fouillons d'un peu plus près et si nous trouvons la moindre chose, si petite soit-elle, nous revenons, nous vous arrêtons pour vous interroger – en présence d'un avocat si vous le souhaitez – et puis après, on verra ce qui se passe."

Il marqua une courte pause, puis leva l'index, comme s'il venait d'avoir une idée.

"Ou alors, vous parlez avec nous maintenant pendant quelques minutes. Vous nous aidez à clarifier quelques points, et avec un peu de chance, nous n'aurons plus à vous importuner."

Le silence se fit pendant que Tillman réfléchissait. Vanja entendit un enfant inconsolable pleurer dans l'appartement voisin. Elle était assez impressionnée. Jusqu'à présent, Carlos lui avait fait une impression un peu quelconque, mais sa description éloquente de ce qui pourrait arriver, avec cette menace poliment sous-entendue, était du grand art.

Avec un grognement de mécontentement, Tillman fit un pas de côté pour les laisser entrer. Carlos glissa sa main dans sa poche, sortit son portable, lança l'enregistreur et remit le téléphone à sa place. Quelque chose lui disait qu'il serait bon de garder trace de cet entretien.

Ils suivirent Dan par un hall sans fenêtre jusqu'à la cuisine. Papier peint bleu ciel, faïence blanche au-dessus de l'évier et du plan de travail. Réfrigérateur en inox à côté d'un four encastré au-dessus d'une cave à vins réfrigérée. Égouttoir à vaisselle vide, plans de travail propres et essuyés, fines herbes en pots près de la cuisinière. Ordre et discipline. Pas trace d'enfants vivant là, ni une semaine sur deux ni jamais. Pas de photos, pas de dessins, pas de jouets, pas d'emploi du temps ou de post-it pense-bête sur le réfrigérateur. Vanja décelait une faible odeur d'ammoniac dans l'appartement, mais rien dans la cuisine ne suggérait que Dan ait un chat.

"Alors, qu'est-ce que vous me voulez ?"

Il ne les avait pas invités à s'asseoir. Il restait pour sa part appuyé au chambranle de la porte, les bras croisés sur la poitrine. Pas besoin d'être expert en langage corporel pour saisir sa réticence.

"Nous avons ici des tirages de quelques commentaires que vous avez publiés sur Facebook..." Sans y avoir été invité, Carlos tira une chaise, et étala ses papiers sur la table de la cuisine. Un instant, Dan sembla vouloir protester, mais garda le silence.

"Quand elle aura pris plein de bites d'Afghans dans le cul, cette salle pute gauchiste, peut-être qu'elle regrettera." Carlos leva tranquillement les yeux de son papier. "C'est au sujet d'une femme qui s'était engagée pour les réfugiés mineurs isolés il y a quelques années.

— Je n'ai pas écrit ça.

— Ce n'est pas votre compte ? demanda Vanja en présentant le tirage à Dan. DanneTillman1, en un seul mot, avec une photo de profil qui vous ressemble beaucoup."

Dan regarda brièvement le papier puis Vanja, avec un petit sourire qui contrastait violemment avec ses yeux qui s'étaient assombris.

"Je n'ai jamais dit que ce n'était pas mon compte. Si vous écoutiez un peu plus et la rameniez un peu moins, vous auriez entendu que j'ai dit que je ne l'avais pas *écrit*.

— La ramener ? Est-ce que je la ramène, moi ?" Vanja se tourna vers Carlos qui était bien content de tout enregistrer. Ça avait l'air de rapidement partir en vrille.

"Si ce n'est pas vous, qui a écrit ça ? demanda-t-il calmement pour essayer de remettre la conversation sur de bons rails.

— Aucune idée. Quelqu'un a dû me hacker.

— Donc vous n'avez pas non plus écrit ça ?" dit Vanja en luttant pour évacuer colère et mépris de sa voix. Elle saisit un des papiers empilés devant Carlos et lut.

"On ne peut qu'espérer qu'elle se fasse troncher longtemps et bien profond et qu'on la laisse saigner dans un coin, que ça lui fasse les pieds, à cette sale petite pute débile.”

Dan resta appuyé au mur en secouant la tête, interloqué.

“Il s’agit apparemment d’une fille de seize ans qui a lutté pour que ses camarades de classe ne soient pas expulsés.

— Votre compte a l’air de se faire hacker assez souvent, constata Carlos en montrant d’un geste tous les documents empilés devant lui. Et ce n’est qu’un petit échantillon.

— Peut-être bien, je ne le consulte pas très souvent, dit Tillman d’un ton qui montrait clairement qu’il savait qu’ils savaient qu’il mentait.

— Et ça ne vous pose pas de problème, que quelqu’un écrive ça en votre nom ? Régulièrement ?

— Je ne pige pas, dit Dan en s’écartant du mur pour agiter les mains avec irritation. C’est pour ça que vous êtes ici ? Ce sont des opinions. La liberté d’expression, ça vous dit quelque chose ? Ça vaut pour tout le monde, pas seulement la mafia du politiquement correct, même si on a du mal à le croire.

— C’est votre conception du viol, que certaines femmes le méritent ? demanda Vanja, sans même cette fois chercher à cacher ses sentiments.

— Sérieux ? Vous êtes venus pour une connerie pareille ? La Gestapo de l’opinion. C’est pour ça qu’ils n’ont pas envoyé des vrais flics ?

— Des vrais flics. Que voulez-vous dire par là ? demanda Vanja d’un ton qui disait qu’elle connaissait déjà la réponse, mais souhaitait l’entendre de sa bouche.

— Vous êtes tous les deux dans des quotas, non ?

— Parce que je suis une femme et lui…

— Un enrichissement culturel, oui.

— En fait, nous sommes là pour parler de votre voiture, entendit-on sur un ton calme et objectif à l'autre bout de la table, comme si Carlos avait raté les trente dernières secondes de l'échange de vues.

— Finie la parlotte, asséna Dan. Vous pouvez partir.

— Votre Audi Q3 de 2015 a été vue à proximité de deux scènes de crime ce dernier mois." Vanja fit un pas vers lui et arriva si près qu'elle sentait son haleine. "Ça vous suffit ?"

Ils restèrent là à se toiser du regard. Vanja ne détourna pas le sien. Pas d'un millimètre. Elle n'avait pas l'intention de lui faire ce cadeau.

"Non, c'est faux.

— Il y a des films de vidéosurveillance.

— Bien essayé, mais vous n'avez pas ma plaque d'immatriculation, dit-il avec aplomb, visiblement ravi de les remettre à leur place.

— Ah non ?

— Elles sont passées au spray réfléchissant. Je fais la navette entre ici et Stockholm, je ne veux pas payer encore plus que ça me coûte déjà de rouler. Et c'est tout à fait légal, si vous voulez savoir.

— Mais vous ne vous êtes pas passé le visage au spray, non ?" sourit Vanja, au moins aussi ravie. Elle eut la grande satisfaction de voir Tillman cligner un instant des yeux.

"Pouvez-vous nous expliquer ce que vous faisiez à ces endroits à ces horaires ?" demanda Carlos en faisant glisser vers Dan un papier où étaient notées les dates et les heures des agressions d'Ida et Klara. Il vint le prendre et le lut.

"Avant-hier, j'ai joué au hockey en salle dans la soirée. Au gymnase Boland, on a un créneau toutes les semaines. Le 18 septembre..."

Il sortit son téléphone de sa poche, l'alluma, fit s'afficher le calendrier et glissa le doigt sur l'écran pour reculer d'un mois.

"J'ai dîné à Stockholm avec quelques collègues.

— Dont il nous faut les noms", constata Carlos.

Dan hocha la tête et Carlos lui tendit un stylo.

Apparemment deux alibis, pensa Vanja, mais les viols n'ont pas pris longtemps. Le risque d'être surpris était trop grand. Cinq, dix minutes maximum. Si Dan Tillman était arrivé dix minutes en retard au hockey, ou avait quitté son dîner un quart d'heure plus tôt, il était toujours un auteur possible.

Vanja avait vraiment envie que ce soit lui.

Elle ne voulait rien tant qu'une bonne raison de l'envoyer au trou.

L'enfermer, et si possible jeter la clé.

"Êtes-vous allé récemment à Gävle ? demanda-t-elle tandis que Tillman notait des noms et des numéros de téléphone au dos du document qu'on lui avait passé.

— Non.

— Vous êtes sûr ?"

Dan ne répondit même pas, mais continua à écrire. Vanja n'avait pas l'impression qu'il se dérobait, cherchait à gagner du temps ou avait peur de se dédire. Il en avait juste fini avec eux et voulait être au plus vite débarrassé d'eux. Vanja tenta une dernière fois sa chance.

“Nous souhaitons recueillir votre ADN.”

Cette fois, Dan cessa d’écrire et se tourna vers elle. *Dis non, dis non, dis non*, espéra Vanja.

“Pas de problème.”

Vanja était estomaquée. À bien des égards, l’homme qu’elle avait en face d’elle était un complet idiot, mais il n’était pas stupide.

Il savait probablement ce que faisaient deux plus deux.

Sa voiture sur les lieux du crime.

Son baratin sur le viol.

Il avait dû lire des articles au sujet des agressions à Uppsala.

C’était pour ça qu’il s’était montré coopératif en présentant un alibi. Qu’il se laisse par-dessus le marché prélever l’ADN s’il en avait laissé des traces sur plusieurs scènes de crime n’était pas vraisemblable.

Cet homme était un porc.

Elle était certaine qu’il finirait bien par aller en taule pour quelque chose.

Mais pas aujourd’hui, pas pour ça.

Rebecca Alm.

Weber s'était réveillé avec ce nom en tête. Hier, dans la voiture, en rentrant de la conférence de presse, il avait essayé de se rappeler où il l'avait déjà entendu.

Qui c'était.

Dans quel contexte.

Revenu à Stockholm, il avait fait un crochet par la rédaction pour rédiger son papier sur les viols d'Uppsala et le meurtre de Gävle. Il reprenait principalement les informations de la police, présentées à sa sauce.

Une photo de Rebecca Alm.

Une image d'archives du Vieux Cimetière.

Une fiche info sur l'homme de Haga.

À part Rebecca, il n'avait pas le nom des victimes, pas de parents à interviewer et il n'avait pas l'intention de partir à leur recherche si tard, donc davantage de faits que de sentiments. Si ça prenait de l'ampleur, si le concurrent faisait monter la mayonnaise ou si pour une raison X sa nouvelle rédactrice en chef le voulait, il continuerait à fouiner. Même s'il savait d'expérience que les enquêtes dirigées par Torkel Höglund avaient peu tendance à fuiter, il trouverait bien un nom. Un membre de la famille, un ami ou un collègue. Il jouerait sur la corde sensible pour que les lecteurs puissent s'identifier. Voir par le petit trou de la serrure. Le chagrin. L'angle personnel, ce que c'était de vivre dans une ville frappée par la terreur.

Weber mit en ligne ce qu'il avait écrit et l'envoya pour l'édition papier. On lui chercherait probablement des poux parce qu'il n'avait rien filmé. On voulait du mouvement. Des clics qui attiraient les annonceurs. Parfois, on avait plus l'impression de travailler comme une chaîne de télé, trouvait Weber. Même si Sonia, sa nouvelle cheffe, ne semblait pas autant obnubilée par le numérique que Källman, son prédécesseur. Elle avait même évoqué avec Weber des articles de fond, plus longs, qu'on ne trouverait que dans la version papier.

On verrait bien.

Après avoir livré son papier, il avait passé en revue son téléphone et ses mails.

Cherché Rebecca Alm.

Rien trouvé.

Et il était donc rentré chez lui.

Dans son deux-pièces de Vegagatan, il avait lâché l'affaire. Ça lui reviendrait, il en était sûr. C'était comme ça que ça fonctionnait. S'il n'insistait pas et passait à autre chose, ça finissait toujours par refaire surface.

Il s'installa devant son flipper.

Un modèle Kiss, par Bally. De 1979. Acheté en 1998.

Les 6 000 couronnes les mieux utilisées de sa vie.

Détente et concentration totales chaque fois.

Il savait d'expérience qu'on l'associait facilement à sa garçonnière de célibataire, un truc de mec, un peu triste. “Oh, un flipper”, avaient l'habitude de constater les rares femmes qui étaient venues chez lui, avec un ton de voix qui signifiait : *toi, tu es célibataire depuis un bail, et je comprends pourquoi.*

Mais pas Derya, s'était-il souvenu. Elle était rentrée avec lui après la fête des cinquante ans de son frère à la fin du mois dernier. Ils avaient continué à boire du vin et joué plusieurs heures au flipper, oui, elle avait même eu l'air de trouver ça amusant. En tout cas, elle riait beaucoup en jouant. Mais elle était l'exception. Et elle n'avait pas donné de nouvelles. Peut-être allait-il la rappeler ? Il s'était plu en sa compagnie…

Ce soir, ça n'était pas vraiment ça.

Score maximal 99 430. Certains soirs, il approchait 300 000.

Il était donc allé se coucher.

Et s'était réveillé avec le nom en tête.

Rebecca Alm.

Il était à présent au travail avec sa troisième tasse de café. Toujours aucune idée d'où il avait pu entendre ce nom. Ne pas y penser ne marchait visiblement pas, alors il fallait faire un petit effort. Il prit son téléphone et appela Torkel. Se prépara à laisser un message, et fut pris au dépourvu quand il décrocha après deux sonneries.

“Salut, c'est Weber.

— Je vois bien, qu'est-ce que tu veux ?”

Rien de franchement hostile dans la voix, mais pas non plus d'invitation à parler de la pluie et du beau temps, aussi Axel alla-t-il droit au fait.

“Rebecca Alm. Est-ce qu'elle a été mêlée à une autre enquête par le passé ?

— Pas que je sache, pourquoi ?

— Son nom me dit quelque chose, mais je n'arrive pas à me souvenir d'où.

— Elle n'est dans aucun registre, mais si elle a été témoin ou mêlée à quelque chose d'une autre façon, je ne sais pas. Rien qui concerne la Criminelle, en tout cas.

— OK, je vais continuer à y réfléchir.

— Si tu trouves quelque chose, tu es invité à m'en parler, tu le sais."

L'allusion à son interview de celui qu'on avait appelé le Tueur de la Téléréalité était limpide.

"On verra. Sinon, rien de neuf ?

— Non.

— OK, très bien. Merci, à bientôt sûrement."

Et il raccrocha. Inutile de lui mettre la pression. Ils avaient une bonne relation. Il aimait bien Torkel, et il pensait en tout cas que Torkel ne le détestait pas complètement. Malgré les tensions survenues quelques mois plus tôt, quand Weber avait été en contact avec David Lagergren sans prévenir la Criminelle.

Il tiqua. Il y avait quelque chose, là. Le Tueur de la Téléréalité lui avait envoyé des choses. Par coursier. Des objets physiques. Pourquoi n'y avait-il pas pensé plus tôt ?

Une grande partie des tuyaux qu'il recevait arrivaient encore par la poste ordinaire. La plupart des gens semblaient avoir peur de laisser des empreintes numériques qui resteraient pour toujours.

La poste à l'ancienne. Une lettre. Une enveloppe, un timbre.

Il les gardait dans le tiroir inférieur de son bureau. À l'époque où il avait un bureau. Depuis, ils avaient changé de locaux et de configuration, étaient passés du bureau individuel à l'*open space*, puis au *flex office*, avant de revenir à l'*open space*. Lors de l'un de tous ces déménagements, il avait mis ces lettres dans un carton à chaussures.

Qu'il pensait se souvenir d'avoir rapporté chez lui.

"Je reviens dans une heure", avait-il lancé à Kajsa avant de quitter la rédaction. De retour dans Vegagatan, il s'immobilisa dans l'entrée de son appartement. Se concentra. Où cette boîte avait-elle atterri ? Il regarda en vitesse dans son bureau, par acquit de conscience, avant d'attraper les clés et de monter en ascenseur au grenier.

Il y faisait froid, ça sentait l'humidité et le renfermé. Weber frissonna en passant devant les box qui, derrière leurs grillages de poulailler, donnaient la possibilité à tous les habitants de l'immeuble de garder plus de choses que ce dont ils avaient vraiment besoin. Il voyait un certain nombre d'affaires qu'on ressortirait sans doute pour quelques grandes occasions ou la saison venue, mais la plupart ne serviraient plus jamais. Lampes, étagères, chaises, linge, tableaux, valises, cartons de vêtements ou de jouets que personne ne porterait ni n'utiliserait plus. Tout un étage servant de cimetière d'éléphants à la société de consommation.

Il ouvrit le cadenas, poussa la porte grillagée et entra. Sa remise ne faisait pas exception. Elle n'était certes pas aussi encombrée, mais il n'y avait dedans que des choses qu'il n'était pas allé chercher et auxquelles il n'avait pas consacré une seule pensée depuis des années. Une commode, quelques chaises, quelques posters encadrés, un certain nombre de cartons de déménagement, contenant pour la plupart des livres, pensait-il, une étagère Ikea contenant des dossiers et quelques boîtes plus petites.

Deux boîtes à chaussures. Il en ouvrit une première. Pleine de photos. Weber les feuilleta rapidement pour vérifier qu'il n'y avait rien d'autre dessous. Des amis et des collègues avec qui il avait perdu contact, des petites amies qui étaient passées à autre chose, son frère et sa famille.

Une autre époque.

Peut-être plus heureuse ?

Il reposa la boîte, il n'était pas venu se complaire dans la nostalgie.

La deuxième boîte.

Elles étaient là.

Il estima suffisante la lumière de l'ampoule nue du couloir, s'assit à même le sol froid et entreprit de feuilleter les lettres. Une trentaine en tout. Quelques-unes indiquaient au revers l'adresse de l'expéditeur, lui facilitant la tâche. Pas de Rebecca Alm.

Il commença donc à extraire les autres lettres de leurs enveloppes, allant directement regarder la signature. La troisième se terminait par "Cordialement, Rebecca Alm", suivi d'un numéro de téléphone. L'avait-il appelée ? Lui avait-il même parlé ?

Il lut. La lettre n'était pas longue : juste une mise en bouche pour susciter son intérêt.

Nässjö, 2006

À l'attention de : Axel Weber
Expressen

Je vous écris, car je ne sais pas quoi faire d'autre. Vous êtes quelqu'un à qui j'ose faire confiance. J'ai essayé de prévenir la police à Nässjö, mais quelqu'un de chez eux est sûrement impliqué, car personne n'arrête ce qui est en train d'arriver. La commune est dans le coup, c'est sûr, je le sais.

Il y a un grand manoir près de là où j'habite, Ljungbecka Gård. Il appartient à la commune et beaucoup de personnes puissantes sont dans le coup, alors il est important que je reste anonyme et protégée. Des enfants y arrivent de l'étranger, et au moins trois y ont disparu. Je le sais. Je crois qu'on les a tués. J'espère que vous me croyez. Vous pouvez me joindre par téléphone, mais promettez-moi de garder mon nom secret. Promettez-moi !!!

Cordialement
Rebecca Alm
07 07 55 42 81

Weber retourna la lettre et vit qu'il avait noté quelque chose au dos. Un résumé de la suite qu'il avait donnée, ce qu'il avait pu vérifier ou non, ceux à qui il avait téléphoné et parlé avant de décider qu'il n'y avait pas là matière à scoop. En 2006, la commune avait provisoirement transformé le manoir en foyer de transit, et un certain nombre de réfugiés mineurs isolés y étaient venus. Ils avaient ensuite été transférés ailleurs, ou avaient effectivement disparu des radars, mais c'était apparemment fréquent dans ce genre de foyers, et rien n'indiquait que quoi que ce soit dans cette lettre soit la vérité.

Il continua à ouvrir les enveloppes, à la recherche de la même écriture. Trouva deux autres lettres. Ouvrit la première.

Uppsala, 2009

À l'attention de : Axel Weber
Expressen

C'est encore moi, Rebecca Alm. J'ai besoin de l'aide de quelqu'un de courageux comme vous. Je crois toujours que quelque chose s'est passé à Ljungbecka, mais la commune devait être trop puissante pour vous aussi, puisqu'ils n'ont jamais été démasqués. J'ai déménagé à Uppsala, j'ai été malade et j'ai séjourné à l'hôpital universitaire. Comme j'ai du mal à dormir, je me suis promenée dans les couloirs, et j'ai vu ce qu'ils font en cachette. Ils opèrent de nuit. Ils volent des organes et les vendent. Le médecin-chef est dans le coup, et un jour il y avait aussi un homme politique, cette histoire remonte très haut. Appelez-moi, je vous prouverai que je dis la vérité.

On peut me joindre au 07 63 77 39 21.

Rebecca

Weber lut ses notes au verso et remit la lettre dans l'enveloppe. Ça lui disait vaguement quelque chose. Il avait par acquit de conscience passé quelques coups de fil, qui avaient tout de suite clairement montré que ces accusations étaient totalement infondées. Avec un léger soupir, il sortit la dernière enveloppe. L'ouvrit, histoire de l'avoir fait. Il avait retrouvé pourquoi ce nom lui disait quelque chose, et il comprenait à présent pourquoi il ne s'en était pas souvenu.

Des théories du complot.

Ou en tout cas une imagination débordante.
Peut-être combinée avec un besoin de reconnaissance.
Il n'espérait pas grand-chose de la troisième lettre.

Gävle, 2010

À l'attention de : Axel Weber
Expressen

Bonjour Axel,

Apparemment, ils ont réussi à vous faire taire les autres fois, ou alors vous ne m'avez pas crue, mais maintenant il le faut. Je l'ai vu de mes propres yeux. J'ai eu du sang sur les mains. L'Église l'a tuée. Elle qui devrait être une puissance pleine de bonté. Ils ont voulu décider pour elle et elle est morte. Je suis témoin !

Mais ils se connaissent tous à Uppsala. Ils ont le pouvoir et l'argent. Ils me poursuivront et encore une fois personne ne me croira. Personne. Peut-être même pas vous. S'il vous plaît, croyez-moi !

J'ai déménagé à Gävle et pris un numéro secret pour qu'ils ne me retrouvent pas. Appelez-moi, je vous jure que c'est vrai !!

Je le jure !!!

Rebecca
07 37 43 21 90

C'était comme s'il lisait ça pour la première fois, il n'en gardait aucun souvenir. Il retourna le papier, pas de notes. Peut-être qu'en reconnaissant son nom, il s'était souvenu des deux précédentes lettres et pour cette raison s'était contenté de survoler celle-ci par devoir avant de la mettre au rancard.

Peut-être qu'elle avait crié au loup une fois de trop.

Il la relut.

Une église d'Uppsala, ce n'était pas clair laquelle, avait voulu décider à la place d'une femme qui était apparemment morte. Qui, quand ? Ça n'était pas précisé.

C'était maigre, et ça remontait à huit ans.

Mais Rebecca Alm était morte. Des femmes avaient été violées à Uppsala. Il n'avait pas encore eu de retour sur son article de la veille, il avait le temps de fouiller un peu.

Il allait y consacrer une journée.

Klara poussa résolument la porte de l'accueil.

Sa décision avait mûri au cours de la matinée. Elle s'était réveillée tôt, il faisait encore nuit. Sachant qu'elle ne réussirait pas à se rendormir, elle s'était levée sur la pointe des pieds, avait fermé la porte de la chambre de Victor, était allée dans le séjour dérouler son tapis et avait fait une séance de yoga de quatre-vingt-dix minutes. La maison était calme, ce qui n'arrivait pas très souvent, elle avait profité de ses exercices et du silence. Ensuite, elle s'était douchée, habillée, avait réveillé Zach et Victor avec des crêpes à la confiture toutes chaudes pour le petit-déjeuner. Au moment de conduire Victor à l'école, Zach lui avait demandé pour la cinquième fois si elle était vraiment d'accord pour qu'il retourne travailler. Elle lui avait répondu oui, pour la cinquième fois.

Après leur départ, elle avait rangé la cuisine. Elle commençait à ne plus tenir en place à la maison. Combien de temps allait-elle rester en arrêt ? Deux jours seulement après son agression, elle se sentait étonnamment bien. Être entourée de ses collègues, se concentrer sur son travail l'aiderait à se sentir encore mieux, croyait-elle. Une fois la cuisine rangée et la lessive lancée, elle s'était installée dans le canapé avec son iPad et un café. Elle avait surfé au hasard sur ses sites habituels. Elle n'avait pas tardé à tomber sur le premier gros titre :

Un violeur en série sadique terrorise Uppsala.

Elle avait lu l'article en entier. Son nom n'était pas cité, elle n'était que "la quatrième victime" d'avant-hier. Bien sûr, on parlait beaucoup de Rebecca à Gävle, mais l'accent était mis sur le fait que la plupart des agressions avaient eu lieu à Uppsala, que l'homme était encore en liberté et pouvait avoir des liens avec les cercles BDSM. La police lançait un appel à témoins et fournissait une liste d'heures et de lieux. Klara avait frissonné en lisant "quartier d'Ångkvarnsgatan le 13 octobre, 20 h 30 – 21 heures". Un bref instant, elle avait presque éprouvé à nouveau la même terreur, la même panique. Comme elle avait eu peur, comme elle s'était sentie petite.

Elle n'allait peut-être pas aussi bien qu'elle le croyait.

Elle avait continué à surfer. L'autre journal du soir n'avait pas fait autant de battage, le titre n'était pas aussi ronflant :

Un violeur lié à un meurtre.

Elle avait aussi lu attentivement cet article.

Le même contenu, emballé différemment.

Mais la fin attira son attention.

"La police n'a pas de suspect, pas d'arrestation en vue."

Klara avait reposé sa tablette. Elle ne savait pas qui c'était mais elle pouvait orienter leurs recherches. Leur indiquer la bonne piste. Elle ne l'avait pas fait hier, quand cette policière, Vanja, était venue lui annoncer ce qui était arrivé à Rebecca, et lui avait demandé si elle la connaissait. Elle avait alors menti. Instinctivement. Senti qu'elle avait besoin de réfléchir. À présent, une décision prenait forme. Si elle pouvait les aider à arrêter cet homme avant qu'il ne continue à nuire, empêcher que d'autres aient à subir ce qu'elle avait subi, n'était-elle pas obligée de le faire ? Même si le prix en était élevé.

Elle avait pris sa décision et était sortie de chez elle.

Un quart d'heure après, elle poussa les portes de l'hôtel de police et se dirigea d'un pas décidé sur le sol de marbre vers le comptoir de l'accueil.

Elle avait l'intention de dire qu'elle connaissait bien sûr Rebecca Alm.

Qu'Ida et elle la connaissaient.

Elles faisaient partie du même groupe.

Ça ne pouvait pas être un hasard si elles avaient toutes les trois subi la même chose. Ou presque la même chose, se corrigea-t-elle. En tout cas, Ida avait survécu, et elle-même s'en était tirée de justesse, et avait été quitte pour une belle frayeur.

C'était forcément lié au groupe.

À ce qui était arrivé à Linda.

Elle était tellement concentrée sur le comptoir de l'accueil, devant elle, qu'elle sursauta quand son téléphone sonna. Elle le sortit et consulta l'écran. Zach. Elle inspira à fond et répondit.

“Salut, c'était juste pour voir comment tu allais.”

En baissant un peu la tête, elle tourna le dos aux autres personnes présentes à l'accueil et fit quelques pas vers la fenêtre, plus à l'écart.

“Ça va bien, merci.
— Qu’est-ce que tu fais de beau ?”
Klara se demanda si on entendait dans le téléphone qu’elle n’était pas à la maison. Elle hésitait à lui dire la vérité. Sans savoir pourquoi. Elle lui dirait tout ce soir quand il rentrerait. Fallait-il qu’elle lui dise ?
“Je suis en ville, je vais voir une copine.
— Ça va ?
— Oui, oui.
— Je venais juste aux nouvelles.”
Ce qu’il faisait si souvent depuis ce qui était arrivé. Elle l’aimait pour ça. Il était tellement prévenant et gentil. Victor et elle avaient eu de la chance. Il était le meilleur petit ami et le meilleur papa du monde.
“C’est mignon de ta part, mais tout va bien.
— OK, mais appelle-moi tout de suite s’il y a quelque chose.
— Oui, ne t’inquiète pas. À ce soir.
— D’accord. Bisous.
— Bisous.”
Elle resta plantée là, téléphone à la main, et se tourna vers le comptoir de l’accueil.
Sa résolution avait cédé la place au doute.
Et si malgré tout ça n’avait rien à voir avec leur groupe ? Elle attirerait alors inutilement l’attention sur elles. Quel était le délai de prescription pour un meurtre ? Ou un homicide, plutôt. Ou même pas. Homicide involontaire, ça se disait bien ?
Elle avait Victor, à présent. Il fallait qu’elle pense à lui.
Et cette Therese je-ne-sais-plus-comment, elle, Klara ne l’avait jamais rencontrée, elle n’avait jamais été

membre. Et rien n'était arrivé à Ingrid. Ça se serait su. C'était elle la plus connue de toutes.

Donc ça n'avait peut-être malgré tout rien à voir avec le groupe.

N'était-elle pas en train de créer des problèmes inutiles ? De déballer au grand jour des choses qui feraient mieux de rester cachées et oubliées. Qui gagnerait à ce qu'elle parle ? Ce qui était fait était fait et, si on y réfléchissait bien, ce qui arrivait aujourd'hui – les viols, le sac, la seringue – quel rapport avec Linda ?

Aucun, décida-t-elle.

Après un dernier coup d'œil à la policière en civil derrière le comptoir, avec qui elle n'avait plus l'intention de parler, elle rangea son téléphone dans sa poche et, d'un pas aussi résolu qu'à son arrivée, elle se dirigea vers les portes.

En sortant, elle croisa une femme de son âge qu'elle ne put s'empêcher de remarquer. De courts cheveux noirs, des yeux cerclés de khôl, des lèvres rouges, le teint pâle. Veste en cuir ouverte, jean moulant et bottes au genou. Ses talons retentissaient sur le sol. Elle se présenta à la femme derrière le comptoir.

“Je m'appelle Stella Simonsson, je voudrais parler à quelqu'un au sujet de ces viols.”

"Putain !"

Ursula jura devant son ordinateur. Tous tournèrent le regard vers elle.

"Qu'est-ce qu'il y a ? demanda Torkel.

— Fais venir tout le monde", soupira Ursula, les yeux toujours rivés à son écran. Torkel alla frapper à la vitre du bureau d'Anne-Lie. Lui fit signe de venir quand elle leva la tête. Les autres s'étaient déjà rassemblés autour du bureau d'Ursula quand elle les rejoignit.

"Qu'est-ce qu'il y a ?

— Je viens de recevoir un premier rapport préliminaire sur Rebecca Alm, commença Ursula. Les sacs semblent faits de la même matière, même marque, mais sur ce point ils doivent encore faire des analyses plus précises. Elle avait des traces de somnifère dans le sang et de sperme dans le vagin. Le somnifère est du Rohypnol, mais..."

Elle marqua une courte pause rhétorique en regardant les autres. Ça n'allait pas leur faire plus plaisir qu'à elle.

"... l'ADN ne correspond pas aux autres.

— Qu'est-ce que tu dis ?

— Je dis que l'ADN indique que c'est un autre homme qui a violé et tué Rebecca Alm."

Le silence se fit tandis que tous assimilaient cette nouvelle information et ce qu'elle impliquait pour leur travail, pour l'enquête. La plupart des gens préfèrent que les choses soient simples. Les policiers ne faisaient pas exception. Ils pensaient poursuivre un seul et unique violeur. Cette nouveauté leur compliquait le travail, et donc la vie.

"Tu as dit que le rapport était préliminaire… tenta Torkel.

— Oui.

— Est-ce qu'ils peuvent s'être trompés ?

— Pas sur quelque chose d'aussi simple que la comparaison d'ADN", assura Ursula.

Sebastian regarda autour de lui. Tout le monde semblait abattu. Lui n'était là que pour Vanja, de toute façon. Le sac et le somnifère rendaient le cas marginal et donc plus intéressant, mais ils n'en recherchaient pas moins un délinquant sexuel ordinaire. Jusqu'à maintenant…

"Qu'est-ce que ça veut dire ?"

Anne-Lie s'adressait à nouveau à Sebastian. Il ne put s'empêcher de se réjouir et d'éprouver une certaine fierté. Elle s'en remettait à son avis. On ne le lui demandait jamais à la Criminelle : d'habitude, il devait faire plus ou moins le forcing auprès de ses collègues pour pouvoir le donner.

Hélas, il était obligé de la décevoir cette fois.

"Je ne sais pas. Plusieurs auteurs, visiblement.

— Un *copycat* ?"

Sebastian secoua la tête.

"Les *copycats* s'inspirent d'un crime décrit dans les médias, d'une façon ou d'une autre."

Il se tourna vers Vanja qui, fidèle à son habitude, s'était placée aussi loin de lui que possible.

"Tu étais ici : au moment du meurtre de Rebecca, rien n'avait fuité sur les agressions d'Ida et de Therese."

Une question concernant le travail, tout à fait conforme aux règles de leur collaboration.

"Non, en tout cas rien sur le sac ni le somnifère, confirma-t-elle.

— Donc ici, ils se connaissent, ou du moins s'inspirent l'un de l'autre, reprit Sebastian.

— Qu'est-ce que tu veux dire par s'inspirent l'un de l'autre ?

— Si « notre » homme a d'une façon ou d'une autre communiqué sur ce qu'il fait, il a pu en encourager d'autres à l'imiter sans pour autant qu'ils se soient rencontrés, sans même qu'ils se connaissent.

— Ça expliquerait le changement de ville, opina Torkel.

— Dan Tillman peut s'en être vanté quelque part sur internet, glissa Vanja.

— Ses alibis tiennent, constata brièvement Carlos. Je dois encore parler à d'autres invités de son dîner, mais pour le moment…

— Il s'agit de très petites marges, objecta Vanja en lui adressant un regard noir, alors qu'il ne faisait que son travail. Tout ce qu'il faut, c'est un décalage de dix, quinze minutes, et ça peut toujours être lui.

— On n'a pas recueilli son ADN ? demanda Sebastian.

— On saura s'il correspond dans la journée, répondit Ursula.

— Ça ne correspondra pas, affirma Sebastian. Notre homme ne nous l'aurait pas donné de son plein gré, ce n'est pas Tillman."

Vanja serra les dents.

Il avait sans doute raison.

Elle était arrivée elle aussi à la même conclusion chez Tillman, mais pas tant à cause de ce qu'il avait dit que de sa manière de le dire. Quand il était sûr de lui, il prenait toujours un ton tellement supérieur, comme s'il était le grand penseur dans une pièce pleine d'idiots. Vanja détestait ça.

"Nous avons sa voiture sur deux lieux de crime."

Elle s'enferrait, en partie parce qu'elle voulait vraiment remettre Sebastian à sa place, mais surtout parce qu'elle n'arrivait pas à se défaire des sentiments qu'elle avait éprouvés dans l'appartement de Tillman.

Le mépris, la colère confinant à la haine.

"Si ce n'est pas lui, peut-être que quelqu'un d'autre exécute les viols pendant qu'il regarde. Peut-être même qu'il les conduit, on ne voit pas combien de personnes sont à bord de la voiture sur les films."

Par rapport aux dernières affaires sur lesquelles ils avaient enquêté, ce n'était pas la théorie la plus tordue qui soit, se dit Vanja en voyant les mines sceptiques des autres, mais c'était inutilement tiré par les cheveux. Surtout si tôt dans l'enquête. Tillman était le premier et jusqu'ici le seul nom de suspect qu'ils avaient et toutes les preuves indiquaient pour le moment que ce n'était pas lui.

"Je dis juste que je continue à croire qu'il est mêlé à tout ça, dit Vanja avec un geste des bras pour tenter de dédramatiser.

— Non, tu ne le crois pas, objecta posément Sebastian. Tu es trop bonne policière pour ça. Tu *veux* qu'il soit mêlé à tout ça, mais c'est autre chose.

— Ne me dis pas ce que je veux, cracha Vanja vers Sebastian, étonnant tout le monde par la colère qui grondait dans sa voix. Tu n'as pas la moindre idée de ce que je veux, putain, tu n'en as jamais eu la moindre idée, et quand je te l'ai dit, tu n'en as rien eu à foutre !"

Un silence embarrassé s'installa. Vanja regretta aussitôt son petit esclandre. Ses sentiments, l'antipathie qu'elle éprouvait pour Tillman avaient eu raison de son objectivité et son professionnalisme et voilà qu'elle s'en prenait à Sebastian parce qu'il appuyait là où ça faisait mal.

Il avait raison.

Une fois de plus.

"Pardon, dit-elle tout bas à tous sauf à Sebastian.

— Nous ne faisons rien pour Tillman avant d'avoir le retour des analyses ADN, on verra après, décida Anne-Lie, achevant par là la discussion.

— Puisque nous sommes tous rassemblés, glissa Torkel en arrêtant Anne-Lie déjà en route vers son bureau. Il faut qu'on s'intéresse de plus près à Rebecca Alm.

— Et pourquoi ?

— Axel Weber pense avoir déjà vu son nom quelque part.

Anne-Lie vit les autres membres de la Criminelle hocher la tête de concert comme si ce que Torkel venait de dire était significatif.

— Qui est Axel Weber ?

— Un reporter criminel d'*Expressen*.

— Comment sais-tu qu'il a reconnu son nom ?

— Il m'a appelé pour me le dire."

Anne-Lie concevait l'intérêt de la presse, elle admettait que le public avait le droit d'être informé, mais fondamentalement, pour elle, c'était l'ennemi. On s'était beaucoup plaint des fuites dans la police et bien sûr, celui qui n'était pas capable de fermer sa gueule n'y avait pas sa place. Mais s'il n'y avait pas eu cet intérêt pour les informations destinées en principe à demeurer secrètes, et même la volonté de payer pour les obtenir, une partie du problème aurait été résolue. La quête effrénée de détails pour attirer les lecteurs était, au mieux, de mauvais goût, elle compliquait toujours le travail des enquêteurs et, au pire, pouvait permettre à un assassin de rester libre. Savoir qu'un journaliste de tabloïd échangeait régulièrement avec Torkel, ça n'avait rien pour lui plaire.

Au sujet de l'enquête.

Son enquête.

Ses réflexions sur le moment et la manière les plus appropriés pour lui faire part de son point de vue furent interrompues par la sonnerie de son téléphone.

La pièce toute en longueur était en principe destinée aux bilans de compétences, aux réunions en petit comité, ou aux conversations téléphoniques privées. Trois chaises modernes mais inconfortables autour d'une petite table ronde sur un épais tapis de laine nouée orange. Stella Simonsson avait choisi le siège le plus éloigné de la porte. Elle l'avait reculé dans un coin, de manière à pouvoir appuyer la tête contre le mur et la tapisserie multicolore qui le couvrait. Vanja et Carlos lui faisaient face. Sebastian était là aussi. Vanja aurait voulu s'y opposer cette fois encore, mais elle avait compris que la petite crise qu'elle venait de faire dans le bureau avait sans doute rempli son quota anti-Sebastian pour aujourd'hui.

Quand ils étaient arrivés dans la petite pièce, il était allé chercher une chaise dans la kitchenette et s'était installé de lui-même en retrait derrière Vanja et Carlos, contre le mur près de la porte, marquant ainsi qu'il comptait être plus spectateur que participant actif, et qu'il s'en contentait. C'était toujours ça, se dit Vanja en sortant un bloc et un stylo. Elle les posa sur la table mais découvrit que, pour une raison qui lui échappait, le plateau était à la même hauteur que les assises des fauteuils, peut-être même un peu plus bas. Se plier en deux lui donnait l'impression de perdre en autorité, aussi décida-t-elle de croiser les jambes et de poser le bloc sur ses genoux.

"Stella Simonsson, c'est bien ça ? demanda-t-elle en regardant la femme aux cheveux noirs ébouriffés assise devant elle.

— Oui.

— Pouvez-vous nous dire ce qui vous amène ici ?"

Stella se redressa sur son siège, se pencha en avant, coudes sur les cuisses, et regarda Vanja dans les yeux.

"J'ai vu les articles au sujet des viols. J'ai un client qui pourrait être impliqué, dit-elle sans la moindre hésitation.

— Quelle est votre profession ? demanda Carlos.

— Travailleuse du sexe."

Carlos pensait savoir ce qu'elle voulait dire par là, il supposait qu'elle tournait des films érotiques, vendait des sex-toys ou était une sorte de conseillère en sexologie mais il voulait éviter les conclusions hâtives et pleines de préjugés.

"Vous vendez du sexe ?

— Oui.

— Vous êtes une prostituée, constata laconiquement Vanja.

— Je suis travailleuse du sexe", répéta Stella avec insistance en braquant sur elle ses yeux cerclés de khôl pour signifier que la discussion terminologique s'arrêtait là.

Vanja poussa un petit soupir. Elle ne voulait pas pinailler, mais si on recevait de l'argent en échange de prestations sexuelles, on se prostituait. Stella était une prostituée. Vanja ne voyait pas ce que le terme de *travailleuse du sexe* changeait à l'affaire, mais n'avait pas l'intention d'approfondir le sujet.

“Pourquoi pensez-vous qu'il pourrait s'agir d'un de vos clients ? demanda-t-elle plutôt.

— Cette histoire d'être couchée sur le ventre avec le visage couvert. Il fait ça.

— Il fait quoi ?

— Il veut que je sois couchée sur le ventre sur le lit quand il arrive. Habillée. Il me met un oreiller sur la tête, je ne dois absolument pas bouger. Puis il m'enlève mon pantalon et il me prend par-derrière.”

Stella rendait compte des faits sans aucun pathos : elle aurait aussi bien pu parler d'une visite de routine chez le dentiste.

“Mais vous l'avez vu ? demanda Vanja en espérant que cet entretien leur apporterait davantage qu'un aperçu de la vie professionnelle – à ses yeux sordide – de Stella.

— Oui.

— Pourriez-vous le décrire à un dessinateur de la police ?

— Je peux essayer.

— A-t-il des tatouages, des cicatrices, un appareil auditif, ce genre de choses ? demanda Carlos en espérant que les tatoueurs, les hôpitaux et les centres de prothèses auditives pourraient les aider sans attendre que le portrait-robot soit prêt.

— Rien de tout ça au visage. Il n'enlève jamais ses vêtements. Il ouvre juste sa braguette.

— Et ensuite ?” Sebastian intervenait dans la conversation pour la première fois. Stella le regarda par-dessus l'épaule de Vanja, comme si elle avait oublié sa présence. “Est-ce qu'il dit quelque chose ?

— Non, rien.

— Que fait-il après, quand il a fini ?”

Cela l'intéressait davantage que l'acte en lui-même. La description qu'elle en avait faite correspondait assez bien à ce qu'il attendait. Mais son comportement après coup pouvait donner à Sebastian des indications sur sa personnalité.

Demandait-il pardon ?

Pleurait-il ?

Triomphait-il, comme après avoir vaincu un ennemi ?

"Il s'en va, résuma Stella en haussant les épaules. Je ne dois pas bouger ni enlever l'oreiller avant qu'il soit parti.

— Il vient beaucoup ?

— Une seule fois. Ça va assez vite, quelques minutes maximum.

— Je ne voulais pas dire ça, dit Sebastian sans pouvoir retenir un petit sourire. Je veux dire : à quelle fréquence a-t-il recours à vos services ?

— Ah, d'accord, *sorry*." Stella lui rendit son sourire. Un peu de son rouge à lèvres rouge vif avait bavé sur ses dents, nota Sebastian. "Ça dépend. Parfois une fois par semaine, parfois il s'écoule plusieurs semaines, un mois.

— Quand est-il venu pour la dernière fois ?

— Début septembre."

Sebastian hocha la tête, satisfait. Jusqu'à présent, c'était leur meilleure piste. Leur homme avait trouvé un certain temps un exutoire à ses fantasmes auprès de Stella. Mais il avait besoin de plus, d'aller plus loin. Le 18, il avait franchi le pas vers le monde réel.

"Comment êtes-vous en contact ?" demanda Vanja, qui s'était elle aussi penchée davantage. Ses pensées suivaient inconsciemment la même pente que celles de Sebastian. Ida avait été agressée à la mi-septembre. Jusqu'ici, tout collait.

"Nous avons une page web.

— Nous ?

— Un collectif de travailleuses du sexe.

— Comme une sorte de bordel en ligne ?"

Stella se cala à nouveau au fond de son siège, sans se départir de son sourire, comme si elle avait décidé que s'énerver contre Vanja n'en valait plus la peine, mieux valait s'amuser de son moralisme manifeste à l'égard du sexe. En tout cas en tant que profession.

"Vous pouvez penser ce que vous voulez. Vendre du sexe est légal, c'est en acheter qui est illégal.

— Je sais.

— Mais ça ne vous plaît pas.

— La question n'est pas vraiment là, alors pas besoin d'approfondir.

— Comment paie-t-il ?" demanda Carlos, revenant au sujet qui les intéressait. Il espérait une carte bancaire ou une autre forme de transaction électronique qu'ils puissent tracer.

L'adage classique *follow the money*.

"En liquide."

Évidemment, ça aurait été trop facile…

"Bien sûr, vous ne savez pas comment il s'appelle." Une affirmation plus qu'une question. Vanja partait du principe que Stella l'aurait déjà dit si elle l'avait su, c'était sa dernière tentative pour récolter une information utilisable en attendant le portrait-robot.

"Non. Nous avons cette loi sur le commerce sexuel qui criminalise l'acheteur, alors ils ne sont pas toujours très chauds pour nous dire leur vrai nom, vous voyez ?"

Elle semblait considérer Vanja comme une ardente partisane de la loi sur le commerce sexuel.

En vérité, Vanja était partagée. Cela restait un des outils les plus importants pour lutter contre le trafic d'êtres humains. De fait, la criminalité liée à la prostitution était moins importante en Suède que dans les pays privés d'une telle législation. Cependant, comme aucun client arrêté n'était jamais sanctionné au bout du compte, cette loi était bancale. En outre, elle se basait sur la pensée moralisatrice et rétrograde selon laquelle tous ceux qui vendaient du sexe étaient d'une façon ou d'une autre des victimes qu'il fallait protéger. Elle ne prenait pas du tout en considération des personnes comme Stella, qui le faisaient tout à fait librement et dont c'était la source de revenus. Bien sûr, la problématique fondamentale était que certains estimaient avoir le droit d'acheter le corps d'autrui, mais s'il était à vendre, y avait-il encore un problème, ou n'était-ce là qu'une prise de position morale ? Il y avait aussi des problèmes juridiques. Un bailleur pouvait-il expulser quelqu'un qui vendait du sexe dans son appartement, alors que ce n'était pas illégal ? Les critiques étaient aussi nombreux que les défenseurs.

Encore une fois, c'était compliqué.

“Où vous voyez-vous habituellement ? demanda Vanja, choisissant une fois de plus de ne pas polémiquer.

— Nous avons un local.

— Où ?

— Comment ça ?

— Nous avons besoin de connaître l'adresse, pour vérifier s'il y a des caméras de vidéosurveillance à proximité.”

S'il y en avait, il fallait faire vite. Les films étaient conservés pendant deux mois, toutes les images d'avant la mi-août avaient déjà disparu. Stella semblait peser les avantages et les inconvénients qu'il y avait à révéler à la police son lieu de travail.

"Je ne veux pas de flics en faction dehors qui fassent fuir les clients, finit-elle par dire en arrivant à la conclusion que les inconvénients l'emportaient.

— La chasse aux acheteurs de services sexuels ne nous intéresse pas.

— Vous, peut-être pas."

Carlos se pencha en avant et capta son regard.

"Nous vous sommes très reconnaissants d'être venue nous voir, dit-il lentement et sincèrement. Et nous vous promettons de ne pas utiliser les informations que vous nous fournirez pour faire fuir vos clients.

— Et franchement, ajouta Vanja, si nous voulions vraiment vous faire du tort, il nous suffirait de trouver votre site, de prendre rendez-vous avec une d'entre vous, et comme ça, nous aurions l'adresse, de toute façon."

Elle vit du coin de l'œil Carlos se pencher en arrière avec un soupir de découragement et sentit sur elle le regard appuyé de Sebastian. Sa sortie était censée appuyer le propos de Carlos, lui assurer qu'ils n'en avaient pas après les michetons de Stella, mais elle entendait bien elle-même que ça sonnait plutôt comme une menace.

Stella décida visiblement de ne plus donner aucune chance à Vanja et se tourna ouvertement vers Carlos.

"Norrforsgatan 36. Sortie côté Tunaberg.

— Vous pourriez nous aider en nous indiquant les jours précis de ses visites. Les connaissez-vous ?

— Non, mais j'ai ça dans l'ordinateur.

— Nous aurons besoin d'y avoir accès", constata Vanja.

Cette fois, Stella n'eut pas besoin de réfléchir une seule seconde. Elle se tourna vers Vanja en lui décochant son plus large sourire.

"Jamais de la vie."

"C'est ici."

De l'extérieur, le bâtiment de Norrforsgatan ressemblait à n'importe quelle petite entreprise dans sa zone industrielle et rien dans le hall où entra Billy ne dévoilait quel genre d'activité s'y pratiquait. Deux canapés, deux fauteuils, une table basse avec quelques journaux. Une kitchenette avec réfrigérateur, micro-ondes et machine à café. De la musique sortait de haut-parleurs dissimulés. *Tainted Love*, dans la reprise de Soft Cell. Probablement une playlist aléatoire, supposa Billy, ou alors, cela dénotait un humour très subtil ou une sacrée distanciation. L'ensemble ressemblait plutôt à une salle d'attente mais Billy supposa que la plupart de ceux qui utilisaient les services proposés par la maison ne souhaitaient pas attendre en compagnie d'autres clients : cet espace était plutôt destiné à Stella et à ses collègues. L'une d'elles, une femme rousse, la trentaine, était assise dans un des fauteuils, un iPad à la main. Elle leva les yeux à leur arrivée.

"Billy est flic, il est là pour ce type dont je t'ai parlé", expliqua Stella en désignant Billy par-dessus son épaule. La femme hocha la tête, salua de la main et revint à sa tablette.

Stella prit sur la gauche, descendit un couloir peint en gris jusqu'à une porte close qu'elle ouvrit avant de s'écarter pour faire entrer Billy.

Impossible de continuer à se croire dans une petite entreprise. Billy n'avait jamais rien vu de semblable. Toute la pièce, dans les tons rouge sombre, s'organisait autour d'un grand lit dont les quatre montants étaient munis de chaînes. Aux murs étaient pendus divers jouets, fouets, triques, menottes et autres accessoires destinés à entraver les mouvements. Sur l'un des murs se dressait une grande croix en X, elle aussi munie de chaînes. Un banc rembourré, qu'on aurait bien vu dans un gymnase mais dont Billy comprit qu'il remplissait une tout autre fonction, sans cependant savoir exactement laquelle, était placé à côté.

"Il est là-bas", dit Stella en gagnant ce qui ressemblait à un bureau très ordinaire. Elle y saisit un ordinateur portable, l'ouvrit et l'alluma. Pendant qu'elle attendait qu'il démarre, elle se tourna vers Billy, resté à quelques pas de la porte, qui contemplait toujours la pièce. C'était un peu comme introduire un alcoolique abstinent dans une cave à vins ou le laisser devant un *open bar*. Il sentit le désir se réveiller lentement, le serpent dans son ventre bouger doucement.

Ils avaient décidé que ce serait lui qui irait quand, après avoir fait sortir Vanja de la pièce, ils avaient réussi à convaincre Stella de leur montrer son ordinateur.

Elle avait accepté. À deux conditions.

Elle ne voulait pas avoir à s'en séparer.

Elle serait présente pour surveiller tout ce qu'ils feraient.

Ils n'avaient pas pu le lui refuser. Exactement comme avec Dan Tillman, ils n'avaient pas assez d'éléments pour obtenir une perquisition, et ils souhaitaient par ailleurs garder de bonnes relations avec Stella. S'il s'agissait vraiment d'un des hommes qu'ils recherchaient, Sebastian pensait qu'il reprendrait peut-être contact avec elle. Il avait échoué avec Klara, et il savait qu'ils avaient retrouvé Rebecca. Il n'était pas prévu qu'elle meure, donc il s'agissait là aussi dans une certaine mesure d'un échec. Il était donc désormais aux abois, commençait éventuellement à douter de lui-même et de ses capacités. Vivre ses pulsions devenait dangereux.

Les fantasmes étaient plus sûrs.

La question était de savoir s'ils lui suffiraient, à présent qu'il était passé au niveau supérieur.

En tout cas, il y avait une chance qu'il réessaie, d'après Sebastian, ils souhaitaient donc que Stella les prévienne si l'homme reprenait contact.

Ils se contenteraient d'un coup d'œil dans son ordinateur.

C'était du ressort de Billy.

"Voilà nos échanges", dit Stella à Billy une fois connectée à la bonne page. Elle le regarda, posté juste devant le seuil, et sourit devant son apparente fascination pour son local. "Vous n'accéderez à aucun autre de mes clients ?

— Promis."

Billy regarda autour de lui, ne vit pas de chaise, approcha le banc rembourré du bureau et se mit au travail.

"Villman, constata-t-il en survolant leurs conversations numériques.

— Oui, comme je l'ai dit à votre collègue, cette loi, tout ce qu'elle a changé, c'est que les clients ne disent plus leur vrai nom, il est donc impossible de faire des vérifications et on peut mal tomber.

— C'est déjà arrivé ?

— Nous ne sommes jamais seules avec notre client. Enfin, ici, dans cette pièce, oui, mais il y a toujours quelqu'un dans la maison. Comme Alma, là-dehors."

Billy se concentra sur son travail, essayant de pister ce soi-disant Villman. Stella restait derrière lui, l'œil sur l'écran.

"Je fais ça parce que je le veux bien, juste pour que vous le sachiez. Ça paye bien. Je sais que toutes celles qui le font n'aiment pas forcément ça, mais moi oui.

— Très bien, alors.

— Je n'ai pas trop aimé ce que vous avez dit à la presse. Le BDSM n'a rien à voir avec l'agression et la violence. Il s'agit de ce que deux adultes font en accord l'un avec l'autre."

Billy, concentré sur l'écran et le clavier, pianotait énergiquement ses commandes. C'était un sujet dont il n'avait vraiment pas envie de discuter.

"Je sais, lâcha-t-il en espérant que cela mettrait un terme à la discussion.

— Nous nous mettons d'accord sur ce que nous faisons, continua Stella. Nous prévoyons les choses, pour éviter de se faire du mal. Pour que ça se passe bien pour les deux partenaires."

Mais parfois ça ne marche pas, songea-t-il. Quand un des partenaires est trop ivre pour faire attention au code de sécurité. Quand la sensation du pouvoir de vie ou de mort prend le dessus. Quand tu as besoin d'exercer un pouvoir absolu.

“Oui, je sais.”

Stella alla s’asseoir sur le lit. Visiblement elle lui faisait confiance car de là-bas elle ne pouvait pas voir l’écran. Billy continua à travailler. Il lui savait gré de son silence.

“Comment tu sais ça ?

— Comment je sais quoi ? rétorqua Billy sans même essayer de cacher qu’il aurait préféré pouvoir continuer à travailler sans discuter.

— Cette histoire de consentement, qu’on se met d’accord… Tu as juste dit ça comme ça, tu l’as lu quelque part, ou bien tu as déjà essayé ?”

Billy ferma les yeux, déglutit bruyamment et inspira à fond. C’était un chapitre clos. Ça avait eu lieu, mais ne se reproduirait jamais. Il combattait ça tous les jours.

Il était marié à My.

Il aimait My.

Il serait l’homme qu’elle méritait. L’homme qu’il était. Même si le serpent dans son ventre s’était mis à bouger. Il était capable de refouler le besoin, le désir. Il était obligé.

“On dirait bien que tu as essayé”, entendit-il.

Billy ne répondait toujours pas. Il expulsa lentement l’air de ses poumons pour se calmer un peu. Il avait besoin de rester concentré, il avait bientôt fini, puis il pourrait quitter cet endroit pour ne plus jamais y revenir.

“Tu as aimé ça ?” demanda Stella avec curiosité. Visiblement, elle interprétait son silence comme une confirmation : elle était sur la bonne voie. “C’est l’impression que j’ai eue en te voyant entrer ici.” Elle allait continuer à parler, poser des questions et interpréter ses silences, alors autant répondre.

“Oui, fit-il en serrant les dents.

— Tu étais dominant ?

— Oui.

— Je peux switcher. Ça dépend de ce que veulent les clients. Mais ce que je préfère, c’est être soumise.”

Entendait-il bien, ou était-il en train d’extrapoler ? Bavardait-elle juste ou était-elle en train de le draguer ? C’était son métier, alors pouvait-on dire qu’elle draguait ses clients ? Plus le temps de penser à ça. L’ordinateur avait fini de mouliner.

“Et merde !

— Qu’est-ce qu’il y a ?”

Stella se leva et le rejoignit. Elle posa la main sur son épaule en se penchant pour regarder l’écran. Billy sentit sa chaleur à travers sa chemise. Le serpent remua.

“Il a utilisé un téléphone à carte prépayée.

— Mais vous pouvez repérer ça, non ?

— Si j’avais le numéro, j’aurais pu me procurer le numéro IMEI auprès de l’opérateur, et ainsi repérer le téléphone s’il était allumé, mais là…” Il ne finit pas sa phrase. Il se contenta de secouer la tête, puis referma l’ordinateur en se levant dans la foulée.

“Appelez-nous s’il se manifeste, dit-il sortant une de ses cartes de visite qu’il posa sur l’ordinateur.

— Bien sûr.”

Billy se dirigea rapidement vers la porte. Il fallait qu’il sorte de là, qu’il s’en aille, qu’il s’aère. Se change les idées.

“Tu connais le nom de mon site”, lâcha Stella derrière lui. Plus aucun doute possible. C’était sûr, elle draguait le client. Billy ne répondit pas. Il suivit le couloir jusqu'au hall qu'il traversa en trombe sans qu'Alma ne lève la tête, et sortit du bâtiment.

Une fois dehors, il se dépêcha de rejoindre sa voiture. Il allait monter quand son téléphone sonna. Un numéro qu'il ne reconnaissait pas. Il décrocha.

"Billy Rosén, allô ?

— Bonjour, c'est Conny."

Il fallut quelques secondes à Billy pour le remettre.

Conny. Holmgren.

Le père de Jennifer.

Billy jura en silence, se maudissant d'avoir répondu, tout en s'efforçant de paraître le plus détendu possible.

"Salut, qu'est-ce que… qu'est-ce que je peux faire pour vous ?

— J'appelais juste pour savoir comment ça se passait.

— On a eu une mission, à Uppsala… Je n'ai pas eu le temps de beaucoup avancer.

— Je comprends.

— Oui…

— Et quand pensez-vous avoir le temps de regarder ça ?"

Billy se pinça l'arête du nez, ferma les yeux en s'appuyant à la voiture. Il n'avait vraiment pas besoin de ça. Pas maintenant. Jamais.

Mais c'était bien compréhensible : Conny ne devait pas penser à autre chose, il fallait qu'il trouve une solution.

"Euh, bientôt, nous avons bientôt fini ici, alors après je pourrai m'y mettre, mentit-il pour gagner du temps.

— Sinon, je peux voir si quelqu'un d'autre pourrait m'aider.

— Non." Billy s'efforça d'empêcher la panique de transparaître dans sa voix. "Non, je vais m'en occuper. Je le veux. Pour Jennifer.

— Vous n'aurez qu'à m'appeler quand vous aurez trouvé quelque chose."

Quand, et pas *si*. Conny était absolument persuadé d'avoir raison. C'était une situation perdant-perdant. Si Billy lui disait qu'il n'avait pas l'impression que quelqu'un avait trafiqué les images, Conny continuerait à chercher jusqu'à trouver quelqu'un qui confirme ses soupçons.

Et si Billy était d'accord avec lui, disait que oui, les images étaient manipulées, une enquête commencerait alors, et le risque existait qu'un technicien beaucoup plus doué que lui en soit chargé. Il s'agissait quand même d'une policière disparue dans des circonstances mystérieuses, et probablement assassinée.

"Oui, je m'en occupe. Je vous rappelle au plus vite."

Il le salua brièvement puis raccrocha et resta là quelques secondes, concentré sur sa respiration, avant d'ouvrir la portière et de s'installer au volant. Il ne fit pas mine de démarrer, mais resta assis là, immobile, jusqu'à ce que soudain il frappe brutalement le volant.

"Merde ! Merde ! Merde !"

Il avait du mal à respirer. C'était la première fois, mais il se doutait que c'était ça, une crise de panique.

Il avait gagné du temps. Quelques jours, au mieux.

Mais putain, que faire ?

Il fallait qu'il trouve une solution.

Tout devait redevenir normal. Tout devait s'arranger.

Il se le répéta comme un mantra, tandis qu'il reprenait le contrôle de sa respiration.

En démarrant la voiture et en quittant Norrforsgatan, il ne savait pas lui-même jusqu'où il était prêt à aller pour que ce soit effectivement le cas.

Après avoir trouvé les lettres au grenier, Axel Weber avait passé la matinée à faire ce qu'il préférait dans son travail : partir de rien, ou presque, et, lentement mais sûrement, en croisant les sources, rassembler de plus en plus d'informations pour combiner peu à peu les fragments et former un tout.

Cette fois-ci, cela l'avait conduit à l'église Fugelkyrkan, dans la paroisse de Nya Uppsala. Un colosse massif en briques jaunes qui ressemblait davantage à une école ou un gymnase – avec des espèces de décorations modernes, non figuratives, sous forme de croix métalliques en frises latérales – qu'à une église. Weber n'était pas expert en architecture, mais ce bâtiment ne pouvait avoir été construit que dans les années 1970.

Sur place, les présentations faites, un des employés l'avait conduit dans "Dole", une des trois salles de groupe du sous-sol, entre "Ole" et "Doff", d'après les panneaux sur les portes, lui avait proposé du café, que Weber avait décliné, et l'avait assuré que Cornelis n'allait pas tarder.

Weber inspecta la petite pièce. Seuls un crucifix sur un mur et un calendrier avec des citations de la Bible révélaient qu'on était dans une église, à part ça, l'endroit ressemblait à une petite salle de réunion sur n'importe quel lieu de travail. Weber se surprit à se demander si Rebecca était jamais venue dans cette pièce. Il avait presque l'impression d'avoir fait sa connaissance durant cette matinée.

Rebecca Alm. Née à Nässjö en 1988. Fille unique de Måns et Karin Alm, tous deux décédés. Il n'avait pas eu de mal à trouver l'adresse.

Il avait cherché sur Google Maps.

Une zone pavillonnaire.

Il espérait que Nässjö ne se distinguait pas de la plupart des endroits du même genre, dont les jeunes partaient et où les vieux restaient. Il avait cherché et appelé un voisin. Oh oui, il se souvenait bien des Alm. Mais ils avaient tous disparu. La petite Rebecca, elle était un peu spéciale.

En quoi ?

Elle restait dans son coin, disait à peine bonjour, ouvertement hostile, jamais d'amis à la maison. Pas étonnant, avec les parents qu'elle avait. On ne doit pas dire du mal des morts, mais toute cette famille était un peu bizarre. Si on se souvenait bien, les services sociaux étaient venus plusieurs fois.

Un ancien camarade de classe du collège lui avait fourni d'autres pièces du puzzle. Rebecca était arrivée en quatrième, c'était apparemment son troisième ou quatrième collège, il ne savait pas bien.

Et pourquoi changeait-elle si souvent d'école ?

Elle ne s'y plaisait jamais, avait l'air de tout prendre comme des agressions personnelles, n'arrêtait pas de se plaindre, le plus souvent il s'agissait de malentendus montés en épingle, ou elle s'imaginait juste que les gens la persécutaient. Elle était bizarre, solitaire, gardait ses distances.

Rien n'avait changé au lycée, d'après ce que Weber avait compris.

Un mois après son bac, ses deux parents étaient morts dans un accident de la route. Leur voiture s'était engagée à contresens et était entrée en collision avec un camion de bois. La rumeur courait qu'ils s'étaient suicidés. L'église locale avait tendu la main à Rebecca, enfant unique, jeune fille de dix-neuf ans seule au monde qui pouvait avoir besoin d'aide et de soutien. Bien sûr, elle avait rejeté cette offre.

Avait-elle dit pourquoi ?

Elle pensait qu'on lui voulait du mal, qu'on cherchait à lui prendre quelque chose, qu'on allait profiter d'elle maintenant qu'elle était seule. Une des femmes de la paroisse avait cependant réussi à garder un contact sporadique avec elle. Elle savait qu'elle avait vendu la maison de Nässjö pour déménager à Uppsala. Qu'elle envisageait d'étudier la théologie, mais devait d'abord améliorer ses notes du bac en suivant des cours de rattrapage pour adultes.

Une fois tous ces éléments rassemblés, Weber avait recherché sur Google.

Difficulté à faire confiance aux gens. Vision négative de tout événement, perçu comme une agression, une menace. Difficulté à oublier les faits vécus comme des injustices ou des abus. Dégage une impression de froideur. Personne avec qui il est difficile de travailler.

Son diagnostic de profane était que Rebecca souffrait probablement de troubles de la personnalité paranoïde.

Mais ce n'est pas de la paranoïa, quand ces gens-là sont vraiment après vous. La phrase lui était revenue, sans doute une citation d'un film, mais il ne savait plus lequel. En tout cas, il en était là, et dans le meilleur des cas, il avait levé un lièvre.

Un vrai scoop.

Il fut tiré de ses pensées par l'arrivée d'un homme d'une quarantaine d'années. Grande barbe, anneau à une oreille, cheveux longs attachés dans le cou en catogan. Tenue décontractée, jean et baskets. Il aurait aussi bien pu travailler dans une microbrasserie de Södermalm, sans son col romain et sa chemise bordeaux sous sa veste.

"Bonjour, pardon de vous avoir fait attendre." Il se dirigea vers Weber en lui tendant la main. "Cornelis Hed, pasteur de la paroisse.

— Axel Weber, *Expressen*."

Cornelis lui indiqua les fauteuils sous le soupirail. Ils s'assirent l'un en face de l'autre.

"Au téléphone, vous avez dit que c'était important, dit Cornelis en croisant les jambes, les mains jointes sur les genoux.

— Rebecca Alm", répondit juste Weber. L'expérience lui avait appris qu'il valait mieux en dire le moins possible, laisser l'autre parler, associer librement, et voir vers où s'orientait la conversation. Suivre, plutôt que diriger. Étonnamment, c'étaient ceux qui avaient le plus à cacher qui s'épanchaient le plus. Mais pas Cornelis. Silencieux, il semblait chercher à se souvenir de ce nom, s'efforcer de le retrouver.

"Je ne suis pas sûr de savoir qui c'est", finit-il par dire, une petite ride au front.

Weber sortit une photo d'elle, celle qu'il avait publiée la veille dans le journal, et la lui montra. Cornelis se pencha pour la regarder de près, parut à nouveau fouiller dans sa mémoire, mais finit par secouer la tête.

"Non, je ne la reconnais pas. Fait-elle partie de la paroisse ?

— Faisait. Elle est morte, elle a été assassinée il y a quelques semaines.

— C'est terrible…

— Oui, elle vivait à Gävle ces dernières années…

— Quand est-ce qu'elle venait ici ? Il y a longtemps ? Est-ce que je devrais la reconnaître ?

— Apparemment elle était très active dans cette église entre 2008 et 2010. Vous étiez déjà là, constata Weber.

— Je travaillais au sein de la paroisse, mais dans une autre église. Je suis arrivé à Fugelkyrkan en 2011, au printemps."

Weber se tut, jurant en silence. Il avait seulement vérifié qui était le chef et ses années de service, pas tout son historique. Au temps pour lui. D'après le registre d'état civil, Rebecca avait déménagé d'Uppsala fin août 2010. Six mois avant la prise de fonction du pasteur hipster.

"Puis-je vous demander pourquoi vous me consultez ou plutôt nous consultez, à la paroisse, à son sujet ?"

Ça, il pouvait toujours le demander.

Mais il n'obtiendrait pas la vraie réponse.

D'après la source de Weber, Rebecca avait continué à s'isoler, participant rarement à quoi que ce soit, en suivant des cours de rattrapage scolaire par correspondance. Apparemment, les seules occasions où elle mettait le nez dehors, c'était pour aller à Fugelkyrkan. Cette femme de

Nässjö avait eu l'impression que c'était devenu important pour elle et l'y avait encouragée.

En 2010, Rebecca avait envoyé à Weber la lettre au sujet de cette femme qui était morte. En juillet, d'après le cachet de la poste. Dans la foulée, elle avait quitté non seulement l'église, mais la ville d'Uppsala, abandonné ses études et pris un travail à temps partiel à Gävle. Quelque chose s'était passé, après quoi elle avait cessé toute interaction avec les autres : ce qui était dit dans la lettre pouvait donc très bien avoir vraiment eu lieu à l'église.

C'était la réponse à sa question. Mais Weber lui servit autre chose :

"J'écris un article sur les violences faites aux femmes, et je voudrais faire d'elle un portrait un peu plus personnel, afin qu'elle ne reste pas une victime anonyme, un chiffre dans les statistiques, mais une vraie personne."

Cornelis hocha la tête, visiblement satisfait de cette réponse, paraissant même trouver que c'était là une bonne idée.

"Je suis désolé de ne pas pouvoir vous aider, je ne la connaissais pas.

— Qui était responsable ici, de 2008 jusqu'à votre arrivée ?

— Ma prédécesseur, Ingrid Drüber.

— Où puis-je la contacter ?

— À Västerås, elle y est depuis sept ans, elle se présente cette année à l'élection épiscopale."

Il n'y avait pas grand-chose à ajouter. Weber remercia, quitta l'église et regagna sa voiture. Un peu furieux contre lui-même. Le détour par Uppsala aurait pu être évité. Il jeta un œil à sa montre. Allait-il téléphoner à

Ingrid Drüber, demander à la rencontrer, peut-être dès ce soir ? Ou y aller direct, se pointer, comme ça ?

Les deux options présentaient des avantages et des inconvénients.

Quand la personne ne savait pas qu'il allait venir, elle ne pouvait pas se préparer et était plus facile à démasquer, mais elle pouvait aussi refuser catégoriquement de lui parler, ce qui était toujours le signe qu'il était sur la bonne voie et qu'il fallait continuer à creuser dans cette direction.

D'un autre côté, si la personne convenait d'un rendez-vous, il y avait un délai, et elle pouvait éprouver une sensation de contrôle qui la conduirait éventuellement à baisser la garde.

Pour autant qu'il y ait une garde à baisser.

Il décida qu'il était trop tard pour une visite à l'improviste. S'il choisissait d'appeler pour convenir d'un rendez-vous, il pourrait le faire depuis sa voiture en rentrant à Stockholm. Il fallait aussi qu'il trouve comment donner suite à l'article de la veille. Sonia l'avait appelé pendant qu'il roulait vers Uppsala. *Aftonbladet* avait visiblement quelque chose au sujet d'un sac sur la tête des victimes, et dans son édition en ligne l'agresseur avait été baptisé "l'Homme au Sac". Weber lui avait répondu qu'il suivait une piste à lui qui pourrait bien faire passer la révélation du concurrent pour du pipi de chat. Mais c'était avant sa rencontre inutile avec Cornelis Hed.

Il se retrouvait au même point qu'hier.

Au point zéro.

À part le portait émouvant d'une jeune femme souffrant de troubles psychiques morte seule dans un appartement de Gävle.

Mais ce n'était pas du tout ce qu'il voulait. Il voulait un scoop.

Et il espérait bien qu'Ingrid Drüber à Västerås pourrait lui en fournir un.

Elle avait appelé pour dire qu'elle était malade.

Annulé tous ses rendez-vous. Tous sauf un.

Le quotidien chrétien *Dagen* avait demandé à faire son portrait. Ils avaient jusqu'ici écrit en termes très positifs à son sujet, semblaient apprécier sa vision de la place que le christianisme devrait occuper en Suède et de la façon dont l'Église suédoise devrait agir, et ils étaient disposés à porter la bonne parole à leurs lecteurs. Elle ne savait pas combien de lecteurs le journal comptait parmi les électeurs qui devaient choisir le prochain évêque, mais leurs précédents articles avaient été bien accueillis et avaient connu une importante diffusion. Elle ne faisait pas campagne à proprement parler, on s'en abstenait généralement entre le tour de qualification et l'élection épiscopale elle-même, mais il s'agissait malgré tout d'une élection.

Des gens allaient voter.

Il s'agissait de gagner.

Il fallait donc qu'ils sachent qui elle était et ce qu'elle défendait. L'Église avait une unique mission, que lui avait confiée Jésus-Christ : répandre l'Évangile, la Bonne Nouvelle. Pas question de s'excuser d'avoir la possibilité d'améliorer et de transformer non seulement la vie de chaque homme prise individuellement, mais notre monde tout entier. Il s'agissait d'oser affirmer que la Bible était l'unique vérité.

Ça ne pouvait pas faire de mal de le rappeler.

Sinon, elle avait consacré sa journée à s'efforcer activement d'oublier.

La journée de la veille, bien sûr, mais aussi cette nuit d'été huit ans auparavant.

Après avoir mis à jour son agenda, décommandé ou reporté ses rendez-vous, elle était allée faire une longue promenade. Qui l'avait calmée. Il était facile de s'approcher de la grandeur de Dieu à travers la beauté de la Création dans la nature. À son retour, elle avait pris un déjeuner léger et passé le reste de la journée en prière et méditation.

Puis elle s'était à nouveau douchée, s'était un peu maquillée – elle se trouvait l'air fatiguée et vieille, et la journaliste qu'elle devait rencontrer venait avec un photographe – et avait pris sa voiture pour se rendre en ville. Elles devaient se retrouver dans un café au bord du lac Mälar.

Quand elle arriva, avec cinq minutes d'avance sur l'heure du rendez-vous, une jeune femme se leva et vint à sa rencontre. Elle se présenta, Emma, exprima à profusion combien elle était heureuse qu'Ingrid ait accepté cette rencontre, à quel point elle s'en réjouissait, puis demanda ce qu'elle pouvait lui offrir.

Une tasse de café chacune, et l'interview avait commencé.

Emma avait posé de bonnes questions, les bonnes questions. C'étaient des personnes comme elle que le

Conseil aurait dû engager pour ses auditions, songea Ingrid. Cultivée, éveillée, intéressée. Elle ne vit pas le temps passer.

“Bon, je crois que j’ai tout ce qu’il me faut”, conclut Emma en regardant l’enregistreur posé sur la table. Une heure et trente-six minutes. “Nous avons l’habitude de faire aussi une demi-page avec vingt questions rapides, plutôt un truc drôle, je ne sais pas si vous l’avez déjà vu ?”

Ingrid secoua la tête. Elle n’avait pas vu ça et n’était pas exactement d’humeur pour “un truc drôle”.

“Quel genre de questions ?

— Bah, de toutes sortes, votre plat préféré, la musique que vous écoutez, tout ça…”

Ingrid n’était pas très chaude, mais elle hocha la tête, ça ne gâcherait rien de montrer une facette plus légère et accessible.

“Avez-vous un surnom ?

— Non. On m’appelait Idde à l’école, mais plus personne ne le fait.

— Quelle couleur domine votre garde-robe ?

— Le vert, je crois.

— À quelle heure vous êtes-vous réveillée ce matin ?

— Le réveil a sonné juste après 7 heures, comme d’habitude.”

Une demi-vérité. Son réveil avait sonné à 07:10 mais ne l’avait pas réveillée, elle l’était déjà depuis plusieurs heures.

Son rêve avait été tellement réel. Aucun élément onirique, aucune faille logique, rien de grossi ou de déformé pour indiquer que cela ne se jouait que dans son inconscient.

Pas tant un rêve que la rediffusion de la réalité.

Les cris sur le siège arrière. Les voix. Aiguës, stridentes, paniquées. En permanence, les observations et les questions.

Elle saigne !

On arrive quand ?

Elle est inconsciente !

Est-ce qu'elle va s'en sortir ?

Je crois qu'elle ne respire plus. Est-ce qu'elle respire ?!

Elle était concentrée sur la route, pour traverser au plus vite la ville d'Uppsala dans la nuit d'été encore lumineuse. Faisait tout pour éviter les yeux apeurés et suppliants dans le rétroviseur. Qui comprenaient qu'il y avait un grave problème et imploraient Ingrid de la sauver.

Elle refoula ces pensées en répondant aux questions sur ce qu'elle avait mangé ce matin *(rien, mais elle savait qu'elle aurait dû)*, le dernier film qu'elle avait vu *(*Le Journal de Bridget Jones, *à la télévision)*, sa friandise favorite *(le chocolat noir)*.

"Est-ce que vous avez un regret ?"

Comme de laisser une femme en sang, mourante, seule devant l'entrée d'un hôpital en pleine nuit ?

Ce matin, ou plutôt cette nuit, quand ce rêve l'avait réveillée, l'idée l'avait frappée.

Que croyait-elle, en fait ?

Elles ne savaient pas que Linda allait mourir. Elles espéraient et priaient. Que se serait-il passé alors ? Si ça s'était passé comme elles l'avaient voulu, espéré, souhaité ? Si elle avait survécu. C'était déjà assez grave qu'elles soient impliquées dans cette situation, mais qu'elles l'aient laissée là sans être certaines qu'elle serait secourue, qu'elles soient parties ? Ça n'aurait été ni rattrapable, ni justifiable *a posteriori*.

Était-elle morte à cause de ça ? Les secours étaient-ils arrivés trop tard ?

Alors bien sûr, elle avait un regret. Elle attendit une seconde, réfléchit puis fixa son regard sur Emma.

"Je regrette de ne pas avoir trouvé Jésus plus tôt, j'avais dix-neuf ans à l'époque."

Emma hocha la tête avec empathie. Et posa ses dernières questions.

Sa meilleure matière à l'école.

Ce qu'elle emporterait sur une île déserte.

Ce qu'elle avait dans les poches en ce moment.

De banales non-questions et des réponses sans intérêt, puis Emma la remercia pour cette interview. Elle avait passé un bon moment avec elle et espérait vraiment qu'Ingrid remporte l'élection. Par les temps qui couraient, l'Église suédoise avait besoin de plus de personnes comme elle. Le photographe était arrivé, ils étaient sortis prendre quelques photos au bord de l'eau.

Après, en retournant vers sa voiture, Ingrid fut frappée de se sentir malgré tout relativement bien, étant donné les circonstances.

Ça s'était bien passé.

Ça allait bien se passer.

Tout allait bien se passer.

Elle ne le savait pas mais, au moment où elle se mettait au volant, démarrait et prenait le chemin de chez elle, Axel Weber entrait son nom dans le moteur de recherche de son ordinateur au journal, pressait la touche entrée et commençait à lire avec intérêt.

Felix Hoekstra saisit le pot de lait et en versa dans sa tasse. Goûta son café et commença à se préparer pour l'interview. Avoir tant à faire le laissait partagé. Il se réjouissait de voir grandir son organisation de bénévoles, d'être utile, mais la raison de tous les appels qu'il recevait lui faisait mal au cœur.

L'Homme au Sac.

Ils étaient passés de deux à cinq voitures en un mois, et si ça continuait comme ça, il faudrait encore le double. Au moins. La peur se répandait parmi les femmes à Uppsala. Naturellement, c'était terrible, mais pour Les Rassur'Voitures oui, c'était un grand bond en avant. Il avait été interviewé par deux journaux, était passé à la radio locale et nationale, la commune l'avait contacté pour savoir comment soutenir son activité et plusieurs sponsors avaient manifesté leur intérêt. Tout le monde travaillait bénévolement, mais il y avait des frais, et jusqu'à présent, les revenus n'avaient pas toujours couvert les dépenses. Toute aide était donc la bienvenue. Il n'arrivait pas à concilier ses deux sentiments contradictoires, mais c'était sans doute inévitable. Le besoin qu'existe une entreprise comme la sienne était en soi affligeant.

L'idée était née chez lui quand ses filles avaient commencé à sortir toutes seules. Elles n'avaient pas toujours envie qu'il vienne les chercher, les taxis étaient chers et même s'il proposait de les payer, elles ne l'acceptaient pas non plus toujours. Ça faisait partie du processus de libération, supposait-il. Voilà cinq ans, il avait donc lancé son activité, pour changer les choses et aider les gens. Mais surtout pour se concentrer sur autre chose que son divorce. Son grand amour l'avait quitté, et il avait du même coup perdu ses deux filles. Certes, il les voyait de temps en temps, mais elles habitaient près de Hässleholm avec un nouvel homme, des chiens et des chevaux. Il avait l'impression de ne rien avoir à leur offrir de son côté, surtout les premières années.

Tout lui était tombé dessus comme un éclair dans un ciel dégagé.

Un jour, il était rentré à la maison et Lisa l'avait prévenu que les filles dormaient chez des copines. Il avait eu le temps de penser qu'elles ne dormaient jamais ailleurs en semaine, avant de comprendre qu'ils allaient avoir une discussion importante.

C'était Lisa qui avait parlé. Lui avait surtout pleuré.

Supplié. En vain.

Elle avait pris sa décision. L'informait. Il s'appelait Max.

Elle l'avait rencontré à une conférence l'année précédente, et maintenant, c'était lui qu'elle aimait. Elle aimait toujours beaucoup Felix et espérait vraiment qu'ils pourraient continuer à être amis à l'avenir, ils avaient quand même les filles. Mais elles allaient déménager à la fin de l'année scolaire. Pour rejoindre Max et son haras en

Scanie. Ce n'était pas une décision facile, mais il fallait qu'elle suive son cœur. Pour le bien de tous.

Ils s'étaient montrés tous deux généreux lors du règlement du divorce. Elle ne s'était battue pour rien, voulait partir le plus vite possible, lui semblait-il, même si elle ne l'avait jamais exprimé ainsi.

Au début, les filles étaient montées en train un week-end sur deux, mais ça faisait presque huit heures aller-retour, et assez vite elles n'étaient plus venues que pour un grand week-end ici ou là, et en vacances. Ça avait été affreux de sentir ses filles s'éloigner de lui et de réaliser qu'il ne disposait d'aucun moyen de les en empêcher.

Et là, dans ces ténèbres compactes, il avait compris qu'il fallait qu'il agisse, qu'il se concentre sur autre chose que sur son impression d'avoir été mis au rebut. Il avait pris le temps d'analyser ce qu'il ressentait, et en avait conclu que ce qui lui manquait le plus était qu'on ait besoin de lui.

D'être important pour quelqu'un.

De changer les choses.

Ce n'était pas plus difficile que ça.

Il fallait qu'il trouve quelque chose qui réponde à ce besoin. Qui comble ce vide. L'idée des Rassur'Voitures lui était revenue. Uppsala était une ville étudiante. Beaucoup de jeunes femmes, comme ses filles, sortaient tard la nuit. Toute l'année.

Il avait pris contact avec les principales corporations étudiantes pour leur proposer ses services en collaboration. Ça avait tout de suite pris. Assez longtemps, ils avaient été trop peu nombreux pour proposer le service hors du week-end, mais ils avaient grandi, lentement mais sûrement.

En grande partie grâce à Remi. Elle les avait rejoints la deuxième année et, très vite, elle était devenue la cheville ouvrière de l'organisation et sa main droite. Elle était ordonnée, une administratrice-née. Elle l'aidait à passer en revue toutes les candidatures, procédait au contrôle rigoureux des antécédents, organisait tout, des emplois du temps aux contacts avec les sponsors. Elle était en outre célibataire depuis quelques années et, en mai de cette année, ils avaient commencé une liaison. Ils se retrouvaient régulièrement, faisaient l'amour et il se réjouissait que ce soit elle qui ait pris l'initiative, il n'aurait jamais osé. Elle était un peu plus âgée, féminine et passionnée, il la trouvait très attirante. Il commençait à espérer pouvoir faire évoluer cette liaison vers quelque chose de plus stable, mais il voulait être prudent. Il n'avait pas le courage de souffrir à nouveau. Il avait beau assurer à ses filles qu'il avait tourné la page, la plaie laissée par Lisa n'était pas vraiment cicatrisée. Mais ça allait dans le bon sens. Ses filles avaient été fières d'entendre parler de lui à la radio.

On avait besoin de lui.

Ce qu'il avait toujours voulu.

À présent, il s'agissait juste d'assurer à l'organisation une croissance harmonieuse. Ils ne recevaient pas seulement quantité d'appels de femmes qui avaient besoin d'un transport, de nouveaux bénévoles désireux de les aider affluaient sans cesse. Il leur fallait donc redoubler de prudence. Il ne devait pas y avoir la moindre brebis galeuse. Cela suffirait à remettre en question toute l'organisation. Remi et lui avaient donc approfondi le contrôle des antécédents, exigé davantage de références qu'un extrait de casier judiciaire et introduit des entretiens individuels plus poussés.

Le premier à devoir se présenter aujourd'hui avait la trentaine. Ils n'avaient pas beaucoup de collaborateurs dans cette tranche d'âge, où on était le plus souvent accaparé par le travail, la famille, le sport, la vie associative. Le tourbillon de la vie, tout simplement.

Zacharias Wahlgren, c'était son nom, arriva à l'heure dite, bien habillé, l'air sérieux : un bon début. Felix l'invita à s'asseoir. Le local n'était qu'une grande pièce meublée de trois bureaux et cinq ordinateurs. Un tableau d'affichage, quelques posters et une carte d'Uppsala au mur. Dans un coin, une kitchenette avec deux fours à micro-ondes, un réfrigérateur avec compartiment congélation, une machine à café et une petite table entourée de quatre chaises pliantes. À part un diplôme décerné par l'université d'Uppsala pour services méritoires, rien ici n'indiquait directement la nature de l'activité, mais tout donnait le sentiment qu'il n'y avait pas beaucoup d'argent et qu'on travaillait bénévolement.

Felix offrit du café à Zacharias et commença par la question standard :

“Pourquoi voulez-vous travailler avec nous ?

— Mon épouse a été agressée récemment et, depuis, je ressens l'envie d'agir. Quand j'ai lu un article à votre sujet, je me suis dit qu'il fallait que j'aille voir si c'était quelque chose pour moi.

— Comment va-t-elle ? demanda Felix avec empathie.

— Bien, ça n'a pas été aussi grave que ça aurait pu l'être.

— Je suis content d'entendre ça. Et vous, comment allez-vous ?

— Que voulez-vous dire ?

— Bien sûr le projecteur est mis sur elle, la victime, mais c'est aussi un traumatisme pour les proches."

L'homme en face de lui parut réfléchir à ce qu'il venait d'entendre, comme si l'idée était nouvelle pour lui. Felix se pencha en avant. Il y avait chez Zacharias quelque chose qui lui plaisait instinctivement.

Un homme bien. Bouleversé.

Il savait qu'il y avait encore des hommes qui n'aimaient pas parler de leurs sentiments. Il avait lui aussi été ainsi, mais Zacharias leva les yeux vers lui avec gratitude.

"Merci, mais ça va… Quand c'est arrivé, j'ai été impuissant, et maintenant, tout ce que je peux faire, c'est être là pour elle. Et aussi, j'espère, pour les autres."

Ils parlèrent encore un moment. S'il n'y avait rien au casier judiciaire et que Remi ne déterrait rien de louche à son sujet, Felix venait de trouver un nouveau collaborateur.

C'était une troupe déprimée qui se préparait à quitter l'hôtel de police. Ils avaient beau avoir travaillé d'arrache-pied, découvert deux pistes prometteuses qu'ils avaient explorées toute la journée, ils avaient été forcés de constater, à l'heure du bilan, qu'ils n'avaient pas avancé d'un iota.

L'ADN de Dan Tillman ne correspondait au sperme d'aucune des victimes, ce qui au fond n'avait été une surprise pour personne. Sebastian avait lâché un "qu'est-ce que je disais" on ne pouvait moins à propos quand Ursula avait rendu compte du rapport du labo, ce qui avait encore davantage plombé l'atmosphère. Lorsqu'ils parlèrent de Tillman, Carlos se rendit compte que personne ne s'était renseigné sur sa pointure. Il l'avait donc appelé et, avec le calme et la diplomatie qui le caractérisaient, lui avait soutiré l'information. Du 45. Parfois du 46. L'empreinte des Vans relevée sur les scènes de crime était taille 42,5. Ils gardaient donc son nom sous le coude, mais il était rayé de la liste des suspects, en attendant que d'autres éléments surviennent éventuellement à sa charge.

Voilà pour la première piste, qui, malgré ce terme, n'avait mené nulle part.

Billy avait coulé la seconde.

Le client de Stella Simonsson.

Il avait résumé sa visite chez elle. Très peu sur le local, rien sur sa chambre, seulement un compte rendu des échanges par chats relevés sur l'ordinateur. Tous concis et précis.

Il avait envie, quand pouvait-elle ? Rendez-vous pris. Fini.

L'homme qui achetait ses services se faisait appeler Villman. Il y avait cinq Villman à Uppsala, mais tous orthographiés avec un W. Les paiements se faisaient en liquide, comme ils le savaient déjà, aucune transaction n'était donc repérable et toutes les communications passaient par un téléphone à carte prépayée, impossible à retrouver en l'état. Quant aux caméras de vidéosurveillance, il les avait également vérifiées. La plus proche était sur la nationale 272 qui commençait à Uppsala et finissait à Bollnäs. Très fréquentée à toute heure, et même s'ils savaient exactement quand Villman était venu chez Stella, il n'était pas sûr qu'il soit passé devant les caméras. Il y avait au moins deux autres routes pour rejoindre la zone industrielle en question, sans caméra.

En résumé : nada.

Comme si ça ne suffisait pas, Anne-Lie avait achevé la réunion en jetant sur la table un des journaux du soir.

"Nous n'avons pas grand-chose, mais le peu que nous avons a fuité dans la presse, bordel !"

Sebastian avait failli lui demander *à quoi tu t'attendais, en fait ?* mais s'était abstenu. Anne-Lie n'avait pas l'air d'avoir besoin d'autres sources d'irritation pour le moment et elle faisait partie des rares personnes

– peut-être la seule – auprès de qui il n'était pas encore dans le rouge.

“Ils l'ont surnommé l'Homme au Sac ! s'était-elle indignée, sans lâcher Torkel des yeux. Ça ne devait pas se passer comme ça. Je voulais l'arrêter avant qu'il devienne « l'Homme d'Uppsala » ou de je ne sais foutre quoi. C'est pour ça que je vous ai fait venir !

— Nous sommes là depuis à peu près deux jours, avait dit Billy, avec un geste qui signifiait *à quoi tu t'attendais, en fait ?* Tu travaillais là-dessus depuis plus d'un mois avant notre arrivée.

— Et c'est toi qui as convoqué une conférence de presse, qui as fait mousser l'affaire, lui as donné de l'importance, avait glissé Ursula. Les journalistes ne se contentent jamais de ce qu'on leur donne.”

Torkel avait vu Vanja opiner du chef, ce qui lui avait un peu réchauffé le cœur. Ils s'étaient peut-être tous un peu éloignés ces derniers temps, mais quand il le fallait vraiment, ils répondaient présent les uns pour les autres, pour lui. Tous, sauf Sebastian, bien sûr.

“Nous n'étions pas censés leur dire qu'il couvrait la tête de ses victimes avec un sac”, avait asséné Anne-Lie, le regard toujours fixé sur Torkel.

Il avait donc vu juste : à la conférence de presse, elle l'avait laissé développer le raisonnement sur la domination et le contrôle dans le seul but d'avoir quelqu'un à accuser par la suite. L'irritation montant, il avait inspiré à fond pour l'étouffer.

“Sans doute pas”, avait-il concédé. Il n'avait pas l'intention d'aller plus loin. Pas question de présenter des excuses. “Mais maintenant c'est sorti et on ne peut pas contrôler la presse, avait-il ajouté avec un haussement d'épaules, en espérant mettre ainsi un terme à la discussion.

— On n'est pas non plus obligé de copiner avec eux."

OK, là, basta. Il en avait assez, avait-il estimé.

Assez de rester sur le banc de touche.

Assez d'être remis en question, désigné comme bouc émissaire, assez qu'on lui dispute ouvertement son poste. Il avait reculé sa chaise et s'était levé d'un bond en haussant la voix.

"Alex Weber travaille pour *Expressen*. C'est le concurrent." Torkel avait posé l'index sur le journal devant lui puis frappé fort plusieurs fois. "Ça fait vingt ans que je gère la presse, je sais ce que je peux ou non leur donner. Je n'aime pas tes insinuations.

— Je n'ai jamais dit que c'était toi.

— C'est pourquoi j'utilise le mot insinuation."

Le silence s'était fait dans le bureau. Torkel et Anne-Lie étaient restés là à se toiser du regard, comme si le premier qui parlait serait perdant. Les autres échangeaient des regards embarrassés et perplexes.

"Écoutez, est-ce qu'on ne devrait pas juste… avait commencé Vanja, aussitôt coupée par Sebastian.

— Chut, papa et maman se disputent." Indubitablement, la situation l'amusait. Il n'y avait pas grand monde capable de pousser Torkel à bout au point qu'il exprime ouvertement sa colère, ou tout autre sentiment. Même Sebastian n'était pas parvenu bien souvent à lui faire hausser la voix.

Et il pouvait pourtant être parfois incroyablement énervant.

“Nous en avons fini pour aujourd’hui”, avait constaté Torkel avant de regagner sa place, mettant de fait un terme à la réunion.

Sebastian avait l’impression que les choses seraient désormais un peu différentes.

Avant que tout le monde ne quitte la pièce, il demanda à la cantonade si quelqu’un voulait lui tenir compagnie pour dîner, mais Billy et Torkel rentraient directement à Stockholm, Ursula ne pouvait pas, Vanja ne répondit pas, bien sûr, mais il savait pour avoir surpris une conversation entre elle et Torkel – une conversation comme il souhaitait qu’ils puissent en avoir un jour tous les deux – que c’était son dernier soir avec Jonathan. Il rentrait à Stockholm tôt demain matin. Carlos rentrait chez lui retrouver sa famille, et Sebastian ne lui précisa pas que l’invitation ne lui était pas adressée. Anne-Lie était retournée s’enfermer dans son bureau. Sebastian avait dans l’idée qu’elle ne serait pas d’humeur pour un dîner. À vrai dire, il n’était pas follement tenté par sa compagnie.

En tout cas pas ce soir.

De toute façon, il ne devait pas tenter de la séduire.

Un bref instant, Sebastian envisagea de rentrer à Stockholm avec Billy. Tailler une bavette dans la voiture. Lui demander comment ça se passait pour lui. Mais il semblait aller beaucoup mieux.

Peut-être était-il juste fatigué ce matin ?

Peut-être contrôlait-il la situation ?

Sebastian l’espérait. Il n’avait pas le courage de prendre parti. En outre, il essuierait des questions pénibles s’il était forcé d’en parler à Torkel.

Depuis combien de temps savait-il ?

Pourquoi ne pas en avoir parlé plus tôt ?

Était-il tout à fait sûr ?

Donc non, passer quarante-cinq minutes de voiture avec Billy ne le tentait pas.

Avec Torkel non plus.

Sebastian était certain qu'il essaierait de raviver leur amitié. Tenterait de renouer. Avec des questions personnelles ou pire, des anecdotes sur sa nouvelle vie heureuse avec sa terne institutrice.

Et puis que diable irait-il faire à Stockholm ? Seul. Dans son trop grand appartement. Où il pensait le plus sérieusement du monde ne jamais être à nouveau heureux. Travailler ? À son livre ? Préparer les interviews de Ralph Svensson ? Ou bien y aller pour coucher, ni vu ni connu ? Tentant en soi, mais non.

Chacun s'en alla au compte-gouttes, il n'y avait plus qu'Ursula devant son ordinateur quand il s'apprêta à partir à son tour.

"On rentre ensemble à l'hôtel ? proposa-t-il en enfilant son manteau.

— Non, vas-y, je reste encore un peu.

— Qu'est-ce que tu fais ?" Sebastian s'arrêta sur le pas de la porte, curieux.

"Si j'avais voulu que tu le saches, je te l'aurais dit.

— Pourquoi n'ai-je pas le droit de savoir ?

— Parce que tu vas être cynique et te moquer.

— Non, promis."

Ursula le regarda en pesant le pour et le contre. Une promesse de Sebastian Bergman ne valait pas un clou, elle le savait bien. Mais ce matin, elle lui avait dit ce qu'elle attendait de lui : qu'il se ressaisisse, réprime son impulsion première qui était toujours d'être impossible. Qu'il le prouve !

“Je vais rencontrer quelqu'un.

— Quelqu'un ?

— Oui.

— Un homme ?

— Oui.

— Qui ?

— C'est tout ce que tu sauras.

— Par « quelqu'un », tu veux dire quelqu'un avec qui baiser ?”

Ursula ne put que secouer la tête. Il y était presque. Mais c'était sans doute plus fort que lui, il ne comprenait pas que les gens normaux puissent trouver une telle remarque vulgaire et indélicate, car c'était là pour lui la seule raison de rencontrer une personne du sexe opposé.

“Au revoir, Sebastian, dit-elle en retournant à son écran, lui signifiant ainsi la fin de la conversation.

— Fais attention, il y a au moins un cinglé qui rôde dans le coin.”

Puis il referma la porte derrière lui. Ursula ne savait pas bien comment interpréter cette dernière phrase. C'était peut-être l'expression d'une pure sollicitude de sa part mais ce pouvait tout aussi bien être une façon de la rendre inutilement méfiante vis-à-vis de celui qu'elle allait rencontrer. Semer le doute pour saboter son rendez-vous. Dans tous les cas, elle y avait elle-même déjà pensé.

Pas au sujet de Petros, elle était assez grande pour se prendre en main.

Mais au sujet de Bella et Nicco.

Ou plutôt Nicolas Linton, son nom complet. Elle en avait profité pour le demander, soucieuse de montrer son intérêt, quand elle avait appelé Bella pour la remercier de leur soirée de la veille.

Ursula hésitait à faire une recherche à son sujet. Pour en avoir le cœur net.

Pour que ce ne soit pas un Tillman.

Il y avait beaucoup de types comme Tillman dans la nature.

Et puis c'était pour Bella. Elle ne le saurait jamais. Tant qu'Ursula ne trouvait rien de louche. Que ferait-elle dans ce cas ? Comment le dire à Bella sans qu'elle comprenne ce que sa mère avait fait ? Ce serait le coup de grâce de leur relation déjà fragile. Ursula devait montrer qu'elle se souciait de sa fille, mais pas de cette façon. Ce n'était pas comme ça qu'on construisait une relation de confiance.

Elle fut arrachée à ses pensées par un bip de son ordinateur. Elle fit s'afficher la fenêtre où elle s'était déjà connectée à sa page personnelle.

Tu aimes le thaï ?

Petros avait commencé par proposer de la retrouver à son hôtel. Son restaurant avait bonne réputation et il n'y avait jamais mangé.

Ursula avait refusé.

Pas question.

Pour deux raisons.

La première était un peu ridicule, mais elle ne voulait pas que sa chambre soit si proche : elle voulait se garder la possibilité de dire merci et salut devant un taxi, une accolade, un baiser sur la joue, puis partir. Comme elle avait fait avec Sebastian à Stockholm quand il s'attendait à plus. C'était peut-être aussi juste parce qu'après avoir pendant plusieurs années couché avec Torkel dans des hôtels à travers tout le pays, elle avait l'impression qu'il existait chez la plupart des hommes une association entre chambre d'hôtel et sexe, et par là une attente.

L'autre raison, et celle-ci était parfaitement justifiée, était que s'ils mangeaient au restaurant de l'hôtel, Sebastian pouvait se pointer n'importe quand et, très sincèrement, elle n'imaginait pas de pire cauchemar.

Ils étaient à présent attablés dans un restaurant thaï dont le nom comportait un nombre incroyable de voyelles, presque toutes des *a*. Elle avait googlisé l'endroit : à peine à vingt minutes de son hôtel. Parfaite distance à pied, quelle que soit l'issue de la soirée.

Ils s'étaient retrouvés à l'extérieur. Elle était à l'heure, mais il l'attendait déjà, un bouquet de fleurs à la main. Un instant, elle s'était demandé ce qu'elle allait bien pouvoir faire d'un bouquet à l'hôtel, mais elle avait repoussé cette pensée ingrate et remercié en disant qu'elles étaient jolies. Il était clairement plus doué qu'elle pour tout ça, s'était-elle dit quand il lui avait tenu la porte. Il s'était bien habillé, il avait fait un effort.

Elle arrivait directement du travail.

Un serveur les avait placés, leur avait donné un menu puis demandé s'ils voulaient quelque chose à boire. En route pour le restaurant, Ursula avait eu une impression bizarre, qu'elle ne reconnaissait pas. À présent, tandis que, menu à la main, ils discutaient des entrées, elle comprit d'un coup ce que c'était : elle avait le trac.

Cela faisait longtemps qu'elle n'avait pas éprouvé le besoin de se rendre intéressante, pour autant qu'elle en ait un jour eu besoin. Elle ne se rappelait plus bien comment ça s'était passé avec Micke. Dans son souvenir, ils s'étaient mis ensemble, c'était tout. Lui plus intéressé par elle qu'elle par lui. Ça n'avait pas changé au cours de leur mariage.

Ils s'étaient mis ensemble, avaient emménagé ensemble, eu Bella, tout allait bien.

Un pavillon dans une zone agréable, pas de problèmes d'argent, des métiers stimulants.

Une bonne vie. Aussi bonne qu'on pouvait le souhaiter, supposait-elle.

Mais elle ne l'avait jamais aimé.

Puis Sebastian était arrivé dans sa vie.

Il avait clairement montré qu'elle l'intéressait, qu'il la voulait, il avait pris toutes les initiatives. Elle n'avait rien eu à faire. Il l'avait emballée comme Micke ne l'avait jamais fait. Il lui arrivait encore de le regretter.

Sebastian, le premier qu'elle ait vraiment aimé.

Elle regarda Petros, de l'autre côté de la table. Était-il capable de l'emballer ? Trouver comment la toucher alors qu'elle ne laissait personne s'approcher vraiment, franchir la distance qu'elle maintenait toujours. Ou apprendre à vivre avec. À l'apprécier, même. Comme Sebastian avait su faire ?

Elle réalisa alors que songer sans arrêt à son ancien amant allait probablement compliquer ledit emballage, elle s'efforça alors de cesser d'observer la situation de l'extérieur, de tout analyser, comme si elle était encore au boulot et que sa vie sentimentale était une scène de crime qu'il lui fallait méthodiquement passer au peigne fin.

Pour autant qu'on puisse encore parle de "vie", en l'occurrence.

Parfois, elle se demandait.

Peut-être allait-elle avoir la réponse ce soir, si elle cessait de tout gâcher en suranalysant tout ? Elle se détendit donc et se laissa aller.

On leur apporta à manger. Petros avait raison, c'était vraiment excellent. Le vin blanc aussi. Allait-elle en commander un deuxième verre ? La conversation était fluide. Surtout grâce à Petros, qui était très doué pour l'entretenir, entre bavardage léger et questions. Il avait l'air intéressé, sans pour autant la soumettre à un interrogatoire ou l'interviewer. Clairement, il avait bien appris sa leçon. Il connaissait sur le bout des doigts tout ce qu'elle lui avait dit d'elle, et franchement, ce n'était pas grand-chose.

De son côté, elle n'arrivait même pas à se rappeler le nom de ses enfants.

Lors d'un des courts silences qui se faisaient parfois, sans être pour autant inconfortables, Ursula essaya de trouver une question à lui poser, pour prendre l'initiative. Que savait-elle de lui ?

Nom, âge, état civil, profession, et qu'il n'était pas disponible hier…

"Où étais-tu hier ? demanda-t-elle, satisfaite d'avoir pour un instant pris la responsabilité d'un sujet de conversation.

— À Västerås, nous avons pas mal de clients là-bas.

— On a eu une enquête à Västerås, une fois, dit-elle.

— Et vous l'avez résolue ?

— Oui."

Il n'en demanda pas davantage. Elle appréciait. Les rares fois où elle avait socialisé, ces dernières années, les gens, pour la plupart, dès sa profession connue, avaient voulu des détails sur les enquêtes. Comme si elle était une putain d'édition spéciale de *Détective*.

Mais elle se rappelait bien l'affaire de Västerås. Parce que l'enquête avait été exceptionnellement tragique, mais surtout parce que c'était la première fois depuis des années qu'elle revoyait Sebastian.

Elle s'arrêta là. Finit son vin. Décida d'en commander un deuxième.

Se détendre et être présente.

Ne pas penser à Sebastian.

Cette fois, il avait eu droit à la version longue, détaillée.

D'abord la grasse matinée à l'hôtel. Lily en survêtement qui faisait au revoir de la main. Une fois dehors, la chaleur comme un mur humide. La décision d'aller à la plage plutôt que de rester à la piscine. La petite main de Sabine dans la sienne, son pouce autour de la petite bague en forme de papillon qu'elle portait à l'index. Ses mots en voyant un enfant avec un dauphin gonflable. *Papa, j'en veux un pareil.* La dernière phrase qu'elle lui avait adressée.

La mer qui s'était retirée quand ils étaient arrivés à la plage, ce qu'il avait commis l'erreur de prendre pour la marée basse. Son ravissement mêlé d'effroi quand il l'avait plongée dedans jusqu'au ventre – elle avait encore un peu peur de l'eau.

Les jeux et les rires.

Sa fille et lui dans l'eau tiède.

Sa douce main sur sa barbe naissante. Son petit corps tout chaud contre le sien. Son odeur, savon pour enfants et crème solaire. Le sentiment d'un amour inconditionnel, sans limites. L'existence parfaite.

Puis le grondement.

Les masses d'eau.

L'impitoyable chaos.

Sa petite main encore dans la sienne. Une seule pensée. Ne pas lâcher prise. Toute sa vie dans sa main droite. La conscience de l'avoir fait. De l'avoir perdue. Pour toujours.

Il avait fait l'erreur de s'étendre sur le lit à son retour. Juste pour se reposer un moment. Il s'était levé tôt ce matin-là.

Mal réveillé, il tentait à présent de maîtriser la crampe de sa main droite. Il découvrit avec étonnement qu'il avait la joue mouillée. Il y porta la main, s'attendant presque à y trouver du sang, imaginant qu'il s'était griffé pendant son sommeil, pas qu'il avait pleuré. Il était habitué à se réveiller dans l'angoisse, le vide, le désespoir, très rarement avec des larmes. Mais son rêve avait peu à peu augmenté en force et en intensité ces derniers mois.

Là, il l'avait fait deux fois en moins de vingt-quatre heures.

À contrecœur, il pensait en avoir trouvé la cause, repéré un schéma. Rêvait-il davantage de Sabine à mesure que Vanja prenait ses distances ? Le manque d'une fille se manifestait-il par des rêves de l'autre ? Comme psychologue, il refusait de souscrire à cette hypothèse, mais force était de constater que dans les bonnes périodes, ou du moins les périodes de trêve entre Vanja et lui, il s'était senti mieux.

Avait plus rarement rêvé. Avec moins d'intensité.

Désormais, c'était à nouveau la guerre ouverte. Entièrement sa faute. Il aurait pu l'avoir dans sa vie s'il avait joué ses cartes un peu plus intelligemment. Comme la plupart des personnes qu'il ne s'efforçait pas de mettre dans son lit, la première impression que Vanja avait eue de lui avait été instinctivement mauvaise quand ils s'étaient rencontrés. Mais c'était avant qu'il sache qui elle était. Qu'elle était de lui. Plus elle avait de problèmes avec sa mère et Valdemar, plus elle avait cherché à se rapprocher de lui. Ils avaient vraiment été sur le point de construire quelque chose après qu'au mariage de Billy il lui avait annoncé qu'il était son père.

Elle avait accepté qu'il ait une place dans sa vie.

Lentement, très lentement, ils s'étaient approchés de quelque chose qui aurait pu être bien. Et il avait tout détruit. Évidemment. Il avait agi dans son dos. L'avait trahie. S'était allié avec la seule personne qu'elle haïssait réellement. S'était foutu de la seule chose qu'elle lui avait vraiment demandée : garder ses distances avec Anna.

Tu n'as pas la moindre idée de ce que je veux, putain, tu n'en as jamais eu la moindre idée, et quand je te l'ai dit, tu n'en as rien eu à foutre !

Ça lui revenait à présent, ce qu'elle lui avait jeté à la figure cet après-midi. S'il faisait son examen de conscience, ce qu'il répugnait plus que tout à faire, n'avait-elle pas raison ?

Avait-il seulement essayé ? De faire suffisamment attention à elle ? Pour de bon ?

Bien sûr que non.

Il n'y en avait que pour lui. Ce qu'il voulait. Son intérêt.

Comme la fois où il avait saboté ses chances d'aller aux États-Unis suivre une formation du FBI juste parce qu'il voulait la garder près de lui, qu'elle ne parte pas de l'autre côté de l'Atlantique.

Cela n'avait au fond rien d'étonnant. Il avait toujours su qu'il était un parfait égoïste. L'altruisme était surfait, mais si son comportement constituait un obstacle l'empêchant d'atteindre son but, il fallait qu'il en change.

Mais que voulait-elle vraiment ?

Que pouvait-il faire pour qu'elle lui donne encore une chance, cette dernière chance qu'il voulait tellement ? Dont il avait désespérément besoin ?

Il ne le savait pas et elle ne le lui dirait jamais s'il le lui demandait.

Mais il savait qui savait ou du moins devrait savoir. La personne dont elle était aujourd'hui la plus proche.

Dont même Sebastian n'avait entendu que du bien.

Qu'elle aimait.

Il était temps de causer un peu avec Jonathan Bäck.

Jonathan était dans la relativement petite cuisine de Norbyvägen en train de préparer le dîner.

Il pouvait facilement énumérer vingt autres choses pour lesquelles il était plus doué. Trente, même. Mais il trouvait ça assez agréable et relaxant quand il n'était pas complètement paniqué que ça cuise trop, ne cuise pas du tout, attache, ou quand il découvrait plusieurs ingrédients de son ragoût oubliés sur le plan de travail. Au menu ce soir, des pâtes avec une sauce à la crème à base de saumon, fenouil et citron, assaisonnées de cresson, radis et parmesan. Ça semblait compliqué, mais il avait cherché sur internet des recettes utilisant moins de dix ingrédients, et trouvé celle-ci. Signée par la présentatrice d'une émission culinaire qu'il ne connaissait absolument pas.

Vanja arriva dans la cuisine en pantalon de survêtement et tee-shirt, les cheveux encore humides au sortir de la douche. Timing parfait, il était en train de verser la sauce sur les pâtes, en les espérant *al dente*.

“Tu mets la table ?” demanda-t-il. Elle hocha la tête, prit au passage un radis sur la planche à découper, qu'elle se mit dans la bouche avant d'ouvrir le placard à droite de sa tête, qu'il baissa de justesse.

“Comment c’est possible que même la vaisselle soit aussi moche ?” lâcha Vanja en prenant deux assiettes creuses.

Jonathan ne répondit pas.

D’une part parce que c’était une question qui n’appelait pas de réponse et d’autre part parce que c’était un de ces soirs où tout ce qu’il dirait ne vaudrait rien. Elle se mettait parfois dans cet état, et la plupart du temps, il attendait juste que ça passe. Il n’aimait pas les disputes. Il connaissait plusieurs couples qui prétendaient que les disputes étaient le signe d’une relation solide et passionnée, qu’elles prouvaient qu’on se souciait l’un de l’autre, qu’il était utile, vital même, d’aérer l’atmosphère. C’était peut-être vrai, mais malgré tout il n’aimait pas ça, et veillait donc à éviter les disputes quand c’était possible. Comme ce soir.

Il savait aussi qu’au fond il ne s’agissait pas de cet appartement. C’était autre chose, plus important. Depuis qu’elle était rentrée, elle n’avait parlé que de ce qui l’avait rendue furieuse aujourd’hui.

Le pire était ce Tillman. Qui pour diverses raisons n’était désormais plus suspect, mais contre qui Vanja semblait décidée à mener une croisade personnelle, juste pour l’envoyer au trou. Il avait donc été beaucoup question de Tillman, mais aussi pas mal de Sebastian qui, égal à lui-même, s’était montré un indécrottable trou du cul et enfin d’Anne-Lie, dont Jonathan n’avait jusqu’ici entendu que du bien, mais qui avait apparemment aujourd’hui fait un grand saut vers le haut de sa liste des emmerdeurs pour avoir ouvertement remis en question et critiqué Torkel et par là toute l’équipe de la Criminelle.

“Et tu sais ce qui est le pire ? Il a un enfant, une fille”, dit-elle en plaçant les couverts et les verres sur la table. Jonathan en déduisit que le chapitre Tillman était rouvert. “Elle n’a que huit ans, mais imagine qu’en grandissant elle devienne une de ces « féministes en batik », comme il l’écrit à propos d’une militante, est-ce qu’il appellera à ce qu’on la viole, elle aussi ?”

Même si cette question non plus n’appelait pas de réponse, Jonathan sentit qu’il fallait dire quelque chose. Être sincère. Il trouvait qu’elle allait un peu loin avec ça.

“Sûrement pas.” Le regard qu’il reçut signifiait qu’elle avait immédiatement conclu qu’il prenait la défense de Tillman. Il fallait qu’il développe. “Ça a l’air d’être un affreux personnage mais ça ne veut pas dire qu’il veut faire du mal à ses enfants. Aucun parent ne veut ça.

— Beaucoup, si. Consciemment ou inconsciemment. Il y a beaucoup de parents de merde.”

Jonathan ne la contredit pas. Comme policière, Vanja avait à peu près tout vu. Il s’était souvent demandé comment elle trouvait la force, comment quiconque trouvait la force d’être tous les jours confronté à ceux qui montraient le pire visage de l’humanité et à leurs victimes. Il connaissait en outre ses relations compliquées avec ses parents. Ses trois parents. Il savait que tous, de différentes manières, l’avaient blessée et trahie. Était-ce là une des raisons qui l’empêchaient de tourner la page des événements de la journée ? Il posa les pâtes sur la table et s’assit.

“Tu rencontres tout le temps des gens que tu n’aimes pas, qu’est-ce qu’il y a de spécial avec ce Tillman ? Pourquoi tu n’arrives pas à penser à autre chose, comme d’habitude ?”

Il voulait lui donner une chance d'y réfléchir. Voir si elle parvenait elle-même à la conclusion que le problème était ailleurs. Sinon, il faudrait qu'il envisage de jouer les psychologues amateurs en mettant ça sur le tapis. Il n'était pas très chaud. Même si en parler lui serait sûrement bénéfique, il savait que sa famille était une plaie plus ou moins ouverte qu'elle n'aimait pas tripoter.

"Je ne sais pas", dit-elle en servant les pâtes.

Jonathan avait raison. Une grande partie de son travail et par là de sa vie consistait à rencontrer des gens qui lui étaient plus ou moins désagréables, dont elle pensait plus ou moins de mal, et qu'elle allait parfois jusqu'à mépriser. Elle n'était pas, loin de là, la policière la plus compréhensive, la plus ouverte d'esprit, qui cherchait toujours des facteurs explicatifs et des circonstances atténuantes. Elle était prompte à juger mais également assez douée pour ne pas laisser son travail perturber sa vie privée.

Elle fit tourner sa fourchette et l'enfourna dans sa bouche.

"Mmh, c'est bon, lâcha-t-elle.

— Non, pas terrible, rectifia Jonathan.

— Bon, d'accord, ce n'est peut-être pas ton heure de gloire en cuisine, lui sourit-elle en se levant pour aller chercher une carafe dans le placard. C'est peut-être le fait qu'il soit papa, dit-elle en lui tournant le dos tout en remplissant la carafe au robinet. Et puis je vois Sebastian tous les jours, et il y a encore Valdemar, ma mère, et tout ce merdier… Tu sais les pères, ces foutus mauvais pères."

Elle revint s'asseoir et remplit leurs verres.

C'était bien ce qu'il pensait. Jonathan ne savait pas exactement tout ce qui s'était passé, il y avait eu des péripéties entre Vanja et ses parents et il n'avait pas toujours fait partie du tableau. Mais la première fois qu'il avait été avec Vanja, il avait beaucoup fréquenté Valdemar. Il l'aimait bien, et avait l'impression que c'était réciproque, mais il était surtout évident que Vanja et lui étaient incroyablement proches. Qu'il était aussi loin d'être un foutu mauvais père qu'on pouvait l'imaginer.

"Je croyais que Valdemar était le meilleur papa du monde ? dit-il avant de reprendre une bouchée.

— Il l'était, jusqu'à il y a un an.

— S'il a été merveilleux pendant les trente années précédentes, pourquoi tu ne prends pas contact avec lui ? Pour essayer de mettre tout ça à plat ?

— Ça n'est pas si simple."

Elle sentit que c'était vrai en le disant, ce qui l'étonna quelque peu. Valdemar avait vraiment été le meilleur père qu'elle ait pu imaginer. Pas un seul moment difficile de sa vie qu'il ne l'ait aidée à traverser. Il n'y avait rien qu'il n'eut pas fait pour elle. Il faisait encore tout ce qu'il pouvait. Il avait rompu avec Anna, collaborait avec le procureur, était prêt à purger sa peine, avait demandé pardon, montré de sincères remords. Été absolument sincère avec elle, ce qui n'avait pas été le cas de tout le monde ces dernières années.

Elle avait été prête à pardonner, à tourner la page, à voir s'ils pouvaient se retrouver. Elle avait décidé de se réapproprier sa vie. Une courte période, elle avait cru pouvoir peut-être y trouver une place pour ses deux pères.

Puis tout s'était à nouveau effondré et le seul changement qu'elle avait opéré dans sa vie avait été de déménager à Uppsala, ou de fuir à Uppsala, selon la manière de voir.

Une impression de fond dominait : il l'avait trahie. Il savait depuis le début mais n'avait jamais rien dit. C'était peut-être avec les meilleures intentions du monde, pour ne pas gâcher leur relation, mais quand même. Toute une vie construite sur des mensonges, on ne balaie pas ça en un tournemain.

"C'est aussi simple que ça, maintint Jonathan. Appelle-le, je suis sûr que ça lui fera super plaisir.

— Je ne sais pas si je veux lui faire super plaisir.

— Mais il te manque", constata Jonathan. Vanja le regarda droit dans les yeux et opina du chef.

"Notre relation me manque, je ne suis pas sûre qu'on puisse la retrouver."

Elle écarta son assiette et se leva de table, signifiant par là qu'ils avaient assez parlé de Valdemar et que le repas était fini. Un instant, il éprouva une certaine déception. Ce n'était pas bon, mais pas immangeable. Elle avait avalé quelque chose comme deux bouchées.

"Tu n'as pas aimé, constata-t-il.

— Je n'ai plus faim, mentit-elle.

— On peut sortir acheter quelque chose.

— Ou alors aller au lit."

Elle s'approcha de lui, fit reculer sa chaise pour pouvoir se mettre à cheval sur ses genoux. Elle prit son visage entre ses mains et l'embrassa sur la bouche.

"Je t'aime, dit-elle en lui caressant les cheveux.

— Je t'aime aussi."

Elle le regarda d'un air qui disait qu'elle avait quelque chose à lui dire, qu'elle n'était pas certaine qu'il apprécie.

"Bon, tu vas me trouver super bizarre…

— Je te trouve déjà super bizarre, plaisanta-t-il en l'embrassant à nouveau.

— Mais à propos de papas… continua Vanja comme si elle ne l'avait pas entendu. Ça te dirait d'en devenir un ?"

Son plan était si simple que ce n'était même pas un plan.

Il allait rentrer à la maison. Directement à la maison. Quitter l'hôtel de police, marcher jusqu'à sa voiture, prendre à gauche, à droite, quarante-cinq minutes sur l'E4 avec Cardi B à fond sur Spotify, puis il serait à la maison.

Auprès de My. Avec My. Lui et My.

Dans l'ascenseur, il reçut un message. De My. Un lien vers une petite annonce immobilière, pas de message. Il ne l'ouvrit pas, mais avant qu'il ait eu le temps de refermer son téléphone, un nouveau message bipa.

Tu rentres quand ?

Il répondit "dans une heure", ajouta deux émojis avec des yeux en cœur et envoya.

Tandis qu'il s'engageait sur l'autoroute, elle téléphona. Comme il arrivait du nord, est-ce qu'il ne pouvait pas passer prendre des sushis dans un endroit à Åkersberga dont elle avait entendu parler ? C'était trop loin en général, mais puisque c'était sur son chemin… Elle lui envoya l'adresse, elle allait appeler pour passer commande, il n'aurait qu'à la retirer.

À la maison, elle l'accueillit avec un baiser, lui dit qu'il lui avait manqué puis lui prit le sac de nourriture et alla à la cuisine. Elle avait une faim de loup, elle n'avait rien mangé depuis le déjeuner qu'elle avait pris très tôt, elle voulait l'attendre pour qu'ils dînent ensemble, aussi s'attablèrent-ils aussitôt. Les sushis valaient vraiment le détour, ils étaient tous les deux d'accord là-dessus. Pendant qu'ils mangeaient, elle lui raconta sa journée de travail, qu'elle pensait partir trois jours en stage en janvier, et qu'elle avait commencé à discuter d'un contrat avec Tele2, un poste de coach de développement personnel auquel les employés pourraient avoir accès en accord avec leur patron s'ils avaient besoin d'évoluer sur un plan personnel ou professionnel. Si ça se faisait, ce serait non seulement une reconnaissance de son travail, mais ça ferait aussi un grand changement niveau revenus.

À propos de ça…

"Tu as vu le lien que je t'ai envoyé ? Sur Värmdö. C'est parfait.

— Non, j'allais prendre la voiture, je ne l'ai pas ouvert."

Elle alla chercher sa tablette et afficha l'annonce, qu'ils regardèrent ensemble. Une maison de vacances dans la commune de Värmdö, sur l'île Stor-Saxaren. Soixante mètres carrés. Chalet d'amis. Ponton privé. 3 795 000 couronnes. Il n'avait pas d'avis particulier sur la maison mais ils en discutèrent un moment, regardèrent chacune des vingt-cinq photos jointes, et My lui dit qu'elle pensait appeler l'agent immobilier pour une visite demain, s'il était d'accord. Il était d'accord.

C'était comme ça que ça devait se passer. Rentrer chez soi, dîner, parler du boulot, de sa journée, de tout, chercher une maison de vacances.

Ça, c'était lui.

Ça, c'était sa vie.

Leur vie.

"Je voulais aussi te montrer autre chose, dit-elle en affichant une autre page. Qu'est-ce que tu penses de ça ?"

Billy jeta un œil. Soleil, mer, montagne, maisons multicolores, des plages et un titre qui précisait que c'était Le Cap qui offrait tout ça.

"Une semaine en novembre, je m'étais dit. C'est tellement cher à Noël, mais c'est presque mieux d'y aller en novembre, quand on a de toute façon un temps de chiotte ici.

— Pourquoi pas, mais je ne sais pas où j'en suis de mes vacances, et tout ça.

— Tu dois au moins avoir une semaine, en tout cas."

Il leva les yeux de la tablette, complètement interloqué.

"Pourquoi ?

— Mais tu as dû rester travailler une semaine supplémentaire après la Saint-Jean."

Il faillit se mettre à pleurer. Ça se passait si bien, il se sentait si bien, si normal. Ça lui avait donné l'espoir qu'un jour ça marche pour de bon, et voilà le reste qui surgissait comme un putain de train de marchandises. Quoi qu'il fasse, autant qu'il s'efforce de ne plus y penser.

Ça allait s'améliorer. Avec le temps, les occasions de s'en souvenir seraient de moins en moins nombreuses. Pour finalement disparaître complètement. Personne ni rien dans sa vie quotidienne ne lui ferait plus penser à Jennifer. Ce serait comme si ça n'avait jamais eu lieu. Mais pas aujourd'hui, pas maintenant.

La semaine après la Saint-Jean.

La brigade criminelle le croyait en vacances.

My croyait qu'il travaillait.

À la différence de Conny, c'était là un moindre problème qu'il pouvait espérer rapidement évacuer. En principe, ils étaient tenus de poser des jours de congé, qui étaient enregistrés, et il n'en avait plus cette année. Mais comme on attendait d'eux de se rendre disponibles à peu près jour et nuit en cours d'enquête, Torkel n'était pas trop regardant s'ils prenaient quelques jours de liberté quand c'était terminé.

Donc si Uppsala était terminé en novembre, il pourrait tout simplement s'arranger avec Torkel pour partir quelques jours. Et s'ils étaient encore sur le coup, c'était plié. Billy souffla.

"On verra si je peux me libérer, ce n'est pas sûr.

— Il faut qu'on réserve maintenant, ou assez vite.

— Impossible. Si on n'a pas fini à Uppsala, je ne pourrai pas prendre de congés.

— Vous êtes près du but ?

— Malheureusement non." Il dit cela avec une pointe de déception dans la voix qui cachait bien qu'il n'avait jamais été aussi content de n'aller nulle part. "Si on a fini, on prendra quelque chose en dernière minute", ajouta-t-il d'un ton encourageant, en voyant sa réaction.

Elle hocha la tête, elle comprenait que le travail passait en premier, changea de sujet et proposa de regarder un film, à moins qu'il n'ait une meilleure idée ? Il n'en avait pas, un film dans le canapé avec sa femme. Une soirée parfaite.

My alla se chercher un verre de vin et lui apporta une bière, ils s'installèrent pour regarder l'offre en streaming.

C'était toujours un peu une épreuve de trouver quelque chose qui les intéresse tous les deux. Leurs goûts en matière de films étaient très différents et, plus d'un soir, n'ayant pas pu se mettre d'accord, ils avaient fait autre chose. Ce soir, Billy la laissa décider. Sur Netflix, elle dénicha *Le Fabuleux Destin d'Amélie Poulain*. Elle lâcha un Oooh, comme si elle avait vu un joli petit chaton.

"J'ai adoré quand je l'ai vu. Et toi ?

— Je ne l'ai pas vu.

— Comment peux-tu ne pas l'avoir vu ?

— C'est français."

Ce qu'il estimait être une explication suffisante. My dut voir là une excellente occasion pour lui de développer ses goûts cinématographiques et, comme il lui avait donné carte blanche, ce fut ce film. Elle le lança, se blottit contre lui en ramenant ses pieds sous elle. Le film commença.

Une mouche bleue se posait dans une rue, des verres à vin dansaient sur une nappe soulevée par le vent, un homme effaçait le nom d'un mort dans son carnet d'adresses et une voix off indiquait que tout ceci se produisait à l'instant exact de la procréation de celle qui allait être le personnage principal du film.

Amélie.

De Montmartre.

Dès le générique du début, elle déplut à Billy. Puis vint son enfance, en courtes séquences censées être chouettes, inventives et poétiques, mais qui étaient surtout joliment perchées. C'était un film qui se voulait joliment perché. Qui ne pouvait pas clamer assez fort combien il était dingue et chouette.

Au bout de dix minutes, les yeux de Billy étaient ouverts, mais il n'enregistrait plus rien de ce qui se déroulait à l'écran. Ses pensées étaient parties ailleurs. À Uppsala.

"Tu ne regardes pas !"

Elle lui donna un coup de coude en souriant.

"Mais si", répondit-il par réflexe, en espérant qu'elle ne l'interrogerait pas sur l'intrigue. My se pencha, saisit la télécommande, mit sur pause et se tourna vers lui.

"Ça va ?"

Il la regarda. Sa femme à côté de lui sur le canapé, un soir ordinaire.

"Oui, oui, tout va bien, dit-il sincèrement.

— Tu penses à Jennifer ? demanda-t-elle comme si elle ne pouvait pas vraiment se contenter de sa réponse, comme si son désintérêt pour le film ne pouvait pas seulement se fonder sur le fait qu'il était merdique.

— Non, pas du tout, en fait. C'était Uppsala, pardon…

— Je pourrai le regarder un soir où tu n'es pas là." Elle se pencha pour éteindre la télévision. Puis se tourna à nouveau vers lui. "Tu veux en parler ?

— Non. Il n'y a pas grand-chose à en dire." Elle voulait parler de l'enquête et, en effet, il n'y avait pas grand-chose à ce sujet dont il éprouvait le besoin de parler. C'était autre chose, à Uppsala, qui occupait ses pensées.

Il était retourné dans Norrforsgatan.

Dans la chambre rouge.

Avait fantasmé tout ce qu'il pourrait y faire.

“Qui c’était ?” demanda Lise-Lotte quand Torkel la rejoignit dans le séjour. Elle l’avait entendu, dans la chambre, s’efforcer de garder un ton neutre pendant toute la conversation.

“Rosmarie Fredriksson, répondit laconiquement Torkel en mettant son téléphone en mode silencieux, pour être certain de la manquer si elle rappelait.

— Qu’est-ce qu’elle voulait, si tard ?

— Ah oui, tiens, qu’est-ce qu’elle voulait ? Elle voulait savoir comment ça se passait. Elle s’inquiétait des fuites qui se sont produites et de l’enquête qui n’a pas l’air d’avancer au rythme qu’elle aurait souhaité.”

Il récita la fin comme une citation en prenant une voix plus aiguë comme pour l’imiter, tout en montrant clairement ce qu’il pensait d’elle.

Il ne l’avait jamais aimée.

Depuis le début, ils se toléraient mutuellement.

Cela impliquait qu’elle ne se mêlait pas de son travail. Tant que son département ne dépassait pas le budget, ne se faisait pas spécifiquement éreinter dans la presse, que toute la paperasse était rendue à temps et correctement remplie, elle ne s’occupait pas de ce qu’il faisait.

C'était une policière de bureau dans le plus parfait sens du terme.

Elle ne s'était jusqu'ici jamais inquiétée des fuites. Ni de l'avancement d'une enquête.

Il savait d'où lui venait ce soudain intérêt. Anne-Lie Ulander.

Lise-Lotte savait qui c'était, mais pas beaucoup plus. Torkel avait pour habitude de résumer l'essentiel de sa journée quand il rentrait le soir, mais il était très rare qu'il exprime un avis sur ses collègues. S'il n'était pas positif, bien sûr. Il n'était pas avare de compliments et ne manquait pas de faire remarquer quand quelqu'un faisait quelque chose de bien.

Ce n'était là qu'une de ses nombreuses qualités.

Mais cet appel téléphonique semblait avoir ouvert les vannes du barrage. Elle eut droit au portrait complet d'Anne-Lie, qui n'avait rien de flatteur.

Sa façon de refuser de leur laisser la responsabilité de l'enquête, ce qui était pourtant l'usage.

Sa façon de les remettre en question sans arrêt.

Son ambition déclarée de lui prendre son poste.

"Si quelqu'un doit me succéder, c'est Vanja", dit-il. Autrefois, il était certain que c'était aussi son souhait. Aujourd'hui il n'en était plus aussi sûr.

Lise-Lotte avait aussi entendu parler de Vanja. Beaucoup. Parfois avec tellement d'affection qu'on aurait dit qu'il la considérait comme sa troisième fille.

"J'aime bien quand tu me parles de tes collègues, je n'en ai rencontré qu'une."

En effet, au tout début entre Torkel et elle, la première fois qu'elle dormait chez lui, elle avait croisé Ursula qui venait pour le travail, mais c'était tout.

“Je n’ai pas non plus rencontré tes collègues.

— Tu voudrais ?

— Pas forcément…

— Moi, les tiens, si. Vous travaillez ensemble depuis si longtemps, on dirait un prolongement de ta famille.”

En effet, c’était ce qu’ils étaient. Même pas un prolongement. Plutôt sa famille tout court. Il passait plus de temps avec eux qu’avec ses filles, puisqu’elles habitaient désormais à peu près à plein temps chez Yvonne. Peut-être était-ce pour cette raison qu’il s’inquiétait de l’ambiance dans le groupe ? Sebastian était Sebastian et mettait toujours beaucoup de pression sur Vanja, mais même Billy semblait éteint et fermé, et Ursula avait l’air plus… paumée qu’avant.

— Très bien, ça peut s’arranger.

— Tu ne pourrais pas les inviter à dîner ?”

Il ne s’attendait pas à ça. Quand Lise-Lotte avait dit qu’elle aimerait faire la connaissance de ses collègues, il avait imaginé qu’elle pourrait un jour passer le prendre au bureau, qu’il ait l’occasion de la présenter à tout le monde. Ils bavarderaient dix minutes, et ils rentreraient à la maison. Elle aurait rencontré tout le monde. Mission accomplie.

Mais un dîner ? Plusieurs heures.

“Ça ferait un peu bizarre, protesta-t-il, à défaut d’arguments plus réfléchis.

— Pourquoi, bizarre ? Vous vous voyez tous les jours, depuis des années.

— On ne se fréquente pas de cette façon, dit Torkel avec un haussement d’épaules.

— Ils peuvent venir en couple, si tu penses que c'est plus facile, proposa Lise-Lotte. Ça ne fera jamais que deux personnes en plus, ou bien Ursula a quelqu'un ?"

Torkel hésita un instant.

Là, ça devenait un peu pénible. Il n'avait jamais parlé à Lise-Lotte d'Ursula et lui. Ça n'avait jamais été le moment. Il y avait songé au début : fallait-il lui dire ? Mais à la longue, il avait trouvé ça bizarre.

Ah, au fait, j'ai couché avec une de mes collègues pendant des années.

On ne disait pas ce genre de choses, non ?

Ou bien si ?

En tout cas, il ne l'avait pas fait.

Il ne savait rien de la vie sentimentale de Lise-Lotte après son divorce. Mais, clairement, elle ne revoyait pas ses ex tous les jours. Sinon elle l'aurait sans doute dit.

"Non, je ne crois pas, en tout cas elle n'en a pas parlé.

— Et Sebastian ?" demanda Lise-Lotte. Ça, c'était beaucoup, beaucoup plus simple.

"Non. Si on organise ça, il ne sera pas invité, affirma résolument Torkel.

— Il ne travaille pas avec vous ?

— Occasionnellement, mais on ne peut pas le mettre avec d'autres personnes et espérer passer une soirée agréable.

— Je croyais que vous étiez amis autrefois." C'était en effet tout ce qu'il lui avait dit de Sebastian Bergman sur le plan personnel. Qu'ils étaient amis. Avaient travaillé des années ensemble. Il avait loué ses compétences professionnelles, mais été très évasif à son sujet en tant que personne.

“Nous l’étions, mais il a clairement montré que ça ne comptait pas pour lui, sauf quand il avait besoin de quelque chose.

— De tous tes collègues, c’est lui qui m’intrigue le plus.

— Laisse tomber, tu ne ferais jamais sa connaissance.”

Elle le regarda en silence, mais il voyait bien que pour elle la discussion au sujet de ces invitations n’était pas encore terminée.

“À combien d’enquêtes a-t-il participé ?

— Depuis son « retour » ? C’est la sixième.

— En moins de deux ans.

— Oui.

— Dans ce cas, ce serait vraiment indélicat de ne pas l’inviter.

— Lui, il ne nous inviterait jamais à rien.

— Et on s’abaisserait à son niveau ?”

Torkel laissa échapper un profond soupir en secouant la tête. Il abandonna. Comment lui dire non. Il n’en était pas capable.

“D’accord, mais tu l’auras voulu.”

Elle rit et se pencha pour l’embrasser.

Ils auraient donc son ancienne amante et Sebastian Bergman à dîner.

Il y avait des choses qu’il appelait davantage de ses vœux.

Comme la dévitalisation d’une molaire.

16 octobre

Bon anniversaire, mon amour.
Trente et un ans aujourd'hui.
Si elles ne t'avaient pas arrachée à moi.
C'est dur tous les jours.
C'est devenu plus dur encore quand j'ai su.
Quand Ulrika m'a raconté.
Mais c'est aujourd'hui que c'est le plus dur.
Aurais-je pu faire autrement ?
Bien sûr que oui.
J'aurais pu me renseigner davantage.
Demander, exiger des réponses, ne pas me contenter d'entendre que tout allait s'arranger.
Que tout allait bien se passer.
Trop de faiblesse. Trop de respect.
Je ne voulais pas aller contre tes décisions, tes souhaits, ta volonté.
Et maintenant, je vais sur ta tombe.
Tu me manques. Tous les jours, tout le temps.
Hier, j'ai acheté des dahlias.
Deux grands bouquets. Un pour Ulrika, aussi.

Au début, je l'ai haïe. C'était déjà assez dur comme ça.
Sans savoir combien tu avais peur, combien tu avais mal, combien tu regrettais.
Sans savoir qu'elles t'avaient tuée.
Pour moi aussi, ça a été une aide.
Ça m'a donné une direction. Un objectif. Un but.
Elles doivent penser qu'elles s'en sont tirées.
Elles ont vécu leur vie. Aimé, ri, été heureuses.
Huit ans.
Que se serait-il passé si elles ne t'avaient pas tuée ?
Qu'aurions-nous fait, toi et moi ?
À quoi aurait ressemblé notre vie ?
Qui aurais-tu été, à trente et un ans ?
J'essaie de ne pas y penser, c'est trop douloureux.
Mais le jour de ton anniversaire, je ne peux pas m'en empêcher.

Ursula regarda autour d'elle dans le bureau. Silence. Bruit des claviers, grincement de siège quand son occupant changeait de position, ronronnement sourd de l'aération en bruit de fond. Une personne extérieure entrant dans la pièce aurait pu y percevoir une atmosphère de concentration.

Ursula, elle, savait à quoi s'en tenir : il s'agissait de frustration contenue, de déception, elle connaissait ça.

Leur brève réunion du matin avait clairement montré qu'ils n'avaient pas progressé d'un iota : pas plus d'arrestation à l'horizon qu'à leur arrivée trois jours plus tôt.

Ils n'avaient rien.

Ou plutôt, ils avaient beaucoup : l'ADN, les empreintes de chaussures, les sacs, la seringue.

Mais rien du côté des caméras de vidéosurveillance, pas de témoins, aucun tuyau de la population.

Si l'ambiance était pesante, c'était parce que tous étaient conscients qu'il serait sans doute impossible d'empêcher le violeur de frapper à nouveau.

De faire une nouvelle victime.

Leur plus grand échec.

Ce qu'ils voulaient à tout prix éviter.

La place en face d'elle était vide. Personne ne savait où était passé Sebastian.

Ils s'étaient croisés en coup de vent hier, quand elle était rentrée de ce qu'elle supposait être un rendez-vous galant. Il l'avait hélée depuis le bar de l'hôtel. C'était le deuxième soir d'affilée qu'il attendait son retour. Le souvenir de son père lui était revenu, quand elle était jeune et qu'il ne pouvait pas aller se coucher avant qu'elle ne soit rentrée à la maison. Cependant, même éméchée, pour rien au monde elle n'aurait voulu comparer Sebastian à son père, aussi avait-elle vite chassé cette idée et était allée s'asseoir à côté de lui.

"Comment ça s'est passé ?"

Ursula l'avait dévisagé pour voir s'il avait l'intention de se moquer d'elle ou de dire une méchanceté, mais il semblait sincèrement intéressé, aussi avait-elle décidé d'être franche.

"Bien, je crois.

— C'était agréable ?"

En l'entendant, elle avait réalisé que c'était exactement ça : agréable. À dire vrai, elle n'avait rien espéré d'autre. Elle n'était pas une ado qui s'emballait à corps perdu et se laissait guider par ses émotions. D'ailleurs elle n'avait jamais été comme ça. Même ado.

Mais c'était agréable.

Pas comme avec Sebastian.

Cela s'annonçait ni difficile, ni exigeant.

Elle n'était pas non plus certaine que c'était ce qu'elle voulait. Elle ne savait pas ce qu'elle voulait, ni même si elle voulait quelque chose. Peut-être ferait-elle mieux de faire une pause en attendant de le savoir.

“Agréable, sans complication et amusant, avait-elle opiné.

— Vous allez vous revoir ?

— Je crois bien.

— Vous n’avez rien décidé ?”

Difficile de savoir s’il s’agissait toujours des questions d’un Sebastian intéressé et à l’écoute, ou si cela prenait la tournure d’un interrogatoire, avec peut-être un fond de jalousie.

“Il m’a demandé, et j’ai dit pourquoi pas.

— Il t’a demandé si vous alliez vous revoir et toi, tu as répondu pourquoi pas ? avait répété Sebastian sans pouvoir retenir un petit rire.

— Oui.

— Dis donc, il a dû se sentir très spécial.”

Elle s’était rendu compte, en prononçant ces mots, que ça ne sonnait pas très bien, que “volontiers” ou autre chose, n’importe quoi, aurait été une meilleure réponse. Mais ce qui était fait était fait, et il y avait une raison à ça.

“Il n’est pas spécial, il est agréable”, avait-elle constaté en haussant les épaules.

Ses pensées furent interrompues par l’arrivée de Sebastian dans le bureau.

Un salut à la cantonade avant d’accrocher son manteau. Pas d’excuse pour son retard, pas d’explications.

“J’ai frappé à ta porte avant de partir, tu étais où ? lui demanda Ursula quand il se fut assis.

— Sorti, c'est tout."

Ce qui était un mensonge.

Il avait réglé son réveil, s'était levé tôt, avant que son rêve n'ait le temps de le poursuivre, et s'était rendu dans Norbyvägen.

Avait attendu dehors. Un putain de froid.

Piétiné en grelottant derrière un abribus.

Ça lui avait rappelé l'été précédent, la période où il se postait devant chez Vanja à Stockholm. Rien que pour l'apercevoir, voir ce qu'elle faisait, être près d'elle.

La voir. Apprendre à la connaître.

Aujourd'hui, ce n'était pas elle qu'il cherchait. Il espérait que Jonathan repartirait travailler. Avec des horaires de bureau normaux, il devait prendre un train vers 7 heures. La gare était à une demi-heure à pied. Sebastian s'était donc posté vers cinq heures et demie, pour avoir une bonne marge.

Mais bordel, qu'il faisait froid !

À sept heures moins le quart, au moment précis où de légers flocons de neige commençaient à virevolter, Jonathan était sorti de l'immeuble. Seul. Sebastian avait jubilé. Il n'avait pas prévu de plan B au cas où Vanja aurait décidé de l'accompagner à la gare avant d'aller travailler. Ou s'il avait commandé un taxi.

Mais là, il était seul.

Aucune voiture ne l'attendait.

Sebastian l'avait suivi. En jetant quelques coups d'œil rapides derrière lui pour s'assurer que Vanja ne venait pas de sortir. Si elle le voyait suivre son petit ami… Mais pas de Vanja en vue et, une fois hors de vue de l'immeuble, Sebastian avait hâté le pas pour le rattraper.

“Jonathan ?”

Le jeune homme avait ralenti et s’était tourné vers Sebastian avec une expression interloquée : visiblement, il ne le reconnaissait pas. Et comment aurait-il pu ? Sebastian supposait qu’il n’y avait pas son portrait encadré dans l’appartement.

“Oui ?

— Je suis Sebastian Bergman, je travaille avec Vanja.”

Sebastian avait vu à son immédiate réaction qu’elle lui avait parlé de lui. Pas nécessairement en bien, à en juger par l’expression de son visage.

“Qu’est-ce que vous voulez ?

— Parler avec vous. De Vanja.

— Je ne crois pas que je vais vous parler. Ça ne me semble pas correct.

— Elle ne m’aime pas trop, je le sais.

— C’est une litote.”

Il avait pressé le pas. Sebastian avait dû faire un effort pour rester à sa hauteur.

“Vous savez, je sais ce qu’elle pense de moi, et je le mérite, mais je veux me racheter.

— Parlez-en avec elle, alors, ce ne serait pas plus simple ?

— Elle ne m’écoute pas.” Jonathan avait continué à marcher en silence : clairement il n’avait pas l’intention de l’écouter lui non plus. “C’est tout ce que je demande, que vous m’écoutiez, et après vous ferez comme vous voudrez.”

Sebastian avait vu plus qu’entendu Jonathan soupirer tout en continuant à marcher, sans pour autant lui demander de le laisser tranquille, ce qu’il avait interprété comme une chance à saisir.

Il ne s'en était pas privé.

Il avait commencé à raconter. Depuis le début.

Comment il avait appris que Vanja était sa fille, comment il avait tenté de se rapprocher d'elle. Totalement sincère sur qui il était et ce qu'il avait fait, qui expliquait qu'elle refusait de lui parler, rien sur la façon dont il avait saboté son départ en formation aux États-Unis ni sur son implication dans la mise en examen de Valdemar, mais tout le reste, oui. Toutes les erreurs, toutes les promesses non tenues, toutes les trahisons et les mauvais choix. Mais il avait évalué ses torts et voulait vraiment aujourd'hui se racheter.

"Que veut-elle ? avait-il demandé pour finir. Que souhaite-t-elle ? Que puis-je faire pour elle ? Qu'est-ce qui lui manque ?

— Pas vous, en tout cas.

— Je sais, c'est un peu pour ça qu'on se parle."

Ils étaient arrivés devant la boîte noire aplatie du pôle multimodal adossé à la gare, qui semblait venir non seulement d'une autre époque que l'ancien bâtiment jaune et pimpant aux airs de château, mais aussi d'un autre univers, où "se fondre dans le décor" était un concept inconnu. Jonathan s'était arrêté devant les portes et tourné vers Sebastian. Il hésitait, ce qui était assez compréhensible. Sebastian avait fait une dernière tentative :

"Nous voulons tous les deux qu'elle soit aussi heureuse que possible, non ? Je suis prêt à faire tout ce que je peux, pourvu que je sache quoi."

Jonathan l'avait observé encore quelques secondes en silence avant de pousser un nouveau soupir, son haleine formant un plumeau blanc.

“Elle voudrait se rapprocher de son père. De Valdemar, s’était-il dépêché de corriger. De vous trois, c’est le seul qui lui manque.

— Elle l’a dit ?

— Elle n’en a pas eu besoin.”

Sebastian avait enregistré cette information nouvelle. Ça semblait plausible. Il avait rarement vu deux personnes aussi proches que Vanja et Valdemar. C’était une connivence qu’on devait regretter quand on la perdait.

“Merci, avait-il dit sincèrement. Une dernière chose : j’apprécierais que vous ne disiez pas à Vanja que vous m’avez vu.

— Aucun risque. J’allais vous demander la même chose.”

Sur quoi il était entré dans la gare, et les portes s’étaient refermées derrière lui. Sebastian avait fourré les mains dans ses poches et s’était dirigé vers l’hôtel de police.

À présent, il la regardait depuis sa place. Vanja. Sa fille.

À une époque, il était prêt à tout pour qu’elle rompe avec Valdemar, pour le faire descendre du piédestal où elle l’avait placé. Désormais, il allait faire en sorte qu’il s’y hisse à nouveau.

Valdemar serait son père.

Quant à lui, il se ferait remarquer pour avoir agi sans égoïsme et montré que, pour une fois, il ne voulait que son bien.

Valdemar : aimé.

Et lui : accepté.

Il pouvait vivre avec ça.

“J’ai rassemblé tous les éléments sur Rebecca Alm”, lança Carlos de derrière son bureau. Torkel leva les yeux de son écran devant lequel il faisait surtout semblant d’être occupé. Content de l’interruption. Quelque chose se passait dans cette enquête qui était vraiment dans une impasse.

Carlos avait rapidement rendu compte de ses trouvailles du matin.

Bon résumé, bien présenté. Il était doué.

Mais rien ne leur permettait de comprendre pourquoi Axel Weber pensait reconnaître son nom. Une fille bizarre, avec une enfance déglinguée. Des parents morts quand elle était jeune. Avait déménagé à Uppsala, puis à Gävle. Apparemment sans histoire. Vraiment rien pour être captée par le radar d’un journaliste d’investigation. Torkel envisageait de rappeler Weber, de lui demander directement s’il avait retrouvé où il avait déjà entendu ce nom.

Une sorte de musique rap retentit. Le téléphone de Billy. Torkel n’était pas à la pointe des nouvelles technologies, mais il ne connaissait plus personne qui avait de la musique comme sonnerie de téléphone. Ses filles, certainement pas. C’était peut-être un truc de nerd. Comme de jouer à des jeux vidéos vieux de vingt ans.

La musique cessa quand Billy répondit. Il se produisit un changement presque physique dans l’atmosphère de la pièce tandis qu’il écoutait attentivement.

“Un instant, attendez deux secondes”, s’empressa-t-il de dire en se tournant vers les autres, qui le regardaient déjà tous.

“C’est Stella Simonsson, il l’a recontactée. Il veut la voir.”

La morsure glacée la surprit à sa descente de voiture. Elle n'avait pas de garage et n'aimait pas gratter les vitres le matin mais, à part ça, n'avait rien contre le froid. Chantonnant quelque chose qu'elle avait entendu à la radio, elle prit ses affaires sur la banquette arrière, referma la portière, verrouilla l'auto et se dirigea vers l'église.

Elle allait beaucoup mieux aujourd'hui. Elle avait passé une bonne nuit, s'était réveillée avec de l'appétit, plus d'énergie, moins d'inquiétude. Elle remercia Jésus pour la force qu'il lui avait donnée.

"Ingrid Drüber ?"

Elle se retourna et vit un homme venir vers elle. Un instant, la panique la traversa. Pas encore, songea-t-elle. Pas encore. Puis elle se dit que l'homme qui lui avait fait du mal ne viendrait pas ainsi à elle à visage découvert.

C'était autre chose. Quelqu'un d'autre.

"Excusez-moi de vous déranger. Axel Weber, *Expressen*. Auriez-vous le temps de répondre à quelques questions ?"

Ingrid s'arrêta, réfléchissant fébrilement. L'éconduire en vitesse, ou chercher à savoir ce qu'il voulait ? Encore cette histoire de camp de confirmation ? Ou quelqu'un avait-il déterré encore autre chose, pire ? Si c'était ça, aussitôt arrivée dans son bureau, elle allait lâcher tout ce qu'elle avait sur Göran Peltzén au journal local. Ou peut-être à Emma, de *Dagen*. Ça aurait un plus grand retentissement, ciblé sur les bonnes personnes. Si les autres déballaient le linge sale, elle n'avait pas l'intention de leur faire de cadeaux. Mais dans ce cas, il fallait d'abord qu'elle sache de quoi il retournait.

"Ça dépend à quel sujet, répondit-elle en s'approchant d'un pas de Weber.

— Rebecca Alm."

C'était encore pire, mais Ingrid ne laissa rien transparaître. En tout cas, ce n'était pas pour saper sa candidature. Car dans ce cas ils auraient donné un autre nom à ce journaliste.

Linda Fors.

Mais pourquoi était-il là ? Il avait dû faire le rapprochement entre Rebecca et Fugelkyrkan, mais comment avait-il pu savoir ?

"Ah ?", répondit-elle d'un ton qui pouvait aussi bien dire qu'elle reconnaissait le nom ou qu'elle ne l'avait jamais entendu. Elle choisirait en fonction de ce qui allait suivre.

"Vous la connaissez ?

— Ce nom me dit quelque chose, mais je rencontre tellement de gens…" Une réponse encore ouverte, lui permettant de prendre n'importe quel cap. Après tout, on avait parlé de Rebecca dans les journaux, il y avait donc une explication tout à fait naturelle au fait que ce nom lui dise quelque chose.

Axel Weber sortit une photo qu'il lui présenta. Ingrid la prit et l'étudia attentivement. Puis secoua lentement et pensivement la tête.

"Non, pourquoi me demandez-vous ça ?"

Impossible d'entendre dans sa voix que non seulement elle mentait, mais savait aussi parfaitement que Rebecca Alm était morte. Il s'agissait à présent de jouer de façon convaincante la surprise et l'effarement quand il allait en parler. S'il en parlait. Elle ne savait toujours pas ce qu'il voulait, mais quoi que ce soit, elle ne le lui donnerait pas. Elle avait traversé bien trop d'épreuves pour abandonner maintenant.

"Elle est morte. Assassinée à Gävle il y a quelques semaines."

Elle estima avoir fourni une prestation digne d'un Oscar en paraissant choquée, mais avec assez de modération pour qu'en aucune façon on puisse avoir l'impression que cela la touchait personnellement.

"Elle venait souvent dans votre église quand elle habitait Uppsala. Vous ne la reconnaissez vraiment pas ? demanda Weber quand elle eut fini d'exprimer son effarement.

— Désolée, je ne me souviens pas du tout d'elle." Ingrid lui rendit la photo. "Puis-je vous demander pourquoi vous m'interrogez à son sujet ?"

Weber envisagea de lui servir sa réponse standard sur sa série d'articles sur les violences faites aux femmes et le portrait personnalisé, mais s'abstint. Il voulait lui mettre encore un peu plus la pression avant d'abandonner. Le risque que tout s'arrête là lui pendait au nez, au moins il aurait fait tout ce qu'il pouvait.

“Elle m’a écrit en 2010.”

Il sortit une copie de la lettre de la poche intérieure de sa veste et la lui tendit. Elle la lut attentivement avant de lever vers lui un regard encore plus interloqué.

“Je ne suis au courant de rien…”

Ingrid commença à se détendre un peu. Cette lettre ne le mènerait nulle part. Il ne posait pas de questions sur Ida ou Klara, il était donc encore loin de la vérité, du rapport entre elles.

“Pourquoi avez-vous quitté Uppsala en 2011 ?”

Elle lui adressa un regard qui disait qu’elle espérait qu’il ne sous-entendait pas que son déménagement pourrait avoir un rapport avec la lettre qu’il venait de lui montrer.

“J’ai changé de travail. Pourquoi ?

— Je me demandais juste s’il y avait une raison.

— S’il y avait un rapport avec cette lettre et cette jeune femme ? demanda Ingrid avec dans la voix l’exacte dose d’indignation qui convenait à une femme harcelée et injustement accusée.

— Rebecca Alm, oui.

— Il n’y en a pas, affirma-t-elle en lui rendant la lettre. J’étais à Uppsala depuis de nombreuses années, le moment était venu de faire autre chose ailleurs. L’Église est un lieu de travail comme tous les autres. Les gens changent de poste après quelques années, il n’y a là rien d’étonnant.”

Axel se tut. À l’instant, il avait été sur le point d’abandonner. De la remercier, de rentrer à Stockholm, forcé d’admettre que la troisième lettre de Rebecca ne contenait aucune information plus valable que les deux premières.

Mais il venait d'y avoir cette réponse d'Ingrid sur son changement de poste. Comme un petit ajout. Pour bien marteler qu'elle n'avait aucune autre raison de quitter Uppsala que le désir de bouger. Ce qui pouvait signifier au contraire qu'il y avait une raison.

"Alors si vous voulez bien m'excuser." Ingrid fit un geste en direction de l'église, derrière elle, pour indiquer où elle comptait aller. Et tout de suite.

Axel réfléchit rapidement. Il lui restait une carte. C'était un peu tiré par les cheveux, il n'avait pas prévu de sortir ça, n'y avait pas accordé beaucoup d'importance, mais puisqu'il était là.

"Une dernière chose…"

Ingrid tourna à nouveau son attention vers lui, mais tout son corps indiquait qu'il fallait vraiment que ce soit la toute dernière question et qu'ils en finissent rapidement.

"Connaissez-vous AbOvo ?

— Ab…

— Ovo."

Ingrid réfléchit un instant, puis secoua résolument la tête.

"Non. Qu'est-ce que c'est ?

— Aucune importance. Merci, je ne vous dérange pas plus longtemps."

Ingrid le salua de la tête, se dirigea vers le bâtiment de l'église et disparut entre les portes massives en chêne. Axel attendit qu'elles se soient refermées derrière elle pour regagner sa voiture avec un sourire de satisfaction.

Ça avait été rapide. Une seconde seulement. Puis elle s'était recomposé un visage neutre. Mais ça suffisait. Il savait ce qu'il avait vu. Il en était absolument certain.

Ingrid Drüber savait très bien ce qu'était AbOvo.

Lui, non. Pas encore.

Mais ce n'était qu'une question de temps. Et alors, il aurait son scoop.

Il en était certain.

C'était trop.

Ils étaient trop nombreux.

Ils ciblaient un homme seul en sachant où et quand il allait se pointer. Il n'avait aucune raison de se douter de quoi que ce soit, tout ça était donc simple.

Mettre le local de Norrforsgatan sous surveillance.

À bonne distance, repérer son arrivée.

Le laisser entrer, veiller ensuite à surveiller toutes les issues dans le cas où il tenterait de fuir.

L'arrêter au moment où il entrerait dans la chambre de Stella.

Qu'est-ce qui pouvait mal tourner ?

Pas mal de choses, comme on allait le voir.

Stella avait dit qu'elle répondait d'habitude dans les dix minutes mais qu'elle pouvait très bien être avec un autre client et donc attendre une bonne heure sans que cela paraisse suspect. Personne ne semblait vouloir que ça dure si longtemps. Il y avait un changement tangible d'énergie et d'atmosphère. Il y avait dans l'air une impatience fébrile presque palpable. Ils voulaient un résultat. Tout de suite.

“Ça colle avec ce que nous savons de lui, constata Sebastian quand ils se furent rassemblés dans la salle de réunion. Il a perdu confiance, il a besoin de quelque chose de sûr, qu'il se sait capable d'accomplir.

— OK, alors on fait quoi ? demanda Billy tout en connectant son ordinateur au vidéoprojecteur.

— J'ai une idée.”

Torkel s'avança vers la carte sur le mur sans laisser à Anne-Lie une seule chance de prendre la main et trouva l'adresse qu'il cherchait. Son plan dépendait de la configuration des lieux. Il étudia un instant la carte avant de se tourner vers Billy.

“Il nous faut une carte plus détaillée de la zone.

— J'en ai une ici, acquiesça Billy en projetant une image tirée de Google Maps. Voici le local de Norrforsgatan, dit-il en plaçant une flèche rouge sur la carte.

— Qu'est-ce qu'on a, ici ?” demanda Torkel en montrant le bâtiment juste en face.

Billy plaça une autre flèche, choisit Street View et fit s'afficher la façade d'un immeuble rouge de deux étages à toit plat. Une enseigne indiquait CABINET VÉTÉRINAIRE SAHLÉN.

“Un vétérinaire.

— Appelle-les, demande qu'on puisse se poster là… – il montra sur la photo une fenêtre au deuxième étage – pour surveiller le parking. Quand notre suspect arrive, nous prévenons la personne qui attend à l'intérieur du bordel, probablement Vanja.” Il la regarda et elle approuva. Le reste semblait facile et s'annonçait bien, estima-t-elle. Une fois le suspect entré, ils sortiraient du cabinet vétérinaire, et avec Billy et Carlos surveilleraient toutes les issues possibles.

Un plan solide.

“Comment le reconnaissons-nous ? demanda Vanja.

— Nous avons le portrait-robot.

— Qui, pour être honnête, représente un homme blanc d’une quarantaine d’années. On n’est pas très avancés.

— Il a un rendez-vous : celui qui se présente à l’heure dite, c’est notre homme, dit Billy comme s’il trouvait qu’ils se compliquaient inutilement la vie.

— On ne pourrait pas avoir Stella dehors ? proposa Carlos. Elle pourrait nous le désigner à son arrivée. Elle peut très bien être postée là, chez le vétérinaire.

— Attendez une seconde, je vérifie un truc”, dit Billy en sortant avec son téléphone.

Anne-Lie s’était tue jusqu’à présent. Elle se tourna vers Torkel, qui se blinda, préparé au pire.

“Je veux plus de monde.

— Mais pourquoi ?” demanda Torkel, qui pensait cependant connaître la réponse. Il avait dit que l’équipe suffirait, tout son plan était basé là-dessus. Elle ne voulait simplement pas lui donner raison.

“Je veux être sûre qu’on l’arrêtera.

— On l’arrêtera.”

Ils échangèrent des regards noirs mais la discussion en resta là. Billy revint.

“Alors voilà, d’habitude ça se passe comme ça : il arrive, Stella l’accueille, elle entre dans la chambre, se prépare, et deux minutes plus tard, il la rejoint.

— Donc elle ne peut pas être dehors, dit Carlos, constatant du même coup que son plan ne tenait pas.

— Est-ce qu'elle peut s'organiser avec ses collègues pour qu'elles ne prennent pas de clients à l'heure où il doit venir ? demanda Vanja en se tournant vers Billy.

— Je peux lui demander.

— En quoi cela nous aide-t-il ? demanda Torkel.

— Si personne d'autre n'est prévu, nous saurons avec certitude que celui qui se pointe à l'heure convenue est notre homme. Stella peut être à l'intérieur, l'accueillir, le faire se détendre, et nous aurons plus de temps pour agir."

Torkel hocha la tête, et tourna rapidement le plan dans tous les sens à la recherche d'une faille. N'en trouva pas. Il adressa un signe de tête à Billy, qui quitta à nouveau la pièce son portable à la main. Il se retourna sur le seuil.

"Attends, combien de temps il nous faut ? Quand voulons-nous qu'elle fixe le rendez-vous ?

— Qu'elle le laisse décider, mais au plus tôt dans une heure."

Torkel passa en revue l'opération. Oui, ça devrait suffire. Prendre position dans le cabinet vétérinaire pouvait éventuellement nécessiter un peu de temps et de persuasion. Si on ne les laissait pas entrer, ils pourraient toujours planquer à bord d'une voiture garée dans les environs. Un peu plus exposé, un peu plus risqué, mais ils s'arrangeraient. Enfin, un peu plus de temps de préparation ne gâcherait rien.

"Si elle pouvait nous donner deux heures, ce serait parfait.

— Au moins deux heures", glissa Anne-Lie.

Torkel lui adressa à nouveau un regard las. Ne pouvait-elle jamais être d'accord sans chercher à tout prix à avoir le dernier mot ?

"Je veux avoir le temps de briefer les hommes convenablement, dit-elle pour expliquer sa décision.

— On n'a pas besoin de briefing, dit lentement Torkel, comme s'il s'efforçait d'expliquer quelque chose à une gamine têtue de deux ans. On va se débrouiller à cinq.

— Au moins deux heures, dit Anne-Lie à Billy, lequel, après avoir interrogé du regard Torkel, qui se contenta de hocher la tête d'un air las, quitta à nouveau la pièce.

— Toi et moi chez le vétérinaire. Vanja avec Stella. Carlos et Billy dans les parages, nous sécuriserons ensemble le bâtiment une fois qu'il sera entré. Ça suffit. Tu veux du monde en plus, pour quoi faire ? demanda Torkel avec une colère mal contenue dans la voix.

— Nous devons l'arrêter.

— Exact, là-dessus, nous sommes d'accord.

— Ne perdons pas de temps à ergoter là-dessus. C'est mon enquête, on fait comme j'ai dit."

C'était trop.

Ils étaient trop nombreux.

De combien de personnes avaient-ils besoin ?

D'après Anne-Lie, une demi-douzaine supplémentaire, apparemment. Tous des hommes, tous armés. Torkel resta assis les bras croisés pendant tout le briefing.

Ce qu'il faisait ou pensait ne comptait pas. S'il voulait changer leur relation professionnelle, il faudrait entrer dans le dur.

Soit il prenait la responsabilité de l'enquête, soit il s'en retirait.

Aucune de ces deux options n'était particulièrement réjouissante. Continuer à travailler avec des gens qu'il avait été forcé de doubler n'était jamais l'idéal, et se retirer lui apparaîtrait comme un échec majeur. Mais il allait devoir changer quelque chose, l'affaire était entendue. Sauf que ce n'était pas le bon moment. Pas maintenant, alors qu'ils avaient droit à un briefing digne d'une opération contre un cartel de la drogue bien organisé et lourdement armé et non destinée à appréhender sans histoires un homme seul qui, sans se douter de rien, fonçait tête baissée dans un piège. Torkel balaya la pièce des yeux. La carte au mur. Les croix là où ils devaient se positionner. Les traits indiquant où et quand se mettre en mouvement. Des instructions pour les communications radio.

Il était étonné qu'elle n'ait pas donné un nom de code à l'opération.

Anne-Lie demanda pour finir à chacun de s'armer et de s'équiper d'un gilet pare-balles. Rassemblement aux voitures dans un quart d'heure.

Torkel se leva et sortit en traînant les pieds.

Un quart d'heure. Pile le temps pour prendre une dernière tasse de café et s'arranger pour être dans une autre voiture qu'Anne-Lie et son Assurance Tous Risques.

C'était trop.

Ils étaient trop nombreux.

Il n'arrivait pas à se défaire de cette idée, alors que, jumelles vissées aux yeux, il était posté en compagnie d'Anne-Lie dans une salle de consultation à l'étage du cabinet vétérinaire. Ça sentait un mélange de désinfectant, de détergent et de chien mouillé, trouva Torkel. Les propriétaires s'étaient fait une joie de les laisser entrer et leur avaient demandé avec curiosité ce qu'ils guettaient, ignorant visiblement tout des activités qu'abritait l'immeuble d'en face. Torkel n'avait vu aucune raison de les affranchir : il leur avait juste indiqué qu'ils avaient de bonnes raisons de penser qu'un suspect allait se pointer ici aujourd'hui.

Anne-Lie contrôla par radio que tout le monde était en place. Torkel les voyait sans difficulté, six hommes deux par deux sur trois positions, mais il supposa qu'il fallait pour ça activement les chercher ou savoir qu'ils étaient là. Quelqu'un qui entrerait dans le parking sans se douter de rien ne les repérerait jamais. Ça allait marcher. C'était juste un dispositif inutilement surdimensionné pour une intervention relativement simple. Ça aurait suffi avec Billy et Carlos, qu'il voyait également à bord d'une voiture garée devant le bâtiment voisin, sur le même trottoir que le bordel.

Il fut tiré de ses pensées par l'arrivée d'une voiture sur le parking. Une Hyundai vert sombre, le chauffeur semblait seul dans la voiture. Elle s'arrêta, le moteur fut coupé, mais personne n'en descendit.

"C'est lui ?" chuchota Anne-Lie à Torkel, alors qu'il n'y avait absolument aucun risque qu'on l'entende. Ils avaient le portrait-robot posé devant eux. Torkel y jeta un coup d'œil, puis pointa à nouveau les jumelles sur l'homme dans sa voiture.

"Je ne sais pas." L'angle n'était pas idéal et l'homme s'était détourné pour observer la porte vers laquelle ils espéraient le voir bientôt se diriger.

"Il a cinq minutes d'avance", dit Anne-Lie après avoir regardé sa montre.

L'homme descendit alors de sa voiture et la verrouilla. Il regarda autour de lui d'un air un peu nonchalant avant de gagner d'un pas vif l'entrée du bâtiment.

"Cible arrivée. Tenez-vous prêts", annonça Anne-Lie par radio.

L'homme entra et referma la porte derrière lui.

"C'était lui ?

— Je ne sais pas, difficile à dire, probablement."

Il baissa ses jumelles. Jusqu'ici, tout s'était déroulé selon le plan. À présent, Stella n'avait plus qu'à l'accueillir, retourner dans sa chambre, confirmer à Vanja que c'était bien lui, Vanja leur transmettrait alors la confirmation et attendrait que l'homme entre dans la chambre pour le cueillir. Si pour une raison quelconque il lui échappait, les autres auraient alors encerclé le bâtiment.

"Putain, qu'est-ce qu'ils font ?" s'exclama Torkel en voyant le mouvement. Des hommes d'Anne-Lie étaient sortis de leur cachette et s'approchaient lentement du bâtiment.

"Il est là.

— Ça n'a pas encore été confirmé.

— Mais tu l'as dit toi-même. Qui ça pourrait être d'autre ?"

Stella inspira à fond et ouvrit la porte sur le couloir. Elle descendit vers la salle d'attente en s'efforçant de contrôler son pouls. Elle était nerveuse, beaucoup plus qu'elle ne pensait l'être. Elle allait devoir se comporter comme si de rien n'était devant Villman. Et s'il la perçait à jour ?

Pouvait-il la prendre en otage ? La blesser ?

Il était bien temps de se poser ces questions.

Après une dernière inspiration pour se calmer, elle entra dans la salle commune. L'homme était assis tout au fond, sur le bord d'un fauteuil.

Stella s'arrêta, surprise.

Ce n'était pas Villman.

"Ah, bonjour..." lâcha-t-elle en regardant alentour. Y avait-il eu une erreur ? Y avait-il d'autres personnes ?

"Je viens voir Alma, dit l'homme avec un petit sourire nerveux et un signe de tête vers une autre partie du bâtiment, où elle avait sa chambre.

— Oui, attendez juste un instant..."

Stella gagna à grands pas la chambre d'Alma, ouvrit la porte sans frapper et entra. Alma était assise sur le lit, en train de nouer ses bottes.

"Mais putain ! Tu devais les annuler tous ! cracha Stella en faisant quelques pas vers elle.

— Celui-là, je n'ai pas réussi à le joindre, qu'est-ce que tu voulais que je fasse, bordel ?

— Fais quelque chose, maintenant. Dégage-le de là.

— OK, OK, merde à la fin..."

Alma se leva et ressortit avec Stella. L'homme se mit debout en les voyant, et avec un sourire accueillant Alma l'entraîna dans sa chambre. Stella se ressaisit un instant avant de regagner la chambre rouge. Vanja attendait contre un mur.

“Alors ?” lança-t-elle d’un air autoritaire à Stella dès que cette dernière eut refermé la porte. Elle ne comprenait pas quel genre de personnes s’adonnaient à tout ça. Elle n’était pas prude, elle aimait le sexe, adorait même, mais tout ça ? Fouets, menottes, chaînes, pinces, bâillons-boules…

“Ce n’est pas lui.

— Comment ça, pas lui ?

— Alma n’a pas réussi à joindre un de ses clients. C’était lui. Pas Villman.

— Putain !”

Vanja se jeta sur le talkie-walkie posé sur la commode.

“Ce n’était pas lui. C’était un autre client, pas lui.”

À l’étage du cabinet vétérinaire, Torkel et Anne-Lie s’apprêtaient à sortir. Quand leur radio s’était mise à grésiller, ils avaient d’abord pensé que c’était le feu vert, et il leur fallut une seconde pour comprendre ce que Vanja était en train de leur dire. Torkel se tourna vers Anne-Lie avant de se précipiter à la fenêtre.

“Rappelle-les, tout de suite !”

Elle entendit Anne-Lie leur donner l’ordre de repli et il vit aussitôt les policiers devant la porte obéir à leurs oreillettes. Trop tard. Une voiture arrivait. Une Ford rouge. C’était tout ce que Torkel put voir. Impossible pour son conducteur de ne pas repérer les hommes en armes devant le bâtiment. Après avoir un instant ralenti, comme pour s’assurer qu’il avait bien vu, il accéléra à fond, fit un tête-à-queue et s’éloigna.

“Putain, c’est lui ! C’est lui ! Il se barre !”

Il saisit son propre talkie et hurla à Carlos et Billy.

“Il s’en va, c’est lui. Ford rouge !”

Devant l’immeuble voisin, il vit Billy démarrer et la prendre en chasse. Les deux voitures furent hors de vue en quelques secondes. Torkel se pencha en arrière, avant de se lever violemment en lançant un coup de pied dans un chariot métallique, envoyant par terre tous les instruments posés dessus.

“Merde ! Merde !”

Billy ne mit que quelques secondes à rattraper la voiture rouge. Carlos était encore en train d'attacher sa ceinture de sécurité quand elle apparut devant eux.

"Note la plaque", hurla Billy en gagnant encore un mètre sur la voiture en fuite. Ils approchaient de la nationale 222 et sans ralentir du tout la Ford rouge vira sur la gauche, vers le centre-ville. Billy suivit. De la main droite, il se mit à chercher à tâtons le gyrophare amovible rangé dans un casier sous la radio.

"Je m'en occupe, concentre-toi sur la route." Carlos lui arracha plus ou moins le "mixeur" des mains et le posa au-dessus du tableau de bord. Billy l'alluma et déclencha en même temps la sirène. Les feux de freins de la Ford s'allumèrent brièvement et, un instant, le conducteur parut chercher une occasion de tourner à droite, mais il se ravisa et continua droit devant. Pas très longtemps cependant. Sans freiner, il prit la première à droite, une bretelle. Après un virage à 180 degrés, ils se retrouvèrent sur une voie rapide.

"C'est quoi, ça ?" demanda Billy en accélérant encore. Il avait perdu un peu de terrain sur la bretelle d'accès, mais par chance la circulation était faible et il le rattrapa rapidement.

“Quoi, ça ? fit Carlos, largué.

— Quelle route ? explicita Billy en doublant sur la droite une Toyota blanche qui pour une raison impénétrable roulait sur la file de gauche.

— La nationale 55.

— Essaie de voir si tu peux faire bloquer les sorties.”

Il réalisa en le disant que ce serait sans doute impossible. Que quelqu'un, quelque part reçoive l'appel, réagisse assez vite, ait une vision d'ensemble de la route, parvienne à temps à diriger des véhicules de patrouille vers les différentes sorties : ça n'arriverait jamais. Peut-être que, s'ils tombaient sur la bonne personne, une telle intervention pourrait être coordonnée, mais pas avant que la voiture qu'ils poursuivaient ait quitté la commune, et probablement disparu dans la nature.

“Non, laisse tomber, dit-il. Informe plutôt sur notre position, vois s'il y a quand même quelqu'un dans les parages qui pourrait intervenir.”

Carlos hocha la tête, prit le micro de la radio fixe, et commença à émettre en continu leur position, tandis que Billy se concentrait à nouveau totalement sur la route devant eux et la Ford en fuite. C'était une route à deux fois deux voies mais, dès que Billy s'approchait pour doubler, la voiture de devant se plaçait au milieu pour le bloquer efficacement. Billy ralentissait, repassait derrière, se déportait vers la droite, mais la Ford suivait le mouvement, l'empêchant de doubler d'un côté comme de l'autre.

Après à peine un kilomètre et demi apparut une sortie. La Ford la prit et remonta la rampe d'accès à l'échangeur.

Billy nota sur sa droite un mur antibruit couvert de graffitis, mais surtout des buissons sur sa gauche. Certains très hauts, plantés là pour cacher la vue sur le rond-point et obliger ainsi les automobilistes à ralentir. Ce que le conducteur de la Ford n'avait apparemment pas l'intention de faire.

Il s'engagea à tombeau ouvert sur le rond-point.

Une fourgonnette blanche portant sur le côté le logo grand format d'un fabricant de piscines dut piler en klaxonnant rageusement. La Ford tourna aussitôt à droite sur une route plus petite. Les panneaux indiquaient qu'elle conduisait à un hôpital et à un lieu dénommé Svartbäcken. Carlos indiqua par radio à toutes les unités qu'ils venaient de s'engager dans Svartbäcksgatan et se dirigeaient vers le sud. Il devait y avoir moyen d'intervenir en agissant rapidement.

"Qu'est-ce que tu veux dire par là ? demanda Billy.

— Cette rue finit au grand croisement juste devant l'hôtel de police.

— Là, quand même, il devrait être possible de faire sortir un peu de monde."

Des immeubles d'habitation ne tardèrent pas à apparaître de part et d'autre. De la vie et du mouvement. Des pistes cyclables, des passages piétons, des enfants et des poussettes. Billy leva un peu le pied. La Ford s'éloigna aussitôt. Il était clair que le fuyard n'avait pas l'intention de ralentir. Même quand un panneau annonça ÉCOLE, avec une limitation à trente kilomètres-heure, Billy remarqua que les feux de frein restaient éteints. Assurément, quand ils l'auraient arrêté, ils pourraient lui coller une ribambelle de contraventions pour infractions au Code de la route.

Au croisement suivant, un couple avec une poussette allait s'engager sur un passage piéton quand ils entendirent les sirènes approcher et s'arrêtèrent net. La Ford fit une petite embardée sur la gauche, sans ralentir. S'ils avaient continué à traverser, le conducteur n'aurait eu aucune chance de les éviter.

"Il faut qu'on l'arrête, constata Billy.

— Ou qu'on le laisse filer", répondit Carlos. Billy considéra rapidement l'alternative. Cette proposition n'était pas idiote, c'était peut-être même la meilleure option. Si quelque chose devait arriver, si un automobiliste innocent ou un passant étaient blessés ou si la voiture devant eux perdait le contrôle et se crashait, on insisterait sur le fait que c'était survenu au cours d'une poursuite policière. Il y aurait toujours quelqu'un pour dire que leur stress avait poussé à l'accident, que l'adrénaline avait altéré leur bon sens. Naturellement, le jeu n'en valait pas la chandelle. Billy leva encore un peu le pied. L'écart se creusa.

"Ils ont eu le temps de faire quelque chose ?" demanda Billy en ralentissant encore. Il roulait toujours à plus de soixante-dix kilomètres-heure.

"Nous approchons, êtes-vous en position ?" entendit-il Carlos dire dans la radio.

Billy accéléra à nouveau.

C'était trop bête de le laisser filer maintenant.

S'il ne les avait pas derrière lui, il pouvait tourner dans la première petite rue qu'il ne manquerait pas de trouver d'ici l'hôtel de police, supposa Billy. À sa grande déception, il entendit répondre à la radio que personne n'avait encore eu le temps de se mettre en place. Billy jura pendant que Carlos les informait qu'il leur restait moins d'une minute.

Ils approchaient d'un rond-point. Billy vit le scooter qui arrivait de la gauche sur la piste cyclable et qui n'avait clairement aucune intention de s'arrêter s'engager devant eux, convaincu d'être protégé par la loi "Zèbre" imposant aux automobilistes de s'arrêter systématiquement aux passages piétons sans feux. Elle ne s'appliquait cependant pas à un scooter, ni si la voiture qui approchait était poursuivie par la police.

La Ford rouge freina à la dernière seconde et parvint à dévier suffisamment sur la droite pour éviter le scooter de quelques centimètres. Mais le conducteur du deux-roues perdit le contrôle de son véhicule, qui se renversa et glissa en avant, interdisant à Billy de prendre le même chemin que la Ford. Impossible de freiner à temps : il ne put qu'obliquer vers la gauche. Il faucha le panneau passage piétons, quitta la chaussée pour monter sur le rond-point, emporta un réverbère en fonçant vers le centre décoré de six solides sphères en béton. Trois par trois, de différentes tailles. Comme deux bonshommes de neige faisant la sieste sur l'herbe.

Billy en emboutit un des deux et sa voiture s'arrêta net.

Un instant, tout fut blanc quand les airbags se déclenchèrent avec une détonation qui couvrit le fracas des tôles froissées. Billy avait les oreilles qui sifflaient encore quand, après quelques secondes, il se dégagea de son mieux du coussin de l'airbag et se tourna vers Carlos.

"Ça va ?"

Carlos se contenta de hocher la tête. Billy vit qu'il saignait du nez. Un filet coulait sur sa lèvre supérieure et gouttait dans sa bouche qu'il ouvrait en déplaçant sa mâchoire inférieure de droite à gauche comme pour se déboucher les oreilles.

"Je n'entends rien de l'oreille gauche", dit-il en continuant sa gymnastique faciale. Billy savait que l'airbag pouvait malheureusement parfois crever le tympan, mais son audition allait revenir.

La radio leur annonça alors qu'on n'avait pas arrêté de Ford rouge devant l'hôtel de police. Billy ignorait s'ils ne s'étaient pas mobilisés à temps ou si la voiture avait bifurqué avant, mais peu importait.

Ils avaient son immatriculation.

Ils l'arrêteraient quand même.

Il n'y avait que Sebastian et Ursula quand Vanja revint au bureau.

"Ça a complètement foiré, résuma-t-elle.

— On est au courant", dit Ursula. Il se faisait peut-être des idées, mais Sebastian avait l'impression qu'à l'avenir, Ursula se servirait de ça contre Torkel chaque fois qu'il lui demanderait de faire preuve d'une plus grande ouverture d'esprit à l'égard des collègues de province.

"Comment vont Billy et Carlos ?" demanda-t-il. Montrer un peu de sollicitude ne faisait jamais de mal. C'était en plus directement lié au travail.

"Ils sont à l'hôpital. Billy est un peu groggy, il souffre peut-être d'une légère commotion cérébrale, et Carlos a probablement eu le tympan crevé. On a retrouvé la voiture ?

— Où sont les autres ? demanda Ursula au lieu de répondre à sa question.

— Torkel et Anne-Lie avaient besoin de se mettre d'accord sur les réponses à fournir à la presse. Visiblement, ils sont déjà au courant d'une course folle en plein centre-ville… Et la voiture ? demanda-t-elle à nouveau.

— Pas encore retrouvée, mais on sait à qui elle appartient.

— À qui ?”

Vanja s’approcha d’Ursula, comme si la réponse allait s’afficher sur son ordinateur.

“Elle est immatriculée au nom d’une société. Brode et Hammarsten. Voici l’adresse.”

Elle tendit un post-it à Vanja. Elle y jeta un œil avant de le mettre dans sa poche, puis s’apprêta à repartir.

“Tu viens avec moi ? jeta-t-elle par-dessus l’épaule à Ursula.

— Non.”

Vanja s’arrêta à mi-chemin de la porte.

“Pourquoi ?

— Je viens de recevoir le rapport d’autopsie et celui sur l’appartement de Rebecca Alm. Il faut que je regarde ça.

— OK…

— Emmène Sebastian”, proposa Ursula en le désignant d’un mouvement de tête.

Vanja lui adressa un regard qui disait exactement ce qu’elle pensait de sa proposition.

“Nous sommes peu, c’est comme ça, et quatre d’entre nous ne sont pas là. Si on est une équipe, on travaille en équipe”, continua Ursula sans avoir directement l’air de lui faire la leçon mais avec dans la voix le seul sous-entendu capable de faire changer d’avis Vanja : que son comportement n’était pas professionnel. Vanja hésita, sembla chercher une raison valable d’y aller seule, puis abandonna.

“Allez, viens”, soupira-t-elle avec le même enthousiasme que si on lui avait demandé de donner un bain à un chien infesté de puces. Sebastian se leva d’un bond, prit son manteau sur le dossier, articula un "merci" silencieux à Ursula en passant près d'elle et suivit Vanja.

Le GPS leur indiquait comment se rendre dans Dag Hammarskjölds väg. C'était la seule voix qu'on entendait dans la voiture. Sebastian se taisait. Il se rappela la première fois où il avait roulé en voiture avec Vanja. Quand il n'avait aucune idée de qui elle était réellement. Cette fois-là aussi, le GPS les guidait. Vers l'ancienne école du père de Sebastian. Un instant, il joua avec l'idée…

Que se serait-il passé, s'il n'avait jamais su ?

S'il n'avait pas trouvé cette lettre dans la maison de ses parents, pas cherché, s'il ne l'avait pas trouvée ?

La vie de Vanja aurait été sinon meilleure, du moins beaucoup plus simple.

Elle n'aurait jamais été kidnappée par Hinde.

Anna et Valdemar seraient ensemble. Auraient une fille ensemble.

Trolle Hermansson serait probablement en vie, s'il ne s'était pas saoulé à mort.

Ursula ne se serait jamais fait tirer dessus.

Cela avait influé sur la vie de tant de personnes, et jamais en bien, à sa connaissance. Et pour lui ?

Il n'aurait jamais cherché à revenir à la Criminelle. Peut-être y aurait-il malgré tout atterri lors de l'affaire Edward Hinde, mais seulement comme consultant. Il serait venu et reparti aussitôt l'enquête terminée. Aucune raison de s'accrocher. Il serait retourné à sa vie solitaire dans un appartement qu'il n'occupait qu'en partie, naviguant au hasard entre petits boulots inintéressants et sexe absurde. On aurait pu dire que cela correspondait assez bien à son existence actuelle, mais pas vraiment. Il voulait quelque chose, était prêt à se battre pour, sa vie avait une orientation dont elle était totalement privée auparavant. Il y avait eu des hauts et des bas, mais la Criminelle avait malgré tout été un point de repère, une constance. Si on voulait sortir les grands mots, Vanja avait redonné un sens à sa vie. Peu importait l'état de leur relation, sa seule existence, le fait d'être au courant de son existence était bon pour lui. L'avait sauvé.

Mais alors comment avait-il réussi à tout foutre en l'air à ce point ?

Il était Sebastian Bergman.

La réponse était simple.

"Tu vas aux putes ?"

Sebastian fut tiré de ses pensées. Avait-il bien entendu ? Il avait longtemps essayé de deviner quels seraient ses premiers mots quand elle se déciderait enfin à lui adresser la parole, mais n'aurait jamais parié là-dessus.

"Pourquoi tu me demandes ça ?

— Je pensais à ce matin, au bordel, quel endroit triste et dégoûtant, ça m'a fait penser à toi."

Triste et dégoûtant, ça m'a fait penser à toi. Elle n'avait pas l'intention de lui faciliter la tâche.

"Tu y vas ? demanda-t-elle à nouveau en voyant qu'il ne répondait pas.

— Tu cherches des raisons de penser encore plus de mal de moi ? tenta-t-il.

— Je ne crois pas que ce soit possible."

Sebastian la regarda, espérant voir un petit sourire qui atténuerait un peu la dureté de ses paroles, mais il vit aussitôt qu'il prenait ses désirs pour la réalité.

“Non, je n’y vais pas, répondit-il sincèrement. Je ne paie pas pour le sexe.

— Parce que c’est illégal ? Car j’imagine que tu n’as pas d’objection morale ?

— C’est trop simple, expliqua-t-il. Payer et obtenir quelque chose. Il ne s’agit pas de ça. La baise en soi n’a jamais été le plus important.

— OK, je ne veux pas savoir.”

Il faillit lui faire remarquer que si elle ne voulait pas savoir quelque chose, il valait peut-être mieux ne pas poser la question, mais il se contenta de se taire. De la laisser avoir l’initiative.

“J’ai pensé à nous, risqua-t-il quand le GPS indiqua de tourner à droite, puis encore à droite dans huit cents mètres.

— Il n’y a pas de « nous », asséna sèchement Vanja.

— Bon, d’accord, j’ai pensé à toi et moi. À ce que tu as dit.” Pas de réponse, mais pas non plus d’invitation à se taire. Il poursuivit donc : “Que je ne me souciais pas de ce que tu voulais.”

Toujours aucune réaction de sa part. Il gardait le regard fixé droit devant lui, de peur qu’au moindre mouvement elle le fasse taire.

“Pourtant je m’en soucie. Depuis toujours, depuis que j’ai su que tu étais ma fille. Mais je suis, ou j’ai été, très égoïste, et j’oublie parfois à quel point tu es importante pour moi, et la chance que j’ai de t’avoir trouvée. J’espère réussir à changer.

— Tais-toi, maintenant.”

Il obéit. Se tut. Il était arrivé plus loin qu’il n’aurait osé l’espérer. Mais parler était une chose, c’était simple, à la portée de n'importe qui. Dire qu'il était désolé, qu'il avait compris ses erreurs, qu'il allait s'améliorer. Qu'est-ce que ça valait ? Rien.

Les actes étaient plus importants que les mots.

Voilà pourquoi il était forcé d'accomplir une action altruiste, de lui prouver qu'il était sérieux. Que s'il ne pouvait pas être son père, il voulait en tout cas être son ami. Il allait faire en sorte qu'elle se rapproche de Valdemar.

Mais pour le moment, il se taisait.

Ils arrivèrent à la bonne adresse dans Dag Hammarskjölds väg, un banal bâtiment en brique de deux étages qui aurait pu être une école maternelle, un centre d'accueil, des logements, n'importe quoi. Une enseigne signalait les locaux de la société Brode et Hammarsten. Vanja se gara et sortit de la voiture.

"Qu'est-ce qu'ils font, ici ? demanda-t-elle en regardant autour d'elle tandis qu'ils se dirigeaient vers l'entrée.

— Du marketing de contenu, d'après Ursula.

— C'est quoi ?

— J'espérais que tu saurais.

— Attends."

Vanja s'approcha d'une des voitures garées un peu plus bas sur le parking. Elle sortit son téléphone et vérifia rapidement ce qu'elle cherchait. Marque, année, couleur et numéro d'immatriculation de la voiture qu'ils cherchaient. Elle ne savait pas l'année, mais tout le reste correspondait.

Une Ford rouge avec le bon numéro.

Elle la contourna, jeta un coup d'œil par la portière tout en composant un numéro et en approchant le téléphone de son oreille.

“Ursula, elle est là. La voiture. Sur le parking, dit-elle dès qu’elle décrocha. Viens, ou envoie quelqu’un.”

Puis elle raccrocha. Rejoignit Sebastian à grands pas. Si la voiture était là, celui qui l’avait conduite plus tôt dans la journée l’était probablement aussi. Ou alors ils pourraient savoir qui c’était. Elle sentit l’adrénaline monter.

Si l’extérieur du bâtiment était insignifiant, l’intérieur compensait largement. Derrière la porte, une épaisse moquette sombre s’étendait jusqu’à un comptoir d’accueil blanc avec éclairage encastré et lourd vase de lys blancs d’un côté. Derrière, sur le mur, à nouveau le logo, mais cette fois en lettres métalliques éclairées par-derrière, entre deux liserés aux motifs noirs et blancs. Des spots encastrés dans le plafond blanc et des haut-parleurs invisibles qui diffusaient une musique d’ascenseur.

Au-delà de l’accueil s’étendaient des bureaux en *open space*. Sebastian dénombra une trentaine de personnes, la plupart jeunes, devant des ordinateurs, beaucoup munies de divers modèles d’écouteurs.

“Vanja Lithner, et voici mon collègue Sebastian Bergman, nous voulons parler avec la personne responsable des voitures de l’entreprise”, dit Vanja en montrant sa carte. La réceptionniste, Rosa selon son badge, examina les papiers de Vanja, puis Vanja elle-même, regarda en direction de Sebastian, qui se contenta de lui faire un petit salut de la main, puis se tourna à nouveau vers Vanja.

“Comment ça, la personne responsable ?

— Il y a une Ford rouge qui appartient à la société, garée là, devant.” Vanja fit un geste de la tête en direction du parking. “Je veux parler avec la personne qui en est responsable.

— Je ne sais pas qui c'est. Il faut demander à Christina.
— Qui est Christina ?
— Notre cheffe.
— Très bien, allez donc chercher Christina."

Rosa hocha la tête et composa un numéro de poste sur le téléphone qu'elle avait devant elle. Vanja recula d'un pas pour embrasser le local du regard tandis que Rosa expliquait dans son kit mains libres que la police était là. Sur le mur à droite du comptoir était fixée une étagère où trônait une sorte de repose-tête en métal, dont elle comprit, grâce aux tasses et aux capsules placées à côté, qu'il s'agissait d'une machine à café. Une carafe d'eau où infusaient des tranches de concombre, une corbeille de fruits et un plat de biscuits étaient également joliment disposés. Le reste du mur était occupé par des vitrines rectangulaires encastrées où ce qui ne pouvait être que des prix et autres distinctions était exposé sous des spots.

Une femme d'une quarantaine d'années s'approcha. Chignon lâche, chemise en jean bleu, pantalon à pinces gris et chaussures de toile noires à talons plats.

"Bonjour, Christina, dit-elle en tendant la main. Que puis-je faire pour vous ?"

Vanja se présenta, montra à nouveau sa carte de police et Sebastian fit à nouveau un petit salut de la main. Christina leur proposa quelque chose à boire. Ils déclinèrent tous les deux et Vanja répéta la raison de leur visite. La Ford rouge.

"C'est un des véhicules de notre pool, opina Christina.
— Qu'est-ce que ça signifie ?
— Nous avons trois voitures auxquelles notre personnel a librement accès. Nous avons remarqué que c'était

plus économique que si tout le monde prenait tout le temps des taxis.

— Comment peut-on voir qui les a conduites ?

— On peut les réserver mais s'il y en a une de disponible, il suffit de noter à peu près combien de temps on va l'utiliser et de la prendre.

— Et où le note-t-on ?"

Christina les invita à la suivre le long des vitrines de trophées vers l'autre bout du local. Ceux qui travaillaient là avaient droit à des bureaux individuels dans de petites cages vitrées. Il y avait aussi un espace repas, avec une grande table tout en longueur, parallèle à un plan de travail que jouxtaient deux grands réfrigérateurs, des fours à micro-ondes, des lave-vaisselle et plusieurs machines à café et fontaines à eau.

"Puis-je vous demander pourquoi vous vous intéressez à cette voiture ? demanda Christina en s'arrêtant devant une porte blanche anonyme munie d'une serrure à code.

— Elle a été vue sur une scène de crime plus tôt aujourd'hui."

Ce qui n'était pas tout à fait exact mais c'était une version rapide et simple dont on pouvait espérer qu'elle n'entraînerait pas de questions.

"Vous êtes certains qu'il s'agit bien de notre voiture ?" Elle espérait manifestement qu'ils se soient trompés, que sa société n'ait pas à être mêlée à une enquête criminelle.

"Oui, absolument", confirma Vanja, tuant dans l'œuf cet espoir naissant.

Christina se contenta de secouer la tête, comme si elle ne pouvait concevoir qu'un de ses employés se retrouve mêlé à une affaire criminelle. Elle saisit le code et ouvrit la porte. La lumière s'alluma automatiquement à leur entrée, dévoilant des rayonnages couverts de matériel de bureau, classeurs et chemises, papier-toilette, chandeliers de l'avent, bougies, sacs d'amuse-gueules restant de quelque fête passée, canettes de bière sur une palette à demi vide. Cette remise contrastait fortement avec l'ambiance stricte, lumineuse et flashy du local. Juste à côté de la porte était placée une petite armoire à clés, où pendait un carnet à spirale avec un stylo au bout d'un cordon.

"C'est là."

Vanja saisit le carnet et l'ouvrit, tendue, impatiente.

La dernière page. Le dernier nom.

Nadia Aziz.

La déception submergea Vanja. Ça ne pouvait pas être une femme.

"C'est impossible, dit Christina en se redressant après avoir regardé par-dessus l'épaule de Vanja. Nadia a été absente toute la semaine."

Vanja vérifia la date de la dernière utilisation. Le 12 octobre. Rien après. Elle regarda le carnet de plus près : la page suivante avait été arrachée, quelques fragments aux bords déchirés restaient accrochés à la spirale.

"Il a arraché la dernière page, dit-elle à Sebastian avant de se tourner à nouveau vers Christina. Combien avez-vous d'employés ?

— Quarante-six.

— Combien de femmes ?

— Je ne sais plus exactement, vingt, vingt-deux peut-être.

— Donc environ vingt-cinq hommes…

— Y a-t-il quelqu'un ici qui saurait qui a utilisé la voiture aujourd'hui ? demanda Sebastian.

— Je ne sais pas, nous allons nous renseigner", proposa Christina. Sebastian fut frappé par la complaisance avec laquelle elle collaborait et, pour la première fois, il se demanda ce qui pourrait se passer s'il revenait la voir pour une autre question "policière". Son regard descendit vers l'alliance à sa main droite. Non que cela ait tellement d'importance, c'était le plus souvent juste un peu plus simple. Pour le meilleur et pour le pire. Mais il avait promis…

"Attendez", dit Vanja en ressortant son téléphone. Elle le déverrouilla, feuilleta dedans jusqu'à trouver ce qu'elle cherchait.

"Est-ce que vous reconnaissez cette personne ?" demanda-t-elle en lui présentant le portrait-robot que Stella les avait aidés à établir. Christina inclina légèrement la tête de côté et le regarda de plus près.

"Ça pourrait être Silas. Franzén. Un de nos managers contenu.

— Il est ici ?

— Oui.

— Où pouvons-nous lui parler en privé ?

— Prenez une de nos *phone rooms*, dit-elle en montrant deux portes qui ressemblaient à celles d'une cabine téléphonique anglaise.

— Pouvez-vous aller nous le chercher ?"

Silas Franzén était grand. C'est la première idée qui traversa Vanja quand il entra dans la pièce exiguë. Musclé.

Sa chemise à carreaux bleue semblait prête à craquer. Un vrai cou de taureau, un visage carré sous des cheveux en brosse. Vanja vit aussitôt la ressemblance avec le portrait-robot. Mais comment Stella avait pu omettre de dire qu'il ressemblait à Hulk, c'était là un mystère. Il les salua tous deux, tira une des chaises, s'assit, jambes écartées, se pencha en avant, les coudes appuyés sur les genoux puis promena un regard interrogatif entre Vanja et Sebastian.

"Bon, c'est à quel sujet ?"

Vanja aperçut Ursula par la porte derrière Silas. Elle s'excusa d'un mot et quitta la pièce.

"C'est à quel sujet ? répéta Silas à Sebastian quand elle fut partie.

— Elle sera fâchée si je commence sans elle", répondit Sebastian avant de commencer à s'inspecter les ongles.

Ça lui allait très bien. Silas allait-il montrer des signes de nervosité ou d'impatience ? Poser des questions à Sebastian pour essayer de comprendre ce qu'ils savaient et ainsi savoir à quoi s'en tenir ? Mais il se contenta de hocher la tête et se cala au fond de son siège. Ne montrant pas le moindre signe de malaise.

Dehors, Vanja rejoignit Ursula.

"Tu as du monde avec toi ?

— Oui.

— Qu'ils saisissent la voiture, et va inspecter son bureau pendant qu'il est avec nous." Elle désigna de la tête la pièce où elles apercevaient Silas et Sebastian. "Il s'appelle Silas, quelqu'un pourra te montrer son poste de travail. "

Ursula hocha la tête et s'éloigna. Vanja retourna s'asseoir dans la pièce.

“Excusez-moi de vous avoir fait attendre…

— Ça ne fait rien, mais vous pourriez peut-être me dire de quoi il est question ? tenta-t-il pour la troisième fois.

— Où étiez-vous aujourd’hui entre 11 heures et 12 h 30 ? demanda Vanja, ce qui ne répondait en rien à sa question.

— À 11 heures j’étais ici, vers la demie je suis sorti faire une course puis j’ai déjeuné, et je suis rentré un peu avant 13 heures. Pourquoi ?”

Un bref échange de regards entre Sebastian et Vanja les assura qu’ils pensaient la même chose. Très détaillé, très précis, bien plus que la plupart des gens n’étaient capables de faire, et sans même avoir à réfléchir. Comme si c’était appris par cœur. Répété.

“Quelle course ?

— Je suis allé chercher un paquet.

— Où ?

— À la boutique ICA. Dans une consigne automatique, vous savez ?

— Vous y êtes allé en voiture ?

— Non, c’est juste à côté.

— Donc vous n’avez pas utilisé de voiture du pool, aujourd’hui ?

— Non.

— Où avez-vous déjeuné ? glissa Sebastian.

— Je suis allé au 7-Eleven juste à côté d’ici m’acheter un wrap et un coca. J’ai mangé au jardin botanique.

— Il fait un froid de canard”, constata Vanja.

Silas fit un geste qui disait qu’il ne voyait pas le rapport.

“Vous avez déjeuné accompagné, vu du monde ?
— Non.”

Sebastian observait l’homme détendu qui lui faisait face. Il était malin. Une course pour laquelle il n’avait besoin d’interagir avec personne. Personne ne se souviendrait de lui dans un 7-Eleven si près de l’université, qui grouillait d’étudiants à l’heure du déjeuner. Seul au jardin botanique. Ses empreintes digitales dans la voiture seraient faciles à expliquer. S’ils ne trouvaient personne pour témoigner qu’il l’avait prise, ils n’auraient pas grand-chose contre lui. Demander à Stella de l’identifier lors d’une confrontation était naturellement possible, mais cela ne prouverait que le fait qu’il s’était déjà rendu au bordel, pas que c’était lui qui avait fui à bord de la Ford rouge, et absolument pas qu’il était coupable de ce dont ils le soupçonnaient.

Sebastian se leva sans un mot, quitta la pièce et gagna l’*open space*, où un petit groupe chuchotait. Sebastian comprit pourquoi : munie de gants fins, Ursula inspectait méthodiquement un bureau près de la fenêtre. Si Vanja et lui s’étaient montrés discrets, avaient demandé à Christina d’aller chercher Silas, lui avaient parlé dans une pièce isolée, la présence d’Ursula suffisait à provoquer la floraison des rumeurs et des interrogations. Surtout quand un groupe rassemblé autour de la réceptionniste l’écoutait parler avec intérêt.

Sebastian se fraya un passage jusqu’à Ursula.

“Salut, tu trouves quelque chose ?

— Pas encore. On saisit l’ordinateur, on le donnera à Billy. Et de votre côté, comment ça se passe ?

— Pas bien. On a besoin de quelque chose pour pouvoir l’embarquer.

— J'ai bientôt fini ici, alors…" dit Ursula en s'excusant d'un petit haussement d'épaules. Elle prit le veston bleu pendu au dossier de son fauteuil et le tâta. "Attends voir."

Elle glissa la main dans la poche intérieure et y pêcha un portable.

"Tiens, tiens.

— Un téléphone, constata Sebastian sans être impressionné, c'était à peu près ce qu'on pouvait s'attendre à trouver dans la poche intérieure d'un veston.

— Un deuxième téléphone." Ursula montra de la tête un portable en charge à côté du clavier. Elle alluma le téléphone qu'elle venait de trouver, attendit qu'il reprenne vie et constata qu'il était verrouillé.

"Donne-le-moi."

Ursula attrapa un sachet à pièces à conviction, où elle glissa le téléphone. Sebastian le lui prit et retraversa d'un pas rapide l'*open space* jusqu'à la pièce où étaient Vanja et Silas. Il lui mit le téléphone sous le nez.

"Déverrouillez-le, s'il vous plaît."

Silas regarda le portable, le reconnut, ils le virent serrer les mâchoires de rage avant de se tourner vers Vanja, le regard noir.

"Vous fouillez dans mes affaires ?"

Vanja ne répondit pas.

"Déverrouillez-le, s'il vous plaît", répéta Sebastian.

Silas se carra dans son siège, croisa les bras sur sa poitrine, et ils surent ce qu'il allait dire avant même qu'il ouvre la bouche.

"Non."

Comment avait-il atterri là ?

Il n'avait pas eu besoin de rester longtemps chez le docteur : une douleur à l'épaule, un bleu à l'endroit de la ceinture de sécurité, peut-être une légère commotion cérébrale, mais comme il n'avait ni nausée ni vertige, probablement seulement une migraine. Dans l'ensemble il allait bien. Rien n'empêchait qu'il retourne travailler, s'il se sentait d'attaque.

Il y était retourné.

Norrforsgatan.

Pour travailler, s'était-il lui-même persuadé. Voir comment allait Stella. Ils l'avaient laissée en plan et elle était restée avec Vanja, qui n'était pas exactement la plus douée pour cacher ce qu'elle pensait des gens. Autant s'informer s'il y avait lieu de s'excuser au nom de sa collègue. Il était en outre possible que Villman l'ait rappelée, furieux d'avoir failli tomber dans une embuscade, qu'il ait compris qu'elle les avait renseignés à son sujet, peut-être même qu'il l'ait menacée. Ou qu'il lui ait juste demandé ce que diable foutaient ces flics devant chez elle.

Il y avait beaucoup de bonnes raisons de retourner voir Stella Simonsson. Dans sa chambre rouge.

Il se la représentait.

Imaginait tout ce qu'il pourrait y faire.

Bien sûr, il n'aurait pas dû. Il savait pourquoi, mais se trouvait de bonnes raisons d'aller là-bas. Ce qui s'était passé avec Jennifer n'arriverait plus jamais.

Ne pouvait pas arriver.

Ne serait jamais arrivé s'il n'avait pas été ivre.

Sobre, il gardait totalement le contrôle. Et puis il y avait d'autres personnes dans le bâtiment. Ce serait même bien pour lui. Pour tous. Après, il serait apaisé, satisfait, les pensées sombres qui surgissaient de temps en temps disparaîtraient. Le serpent serait calme et repu.

Que Stella soit une prostituée et lui un policier était bien sûr un problème. S'ils étaient surpris, il perdrait son travail. Et My. Il perdrait probablement tout. Il était donc complètement fou d'être là, d'y songer seulement. D'avoir enregistré son site sur son téléphone.

Mais il se souvenait de la sensation.

Ce qu'il avait fait avec Jennifer avant que tout tourne au cauchemar. L'expérience la plus intense qu'il ait jamais vécue, juste après le fait de vraiment tuer quelqu'un. La puissance enivrante et le contrôle total suivi d'une satisfaction sexuelle dont il n'avait jusqu'alors jamais approché.

Ni avec My, ni avec personne.

Seulement avec Jennifer.

Tout ça était à portée de main.

Il fut interrompu par un bip de son téléphone. Une notification s'afficha par-dessus le site web de Stella. Ursula. Retour à la réalité. Il ouvrit son message. Elle demandait où il était, s'il était en état de travailler. Il répondit que tout allait bien, il était en route, il rangea le téléphone, démarra et s'éloigna. Secoué de constater combien il était passé près de faire une grosse, très grosse bêtise.

Ils avaient été obligés d'attendre l'arrivée d'un avocat. Ce contretemps était le bienvenu : il allait leur donner une possibilité de préparer l'interrogatoire, de discuter des étapes suivantes. Après l'échec chez Stella, ils avaient improvisé, couru après le premier ballon venu, avec succès apparemment, mais il était temps de retrouver un semblant de structure, un plan.

Anne-Lie se chargea, avec le porte-parole de la police, de répondre aux journalistes au sujet des informations déjà publiées.

Une course folle finit en crash violent.

Des photos de la Volvo noire juchée sur le rond-point et des témoins qui les avaient vus rouler comme des fous dans une zone habitée où les enfants étaient nombreux. Il fallait gérer tout ça.

Billy travaillait sur le téléphone de Silas et Ursula était allée chez lui voir si quelque chose pouvait le lier aux viols et au meurtre. Ils avaient besoin d'éléments.

Quand l'avocate, qui se présenta comme Mette Blomberg, finit par arriver, Silas exigea immédiatement que le téléphone qu'ils avaient trouvé ne puisse pas être utilisé comme preuve contre lui, dans la mesure où il avait été saisi par des moyens illégaux. Mette voulut en savoir plus avant le début de l'interrogatoire.

"La police peut sur place procéder à la perquisition des biens d'un suspect si les délits pour lesquels il est suspecté peuvent être punis de plus de deux ans de prison, expliqua Vanja d'un ton légèrement donneur de leçons.

— Je sais.

— L'infraction au Code de la route avec mise en danger de la vie d'autrui peut valoir deux ans de prison.

— Oui, mais vous êtes la brigade criminelle, rétorqua Mette. Vous êtes là pour les viols et le meurtre de Rebecca Alm, pas pour enquêter sur des infractions au Code de la route ou à la loi sur les travailleurs du sexe.

— C'est pour ces derniers délits qu'il fait l'objet de soupçons raisonnables, dit Torkel en prenant le relais, sentant qu'il fallait avancer précautionneusement : Mette ne laissait rien passer. Mais puisqu'il est là, nous voulons également l'interroger en lien avec d'autres crimes.

— Les viols et le meurtre.

— Oui.

— Pour lesquels il n'est pas soupçonné."

Torkel hésita un instant. Bien sûr qu'il était soupçonné, mais les preuves étaient faibles, le lien entre Silas et leur affaire était d'un point de vue juridique inexistant.

"Non, pas dans l'état actuel des choses, fut-il forcé d'admettre.

— Dans ce cas, je lui déconseillerai de répondre à toute question à ce sujet, affirma Mette. On commence ?"

Torkel mit en route l'enregistreur posé sur la table de la pièce anonyme. Seules deux étroites fenêtres aux vitres dépolies rompaient avec le blanc sale des murs. Ils étaient assis sur de simples chaises en plastique aux pieds métalliques. Silas et Mette d'un côté de la table, Torkel et Vanja de l'autre. Sebastian s'était à nouveau placé en position d'auditeur, contre le mur près de la porte, derrière ses collègues.

Avant que Mette se pointe, ils avaient espéré orienter assez vite l'interrogatoire vers les crimes graves, le questionner sur ses alibis, les victimes, lui mettre la pression. Ils l'auraient également soumis à un test ADN. Mais maintenant ils allaient attendre.

Silas allait refuser, Mette contester.

L'objectif était d'obtenir de quoi convaincre un procureur de le mettre en examen. Qu'ils aient le temps de trouver tranquillement les preuves qui pour le moment leur manquaient.

Torkel était cependant assez content de la base de départ dont il disposait.

Il déclara pour la bande qui était présent dans la salle, ce dont Silas était soupçonné et lui demanda quelle était sa position par rapport à ces accusations.

"Je n'ai rien à voir avec aucune d'entre elles, répondit calmement Silas.

— Nous avons ouvert le portable que nous avons trouvé dans votre veste, commença Vanja en posant sur la table le téléphone dans un sachet plastique pour pièces à conviction.

— Ce n'est pas le mien.

— Il était dans votre veste, répéta Vanja.

— Non, c'est faux." Le regard de Silas passa de Vanja à Torkel, puis revint à elle. "Est-ce que quelqu'un vous a vus le trouver ?"

Torkel le regarda avec lassitude. C'était là l'inconvénient de donner trop de temps aux suspects avant leur interrogatoire. Ça leur permettait d'échafauder une défense plus ou moins bien structurée. Il devina que ce n'était pas Mette qui avait conseillé Silas sur ce point. Elle était trop maligne pour ça.

"Vous vous souvenez que nous avons pris vos empreintes digitales à votre arrivée ?" lui rappela calmement Torkel.

Silas comprit ce que cela signifiait et se tut.

"Parlons donc un peu de son contenu, reprit Vanja. Des échanges avec une femme sur un site géré par des travailleuses du sexe. Vous avez convenu d'un rendez-vous aujourd'hui.

— Je n'ai pris rendez-vous avec personne.

— La Ford Mondeo rouge immatriculée KVT 665 dont vous disposez librement s'est pointée à l'heure et au lieu exacts dont vous avez convenu avec elle sur votre téléphone.

— Je n'ai convenu d'aucun rendez-vous.

— Vous avez raté l'épisode des empreintes digitales ? persifla Vanja, s'attirant un regard désapprobateur de Mette.

— Non, c'est mon téléphone, mais quelqu'un d'autre a dû s'en servir.

— Ces messages durent depuis plusieurs mois."

Silas se contenta de hausser les épaules, comme si c'était quelque chose qu'il ne s'expliquait pas.

“Alors c’est qu’il l’a utilisé plusieurs fois sans que je le remarque.

— Combien de personnes sur votre lieu de travail savent que vous avez un téléphone à carte prépayée dans la poche de votre veste ?

— Je ne sais pas. Quelqu’un, en tout cas. Visiblement.

— Pourquoi avez-vous un téléphone à carte prépayée dans votre poche ?

— Ce n’est pas illégal, non ?

— Voyons si je vous comprends bien, dit lentement Torkel en se penchant en avant. Vous voulez dire que quelqu’un, pendant plusieurs mois, a pris rendez-vous avec une travailleuse du sexe avec votre téléphone et utilisé une des voitures de la société pour aller la retrouver ?”

Silas hocha vigoureusement la tête, comme s’il trouvait son explication encore meilleure en l’entendant énoncée à haute voix.

“Oui, c’est comme ça que ça a dû se passer.”

Torkel et Vanja échangèrent un coup d’œil. Rien de ce qu’ils venaient d’entendre n’était vrai, naturellement, mais le problème, même avec les téléphones à abonnement, était de prouver qui les avait effectivement utilisés. S’ils n’arrivaient pas à décrédibiliser sa version des faits, il ne serait pas mis en examen, ils en étaient assez certains.

La poche de Torkel vibra, il en sortit son portable, regarda l’écran et recula sa chaise. Pour l’enregistrement, il précisa qu’il quittait la pièce, ce qu’il fit aussitôt. Quand il fut sorti, Sebastian se leva et vint se glisser sur la chaise qui venait de se libérer. Vanja le regarda avec surprise et désapprobation.

“Parlez-nous du sexe, dit Sebastian en se penchant avec intérêt vers Silas, qui se recula un peu sur sa chaise. Du sexe avec Stella Simonsson, précisa-t-il.

— Je ne sais pas de quoi vous parlez, dit résolument Silas.

— Je parle de meurtre, de viol et de tentative de viol…

— Attendez, attendez…” le coupa Mette. Silas paraissait stressé et surpris, c’était visiblement un virage de l’interrogatoire auquel il ne s’attendait pas. Il se tourna vers Mette pour s’assurer qu’il comprenait ce qui se passait, mais elle se contenta de poser la main sur son avant-bras pour le calmer et le faire taire. “Mon client n’est pas soupçonné de ces crimes.” Elle se tourna à nouveau vers Vanja. La colère dans son regard correspondait au tranchant de sa voix. “Il ne répondra à aucune question à ce sujet.”

Sebastian la regarda avec une indulgence forcée.

“Si vous fermiez un peu votre caquet, je pourrais me lancer dans un petit monologue qui, je vous le promets, ne s’achèvera pas par une question.”

Sans attendre de réponse de sa part, il se tourna à nouveau vers Silas.

“Je veux que vous sachiez pourquoi vous êtes ici. Trois crimes. Trois crimes très graves. À ce niveau.” Sebastian mima en levant la main un bon mètre au-dessus du plateau de la table. “Prison à vie. Et puis nous avons l’achat de services sexuels et l’infraction au Code de la route avec mise en danger de la vie d’autrui. Deux autres délits. Pas très graves. À peu près là sur une échelle des peines.”

Il se pencha sur le côté pour placer sa main quelques décimètres au-dessus du sol.

“Trois ici.”

Sebastian leva à nouveau la main au-dessus de la table.

"Deux là."

Il la rabaissa à nouveau derrière la table sans quitter un instant Silas des yeux.

"Nous avons le téléphone, nous avons la voiture, nous allons forcément trouver une caméra de vidéosurveillance embarrassante quelque part sur le trajet. Vous allez plonger pour ces deux-là. Mais il n'est même pas sûr que vous irez en détention provisoire. Personne n'est mis en examen pour achat de services sexuels, c'est une loi fantôme, et l'infraction au Code de la route peut toujours se discuter. Vous allez sortir libre d'ici quand nous aurons fini."

Sebastian se leva. Vanja le suivit des yeux. Elle avait beaucoup d'objections, mais elle se tut. Elle ne comprenait pas exactement où Sebastian voulait en venir, mais le laissa faire.

"Mais voilà, vous mentez, et vous mentez comme une merde, continua Sebastian en se mettant à tourner en rond dans la pièce. Quand vous mentez, nous pensons qu'il y a une raison. Que vous cachez quelque chose. Autre chose que deux délits de rien du tout que vous pourriez sans problème reconnaître avant de rentrer chez vous, attendre que l'amende arrive dans la boîte aux lettres, la payer sans que votre petite femme ait besoin d'être au courant, retourner au boulot dès demain, raconter aux filles à la pause-café que ce n'était qu'une erreur et continuer votre vie bien tranquillement."

Sebastian se tut pour donner plus de poids à ses paroles. Il était arrivé dans le dos de Silas mais, même sans voir son visage, il sembla à Sebastian que l'immense corps de cet homme se contractait tout entier tandis qu'il s'efforçait de prendre une décision, de déterminer si Sebastian bluffait et, dans ce cas, ce qu'il tentait d'obtenir. Il se tourna vers Mette, qui secoua énergiquement la tête, puis il garda le silence une minute encore avant d'inspirer à fond en secouant la tête avec découragement. Sebastian regarda Vanja, qui fit un imperceptible hochement de tête. Ça avait marché.

"OK, dit tout bas Silas. J'ai pris rendez-vous avec…

— Non, non, non, l'interrompit Sebastian en se forçant à faire disparaître de son visage un sourire incroyablement satisfait avant de revenir dans le champ visuel de Silas. Les détails du comment, je m'en fous, je veux savoir pourquoi."

Sebastian se rassit, toute son attention tournée vers Silas. D'une part parce que ce qui allait sortir de sa bouche pouvait enfin être intéressant, et d'autre part parce qu'il allait pouvoir se faire une idée plus précise du type de criminel qu'il était. Ce qui serait précieux pour des interrogatoires futurs plus approfondis.

"Ça… ne marche pas vraiment sans ça.

— Le sexe ?"

Silas hocha la tête en baissant les yeux.

"Pourquoi ?

— Je ne sais pas, je… j'ai besoin de me sentir… je ne sais pas, de sentir qu'il n'y a que moi. Que je n'ai qu'à… le faire. Sans m'occuper de personne." Il leva les yeux et croisa le regard de Sebastian, cherchant la compréhension autant que les mots justes. "Juste… vous savez, la baise. Dure.

— Pourquoi lui cacher le visage ?

— C'est une pute… Je ne veux pas voir que je baise une pute."

La porte s'ouvrit derrière eux, et Torkel revint dans la pièce, un sachet plastique à la main. Sebastian soupira bruyamment : le timing était incroyablement mauvais, mais il était trop tard pour demander à Torkel d'attendre. Silas se redressa sur sa chaise, finies les confidences. Sebastian laissa sa place à Torkel qui lui parut plus satisfait qu'en partant. Il devait avoir eu de bonnes nouvelles.

"Nous sommes allés chez vous", commença Torkel en s'asseyant. Silas se leva d'un bond. Torkel fut aussitôt sur ses gardes, Vanja aussi. Il était grand, Silas. Vraiment grand. Mette lui saisit fermement l'avant-bras.

"Silas…

— Ma femme est à la maison, siffla-t-il entre ses dents serrées.

— Avec votre quatrième enfant, nous savons, dit calmement Vanja. Asseyez-vous."

Silas resta debout, le regard haineux, le souffle lourd. Puis il arracha son bras à Mette et se rassit, calé au dossier, les bras croisés sur son énorme cage thoracique.

"Que lui avez-vous dit ?

— Que nous étions obligés de perquisitionner votre domicile, répondit Torkel d'un ton neutre.

— Vous avez dit pourquoi ? Lui, là, il a dit que personne n'avait à savoir." Il montra Sebastian. Torkel interrogea Vanja du regard, que s'était-il donc passé ici pendant son absence ? Vanja se contenta de hausser les épaules, et Torkel se tourna à nouveau vers Silas.

"Non, mais savez-vous ce que nous avons trouvé dans votre bureau ?"

Torkel leva le sac qu'il avait avec lui et commença à en étaler le contenu sur la table. Dans des petits sachets individuels, plusieurs boîtes de cachets, cent dans chaque. Metaxon-10. D'autres sachets, d'autres boîtes, d'autres noms. Des petits flacons pleins de solvant. À la fin, ils avaient devant eux toute une petite pharmacie. Que des SAA. Stéroïdes androgéniques anabolisants.

"Ce n'est pas à moi.

— Ça non plus ?" demanda Torkel en brandissant quelques seringues. Vanja les reconnut. Le même modèle que celle retrouvée sur le lieu de l'agression de Klara Wahlgren. Indiscutablement, il allait être mis en examen. Même s'il secouait obstinément la tête.

"C'est un copain qui m'a demandé de lui garder ça un certain temps.

— Il s'appelle comment, ce copain ?

— Je n'ai pas l'intention de le dire."

Moins agressif, moins sûr de lui. Sebastian voyait un homme qui avait compris que la partie était perdue.

Utilisait-il lui-même ces substances ?

Supposons que oui. Les fantasmes sexuels de puissance et de domination n'étaient pas du tout inhabituels chez les hommes. S'il éprouvait des problèmes relationnels et d'impuissance, ce qui n'était pas non plus inhabituel chez les consommateurs de stéroïdes, et une impression de perdre de plus en plus le contrôle sur sa vie, il pouvait avoir décidé de vivre ces fantasmes. Pourtant, Sebastian n'avait pas l'impression que Silas soit homme à aller plus loin que ça. Il semblait avoir trouvé auprès de Stella l'exutoire qu'il recherchait. De leur brève conversation, Sebastian comprenait qu'il y avait là une composante de honte, la conscience de faire quelque chose de mal. De là à faire pareil avec une inconnue endormie, dehors… Certes, l'addiction aux stéroïdes conduisait souvent à ces actes violents, mais rien dans les agressions ne témoignait d'une fureur incontrôlable, d'une colère qui aurait dérapé. Au contraire, elles semblaient exécutées de façon très clinique.

Il ne pensait pas que l'homme qu'il avait devant lui était leur homme.

Il espérait presque que ce ne soit pas lui.

D'une part parce qu'il adorait avoir raison, mais surtout parce qu'aussitôt l'affaire résolue, Vanja n'aurait plus aucune raison de le voir. S'ils ne travaillaient plus ensemble, elle veillerait à ne plus le voir du tout. Il ne referait plus jamais partie de la Criminelle, c'était donc sa dernière chance, et il n'avait pas terminé.

Laissant libre cours à son égoïsme, il espérait qu'un violeur était encore en train de se promener librement dans la nature.

Axel Weber en avait appris beaucoup au sujet de ce 16 octobre.

Mais il restait de nombreuses inconnues.

Par exemple, il ne savait toujours pas ce qu'était AbOvo, pour autant que cela ait vraiment existé. S'il avait questionné Ingrid Drüber à ce sujet, c'est qu'il était tombé sur ce mot dans un blog depuis longtemps désaffecté, en lien avec son nom. Il ne savait pas qui avait rédigé ce blog, et tout ce qu'on y lisait, c'était qu'Ingrid était à la tête d'AbOvo, et qu'on pouvait en savoir plus en suivant un lien. Lequel ne menait qu'à un message 404 error : la page était introuvable ou n'existait plus.

Il avait demandé à ceux qui s'y connaissaient plus que lui en informatique à la rédaction – soit à peu près tout le monde, sauf peut-être Harriet – si quelqu'un pouvait l'aider à recréer le document d'une façon ou d'une autre, mais non. Le département numérique avait dit qu'ils pourraient peut-être retrouver quelque chose, éventuellement, ça dépendait un peu. Ils n'avaient pas précisé de quoi, et Axel avait compris que sa demande n'avait pas atterri sur le haut de leur to-do-list.

Il savait qu'AbOvo était une expression latine signifiant "depuis l'œuf" ou quelque chose comme ça, qu'elle avait trait à la poésie, à Homère, Hélène et la guerre de Troie, mais ça ne l'avançait pas beaucoup.

Il savait aussi, après être resté des heures devant son ordinateur à passer en revue à peu près tous les événements survenus à Uppsala dans les mois précédant la lettre que Rebecca lui avait envoyée, qu'une femme enceinte avait été retrouvée souffrant d'une grave hémorragie devant les urgences de l'hôpital universitaire dans la nuit du 23 juin. La femme, Linda Fors, ainsi que son enfant à naître étaient tous les deux décédés le lendemain matin. Une enquête de police avait été diligentée, dont la conclusion était qu'aucun acte criminel n'était lié à sa mort et à celle de l'enfant. Comme c'était finalement le seul événement qui tranchait un tant soit peu dans les bulletins d'informations qu'il avait épluchés pour les mois en question, il avait creusé un peu.

Quand, plusieurs heures plus tard, il quitta la rédaction, il ignorait que Derya Neshat, la femme qu'il avait rencontrée aux cinquante ans de son frère, qui l'avait raccompagné chez lui et qui en riant avait joué plusieurs heures au flipper, venait de prendre son téléphone, de composer le numéro de la rédaction d'*Expressen* et de demander à parler à Axel Weber.

"Téléphone d'Axel Weber, Kajsa Kronberg."

Derya se présenta et demanda à parler à Axel, on lui répondit qu'il venait de quitter la rédaction. Kajsa devait-elle prendre un message ?

"Non, pas besoin, je rappellerai", s'entendit dire Derya puis, après un bref échange de formules de politesse, elle raccrocha. Elle regretta aussitôt. Bien sûr, elle aurait pu laisser un message, dire qu'elle aurait voulu le revoir ou mieux, demander son numéro de portable. Un instant, elle envisagea de rappeler, mais ça aurait juste l'air bizarre. Demain. Elle décida d'appeler plutôt demain. Là, elle n'abandonnerait pas si facilement la partie. Elle était presque impatiente : maintenant qu'elle avait décidé de faire le premier pas, elle avait l'intuition viscérale que ça pouvait donner quelque chose de bien avec Axel Weber.

Ne sachant pas qu'il venait d'être appelé par une personne avec qui, s'il avait pu répondre, il aurait vécu le restant de ses jours, Weber récupéra sa voiture dans le garage sous le gratte-ciel de *Dagens Nyheter*, s'engagea dans Kungsholmen et prit vers le nord.

Ce qu'il savait, c'est qu'il attendait ce moment en voiture. Conduire était pour lui une détente. Il avait encore un certain nombre de CD entre les deux sièges. Il jeta un coup d'œil à sa petite collection. Ça sentait à plein nez le mâle blanc entre deux âges : les Rolling Stones, Bruce Springsteen, Neil Young, John Fogerty, Ulf Lundell. Mais bon, ça lui correspondait. Il pêcha un disque qu'il inséra dans le lecteur. *Slugger* d'Ulf Lundell, 1998. Les premières notes de "Si elle était à moi" se déversèrent des haut-parleurs. Il monta le son et chanta à tue-tête.

Ce qu'il savait à présent, c'était que Linda Fors avait quelques années de plus que Rebecca Alm et que, même si elles n'habitaient pas le même quartier, Fugelkyrkan était pour toutes les deux l'église la plus proche. Il avait passé l'après-midi à rassembler tout ce qu'il pouvait au sujet de Linda. Il lui faudrait trouver des gens qui la connaissaient. Savoir si elle allait à l'église, si elle connaissait Rebecca, si quelqu'un l'avait entendue mentionner Ingrid Drüber ou AbOvo. Une réponse positive à une seule de ces questions et il avait son scoop. Son instinct lui disait qu'il était peut-être sur une piste prometteuse.

À Uppsala, Torkel Höglund regagna son bureau après avoir achevé l'interrogatoire de Silas Franzén, et trouva un pense-bête avec le nom de Weber dessus. Il ne l'avait toujours pas rappelé pour savoir si Weber avait compris pourquoi le nom de Rebecca Alm lui disait quelque chose. On n'avait pas reparlé d'elle dans le journal mais cela ne voulait pas dire qu'Axel avait lâché l'affaire. Même s'il ne leur dirait jamais tout, Torkel espérait qu'il partagerait des informations directement décisives pour leur enquête. S'il en avait. Qu'il collabore avec eux plutôt que de faire cavalier seul, comme si c'était une compétition. On pouvait tout simplement espérer que Weber avait tiré les leçons des événements d'avant l'été. C'était décidé, Torkel l'appellerait personnellement s'il s'avérait que Silas n'était pas leur homme, ils le sauraient d'ici quelques heures, quand une réponse préliminaire au test ADN leur parviendrait.

Cela, Axel n'en savait rien alors que, chantant et tambourinant sur son volant, il arrivait à destination.

Il ne savait pas non plus qu'il était hypersensible aux benzodiazépines, substance qu'on trouvait par exemple dans le Rohypnol.

Il sut qu'il était arrivé à la bonne adresse quand son GPS lui indiqua que sa destination se trouvait sur la gauche. Il se gara devant, dans la rue, sortit de sa voiture, la ferma et se dirigea vers la maison. Il n'avait pas téléphoné pour annoncer son arrivée. Il espérait que ce ne serait pas nécessaire. Qu'on le laisserait entrer. Qu'il compléterait le puzzle. Aurait son scoop. Il l'espérait mais bien sûr ne le savait pas.

Il ne savait pas non plus qu'il lui restait moins de vingt minutes à vivre.

II

27 octobre

Elle est seule chez elle.
Milan a été pris pour une formation complémentaire.
Elle en était si fière sur Facebook.
Je ne pensais pas avoir cette occasion.
Après la venue de ce journaliste.
Quand il est mort.
J'avais la certitude qu'après ça la police viendrait.
Ingrid, Ida, Therese et Klara, c'est une chose.
Elles essaient de s'en tirer.
Ne pas se souvenir. Être normales. Innocentes.
Ida était étonnante.
Mais ce journaliste.
Je ne pouvais pas le laisser raconter ce qu'il savait.
Mais je n'avais pas l'intention de le tuer.
Tu le sais.
Mais tu aurais détesté.
Détesté ce que j'ai fait. Qui je suis à présent.
Ça m'a coûté. Le journaliste.
Complètement innocent.

Mais onze jours se sont écoulés.
Je suis toujours là. Personne ne vient.
Et Therese est seule ce soir chez elle.
Il est grand temps de continuer.

Ils achevèrent la journée de travail dans la Salle.

Billy s'était excusé une heure plus tôt, il avait une affaire à régler, et les autres seraient eux aussi rentrés chez eux si Rosmarie Fredriksson n'avait pas insisté pour faire un point. Officiellement, la brigade criminelle participait toujours à l'enquête, ils étaient en contact quotidien avec Anne-Lie et Carlos, mais à part quelques brèves visites, cela faisait plus de dix jours qu'ils n'étaient pas retournés à Uppsala. Il n'y avait rien à faire là-bas qu'ils ne puissent faire depuis Stockholm. Et à dire vrai, ils ne pouvaient pas faire grand-chose. Point final.

Ils en étaient toujours réduits à attendre qu'un de leurs violeurs frappe à nouveau pour trouver de nouveaux éléments de preuve, de nouveau témoins, de nouvelles options. À espérer qu'ils commettent leurs premières erreurs. Après l'agression de Klara Wahlgren, quatorze jours plus tôt, les agresseurs faisaient profil bas, il n'y avait pas eu d'autres plaintes.

S'ils avaient à nouveau changé de ville, la Criminelle l'aurait su. Des détails sur leur mode opératoire avaient été transmis à tous les districts de police et même Ursula était forcée d'admettre que le sac sur la tête et la seringue étaient assez caractéristiques pour que le moins observateur des policiers cul-terreux ne les rate pas.

Si pour une raison X ils cessaient tout à fait, le risque était grand qu'on ne les arrête jamais. Tant qu'ils n'étaient pas arrêtés pour autre chose, une autre fois, plus tard, et qu'un contrôle ADN de routine ne les démasque. Ce qui serait un pur coup de chance pour la police.

Personne ne voulait ça.

Surtout pas Torkel.

La brigade criminelle avait un taux d'élucidation très élevé. C'était une des raisons pour lesquelles il pouvait mener sa barque sans trop se mêler des intrigues politiques internes de la police. Il y avait juste Rosmarie, dont la définition du bon travail policier était de s'en tenir au budget, qui s'informait de temps en temps sur leur activité. Il s'agissait toujours d'affaires très spécifiques qui attiraient l'attention des médias et donc du chef de la police.

Torkel savait très bien qu'elle avait besoin de ces informations pour afficher son efficacité et son engagement à l'usage de sa hiérarchie et de l'extérieur, tout comme elle n'hésiterait pas une seconde à faire porter le chapeau d'éventuels échecs à lui et à son équipe, si elle y était obligée.

C'était sa spécialité : lécher le cul au-dessus d'elle, botter le cul au-dessous.

Elle tenait sa maison comme elle le pouvait. Il suffisait de s'adapter, de lui donner ce qu'elle voulait, ce dont elle avait besoin. Torkel était doué pour gérer Rosmarie. Bien sûr, il s'irritait de temps à autre à la simple idée qu'elle occupe ce poste, mais ressasser ce sur quoi il n'avait aucune prise ne servait à rien et, dans l'ensemble, Torkel avait un peu pitié d'elle. Tous ses agissements étaient fondés sur un profond manque de confiance en elle. Elle n'était pas bonne dans son travail, et elle le savait. On ne pouvait que se féliciter qu'elle soit trop mauvaise politicienne pour représenter une réelle menace. Aujourd'hui, il ne put cependant s'empêcher de s'agacer quand elle força Ursula à rendre à nouveau compte, étape par étape, de toute la partie technique de l'enquête.

Voilà quelques semaines, avant Uppsala, avant Anne-Lie, avant d'aller se coucher, il avait dit à Lise-Lotte qu'il envisageait d'arrêter.

Non pas de prendre sa retraite, mais de faire un pas en arrière.

Faire autre chose.

Quelque chose de moins prenant, avec des horaires de bureau et moins de déplacements.

Plus de temps pour elle, pour eux. Il pensait vraiment que son travail avait été une cause importante de l'avarie de ses deux précédents mariages. Il ne voulait pas perdre aussi Lise-Lotte.

Elle avait trouvé ça très mignon de sa part mais lui avait demandé de bien y réfléchir si c'était vraiment ce qu'il voulait faire. Son ex-mari avait changé beaucoup de choses dans sa vie, s'était beaucoup adapté à ce qu'il pensait qu'elle voulait, à ce qui était censé être le mieux pour eux. À la fin, il avait trop lâché, s'était perdu lui-même et s'était mis en tête que c'était sa faute à elle.

Torkel n'avait pas vraiment pu cesser d'y penser.

Arrêter la brigade criminelle n'était pas forcément une mauvaise idée.

Ce travail était toujours passionnant, intéressant et gratifiant, mais il ne lui était plus aussi nécessaire et il était resté très longtemps au même poste : s'il voulait changer, se lancer dans quelque chose de nouveau, il était plus que temps. Il ne le ferait pas pour elle, pas seulement, il le ferait pour eux. Lise-Lotte avait ouvert une nouvelle porte, lui avait donné une deuxième chance pour une autre vie qu'à vrai dire il n'osait pas espérer. Pourquoi ne pas changer davantage, tout changer ? Prendre vraiment un nouveau départ dans l'espoir de construire quelque chose de durable.

Mais c'était avant. Avant de voir de ses propres yeux Anne-Lie revendiquer si ouvertement son poste, avec le soutien pour lui évident de sa propre supérieure hiérarchique. Aussi, ce soir, dans la Salle, l'idée de faire un pas de côté était très lointaine. Il n'avait absolument pas l'intention d'arrêter maintenant. Pas tant qu'il existait une possibilité que le poste aille à Anne-Lie Ulander dès qu'il aurait passé la porte.

Ursula acheva son compte rendu technique : le sac, la seringue, le somnifère, l'ADN, le mode opératoire, tout ce qu'ils avaient, mais rien de neuf. Ce qui n'avait pas l'air de satisfaire Rosmarie. Elle balaya la table d'un regard déçu qu'elle arrêta sur Torkel.

"Et donc, qu'est-ce que vous allez faire, maintenant ? Comment allez-vous avancer ?"

Torkel se racla la gorge, espérant que sa voix serait empreinte de professionnalisme et d'objectivité. Il l'avait continuellement tenue au courant. Elle savait comment ils continuaient l'enquête. C'était peut-être le comploiste en lui qui s'éveillait, mais il avait l'impression qu'elle voulait l'entendre de sa bouche, car ce n'était pas particulièrement brillant.

“Nous avons relevé le défi de recueillir de nouveaux témoignages provenant des scènes de crime elles-mêmes, aux dates concernées. Nous avons vérifié à nouveau tout ce que nous avions récolté la première fois et sommes retournés faire du porte-à-porte dans les zones concernées. Jusqu'ici sans résultat.

— Et ce Silas, alors ?”

À nouveau quelque chose qu'elle aurait dû savoir. Si elle avait lu les rapports que lui avait envoyés Torkel, ce qui bien sûr n'était pas certain. Ou alors, elle désirait l'entendre lui-même mettre des mots sur un autre échec.

“Entièrement innocenté. Son ADN correspondait aux traces relevées lors d'une affaire de coups et blessures d'il y a quelques mois, mais c'est tout.

— Il est donc en détention provisoire pour achat de services sexuels, grave infraction au Code de la route avec mise en danger de la vie d'autrui, violation légère de la législation sur les substances stupéfiantes et violences aggravées”, glissa Vanja. Torkel eut l'impression qu'elle disait cela par solidarité avec lui, avec l'équipe, pour montrer leurs résultats, même si ce n'était pas ceux qu'elle aurait préféré entendre.

“Mais il n'est pas inculpé pour le meurtre de Rebecca Alm, constata Rosmarie.

— Non, il est en détention provisoire pour achat de services sexuels, grave infraction au Code de la route avec mise en danger de la vie d'autrui, violation légère de la législation sur les substances stupéfiantes et violences aggravées”, répéta Vanja.

Dans le silence qui suivit, on l'entendit vraiment penser très fort *"t'es débile, ou quoi ?"*

"Pardon, moi non plus je ne suis pas un vrai policier, intervint Sebastian avec un signe de tête appuyé en direction de Rosmarie. Mais tu ne crois pas qu'on te l'aurait dit, s'il avait été écroué pour viols et meurtre ?" Il lui décocha alors un sourire qui réussissait à être désarmant et charmeur, alors même qu'il la traitait de cruche. "Dans ce cas, l'affaire aurait été résolue, tu aurais pu faire ce pour quoi tu es le plus douée, cirer les pompes du chef ou présenter ton meilleur profil aux photographes en conférence de presse, et nous, on aurait pu être ailleurs, pas ici en train de penser au suicide."

Torkel regarda Sebastian, assis à côté d'Ursula. On aurait pu croire que Sebastian prenait son parti, mais le résultat de sa sortie serait de renforcer l'hostilité de Rosmarie à l'égard de Torkel.

Ils avaient discuté pour savoir si Sebastian allait continuer à participer à l'enquête maintenant que pour sa part la brigade criminelle était revenue à Stockholm. C'était Anne-Lie qui était allée le chercher, qui s'était battue pour le garder. S'il devait rester dans la barque, c'était à Uppsala, avait raisonné Torkel.

Ça ne s'était pas passé ainsi.

S'agissant de Sebastian, il n'obtenait décidément jamais ce qu'il voulait.

Ce soir, par exemple, il allait venir au dîner.

"Mais toi, à quoi tu sers, en fait ? cracha Rosmarie, soucieuse de ne pas se laisser impressionner par le mur compact d'hostilité auquel elle était confrontée. Il n'y a pas eu de mise à jour du profil du criminel depuis une semaine.

— Plus d'une semaine, je crois, opina Sebastian.

— Comment est-ce possible ?"

Sebastian savait exactement pourquoi, mais fit semblant de réfléchir. Il avait essayé de se rendre le plus utile possible, mais dès lors que le travail purement policier était plus ou moins au point mort, qu'il n'y avait pas de nouvelles données, le profil du criminel restait à l'état de première ébauche, assez imprécise. Il n'en était pas satisfait, mais c'était tout ce qu'il pouvait proposer en l'absence de nouveaux éléments.

"Comment t'expliquer… dit-il, feignant de réfléchir, surjouant la perplexité en se frottant le menton entre le pouce et l'index. Ah oui, alors voilà : tu sais, on dit « profil du criminel ». Dans cette expression, il y a « crime », qui est un mot un peu difficile pour dire : ce que fait un criminel. S'il ne fait rien, il n'y a rien à analyser, et pour cette raison, pas de mise à jour.

— S'il n'a pas assez de travail, peut-être que tu devrais revoir son contrat, dit Rosmarie en se tournant vers Torkel, bien décidée à totalement ignorer Sebastian.

— C'est Anne-Lie qui a insisté pour l'engager, répondit Torkel d'un ton neutre. D'un point de vue purement formel, il est son employé et c'est elle qui prend en charge les frais, pas nous. Si tu veux que ça change, je t'invite à lui en parler directement."

Ce qu'il espérait qu'elle ferait. Dans ce cas, l'attaque de Sebastian aurait eu du bon. Elle pouvait aller voir sa copine Anne-Lie, lui demander, comme un service rendu à une amie, de se débarrasser de lui, et paf, le tour serait joué.

"Donc, tout ce à quoi vous êtes parvenus en deux semaines c'est une poursuite automobile remarquée dans une zone densément peuplée, résuma Rosmarie, visiblement soucieuse d'avoir le dernier mot et de ne laisser personne sortir de la Salle avec l'impression d'avoir réussi quelque chose.

— C'est dû au fait que deux policiers sous l'autorité d'Ulander n'ont pas obéi aux ordres", dit Torkel. Il se rendait bien compte que ça sonnait comme une mauvaise excuse.

Rosmarie parut sur le point de dire qu'il était malgré tout responsable en dernier ressort, mais s'abstint en réalisant que ce n'était pas le cas. C'était la première fois et sans doute la seule que Torkel s'en félicitait.

"Comme tu le sais, je ne suis pas le responsable principal de cette enquête, et je me trouve un peu entravé par les décisions qui sont prises au niveau local", insista-t-il au cas où il aurait mal interprété son silence éloquent.

Rosmarie jeta un coup d'œil au papier qu'elle avait devant elle, mais il n'y avait apparemment rien d'autre sur sa liste de choses-énervantes-à-aborder-avec-la-Criminelle, aussi elle se leva, les remercia pour cette réunion, réaffirma l'importance de la tenir informée en temps réel, puis quitta la pièce.

Ils soupirèrent tous quand elle eut refermé la porte derrière elle, un vrai moment de communion. Les regards qu'ils échangèrent en disaient assez long sur ce qu'ils pensaient des quarante-cinq dernières minutes – pas besoin d'en discuter. Ursula confirma plutôt l'heure à laquelle ils devaient arriver chez Torkel et Lise-Lotte le soir même et les autres s'accordèrent à dire combien ils s'en réjouissaient, avant de partir.

Torkel resta encore un peu. Apprécia la solitude et le silence relatif, sans pourtant parvenir à se départir d'un sentiment désagréable. Il s'agissait en partie de l'enquête, il était contrarié qu'ils ne soient pas arrivés plus loin. Deux semaines après qu'on avait fait appel à eux, ils n'étaient pas plus proches d'une arrestation qu'au jour de leur arrivée. Le risque existait que cette affaire reste non résolue. D'autre part, il s'inquiétait beaucoup pour le dîner. Cette réunion avec Rosmarie avait beau lui avoir déplu, il avait l'impression que ce n'était pas ce qu'il allait lui arriver de pire aujourd'hui.

L'avenir allait lui donner raison.

Billy somnolait, nu, rêvant à moitié : My, Conny, Stella.

Les trois personnes qui occupaient presque tout son temps défilaient dans un mélange de souvenirs et de fantasmes, tandis qu'il entendait la douche dans la pièce voisine et les basses des haut-parleurs de l'autre côté du mur.

Il avait passé le week-end dernier avec My.

À visiter des maisons de vacances.

Ils avaient trois rendez-vous. Avec trois agents immobiliers empressés de les accueillir. Trois maisons dans des styles et des états divers qui au fond n'intéressaient pas Billy, mais curieusement il aspirait à en posséder une.

Parce que c'était normal.

Une maison de vacances. Pas trop loin pour pouvoir aller y passer le week-end le vendredi après le travail. Avec des copains. Y fêter la Saint-Jean. Faire un tour avec le bateau qu'il faudrait acheter, puisque toutes les trois avaient leur ponton privé. Bricoler dans la maison pendant l'été. Décider s'il fallait changer le sol de la véranda ou s'il tiendrait un an de plus. Tondre la pelouse. Faire du feu dans la cheminée quand ils y viendraient en automne.

Une vie normale.

Sa vie. Avec My.

Très loin des deux autres. Conny et Stella.

Il avait appelé le père de Jennifer. Parce qu'il était obligé. S'il ne donnait pas de nouvelles, Conny irait chercher de l'aide ailleurs et c'était la pire alternative. La meilleure, avait conclu Billy, était de lui dire qu'il semblait avoir raison. Les photos avaient l'air manipulées. Mais qu'il avait besoin d'un peu plus de temps pour être certain et voir s'il y avait une possibilité de rassembler des preuves qui pourraient les aider à aller plus loin. Conny avait failli pleurer de gratitude et de soulagement. Billy lui avait promis de le rappeler bientôt.

C'était trois jours plus tôt.

En rentrant de chez Stella.

La chambre rouge et tout ce qu'il pouvait y faire. Tout ce qu'elle lui laissait faire. La première fois qu'il l'avait contactée, il s'était persuadé que ce n'était que pour cette fois. Il allait essayer mais, quel que soit le résultat, il ne recommencerait jamais. La première fois serait aussi la dernière.

Il y était allé deux fois depuis.

C'était comme une drogue. Il savait exactement ce qu'il était en train de faire. Comme la plupart des gens souffrant d'un problème d'addiction, il était persuadé de pouvoir arrêter n'importe quand. Pour autant qu'il ait besoin d'arrêter. Était-ce si grave, au fond, ce qu'il faisait ? Il était une meilleure personne, un meilleur mari, les jours qui suivaient ses visites chez Stella. Il était plus calme, avait les idées plus claires, était plus attentif après avoir donné un exutoire à ses pulsions. Quand le serpent était repu.

La douche s'arrêta de l'autre côté du mur et *Maneater* de Hall & Oates fut remplacé par *You Give Love a Bad*

Name de Bon Jovi. Décidément, il y avait ici quelqu'un qui aimait les années 1980. Il remarqua que la playlist était peut-être plus pensée qu'il ne l'avait cru au début.

Après avoir parlé avec Conny, il avait passé en revue toutes les publications qu'il avait faites au nom de Jennifer. Il les avait examinées à la loupe. Avait analysé les risques.

Il y avait un gros problème.

S'il confirmait à Conny que les mises à jour de Jennifer étaient des faux, ce dernier porterait plainte aussitôt. La parole de Billy et le fait que Jennifer était une collègue inciteraient certainement à ouvrir une enquête. La première chose que ferait un bon policier – et bordel, pas besoin qu'il soit bon, c'était la routine de nos jours – serait de repérer le téléphone de Jennifer et de lister toutes ses communications et celles de son ordinateur. Assez rapidement, cette personne découvrirait que Jennifer avait publié trois photos de Stockholm alors que, curieusement, son téléphone se trouvait dans le Bohuslän. Dans des localités et des lieux où Billy se trouvait à la même période. Billy qui possédait incontestablement les compétences nécessaires pour effectuer les trucages soupçonnés.

Putain, il avait pensé à quoi, là ?

Il le savait très bien : il avait été obligé de rejoindre My pour qu'elle ne commence pas à se demander ce qu'il fabriquait, et il craignait qu'une semaine d'interruption dans les flux de Jennifer ne paraisse suspecte.

Comment avait-il pu être aussi con, bordel ?

Imprudent.

Mais pour le moment, c'était le seul problème qui empêchait Billy de confirmer les soupçons de Conny.

D'un autre côté, c'était vraiment un gros problème et il fallait qu'il le résolve avant de pouvoir continuer.

Encore une raison de voir Stella. Elle rendait son désir maîtrisable, sans importance même, ce qui lui permettait de se concentrer. D'être présent.

“Il faut que tu partes, j'ai un autre client qui arrive.”

Sa préférée, c'était celle sur le lac Risten – ce fut la dernière chose qui lui passa par la tête avant qu'il ouvre les yeux et voie Stella devant le lit, sortant de la douche en peignoir blanc. Quand My lui demanderait de classer les maisons de vacances qu'ils avaient visitées, ce qu'elle ne manquerait pas de faire – il était temps d'avancer : continuer à chercher s'ils n'aimaient aucune des trois ou prendre rendez-vous à la banque si l'une d'elles était la bonne –, c'était le chalet rouge de tout juste soixante mètres carrés avec la pelouse en pente vers la rive du Risten qu'il comptait désigner comme sa favorite.

Il se redressa et s'arracha définitivement au sommeil. Puis il se leva et commença à s'habiller. Il tourna le regard vers Stella, qui s'était assise devant son miroir dans un coin de la pièce pour appliquer un discret maquillage. Il ne voyait pas si elle avait des marques sur le corps. Ça avait été assez brutal.

“Ça va ? demanda-t-il en enfilant son tee-shirt.

— Tu n'as rien fait qui ne soit convenu entre nous”, répondit-elle en croisant son regard dans le miroir. Ça ne répondait pas vraiment à sa question et il se demandait comment la reformuler, s'il devait la reformuler, quand son téléphone sonna. Il le sortit de sa poche et regarda l'écran. My, évidemment. Il le laissa sonner tout en levant la main pour la saluer. Stella lui fit au revoir en silence et retourna à son maquillage. Il quitta la chambre et se dépêcha de gagner la sortie. Il répondit alors qu'il s'approchait de la porte.

"Salut.

— Salut, tu es où ?" Aucune méfiance ni jalousie dans la voix. Une question banale pour savoir ce qu'il faisait.

"À Uppsala, répondit-il sans mentir en se dirigeant vers sa voiture.

— Tu n'as pas oublié qu'on sortait, ce soir ?

— Non, t'inquiète, j'arrive.

— On devrait apporter quelque chose.

— OK.

— Tu passes acheter une bouteille de vin, des bulles, quelque chose ?

— D'accord.

— Super, à tout à l'heure, alors."

Il était arrivé à sa voiture, et vit son reflet dans la vitre de la portière. Réalisa qu'il souriait. Qu'il était content. Pas à cause de là d'où il venait, mais content de là où il allait. De ce qu'il avait. Une vie avec une femme qui l'appelait pour lui demander d'acheter une bouteille de vin avant d'aller ensemble à un dîner.

"Dis, My… dit-il en s'arrêtant.

— Oui ?

— Celle que j'ai préférée, c'était celle du Risten. La petite rouge.

— Moi aussi." Il l'entendait sourire à l'autre bout du fil, l'imaginait déjà en train de planifier l'étape suivante, sentit combien il l'aimait, et qu'il fallait qu'il le lui dise.

"Je t'aime.

— Je t'aime aussi. Sois prudent sur la route."

Et elle raccrocha. Il resta là, grand sourire et téléphone à la main, comme un personnage de comédie romantique qui vient d'apprendre qu'il va arriver au mariage à temps, malgré tous les obstacles et les difficultés.

Restait à résoudre le problème avec Conny, mais il allait réussir.

Il allait tout réussir.

Elle ne s'y était jamais habituée.

L'orbite vide, le trou noir en pleine tête.

Après l'avoir rincé, elle prit une serviette propre et s'essuya la joue tout autour. L'œil, lui, attendait pour le moment sur une compresse au bord du lavabo. Elle entendit Bella dire quelque chose depuis le séjour, mais ne comprit pas, elle entrebâilla donc la porte de la salle de bains.

"Qu'est-ce que tu disais ?

— Pourquoi il y a encore B et M sur ta boîte aux lettres ? On n'habite plus ici.

— Je ne me suis pas sentie d'enlever la plaque", répondit Ursula en s'apprêtant à remettre son œil en place. Elle se désinfecta les mains et enfila des gants fins.

"Pourquoi ? entendit-on dans la pièce voisine.

— Je ne me suis pas sentie, c'est tout."

Elle se concentra pour remettre en place la prothèse humidifiée : soulever la paupière supérieure, caler la sphère dessous, puis tirer la paupière inférieure pour que l'œil glisse en place. Beaucoup mieux.

"Aucun de nous ne va revenir, tu le sais, hein ?"

Comme d'habitude avec Bella, Ursula avait du mal à décider si c'était juste dit comme ça, en passant, dans le fil de la conversation, ou s'il s'agissait d'une pique dirigée contre elle. Mais aujourd'hui, elle était de trop bonne humeur pour s'en soucier.

"Pas de malentendu, bien entendu : je ne veux pas vous avoir dans les pattes", dit-elle d'un ton léger, pour que Bella perçoive son sourire même sans le voir.

Elle sortit de la salle de bains. Rajusta la robe de soirée vert sombre que Bella l'avait aidée à choisir avant que sa prothèse ne commence à l'irriter. Sans manches, jupe plissée.

Quand on avait sonné à sa porte, elle avait été surprise, elle n'avait pas beaucoup de visites. Encore plus surprise en voyant que c'était Bella. Elle allait à une fête à Söder, voulait poser des trucs dont elle avait besoin le lendemain, parce qu'elle comptait dormir chez Ursula après la soirée, si c'était OK.

Bien sûr.

Plus que OK.

Bella avait choisi de venir chez elle, pas chez Micke et Amanda. Elle l'avait d'ailleurs interrogée à ce sujet un peu plus tard, quand elles s'étaient ouvert une bouteille de vin à la cuisine. À part le fait qu'il y avait davantage de place chez Ursula et que Bella y avait son ancienne chambre, Amanda n'allait toujours pas très bien et Bella n'avait pas envie de l'entendre hoqueter et vomir le matin. En plus, Amanda était à peu près tout le temps d'une humeur de chiotte. Bella ne lui jetait pas la pierre. Avoir la nausée tous les jours pendant plusieurs mois devait être une vraie torture.

"Ce gosse n'aura jamais de frère ou de sœur… de vrai frère ou sœur", se corrigea Bella. Ursula s'autorisa à se réjouir un peu des malheurs d'Amanda : au moins, elle ne se promenait pas pieds nus sur le parquet imprégné d'huile de lin, rayonnante, sa blanche nuisette flottant légèrement au vent, tout en sirotant une infusion et en caressant son ventre rond, comme elle l'avait imaginé quand Bella lui avait annoncé qu'Amanda était en cloque.

"Me dégoûte pas, tu as bien remis ton œil, hein ?" dit Bella en levant une main devant ses yeux quand Ursula arriva à la porte du séjour, comme elle faisait pour ne pas voir quelque chose d'horrible à la télé. Ursula écarquilla les yeux en lui montrant qu'ils étaient tous les deux là.

"Désolée, mais je trouve ça vraiment dégueulasse, s'excusa Bella.

— Moi aussi", renchérit Ursula avant d'aller à la cuisine reprendre la bouteille au réfrigérateur. Revenue dans le séjour, elle la leva vers Bella qui hocha la tête en lui tendant son verre. Elle remplit leurs deux verres et s'assit dans le fauteuil en face de sa fille. Elle avait encore un peu de temps.

"Alors, il y aura qui à ce dîner ? demanda Bella depuis le canapé, en buvant une gorgée de vin.

— Il y aura Billy et sa femme, Vanja et son petit ami, moi et Sebastian.

— Celui chez qui on t'a tiré dessus ?

— Oui.

— C'est pour lui que tu as déménagé à Stockholm ?"

Ursula se figea. Elle s'attendait à ce qu'elle lui demande ensuite comment elle avait fait pour recevoir cette balle dans l'œil. Elles n'en avaient jamais tellement parlé. Mais ça ? D'où ça sortait ? Elle savait exactement ce que voulait dire Bella, mais quand avait-elle fait le rapprochement ?

Comment ? Ursula décida rapidement de faire celle qui ne comprenait pas, pour voir où cela la mènerait.

“Quand ça ?

— Quand tu nous as laissés, papa et moi, quand j’avais sept ans.”

Ursula n’entendit aucun reproche dans sa voix, rien que la curiosité factuelle d’une fille adulte qui voulait en savoir plus sur une période de son enfance. Rien d’étrange à cela, au fond. Mais Ursula devait décider comment y faire face.

Mentir et être celle qui mentait pour sauver sa peau.

Répondre sincèrement et être celle qui avait abandonné sa famille pour un autre homme.

Dans un cas comme dans l’autre, elle apparaîtrait comme une égoïste. Mais il valait mieux l’avoir été que l’être aujourd’hui. Reconnaître ses erreurs plutôt que d’en commettre de nouvelles. Peut-être pourrait-elle s’en sortir sans répondre ? Gagner du temps, voir ce que Bella savait, et faire en fonction ?

“D’où tu sors ça ?

— J’ai parlé avec Barbro.”

Elle ne s’attendait pas à ça. Pas du tout, en fait. Elle était sûre que c’était Micke qui lui avait raconté. Il en savait sans doute davantage qu’il n’en avait l’air. Depuis le début. Mais Barbro… Ursula ne connaissait qu’une Barbro, cela ne pouvait donc être personne d’autre, mais elle voulait malgré tout en avoir le cœur net :

“Ma sœur ?

— Oui.”

Ursula n’avait pas eu une seule pensée pour Barbro depuis des années, plus eu de ses nouvelles depuis cet après-midi où elle était venue se confronter à elle, détruisant son mariage.

“Pourquoi es-tu allée lui parler ?” Plus de froideur et de reproches dans sa voix qu’elle n’aurait voulu. Elle indiquait clairement ce qu’elle pensait de sa sœur, mais aussi du fait que sa fille lui ait parlé.

“Elle m’a appelée quand tu as été blessée. Elle voulait savoir comment tu allais, elle était inquiète pour toi.”

Ursula ricana, comme si elle n’y croyait pas un instant.

“Elle voulait savoir si j’allais y passer, oui.

— Je ne sais pas… En tout cas, je lui ai promis de ne pas te dire que je lui avais parlé.

— Mais tu viens de le faire.

— Tu voulais que je te raconte des trucs, non ?”

Ursula hocha la tête. Comme c’était vrai. Elle avait l’impression que c’était sa main tendue et leur sortie au pub à Uppsala quelques semaines plus tôt qui faisaient que Bella était aujourd’hui sur son canapé. C’était un début, une possibilité de nouveau départ. Elle ne voulait absolument pas tout gâcher en se montrant ingrate.

“Alors c’est seulement moi, ou tu vas me raconter des trucs toi aussi ?” demanda Bella, qui but une autre gorgée de vin en lui jetant un regard impérieux par-dessus son verre. Ursula inspira à fond, comme si elle s’apprêtait littéralement à plonger en eaux profondes.

“Sebastian était une des raisons de mon départ. Mais je voulais aussi changer de travail, et ce poste à la Criminelle était plus sympa, bien mieux que celui au labo central de la police, reconnut Ursula.

— Plus sympa et bien mieux que nous ?”

L'argumentation était un peu simpliste et injuste, trouva Ursula, qui décida cependant d'appliquer à nouveau la recette à succès de la dernière fois : ne pas chercher la confrontation, éviter les conflits. Tout faire pour avoir une conversation agréable.

"Nous avons parlé de déménager toute la famille. Micke ne voulait pas. En fait, c'est lui qui a proposé qu'on habite chacun de notre côté un certain temps.

— Vous ne m'avez pas demandé mon avis.

— Tu étais trop petite.

— Si je t'avais demandé de rester, tu l'aurais fait ?

— Tu ne l'as pas demandé.

— Mais si je l'avais fait ?"

C'était une question purement hypothétique. Avec des si… On ne pouvait que spéculer. Le fait est que Bella ne lui avait jamais demandé de ne pas s'en aller. Elle avait été triste, bien sûr, mais il était clair qu'elle trouvait que c'était le bon parent qui s'en allait. Déjà à l'époque, il y avait une barrière affective entre elles. Une distance qu'Ursula avait aujourd'hui une chance de combler, du moins quelque peu.

"Je ne sais pas. Sans doute pas."

Bella hocha la tête, semblant se contenter de cette réponse. Ce n'était pas une surprise, Ursula avait fait passer ses propres besoins et envies avant Bella pendant toute l'enfance de sa fille, mais au moins elle se montrait honnête à ce sujet aujourd'hui.

"Qu'est-ce qui s'est passé entre Barbro et toi ? demanda Bella, pour changer de sujet.

— Elle ne te l'a pas dit ?

— Non.

— Qu'est-ce qu'elle t'a dit, alors ?"

Bella inspira à fond, posa son verre et se redressa dans le canapé.

"Elle a appelé, a demandé ce qui s'était passé, j'ai dit que tu t'étais fait tirer dessus chez quelqu'un qui s'appelait Sebastian, elle a demandé « le fameux Sebastian ? » et je ne savais pas ce qu'elle voulait dire, elle a dit « celui pour qui elle a déménagé à Stockholm », et j'ai dit que je ne savais pas, elle a dit alors « ça doit être lui », puis m'a à nouveau demandé comment tu allais et on n'en a plus parlé."

Silence.

Nouveau regard impérieux de Bella.

Ursula réfléchit. Au fond, qu'avait-elle à perdre en lui racontant tout ? Rien. Dans toute cette partie de l'histoire, c'était elle la victime.

"Elle a couché avec lui. Ou plutôt il a couché avec elle, l'automne où je suis revenue à Linköping. Quand papa était malade.

— Tu veux dire quand il s'est mis à boire ?"

Ursula était habituée à défendre Micke, à lui trouver des excuses, à le protéger, c'était viscéral. Elle oubliait que Bella avait depuis longtemps compris que son père avait eu un problème d'alcool à certaines périodes de son enfance. Ursula se contenta de hocher la tête.

"Je n'aimais pas Michael, je ne l'ai probablement jamais aimé, mais j'aimais Sebastian.

— Mais tu viens de dire que ce n'était pas pour lui que tu avais déménagé ?

— Ce n'était pas que pour lui. J'ai commencé à l'aimer à Stockholm. Quand nous avions plus de temps l'un pour l'autre… Mais là, il a couché avec Barbro."

Le silence se fit à nouveau. La façon dont elles s'étaient parlé ces dernières minutes, tout ce qu'elle avait appris sur sa mère, c'était la première fois. C'était presque trop. Restait sûrement d'autres sujets à aborder. Beaucoup d'autres. Sur son enfance, Micke, les choix d'Ursula, sa relation avec Sebastian, avec qui elle travaillait à nouveau depuis plusieurs années. Mais chaque chose en son temps.

"Mais aujourd'hui vous allez ensemble à un dîner, constata Bella.

— Oui, on va dîner."

Cela paraissait un bon moment pour s'arrêter.

Ursula jeta un œil à sa montre, se leva avec son verre et alla à la cuisine le mettre dans l'évier. Bella resta sur le canapé. Sa fête ne commençait pas avant plusieurs heures. Ursula appela un taxi, mit son manteau, vérifia qu'elle avait tout ce qu'il lui fallait et lança un "salut !" à travers l'appartement. Bella la rejoignit dans l'entrée.

"À demain", dit-elle en serrant Ursula dans ses bras.

Autant qu'Ursula s'en souvienne, ça n'était encore jamais arrivé.

Elle sentit qu'elle n'aurait pas de mal à s'y habituer.

“Salut, entre !”

Torkel s’écarta pour laisser passer Sebastian. Il avait l’air d’avoir envie que la soirée soit déjà finie, se dit Sebastian en ôtant son manteau.

“Je suis le premier ?

— Oui.”

Lise-Lotte sortit de la cuisine, le salua en l’assurant qu’elle était ravie qu’ils se rencontrent enfin. Elle avait tellement entendu parler de lui. Ce qui ne présageait rien de bon, pensa Sebastian.

“C’est donc à cause de toi que Torkel a toujours cet air ravi, maintenant ? dit-il en lui offrant la fleur qu’il lui avait achetée en chemin.

— J’espère.

— J’en suis certain, dit Sebastian avec un sourire.

— Tu veux quelque chose à boire ?

— N’importe quoi, sans alcool, ce sera parfait.

— Une bière sans alcool ?

— Parfait, merci.”

Torkel l’observait de côté. Sebastian Bergman. Il se comportait comme une personne normale. On oubliait facilement combien il pouvait être manipulateur et charmeur quand il le voulait vraiment. Torkel supposa qu'il devrait se réjouir qu'il fasse au moins un petit effort. Ils passèrent au séjour. Sebastian s'arrêta pour embrasser la pièce du regard.

"Je ne suis jamais venu ici, hein ?

— Tu sais très bien que non.

— Joli. Agréable. Tu habites là depuis longtemps ?

— Depuis mon divorce avec Yvonne."

Sebastian hocha la tête d'un air intéressé, fit quelques pas et s'approcha de la bibliothèque la plus proche.

"Tes filles ?" demanda Sebastian en montrant de la tête une photo de Vilma et Elin, qu'il saisit pour l'observer de plus près.

Il s'en tenait au plan.

Bavarder, tenir des propos sans importance.

Chose qu'un homme ennuyeux et dénué d'imagination comme Torkel apprécierait. Car même s'il parvenait à redorer son blason auprès de Vanja, même si elle le tolérait auprès d'elle, cela ne lui suffirait pas pour rester à la Criminelle. Pour ça, il avait besoin de Torkel.

"Comme elles ont grandi.

— À quoi tu joues ? demanda Torkel en lui enlevant la photo des mains pour la replacer dans la bibliothèque.

— Mais quoi ?

— Qu'est-ce que tu veux ? Les seules fois où tu essaies de te comporter comme une personne normale, c'est quand tu veux quelque chose."

Bon, d'accord, il y était peut-être allé avec des gros sabots, mais s'il connaissait bien son Torkel, la bonne méthode était de continuer à avancer, et non de reculer.

“Je voudrais… je voudrais retrouver une partie de ma vie d’avant.” Il se tut, comme s’il avait besoin de chercher les mots justes. “Je suis devenu proche d’Ursula, comme tu le sais et j’ai compris que… j’ai été très, très seul ces dernières années. Et nous étions quand même amis, autrefois.”

Torkel le scruta en silence et Sebastian lui adressa le regard le plus franc et sincère qu’il put fournir. Trop ? Trop vite ? Le plus sûr était d’attendre une réponse et de s’y adapter.

Il n’y eut aucune réponse car la sonnette retentit. Torkel alla ouvrir et, au même moment, Lise-Lotte vint lui apporter un verre de bière. Une minute plus tard, Ursula entra. Elle s’arrêta un instant en voyant qu’il n’y avait encore que Sebastian. Allait-elle lui dire qu’elle venait de parler de lui ? Qu’elle était allée faire un tour dans l’allée des souvenirs ? Mais à quoi bon ? Il n’avait pas eu une seule pensée pour ce qui était arrivé depuis que c’était arrivé, elle en était certaine. Il ne demanderait jamais pardon. Elle n’était même pas sûre qu’il se souvienne que c’était à cause de ça qu’elle l’avait haï pendant tant d’années.

Lise-Lotte laissa Sebastian et vint la saluer.

“Mais nous nous sommes déjà vues, dit-elle en serrant la main d’Ursula.

— Oui, c’est vrai”, lui répondit Ursula avec un sourire. Déjà, cette fois-là, alors que Lise-Lotte était mal réveillée et sans apprêt, Ursula avait été frappée par sa beauté. Ce soir, bien coiffée, avec son discret maquillage et sa simple robe Karen Millen, elle était absolument magnifique.

Ursula lui proposa de l’aider à la cuisine, mais c’était presque prêt. Elle avait préparé le plus gros la veille et avait fini en rentrant cet après-midi. Ursula voulait-elle quelque chose à boire ? Du vin, rouge ou blanc, de la bière, de l'eau pétillante, un coca ? "Un verre de blanc, merci", répondit Ursula. Elle la regarda repartir vers la cuisine. Une parfaite maîtresse de maison, aussi, évidemment. Elle rejoignit Sebastian. Elle sentait qu'elle avait déjà bu deux verres de vin chez elle, il fallait qu'elle fasse un peu attention.

"Jolie robe, fit-il en guise de salut.

— Merci.

— Ton match Tinder est venu lui aussi ?

— Ce n'est pas un match Tinder, et non, il ne vient pas. Nous ne nous sommes rencontrés qu'une seule fois.

— Il m'est arrivé d'emmener à une fête de sortie de bouquin une femme que je venais de rencontrer dans le métro.

— Ça ne m'étonne pas de toi. Hélas."

Ils entendirent sonner et eurent bientôt la compagnie de Vanja et Jonathan. Ils entrèrent, saluèrent, eurent à boire. Vanja s'abstint de prendre de l'alcool. Elle conduisait, dit-elle. La vérité était qu'elle ne savait pas si elle était enceinte. Si elle ne l'était pas, ce n'était pas faute d'avoir essayé. C'était d'ailleurs la raison de leur léger retard.

Ils saluèrent Sebastian qui serra la main de Jonathan et se présenta avec nom et prénom. Ils firent comme s'ils ne s'étaient jamais vus. C'était une excellente occasion de se montrer sous un jour nouveau et meilleur. Un soir comme celui-ci, Vanja ne pouvait pas exiger qu'ils ne parlent que boulot. D'autant que Torkel et Lise-Lotte leur avaient explicitement demandé de s'en abstenir, par égard pour les conjoints et conjointes. Cela convenait parfaitement à Sebastian. Torkel et Lise-Lotte partageant leur attention entre les invités et la cuisine, ils se retrouvèrent tous les quatre.

S'en tenir au plan.

Faire un effort.

Bavarder à bâtons rompus.

My et Billy arrivèrent bons derniers, et toute la manœuvre se répéta une dernière fois : pendre les manteaux, entrer, saluer, recevoir à boire.

"Pardon d'arriver si tard, mais Billy était à Uppsala, s'excusa My une fois les présentations faites.

— Qu'est-ce que tu faisais là-bas ? demanda Sebastian sur le ton de la conversation policée.

— Rien, juste vérifié deux ou trois trucs.

— Quel genre de trucs ?

— On arrête de parler boulot ! les interrompit Lise-Lotte avec un sourire. Et si vous voulez bien passer à table, c'est prêt." Ils initièrent un mouvement vers la cuisine. Sebastian observa Billy. Il avait lui aussi passé la plus grande partie de la journée à travailler à Uppsala. Il n'avait pas vu Billy à l'hôtel de police, et ni Anne-Lie, ni Carlos n'avaient évoqué sa venue.

"Placement libre", annonça Lise-Lotte quand ils furent tous à la cuisine, où la table était mise pour huit.

Sebastian regarda Vanja, qui attendit clairement qu'il s'assoie le premier pour choisir la place la plus éloignée de lui.

Le dîner commença.

Croquettes de chou-fleur au parmesan.

On servit du vin. Les conversations commencèrent. Jonathan, Lise-Lotte et My concentrèrent l'attention.

Nouveaux parcours, nouvelles expériences, nouveaux métiers et comme ils connaissaient trois membres de l'équipe autrement que comme policiers, ils faisaient découvrir de nouvelles perspectives sur de vieux collègues.

Morue marinée couronnée de crevettes et pommes de terre nouvelles à l'aneth.

Arrivé au plat principal, Sebastian se surprit à passer un bon moment. Les sujets de conversation s'enchaînaient sans temps morts. Travail, musique, séries télé, lieux de naissance, ragots, politique. Dans ce contexte, Vanja semblait même se dégeler un peu avec lui.

Demain, ça irait encore mieux.

Il avait parlé avec Valdemar, convenu d'un rendez-vous. Valdemar savait très bien qui était Sebastian, un collègue de sa fille – comme il continuait à l'appeler –, mais n'avait pas abordé lors de leur conversation le sujet de la paternité. Sebastian avait donc supposé qu'il ne savait tout simplement rien, que Vanja ne lui en avait jamais parlé.

Sebastian lui avait expliqué qu'il ne s'agissait que de Vanja, qu'il sentait que quelque chose lui manquait, et ce quelque chose était Valdemar. En entendant qu'il manquait à Vanja, Valdemar avait semblé sur le point de fondre en larmes. Il n'avait pas été difficile de le convaincre d'accepter de lui faire la surprise d'une visite. Mise au courant, consultée, elle réussirait à trouver un prétexte pour que cela ne se fasse pas.

Le statu quo était toujours le plus simple.

C'était le changement qui était difficile.

Le changement et la réconciliation.

Mousse au citron, fruit de la passion et galettes de flocons d'avoine.

Après le dîner, ils avaient tous remercié en rivalisant de compliments. Ursula avait insisté pour aider à la cuisine. Lise-Lotte voulait tout laisser en plan, Torkel et elle pourraient s'en occuper le lendemain. Ursula eut gain de cause. Les autres regagnèrent le séjour. Sebastian ne se rappelait pas la dernière fois où il s'était trouvé dans un contexte social de ce genre sans chercher quelqu'un avec qui coucher. Juste passer du temps avec les autres. Ça devait remonter à Lily. Un bail. Il embrassa la pièce du regard.

Jonathan et Billy étaient en grande discussion, leurs têtes penchées tout près l'une de l'autre. Pas question qu'il fasse même semblant de s'y intéresser. Vanja n'était pas dans la pièce. Peut-être était-elle à la cuisine ? Peut-être y avait-il la possibilité d'échanger deux mots avec elle ? La soirée était agréable. Même elle semblait de cet avis. Sur le chemin de la cuisine, il passa devant My, qui venait de harponner Torkel.

"Je peux te demander quelque chose ?" entendit-il My demander. Il ralentit le pas, laissa traîner une oreille : tout ce qui touchait Billy l'intéressait particulièrement.

"Bien sûr.

— En novembre, s'il ne se passe rien de spécial, reprit My. Est-ce que vous pourrez vous passer de Billy une semaine, tu crois ?

— On verra, difficile à dire maintenant. Pourquoi ?

— Nous pensions partir. Prendre un peu de vacances.

— Encore une fois, on verra. Il lui reste des jours ?

— Oui, il a travaillé une semaine supplémentaire après la Saint-Jean.

— Vraiment ?

— Oui, il n'est pas descendu me retrouver au Bohuslän avant début juillet.

— OK, opina Torkel. Je vais vérifier ça."

Rien dans cette conversation n'intéressait Sebastian, et ils semblaient en avoir fini. Il continua jusqu'à la cuisine, où Ursula et Lise-Lotte finissaient d'essuyer la vaisselle. Vanja n'était pas non plus là. Peut-être aux toilettes. Il ne pouvait quand même pas aller l'attendre devant, rien que pour lui parler. Lise-Lotte se tourna vers lui en le voyant entrer et prendre une chaise.

"Tu voulais quelque chose ?

— Non, tout va bien, merci. Tout était très bon et je suppose que ce n'est pas grâce à Torkel.

— Il m'a aidée.

— Tiens, ça alors, ah ah, et malgré ça, c'était bon, répondit Sebastian avec un sourire chaleureux. Très bonne initiative, en tout cas. Ravi de faire ta connaissance.

— Alors j'espère qu'il y aura d'autres occasions."

Ursula lui lança un regard, comme si elle n'en croyait pas ses oreilles : était-il en train de flirter avec Lise-Lotte ? Attentionné, poli, drôle.

Sebastian ne se comportait jamais ainsi s'il ne voulait pas quelque chose et s'il voulait quelque chose, c'était toujours la même chose, mettre quelqu'un dans son lit. Mais même la facette la plus autodestructrice de sa personne n'irait quand même pas sérieusement entreprendre de séduire le nouvel amour de Torkel. Ou était-ce là une sorte de guerre psychologique pour rendre Ursula jalouse ? Pour qu'il lui manque ? Regarde ça, Ursula, quel homme sympathique tu as raté…

“Et dire que vous vous retrouvez là toutes les deux ensemble”, entendit-elle Sebastian continuer. Elle comprit aussitôt que ce qui allait suivre reléguerait cet hypothétique flirt au rang de problème mineur. “Tout le monde n’en serait pas capable.”

Le sourire de Lise-Lotte se figea, elle ne comprenait pas.

“Comment ça ? Pourquoi n’en serions-nous pas capables ?

— Sebastian…” fit Ursula d’un ton léger pour détourner son attention. Cela eut l’effet inverse. Lise-Lotte quitta Sebastian des yeux, regarda Ursula, l’air perplexe, puis plissa davantage le front en revenant à Sebastian, qui se taisait. Il venait de comprendre que Torkel n’avait rien dit à Lise-Lotte à propos d’Ursula.

“Pourquoi ne serions-nous pas capables de nous retrouver toutes les deux ?” Lise-Lotte répéta sa question d’un ton qui disait que, quelque part, elle se doutait de la réponse. Mais le regard qu’elle adressa à Sebastian disait qu’elle voulait l’entendre de sa bouche.

“Parce que… Parce que…” commença-t-il en se sentant devant elle comme un élève convoqué dans le bureau du proviseur. Il ne pensait pas à mal, ne voulait saboter la vie de personne, et surtout pas la sienne, il voulait juste être agréable. Si Lise-Lotte l’appréciait, il avait plus de chances que Torkel le reprenne. Il essayait de trouver une bonne réponse, mais c’était le vide. Lui qui d’habitude était capable de mentir les yeux fermés. Mais il était obligé de dire quelque chose.

“Bon, je ne voulais vraiment pas… je croyais qu’il t’avait raconté…

— Raconté quoi ?

— Sebastian… glissa à nouveau Ursula, comme si cesser de parler était une alternative pour se sauver de cette situation.

— Raconté quoi ? demanda à nouveau Lise-Lotte, avec un fond de colère dans la voix.

— Torkel et Ursula… ont eu une histoire.

— Quoi, une histoire ?

— Eh bien, tu sais, une histoire", dit Sebastian en haussant un peu les épaules. C'était déjà assez mal engagé, il n'allait pas se mettre à donner des détails.

"Il y a combien de temps ?

— Je ne sais pas." Il se tourna vers Ursula pour chercher du soutien. "Il y a six bons mois, peut-être un peu plus…"

Un mois ou deux avant qu'il la rencontre, donc. Lise-Lotte digérait ça en silence quand Torkel fit irruption dans la cuisine.

"Ulander a appelé, on doit y aller. Il a frappé à nouveau."

La petite salle d'attente était éclairée par quelques points de lumière tamisée, meublée et tapissée dans les tons verts et jaunes. Des couleurs que la majorité des gens associait à quelque chose d'apaisant, de relaxant, de chaleureux, agréable. Un aquarium le long d'un mur, de grandes plantes vertes et des revues dispersées sur la table entre le canapé jaune et les fauteuils verts. Une musique instrumentale se déversait à faible volume de haut-parleurs cachés. On avait l'impression qu'un architecte d'intérieur avait appliqué à la lettre sa leçon sur l'influence des couleurs et de l'environnement sur les patients.

Therese était sur le canapé, en sweat-shirt et pantalon de survêtement gris. Assise sur ses talons, elle serrait ses genoux comme si elle voulait se faire plus petite, disparaître. Elle avait les yeux rouges, sa queue de cheval s'était en partie défaite, des mèches de cheveux sombres cachaient un côté de son visage.

"J'étais sortie avec des copains. Je suis rentrée vers dix heures et demie, dit-elle d'une voix si faible qu'Anne-Lie dut se pencher en avant pour l'entendre. J'ai appelé une Rassur'Voiture.

— Qu'est-ce que c'est ?

— Comme un taxi, pour filles seules. C'est gratuit. Au début, c'était un truc d'étudiants..."

Anne-Lie hocha la tête, elle pensait avoir lu quelque chose à ce sujet environ une semaine auparavant. Sur leur activité qui avait malheureusement fait un bond en avant ces derniers temps.

"Quand vous l'avez commandé...

— Oui ?

— Avez-vous dit que vous étiez seule à la maison en ce moment ?"

Comme l'agresseur l'attendait à son retour, Anne-Lie essayait de savoir si quelqu'un était au courant que l'appartement était vide. Quelques années auparavant, on avait arrêté à Göteborg une bande organisée de cambrioleurs dans laquelle plusieurs chauffeurs de taxi étaient impliqués. Ils prévenaient les trois complices qui effectuaient les cambriolages proprement dits quand ils avaient fait une course vers l'aéroport de Landvetter, et que la maison où ils avaient pris leurs clients restait probablement vide. Dans certains cas, ils s'arrangeaient aussi pour bavarder avec le client afin de savoir la durée exacte de son absence. Ici, en l'occurrence, la fenêtre temporelle était naturellement beaucoup plus étroite, mais ce n'était pas impossible.

"Non, je n'ai pas dit ça, dit Therese.

— Vous en êtes certaine ?

— Oui."

Anne-Lie nota quand même. Une organisation de taxis raccompagnant des femmes seules chez elles la nuit, ça valait la peine d'y regarder de plus près.

La porte de la petite salle d'attente s'ouvrit et Gabriella, la sœur cadette de Therese, revint. Elle portait un thé chaud qu'elle posa sur la table devant Therese avant de s'asseoir près d'elle sur le canapé.

"J'ai réussi à joindre Milan, il revient, il sera là d'ici quelques heures." Therese se contenta de hocher la tête avec gratitude mais resta prostrée sans faire mine de prendre le mug brûlant. Gabrielle lui prit la main et la serra.

"Milan est parti suivre une formation, expliqua-t-elle à Anne-Lie.

— Qui était au courant ? Que vous étiez seule ?"

Gabriella regarda sa sœur, il fallait qu'elle réponde à cette question.

"Nos amis, les collègues de Milan, nos parents…" Therese regarda sa sœur pour chercher du soutien et d'autres idées. Gabriella continua à se taire.

"Vous en avez parlé quelque part sur les réseaux sociaux ?" demanda Anne-Lie. Elle ne voulait absolument pas donner à Therese des raisons de s'accuser elle-même, à aucun prix. Lors des agressions sexuelles, le plus important était de comprendre que c'était l'agresseur le responsable, et seulement lui. Mais il fallait qu'elle sache s'ils pourchassaient un homme plus proche des victimes qu'ils ne le pensaient jusqu'à présent, ou si les informations dont il avait besoin pour commettre ses crimes étaient simplement disponibles en se servant d'un ordinateur. Le fait qu'il l'ait agressée à l'intérieur après l'avoir attendue dans son appartement indiquait qu'il pensait qu'elle serait seule.

"Oui, j'ai posté un truc sur Facebook, admit Therese.

— Et Milan met des photos sur Insta depuis hier soir, glissa Gabriella.

— On en avait parlé, sanglota Therese en croisant pour la première fois depuis son arrivée dans la pièce le regard d'Anne-Lie. Du fait qu'il parte comme ça si tôt après… enfin vous savez. La première fois."

Sa voix se brisa et ses larmes se mirent à couler. Gabriella lui passa son bras autour des épaules et la serra contre elle.

"Je lui ai dit que c'était OK. Ce qui était arrivé ne devait pas nous perturber plus que ça. Je voulais juste oublier et continuer à vivre comme d'habitude."

Une attitude admirable, mais Anne-Lie savait que la plupart de celles qui avaient vécu la même expérience que Therese avaient du mal à tourner la page et à laisser ça derrière elle. Elles étaient perturbées par l'agression, même si les séquelles et le moment de leur apparition étaient très variables. Abattement, sentiment de culpabilité, angoisse, comportements autodestructeurs et même pensées suicidaires : chacune réagissait à sa façon. Ça pouvait être tout de suite après, ou bien plusieurs années après l'agression. Rares étaient celles qui parvenaient à continuer comme si de rien n'était.

"Je ne comprends pas. Pourquoi moi, encore une fois ? dit Therese, en s'adressant surtout à elle-même.

— Je ne sais pas." Anne-Lie compatissait vraiment. Si Therese avait plus ou moins réussi à dépasser le choc de son premier viol, cette fois, ce serait plus difficile, voire impossible. Même quand ils l'auraient arrêté, Therese aurait du mal à s'en remettre.

Anne-Lie haïssait ces hommes-là.

Il fallait qu'ils les arrêtent.

"Avez-vous la moindre idée de la raison pour laquelle quelqu'un pourrait vouloir que cela vous arrive, à vous ?" demanda-t-elle doucement. Encore une fois, elle ne voulait pas semer le doute, en aucune manière pousser Therese à s'accuser elle-même. Mais Therese se contenta de secouer lentement la tête.

Le téléphone d'Anne-Lie vibra. Elle regarda l'écran : la Criminelle était arrivée.

"Nous reparlerons de ça avec vous, plus tard." Anne-Lie referma son carnet et se leva. Elle se pencha pour poser doucement la main sur l'avant-bras de Therese. "Vous devez faire très attention à vous, promettez-le-moi."

Therese hocha la tête en pleurant sans bruit. Anne-Lie se tourna vers sa sœur :

"Veillez sur elle."

Gabriella hocha elle aussi la tête et serra sa sœur contre elle.

Torkel, Vanja et Sebastian attendaient dans un couloir désert. Sebastian, assis au bord d'un lit d'hôpital, balançait les jambes. Vanja allait et venait, ne tenant pas en place. Torkel, lui, avait trouvé une chaise et une revue, *Pêche magazine*, à laquelle il faisait semblant de s'intéresser. Personne ne disait mot.

Ils étaient montés à Uppsala dans deux voitures. Celles de Torkel et Billy. Vanja et Billy conduisaient, puisque Torkel et Ursula avaient bu. Torkel moins qu'Ursula, mais assez pour ne pas prendre le volant. Sebastian avait insisté pour voyager avec Torkel. Il fallait qu'il s'explique, essaie d'arranger les choses. Torkel avait accepté, avant tout parce que c'était plus simple ainsi. Ursula et Billy iraient directement sur la scène de crime, il était donc logique qu'ils prennent une voiture, Vanja, Sebastian et lui, qui devaient se rendre à l'hôpital, l'autre. Ils avaient à peine quitté Kungsholmen que Sebastian lui présentait ses excuses avec sincérité et franchise.

"Je croyais vraiment que tu lui avais raconté, avait dit Sebastian depuis le milieu de la banquette arrière. Comme vous travaillez tous les jours ensemble.

— C'est justement pour ça", avait lâché Torkel. Vanja avait décidé de ne pas se mêler de leur discussion. Elle aussi croyait que Torkel avait raconté à Lise-Lotte qu'Ursula et lui avaient eu une histoire. Là, elle était bien obligée d'être d'accord avec Sebastian : quand on travaille au quotidien avec son ex, on le dit, quand même. Mais elle n'avait pas l'intention de partager cet avis avec les autres. Elle se concentrait pour essayer de suivre Billy alors qu'ils roulaient vers le nord sur l'E6.

"Je ne voulais pas vous créer des problèmes. Je lui expliquerai, si tu veux.

— Non, je ne veux pas.

— Demande à Ursula", avait tenté Sebastian. Il était important que Torkel le croie, qu'il ne passe pas cette fois pour le salaud qu'il était le plus souvent. Surtout en présence de Vanja. "Elle y était, elle sait que je n'ai pas fait ça avec une arrière-pensée, c'était une erreur.

— T'inviter à ce dîner était une erreur", avait dit Torkel entre ses dents depuis le siège passager. Ils n'en avaient plus parlé du trajet. Ils ne s'étaient pas parlé du tout.

Ni pendant que Vanja se garait.

Ni en entrant dans l'hôpital où on leur avait indiqué où attendre.

Ni dans le couloir où ils attendaient Anne-Lie, qui maintenant se dirigeait vers eux.

"Vous n'êtes que trois ? demanda-t-elle en les rejoignant.

— Ursula et Billy sont allés directement à l'appartement, dit Torkel en posant son magazine de pêche et en se levant.

— Carlos est déjà sur place, les informa Anne-Lie.

— Très bien, il peut garder le commandement, nous étions à un dîner. Ursula a bu quelques verres de vin.

— Pourquoi tu l'as prise, alors ?" Anne-Lie le regarda, exprimant la plus totale incompréhension. Pourquoi ? Torkel ne s'était jamais dit qu'elle ne *devait* pas les accompagner. Elle n'était pas ivre, savait ce qu'elle pouvait faire ou pas, comment se comporter. Mais Torkel regrettait déjà de lui en avoir parlé. Il se doutait que la prochaine fois qu'on lui parlerait de collègues alcoolisés en lui demandant ce qu'il en pensait en tant que chef, le coup viendrait de Rosmarie. Il décida aussitôt de ne pas mentionner qu'il avait lui-même bu deux bières au cours de la soirée.

"Qu'est-ce qu'elle a dit ? demanda-t-il pour changer de sujet.

— Elle est rentrée chez elle vers onze heures moins le quart. Quelqu'un l'attendait dans l'appartement, l'a surprise par-derrière, l'a endormie. Elle s'est réveillée le sac sur la tête. Viol complet encore une fois. L'examen médical a confirmé des traces de sperme.

— Pauvre femme, comment va-t-elle ? demanda Vanja.

— Physiquement : ils lui ont fait des prélèvements pour la détection de maladies sexuellement transmissibles et lui ont donné la pilule du lendemain. Elle avait été vaccinée contre l'hépatite B la fois précédente. Psychiquement : elle ne va pas bien, et cela ne va probablement qu'empirer.

— Elle vit en couple, glissa Torkel en ramenant la conversation à l'enquête proprement dite. Comment l'agresseur savait-il qu'elle était seule à la maison ?

— Les réseaux sociaux. À moins qu'il la connaisse, bien sûr."

Sebastian hocha la tête, découragé. Ce n'était pas la première fois. Il s'étonnait toujours des quantités d'informations que les gens partageaient de leur plein gré, des informations qui les rendaient plus exposés et vulnérables.

"Elle est rentrée avec Rassur'Voiture. Une sorte de chaîne de taxis qui ramènent gratuitement les femmes seules chez elles.

— Que sait-on là-dessus ?

— Que ça existe. On regardera de plus près demain.

— Il agit à nouveau à l'intérieur, à leur domicile", constata Sebastian. C'était là ce qu'ils attendaient et redoutaient en même temps. Une nouvelle agression. Cette fois, la situation se compliquait encore davantage. "Et encore plus important, il a à nouveau choisi Therese.

— Vraisemblablement, mais est-ce que cela pourrait être un hasard ?"

La question n'était pas si bête qu'elle paraissait. Le pire qu'ils pouvaient faire était de tirer des conclusions hâtives, rechercher des preuves pour confirmer une théorie toute faite plutôt que de chercher sans *a priori*.

“Dans ce cas, il aurait choisi un appartement au hasard après avoir passé Facebook au peigne fin à la recherche de femmes seules, il serait tombé sur Therese sans la reconnaître”, résuma Sebastian. En regardant les autres, il mit alors des mots sur ce que tous au fond savaient : “Elle est choisie. C’est personnel.

— Dans ce cas, cela veut dire qu’il pourrait s’attaquer à nouveau à Ida et Klara aussi”, dit Vanja.

Ils se regardèrent. C’était vrai, naturellement. Il était tard, mais peut-être pas trop tard. Sebastian sauta de son lit et suivit les autres.

Il se rappelait l'état dans lequel était Ida la dernière fois. Apeurée. Isolée. Blessée.

Aussi Sebastian se procura son numéro et lui envoya un SMS depuis la voiture pour la prévenir de leur arrivée. Elle risquait sinon d'être morte de peur si quelqu'un sonnait chez elle en pleine nuit. Ne recevant pas de réponse, il envoya un autre message. Devant la porte de son immeuble, il l'appela. Et atterrit directement sur sa boîte vocale. Il raccrocha sans laisser de message. Cela ne servait à rien. Ils allaient sonner à sa porte dans moins d'une minute.

En compagnie d'Anne-Lie, il se dépêcha de monter jusqu'à l'appartement au deuxième étage. Ils sonnèrent. L'immeuble était assez vieux et n'avait pas été rénové, il y avait encore des fentes en bas des portes pour le courrier en lieu et place de boîtes aux lettres dans le hall d'entrée. Sebastian s'accroupit et glissa un œil à l'intérieur. Une lampe était allumée dans l'entrée.

"Ida, c'est Sebastian Bergman, de la brigade criminelle", dit-il, assez fort pour qu'elle puisse l'entendre à l'intérieur de l'appartement, mais pas trop, pour ne pas rameuter tous les voisins curieux.

Rien ne se passa.

Anne-Lie sonna à nouveau. En laissant cette fois le doigt plus longtemps sur le bouton. Sebastian essaya de voir par la fente du courrier. L'angle était limité, mais il ne voyait rien par terre.

"Ida, vous nous entendez ? C'est Sebastian, de la brigade criminelle, il faut qu'on vous parle."

Toujours rien en provenance de l'appartement.

Sebastian se leva et se tourna vers Anne-Lie, qui sortait son téléphone.

"On fait quoi ?

— On entre", décida Anne-Lie. Elle composa un numéro en descendant quelques marches. Sebastian resta planté là, un peu désemparé.

Il ne fallut pas plus de dix minutes pour qu'arrive une patrouille munie du bon équipement pour forcer la porte verrouillée. Même s'il était à peu près sûr que l'appartement était vide, Sebastian cria dans la fente de la boîte aux lettres ce qu'ils comptaient faire. Il restait malgré tout une faible chance qu'elle soit en train de dormir, et si elle était réveillée par une intrusion dans son appartement, elle risquait de paniquer.

La serrure se débloqua, le policier en uniforme qui avait ouvert s'écarta. Sebastian entra dans l'appartement.

"Ida..."

Pas de réponse. Une seule lettre tombée par terre devant la porte. Tout était calme et silencieux. L'appartement sentait le renfermé, l'air était immobile, il aurait fallu aérer. Sebastian et Anne-Lie avancèrent. Les lampes étaient allumées dans la cuisine et le séjour. Sebastian entra dans la cuisine. Comme lors de leur dernière visite, l'ordre régnait, à part un sac de courses en papier laissé par terre et quelques denrées sur le plan de travail. Dessous, un tiroir était ouvert. Sebastian regarda à l'intérieur. Des ustensiles de cuisine. Couteaux, passoire à thé, cuillères en bois, spatules, fouet et autres. Il balaya le plan de travail du regard. Quelques conserves, un morceau de fromage, une plaquette de beurre, des œufs, un sac de boulettes de viande surgelées, un pack de papier-toilette. Certaines de ces denrées se seraient mieux portées dans un réfrigérateur ou un congélateur. Sebastian regarda dans le sac de courses. Au fond, un ticket de caisse. Il vérifia la date. 21 octobre. Six jours plus tôt.

Il entendit Anne-Lie pousser un juron. Il la rejoignit.

"Qu'est-ce qu'il y a ?"

Elle se contenta de lui indiquer la chambre d'un signe de tête. Sebastian la rejoignit et vit un sac en jute qu'il ne reconnaissait que trop bien jeté à côté du lit, le pantalon et la culotte d'Ida en tas au pied du lit.

"Putain, on arrive trop tard."

Presque simultanément, ils se retournèrent vers la porte close de la salle de bains. La seule pièce où ils n'avaient pas cherché. Le voyant rouge sous la poignée indiquait que la pièce était occupée. Avec un mauvais pressentiment, Sebastian alla frapper.

"Ida, c'est Sebastian, de la Criminelle." Pas de réponse. Pas de mouvement de l'autre côté. Il échangea un bref regard avec Anne-Lie, qui hocha la tête et appela le policier en uniforme qui attendait dans la cage d'escalier.

La porte de la salle de bains fut facile à forcer. Le policier en uniforme s'écarta à nouveau pour laisser Sebastian et Anne-Lie entrer les premiers. Sebastian inspira à fond et poussa la porte. Il espérait la retrouver sur le sol, paralysée par la terreur, incapable de bouger.

Le chagrin le prit aussitôt à la gorge.

Ida était étendue dans la baignoire.

L'eau était rouge de sang.

Un couteau à fruits était tombé par terre.

De profondes entailles en longueur dans un avant-bras. Ses yeux fixaient le vide. Le corps était un peu gonflé, plongé dans l'eau depuis le 21 octobre, estima Sebastian. Six jours.

Il imagina Ida qui avait osé sortir faire les courses, seule ou accompagnée. Elle rentrait chez elle, commençait à vider le sac de courses, à empiler les denrées dans la cuisine, et l'homme qui attendait arrivait sur la pointe des pieds derrière elle, l'endormait, la traînait dans la chambre. Elle se réveillait avec un sac sur la tête.

Si la deuxième agression avait réussi à briser Therese, ce n'était rien par rapport à son effet sur Ida. Elle était déjà dévastée. Les semaines de solitude n'avaient rien dû arranger, Sebastian en était certain. Tant de temps à ressasser, réfléchir, accuser, regretter, laisser libre cours à ses idées noires, les laisser prendre le dessus, sans que personne ne s'en occupe ni ne l'aide à y voir plus clair.

Personne ne l'aidait.

Il s'écarta de la porte ouverte, accablé par la mauvaise conscience, si seulement il en avait fait davantage, si seulement il avait fait quelque chose. Dès son réveil, elle avait dû décider qu'elle n'y arriverait pas. Déjà proche du point de rupture, elle avait sans doute complètement lâché prise, ses idées noires se déversant sans entrave, submergeant toutes les autres, celles qui cherchaient une issue, une façon de supporter, de continuer malgré tout. Une marée de découragement pur, impossible d'y résister.

Elle était allée dans la cuisine prendre le couteau à fruits puis s'était fait couler un bain…

Ce sentiment de mauvaise conscience, qu'à vrai dire il n'avait pas éprouvé depuis longtemps, dont il n'était pas certain d'être encore capable, se teinta de colère : les hommes qui faisaient ça allaient devoir répondre de leurs actes. Mais en même temps, et il avait du mal à l'avouer, même à lui-même, ça venait aussi tout juste de devenir intéressant. Un groupe, ou en tout cas deux personnes faisant preuve d'un contrôle de leurs pulsions très développé, ce qui était rare s'agissant de crimes sexuels, qui ne s'en remettaient pas du tout au hasard ou à la chance pour perpétrer leurs crimes.

Bien organisés, de sang-froid, efficaces, déterminés.

Des victimes spécialement choisies.

Toute leur théorie sur les agresseurs était mise à mal. La première victime n'avait pas été choisie en fonction du lieu géographique. Le mobile n'était plus la puissance, le contrôle, la haine des femmes, le sexe, rien de ce sur quoi ils avaient spéculé. Le sac et les seringues avaient toujours un sens, mais il ne s'agissait pas de déshumaniser les victimes ou de s'assurer une sensation de contrôle total. Il n'était plus du tout certain qu'il s'agissait d'expériences de domination et de soumission.

Après la deuxième agression de Thérèse et la mort d'Ida, ils étaient obligés de revoir leur copie. De penser autrement.

Il prit son téléphone. Appela Torkel. Lui résuma ce qu'ils avaient trouvé chez Ida. Était-il encore avec Vanja chez Klara ?

Il fallait vraiment qu'ils lui parlent.

C'était elle qui pourrait leur donner la solution, il en était certain.

"Ida est morte ?"

Klara semblait complètement perdue. Ils l'avaient emmenée à l'hôtel de police, malgré l'heure. Une heure du matin passée. Elle avait demandé pourquoi ils ne pouvaient pas rester chez elle, mais Vanja et Torkel s'étaient contentés de lui dire qu'il était préférable de continuer l'entretien au poste. Elle n'avait pas vraiment protesté, ce qui donnait à Vanja l'impression que, quelque part, elle savait de quoi ils voulaient lui parler.

Que ce n'était pas une surprise pour elle.

Qu'elle s'y attendait, tôt ou tard.

Qu'elle leur avait caché des choses.

Ils l'avaient réveillée. Son petit ami avait ouvert. Quand ils avaient demandé à parler à Klara, il avait demandé si ça ne pouvait pas attendre le matin, elle dormait. Ils avaient dit non et, assis tous les quatre à la cuisine quelques minutes plus tard, Torkel et Vanja lui avaient raconté ce qui était arrivé à Therese. Ils savaient qu'elles ne se connaissaient pas, mais cela indiquait que les victimes étaient choisies et qu'elle pouvait elle aussi être à nouveau frappée. Y avait-il, d'après elle, une raison à cela ?

Pour Vanja, Klara avait été fuyante. Davantage concentrée sur le fait qu'elle ne connaissait pas Therese et qu'elles n'avaient rien en commun que sur la question la plus importante : pour quelle raison était-elle visée ?

Puis Sebastian avait téléphoné pour annoncer la mort d'Ida, leurs hypothèses se confirmaient et il leur fallait obtenir toutes les réponses possibles. Tout de suite.

Voilà pourquoi ils étaient rassemblés dans la salle de réunion, Klara, Anne-Lie, Torkel, Vanja et Sebastian. Anne-Lie avait rabattu les volets du tableau blanc pour masquer les notes sur leur enquête et ils s'étaient dispersés dans la pièce pour atténuer l'impression d'être ligués contre elle, quatre contre une, mais leur présence soulignait la gravité de la situation.

"Oui, il semble qu'elle ait été victime d'une nouvelle agression et qu'elle se soit suicidée", répondit Anne-Lie d'un ton neutre. Elle comprenait la confusion et l'inquiétude de Klara. Être réveillée en pleine nuit, transportée à l'hôtel de police, apprendre qu'une de ses connaissances a été retrouvée morte. Le plus humain aurait été d'attendre le matin, mais Anne-Lie ne pouvait pas perdre de temps. Il leur fallait agir de façon professionnelle et efficace mais, si cette femme savait quelque chose, il fallait qu'elle parle.

"Mon Dieu…" Les yeux de Klara s'emplirent de larmes et elle secoua la tête.

"C'est la deuxième fois que Therese et elle sont agressées.

— Vous connaissiez Ida", constata Torkel en se levant. Klara hocha la tête. Il gagna le placard de fournitures de bureau. À côté des coupes à fruits, tout en haut, il trouva une pile de serviettes en papier et en prit deux ou trois pour les tendre à Klara. “Mais pas Therese ?”

Klara secoua la tête et prit avec gratitude les serviettes.

“Ni Rebecca ?”

Une courte hésitation. Puis un faible hochement de tête. Vanja se pencha en avant. Ça vient, pensa-t-elle. La dernière fois, Klara leur avait répondu qu'elle ne savait pas qui était Rebecca Alm. Un mensonge, mais à présent, ils allaient avoir la vérité. Même Sebastian, installé plus loin, dos au mur, près de la porte, se redressa un peu.

“Je la connaissais aussi, dit tout bas Klara, le regard rivé à la surface de la table. Nous étions… faisions partie d'un groupe, on peut dire, il y a huit, dix ans.

— Quel groupe ? demanda Vanja.

— Ça s'appelait AbOvo. On se retrouvait à l'église.

— Et que faisiez-vous au sein de ce groupe AbOvo ?”

Klara inspira à fond, releva la tête et fixa Vanja. Sebastian perçut dans son regard sa réticence à évoquer ces souvenirs.

“Le but était de soutenir les femmes enceintes pour qu'elles gardent leur enfant et n'avortent pas.

— Un groupe anti-avortement ?

— Nous ne nous considérions pas comme contre, mais pour. Pour la vie.

— Un groupe anti-avortement”, affirma Vanja d'un ton qui disait clairement qu'elle n'en était pas une future membre. Sebastian la connaissait assez pour savoir ce qu'elle pensait de ceux qui imaginaient pouvoir prendre pour elle des décisions concernant son corps. Surtout au nom d'un livre vieux de deux mille ans qui se réclamait de la volonté d'un dieu.

“Qui étaient les autres membres de ce groupe ? demanda Anne-Lie, pressée d’avancer.

— C’est Ingrid Drüber qui l’a créé. Et il y avait nous trois, Ida, Rebecca et moi, et Ulrika.

— Ulrika comment ?

— Månsdotter. Elle était plus âgée, de l’âge d’Ingrid.”

Anne-Lie regarda Torkel qui, avec un petit hochement de tête, sortit demander à Billy et Carlos de faire des recherches sur Drüber et Månsdotter.

“Donc vous, Ida et Rebecca faisiez partie de ce groupe. Mais pas Therese”, constata Sebastian. Trois sur quatre : ils étaient sans doute sur la bonne piste. Pour l’agression de Therese, ils verraient plus tard. C’était lié, il en était sûr.

“Non.

— Si c’est lié à ce groupe, que s’est-il passé qui puisse pousser quelqu’un à vous agresser ?”

Klara hésita à nouveau. Plus longtemps cette fois. Déjà, la première fois qu’elle avait parlé à la police, après avoir été agressée près de sa voiture, la pensée l’avait traversée. Quand elle avait appris que Rebecca était morte, elle en avait eu la certitude, mais avait pourtant réussi à se convaincre que cela pouvait être dû à autre chose, au hasard, qu’elle pouvait se tromper.

Elle voulait se tromper.

Avoir raison coûterait si cher.

Elle n’était pas présente ce soir-là, mais elle savait.

Savait ce qui s’était passé. Ce qu’elles avaient fait.

Elle savait et n’avait rien dit. Elle ne pouvait plus continuer.

“Je ne vois que Linda. Ce qui s’est passé avec Linda.

— Linda comment, et que s'est-il passé ?" Vanja sur la brèche. Un mobile. Klara allait enfin leur donner un mobile.

"Linda Fors. Elle est venue nous trouver, les médecins l'avaient mise en garde en lui déconseillant de poursuivre sa grossesse, mais elle voulait vraiment cet enfant. Nous l'avons soutenue dans sa décision.

— Soutenue, ou convaincue ?"

Klara regarda Vanja, elle comprenait l'accusation implicite, mais semblait trop fatiguée pour s'indigner, se défendre.

"Soutenue. Elle avait déjà pris sa décision, mais c'était difficile pour elle.

— Que s'est-il passé ?

— Elle est morte. Je n'étais pas là ce soir-là, Victor venait de naître, je restais à la maison. Je ne sais pas vraiment ce qui s'est passé, mais elle est morte, et après ça je n'ai plus revu les autres. Le groupe a été dissous, Ingrid et Rebecca ont déménagé, et moi j'ai quitté l'Église.

— Quand était-ce ?

— En 2010. Victor a huit ans.

— L'Église était-elle au courant ?" demanda Sebastian, qui ne pouvait s'empêcher d'avoir hâte de faire éclater le scandale. C'était une revanche symbolique contre un père religieux très strict, qu'il avait haï, il le savait bien, mais la perspective n'en était pas moins réjouissante.

"Je ne crois pas, c'était le projet d'Ingrid et elle a bien veillé à ce que nous n'en parlions à personne d'autre dans la paroisse.

— Ingrid Drüber ?

— Oui.

— Vous disiez qu'elle avait déménagé : savez-vous où ?
— Västerås, je crois."

Sa ville natale. Où il avait juré de ne plus jamais mettre les pieds après sa dernière visite.

Ils restèrent dans la salle de réunion.

Essayèrent de se concentrer encore un moment. Dehors, à la fenêtre, la nuit d'automne était compacte. L'éclairage violent du plafond ne faisait rien pour cacher leur teint pâle et fatigué. Le café n'avait plus d'effet revigorant, il ne faisait plus que donner des aigreurs.

La journée avait été vraiment longue.

Klara avait été raccompagnée chez elle par un policier en uniforme. Ils s'étaient assurés qu'elle ne resterait pas seule jusqu'à ce qu'ils puissent lui reparler et mettre au point un plan pour la suite. Il y aurait peut-être lieu d'envisager une protection policière et d'autres mesures.

Billy et Carlos les avaient rejoints pour rendre compte du peu qu'ils avaient trouvé. Concernant AbOvo, c'était encore moins. Rien, en fait. L'initiative semblait n'avoir jamais été officiellement soutenue par l'Église, et le seul endroit où le groupe était mentionné sur le Net menait à une page 404 error.

Pour Linda Fors, il était plus aisé de trouver des informations. Elle avait été trouvée en sang devant l'hôpital universitaire dans la nuit du 23 juin 2010. Malgré tous les efforts déployés, on n'avait pas pu les sauver, ni elle, ni l'enfant. Une enquête préliminaire avait été diligentée, mais assez vite un scénario plausible sans soupçon de crime avait été établi, et l'enquête avait été classée.

"Quel scénario ? demanda Torkel.

— Elle serait sortie avec quelques amies, elle rentrait chez elle, a été prise de contractions avec saignements, a essayé d'arriver jusqu'à l'hôpital, mais s'est effondrée avant d'être prise en charge.

— L'hôpital était sur son chemin ?

— Ce n'était pas un énorme détour, dit Carlos en s'approchant de la carte murale. Elle habitait là…" Il plaça un point de feutre vert. "… l'hôpital est là." Nouveau point, à quelques centimètres du premier. "Et ses amies ont dit qu'elles s'étaient séparées là." Nouvelle marque. Les trois points étaient presque alignés.

"Où étaient-elles sorties ? demanda Vanja en examinant les points sur la carte, comme s'ils allaient lui donner une réponse.

— Chez Ulrika. Elles ont mangé, passé du temps ensemble, Linda voulait rentrer à pied, il faisait beau, dit Billy après avoir consulté le compte rendu de l'ancienne enquête, qu'il avait devant lui.

— Qui raconte tout ça ?

— L'enquêteur n'en a interrogé qu'une : Ingrid Drüber.

— Et le téléphone de Linda ? continua Vanja, l'œil toujours rivé à la carte, comme si elle avait du mal à croire la version qu'elle venait d'entendre. Elle n'a pas tenté d'appeler les secours, l'hôpital ou son homme, s'il y en avait un ?

— Non, aucun appel de la soirée, d'après les listings.

— Ce n'est pas un peu bizarre ?" Vanja se tourna vers les autres pour chercher leur assentiment. "Tu es enceinte, tu rentres chez toi, tu commences à saigner, et tu décides d'aller à pied à l'hôpital ? Sans appeler personne ?

— Ça s'est peut-être aggravé d'un coup… tenta Torkel, entendant pourtant combien cela sonnait creux.

— Que savons-nous de Drüber ? demanda Anne-Lie pour faire avancer les choses, peu encline à spéculer et désireuse de terminer au plus vite la réunion.

— Née à Jönköping en 1970, diplômée en théologie à l'université de Göteborg, reçue comme aspirante pasteure au sein de la paroisse de Västerås, où elle a été ordonnée en 1998, en poste à Uppsala à partir de 2003 avant de retourner à Västerås en 2011, où elle est actuellement candidate à l'élection épiscopale. Défend un christianisme conservateur, anciennement membre de la Mission évangélique luthérienne – Amis fidèles de la Bible. Non mariée, pas d'enfants, pas de casier, et elle n'a porté plainte pour aucun viol, résuma Carlos. Il y a d'autres choses, mais je me suis dit, comme il est tard…, s'excusa-t-il presque d'un coup d'œil à Anne-Lie en posant sur la table une liasse de documents pour que les autres se servent.

— Il faut qu'on lui parle. Qu'on la prévienne, affirma Vanja en tendant le bras pour attraper un exemplaire.

— Et l'autre, là, la cinquième femme, Månsdotter, que savons-nous d'elle ?" glissa Ursula. Elle devait vraiment lutter pour garder les yeux ouverts, et réalisa qu'elle n'était pas intervenue depuis un bon quart d'heure. Torkel lui avait avoué sa gaffe à propos de ce qu'elle avait bu au dîner, mais Ursula n'avait pas l'intention d'apporter à Anne-Lie de l'eau à son moulin.

"Elle est morte, l'informa Billy. En avril. Cancer du sein.

— Mais Drüber ? Si elle n'a pas été agressée, ça va arriver, et si c'est arrivé, ça va arriver encore : d'après Klara, elle était à la tête du groupe, insista Vanja.

— Ou alors, elle est impliquée d'une façon ou d'une autre, tenta Sebastian.

— Comment ça ?

— Je ne sais pas, mais comme tu l'as dit, elle était à la tête du groupe, et c'est la seule à ne pas avoir été agressée.

— Ou alors elle n'a tout simplement pas porté plainte, rétorqua Vanja.

— Dans tous les cas, il ne va rien lui arriver ce soir." Sebastian haussa un peu les épaules, comme pour mettre un terme à la discussion. "Ça ne s'est jamais produit deux soirs de suite.

— L'un d'eux peut déjà être à Västerås. Ils sont plus d'un."

Il était clair que Vanja n'avait pas l'intention d'abandonner la partie, quelle que soit l'heure. Sebastian poussa un léger soupir, quitta sa place près de la porte et s'approcha du tableau blanc, où étaient toujours notés les dates et les lieux des agressions.

"La chronologie des agressions, commença-t-il en désignant le tableau : d'abord Ida, puis Therese, Rebecca, Klara. Puis à nouveau Ida, Therese encore, Rebecca est morte, c'est donc maintenant le tour de Klara.

— Comment peux-tu savoir ça ? Nous ne savons pas où Ingrid s'inscrit dans la liste. Elle n'a peut-être pas porté plainte. Combien de fois faut-il que je le répète ?"

Sebastian ne répondit rien.

Elle avait raison, bien sûr.

Ils ne savaient rien sur Ingrid Drüber, elle pouvait être une victime comme les autres, elle pouvait même être la prochaine sur la liste. L'idée qu'elle puisse être impliquée relevait de la pure spéculation, il n'avait aucune preuve.

Mais lui aussi avait raison.

Elle ne serait pas attaquée ce soir, et dès lors il valait la peine d'attendre d'en avoir davantage sous le coude quand ils iraient lui parler dans la journée de demain.

Mais ce n'était pas à cela qu'il réfléchissait, debout en silence devant le tableau. Une idée avait lentement commencé à prendre forme tandis qu'il énumérait les noms et les dates. Il se tourna vers Carlos et Billy, qui avaient fait une vérification rapide des nouveaux noms donnés par Klara.

"Est-ce que cet enfant avait un père ? Linda avait-elle un mari ou un concubin ?

— Un concubin, répondit Carlos après un coup d'œil à ses notes. Hampus Bogren. Enseignant spécialisé, habitant aujourd'hui Hudiksvall. Pourquoi ?

— Je crois que nous cherchons un homme, dit-il lentement, comme s'il formulait ses pensées en même temps qu'elles se formaient dans sa tête. Ou des hommes, qui ont perdu quelque chose, qui ont tout perdu quand Linda est morte.

— Pourquoi ?

— C'est comme un schéma, des viols complets, répétés, à quelques semaines d'intervalle." Il semblait toujours s'efforcer de mettre de l'ordre dans ses idées tout en les exprimant. Mais soudain, il parut satisfait de sa conclusion, se tut et se tourna vers la troupe fatiguée dispersée dans la pièce. "Le but est qu'elles tombent enceintes.

— Hein ?

— Les médecins avaient informé Linda du risque de mener sa grossesse à terme.” Sebastian hocha tout seul la tête, plus sûr de lui à présent, les mots lui venaient plus rapidement. “AbOvo l’a persuadée de garder le bébé et elle est morte. Aujourd’hui, les responsables de sa mort sont forcées de choisir entre deux choses en principe impossibles pour elles. Donner naissance à un enfant conçu lors d’un viol ou avorter. Le choix entre la peste ou le choléra, par excellence.”

Sa théorie fut accueillie en silence par les autres. Un violeur en série, c’était mauvais, mais il y en avait de temps en temps. Quand le violeur ou en l’occurrence les violeurs s’attaquaient à plusieurs reprises aux mêmes femmes, c’était pire, plus malsain, et c’était déjà quelque chose d’inédit pour eux. Mais la théorie de Sebastian était presque inconcevable de perversité.

En même temps, difficile de la retoquer sur-le-champ. Tout ce qu’il disait pouvait très bien être exact. D’après les faits, cela pouvait très bien être le mobile. Malheureusement.

“Raison de plus pour prévenir Ingrid Drüber, dit tout bas Vanja.

— Il y a un certain nombre de points d’interrogation à son sujet, glissa Anne-Lie. Comment Linda a-t-elle atterri devant l’hôpital ? Drüber est la dernière à l’avoir vue, la seule à avoir parlé à la police.

— Et pour cette raison, il faut qu’elle soit violée, c’est ça ?” s’indigna Vanja.

En temps normal, Sebastian aurait tout fait pour la soutenir, mais en l’occurrence, il pensait vraiment qu’ils gagneraient à attendre d'en savoir plus sur elle avant de lui parler.

"Je promets qu'il ne lui arrivera rien ce soir, dit-il avec conviction. Elle est en sécurité jusqu'à demain, probablement plus longtemps.

— Tu promets ? Ah, mais voilà, c'est la solution !" persifla Vanja, incapable de cacher sa désapprobation. Quant aux autres, s'ils avaient un avis sur la marche à suivre dans l'immédiat, ils le gardaient pour eux. La nuit allait bientôt virer au matin, et personne n'avait trop envie de se lancer dans une discussion sur le plan d'action le plus approprié. D'autant que la décision finale revenait de toute façon à Anne-Lie.

Ils se tournèrent tous vers elle.

"Nous faisons comme suggère Sebastian", dit-elle en hochant la tête dans sa direction. Vanja se leva aussitôt et quitta la salle. Sebastian n'eut pas besoin de voir le regard noir qu'elle lui lança en partant pour savoir ce qu'elle pensait de lui en cet instant.

Demain, ça irait mieux, se consola-t-il.

Valdemar remonté sur son piédestal.

Lui-même repassant dans le positif.

Ce n'était plus qu'une question d'heures.

Il était presque trois heures et demie quand Billy glissa la clé dans sa serrure. Après la réunion, ils avaient brièvement discuté : allaient-ils rester à Uppsala, prendre un hôtel ? Aucun d'eux n'avait d'affaires de rechange, tous étaient sur leur trente et un après le dîner chez Torkel et Lise-Lotte, et trouver un hôtel, réserver des chambres et s'y installer aurait pris presque aussi longtemps que rentrer à Stockholm, aussi avaient-ils choisi cette dernière option.

En quittant l'hôtel de police, Torkel avait clairement indiqué qu'il ne voulait avoir que Vanja dans sa voiture. Billy avait donc eu la compagnie de Sebastian et Ursula dans la sienne. Ils avaient roulé en silence. Il n'y avait pas de circulation, aussi Billy avait-il pu rouler encore plus vite que d'habitude, abattant les quatre-vingts kilomètres en un peu plus d'une demi-heure. Une fois à Stockholm, il avait insisté pour déposer Sebastian en premier. Pour être dispensé de ses questions une fois seul avec lui dans la voiture.

Comment il allait.

Comment ça se passait avec My.

S'il avait eu une rechute.

Il se croyait tellement malin. Parce qu'il avait vu une fois Billy faire une bêtise, il pensait le connaître. Savoir qui il était.

Il ne savait pas.

Personne ne savait.

Une fois chez lui, Billy se débarrassa de son blouson et de ses chaussures, jeta les clés dans une coupe posée sur la petite commode de l'entrée puis gagna la cuisine. Il avait besoin de casser la croûte, il n'avait rien pris depuis le dîner chez Torkel. Même s'il y avait eu beaucoup à manger, il s'était écoulé bientôt neuf heures. Il sortit du beurre, du fromage et un tube de "caviar", prit deux tranches de pain sur le plan de travail et se prépara deux tartines. En remettant les garnitures au frais, il sortit un pack de jus. Il le secoua, il ne restait pas grand-chose, inutile de prendre un verre. Il s'assit à la table de la cuisine, mordit goulûment dans une des tartines et but quelques gorgées au goulot du Tetra Pak. Tout en finissant en quelques bouchées rapides sa première tartine, Billy prit le journal gratuit qui traînait sur la table.

En dessous, il trouva une enveloppe blanche avec son nom et son adresse écrits à la main. Billy la saisit, la retourna, pas d'expéditeur. Une petite ride interrogative au front, il la décacheta. Il essaya de se rappeler la dernière fois qu'il avait reçu une lettre manuscrite, sans y parvenir. Quelle personne sensée écrivait une lettre à la main, la glissait dans une enveloppe et payait pour que quelqu'un la livre trois jours plus tard ?

Quelque chose qui ressemblait à une photo imprimée tomba sur la table quand Billy sortit et déplia une feuille A4 de l'enveloppe.

La même écriture.
Court et concis.

5 000 couronnes ou ta femme saura

En dessous, l'adresse d'un site web copié en caractères beaucoup plus petits. Ça avait l'air d'une sorte de forum de jeu. Billy ramassa la photo qui venait de glisser, sachant déjà à peu près ce qu'il allait y voir avant de la retourner et d'en avoir confirmation.

Lui-même sortant de Norrforsgatan.

De la chambre rouge.

De chez Stella.

Il resta là à fixer l'image, incapable d'éprouver aucune émotion. Il aurait sans doute été naturel d'être inquiet, ou furieux, ou un mélange des deux. Avoir au ventre une boule de stress et d'angoisse, de la colère contre cette personne anonyme qui rendait sa vie déjà foireuse encore plus compliquée. Mais c'était comme si ses détecteurs à émotion avaient déjà crevé le plafond. Il étudia plutôt la photo de près. En soi, elle ne montrait rien de directement compromettant. Bien sûr, si on savait ce qui se passait à cette adresse, mais d'un autre côté il s'y était rendu plusieurs fois dans le cadre de son service, rien ne disait que cette photo n'avait pas été prise une de ces fois-là.

Cela pouvait toujours se justifier.

S'il décidait de ne rien faire.

Mais cela susciterait d'inutiles interrogations. Surtout en ce moment. Comment le maître chanteur avait-il eu son adresse ? Sans doute parce qu'il avait utilisé sa voiture privée. Noter son immatriculation, le retrouver, vérifier qu'il était marié, écrire la lettre. Mais cette personne ne savait peut-être pas qu'il était policier ? Cela pouvait-il lui être d'une quelconque utilité ?

Il n'avait vraiment pas besoin de ça maintenant. Tandis qu'il rentrait d'Uppsala plus tôt dans la soirée, après avoir quitté Stella, Conny l'avait rappelé. Billy avait-il trouvé assez de preuves pour être sûr ? Croyait-il toujours que les photos avaient été manipulées ? Billy l'avait rassuré : mais oui, il était tout à fait convaincu, mais l'enquête à Uppsala avait repris de plus belle, et il lui fallait encore un peu de temps pour rassembler les preuves. Combien de temps ? Encore un jour, peut-être deux, maximum trois. Avant de raccrocher, Conny lui avait dit qu'il espérait avoir rapidement de ses nouvelles, pour pouvoir déposer une plainte à la police avant le week-end.

Donc, à partir de lundi, il y aurait officiellement un soupçon d'acte criminel en lien avec la disparition de Jennifer, on mènerait l'enquête à fond, et il serait celui qui apportait les preuves décisives pour ouvrir une instruction préliminaire. Mais il ne pouvait rien faire d'autre. Il faudrait qu'il improvise. La seule chose qui le menaçait, c'étaient les photos publiées depuis le Bohuslän, et il était loin d'être sûr qu'on puisse jamais faire le lien avec lui.

Des pas nus s'approchant silencieusement de la cuisine l'arrachèrent à ses pensées, il saisit la lettre, la glissa avec la photo entre les pages du journal, le replia et le poussa de côté. Une seconde plus tard, My entra dans la cuisine. Elle finissait de nouer la ceinture de son léger peignoir, ses yeux endormis à demi ouverts, ses cheveux en bataille. Elle était magnifique, pensa Billy. C'était pour ça qu'il fallait qu'il résolve ses problèmes, se rappela-t-il.

Pour pouvoir rentrer auprès d'elle.

Tous les soirs, le restant de ses jours.

"Tu rentres seulement maintenant, mon pauvre ?

— Oui.

— Comment ça s'est passé à Uppsala ?

— Deux viols et un suicide."

Elle vint le serrer dans ses bras. Il enfouit son visage contre son ventre. Elle lui caressa doucement les cheveux.

"Tu as reçu une lettre.

— Oui, j'ai vu.

— Qu'est-ce que c'était ?

— Rien, un type qui proposait de me prêter de l'argent à un taux ridicule."

Elle s'assit sur ses genoux, le serra fort, appuya le visage contre son épaule. Il ferma les yeux. Prit le temps de profiter de cette proximité, cette tendresse. Cet amour. Un instant, il crut s'être endormi.

"Vanja essaie d'avoir un enfant." Sa voix sonnait comme si elle dormait à moitié. Il aurait en tout cas juré qu'elle fermait les yeux.

"Ah bon ?

— Elle l'a dit au dîner, Jonathan et elle essaient."

Bizarre, trouva-t-il. Vanja n'était vraiment pas du genre à étaler sa vie privée, mais en même temps, c'était vrai, My était douée pour faire parler les gens, les faire se confier. Elle était aussi douée pour organiser l'avenir. S'installer ensemble, se marier, acheter une maison de vacances…

"Je ne veux pas d'enfants." Il voulait vite fermer la porte, vraiment pas envie d'avoir cette discussion.

Pas maintenant. Pas ce soir.

“Jamais ?” Il sentit son corps se raidir et, toujours sans la regarder, il savait qu’elle avait ouvert les yeux.

“Je ne sais pas, peut-être. Mais pas maintenant.

— OK.”

Le silence se fit à nouveau, mais il sentit ses yeux ouverts, devina sa déception légèrement étonnée. Il fallait qu’il s’explique, il le sentait bien. Comme il pouvait.

“Nous cherchons une maison de vacances, nous sommes mariés depuis moins de six mois. Nous ne nous connaissons pas encore depuis deux ans. Est-ce qu’on ne pourrait pas juste vivre, merde, sans avoir tout le temps le prochain projet décisif déjà dans les tuyaux ?”

My se redressa, lui posa les mains à plat sur les épaules en le regardant gravement dans les yeux.

“Tu regrettes quelque chose ?”

Billy inspira à fond, secoua légèrement la tête en se fendant d’un sourire convaincant, rassurant.

“Tu sais bien que non, mais ça va vite.

— Trop vite ?

— Parfois. J’aimerais que tu puisses juste te laisser vivre. Ici et maintenant, et que ça suffise. Que quatre-vingt-dix pour cent de ce qu’on fait et de ce dont on parle ne concernent pas l’avenir, ce qu’on va faire de plus après.”

Même s’il était entièrement obsédé par cet “après”.

Après, quand tout ce qui lui tombait dessus serait réglé.

“Je ne savais pas que tu ressentais ça.

— Maintenant tu sais.

— J’aurais aimé que tu me le dises plus tôt, c’est le genre de chose qu’il faut exprimer. C’est important.

— J’essaierai de faire mieux.

— Tu es déjà le meilleur, dit-elle en lui prenant les joues et en se penchant vers lui.

— Toi aussi", eut-il le temps de dire avant qu'elle l'embrasse. Il espérait qu'elle ait envie de sexe, tout en souhaitant que non. Il sentait que la proximité, l'intimité lui feraient du bien, il en avait besoin, mais en même temps savait que ce serait d'un ennui tellement vanillé que ça le laisserait plus frustré qu'autre chose.

"Je vais me coucher, je me lève dans trois heures", dit-elle, réglant du coup la question. Elle l'embrassa à nouveau sur la bouche. "On en reparlera demain." Puis elle se releva et regagna la chambre.

Billy attendit d'être sûr qu'elle n'allait pas revenir avant de ressortir du journal la lettre et la photo.

Il sortit son portable, ouvrit un navigateur et entra l'adresse indiquée dans la lettre. C'était en effet un forum de jeu. Il tomba aussitôt sur un fil créé par l'utilisateur WoLf232. Il était intitulé : "Est-ce que Billy va payer ?" Cette question initiale avait été commentée par quelques autres utilisateurs du forum, principalement par des WTF et des points d'interrogation. Quelqu'un essayait d'être serviable en demandant à quel jeu WoLf232 faisait allusion. Billy comprit qu'on attendait de lui qu'il rédige sa réponse dans le fil, que c'était ainsi qu'ils communiqueraient désormais. Mais pas maintenant. Il ferma la fenêtre, effaça l'historique et la mémoire cache. Il ne serait pas possible de tracer la lettre, mais WoLf232… peut-être.

Mais pas maintenant. Pas cette nuit.

Il était complètement crevé, et c'est quand on est fatigué qu'on commet des erreurs.

C'était son avenir qui était en jeu.

Torkel soupira de soulagement d'être enfin rentré chez lui. Il se débarrassa de ses vêtements chauds et alla directement à la salle de bains, se rinça le visage, se regarda dans le miroir.

Fatigué.

Un homme fatigué.

Peut-être ferait-il mieux de faire un pas de côté ? Il n'était plus si jeune. Il le sentait tout particulièrement des jours comme celui-ci. Il écarta ces pensées, on ne prenait pas ce genre de décisions juste avant 4 heures du matin quand on était sur le pont depuis plus de vingt heures. Il se brossa les dents une minute et vingt-deux secondes de moins que les deux minutes qu'on lui avait appris enfant à y consacrer, urina, se lava les mains et gagna la chambre sur la pointe des pieds.

Il se glissa de son côté du lit, régla le réveil de son portable et soupira en voyant qu'il allait sonner dans quatre heures et onze minutes.

“Je ne dors pas”, entendit-il du côté de Lise-Lotte. Il se retourna. Couchée sur le côté, elle le regardait. “Je ne savais pas si tu comptais rester à Uppsala ou pas.” Peut-être imagina-t-il la pointe de reproche dans sa voix.

"Pardon de ne pas t'avoir prévenue, mais c'était dingue. Nous avons deux viols supplémentaires, et un suicide par-dessus le marché."

Elle ne répondit pas. Elle glissa vers lui sous la couette. Lui posa le bras sur le torse et appuya son front contre sa joue. Il parvint à passer son bras sous elle pour qu'elle puisse s'y reposer.

"À propos d'Ursula… commença Torkel.

— On n'est pas obligés d'en parler maintenant.

— Je ne sais pas pourquoi je ne t'en ai pas parlé, continua-t-il comme s'il n'avait pas entendu son objection. Je me suis peut-être dit que si j'en parlais, tu ne voudrais pas que je la voie tous les jours…

— J'ai l'air d'être du genre jaloux ?

— Je ne savais pas, à l'époque, au début, et puis après, quand j'ai su à quoi m'en tenir… Ça n'a jamais été le bon moment, et je me suis dit que ça n'avait pas d'importance.

— Ça n'en a aucune."

Il tourna la tête comme il pouvait pour la regarder. Cela allait-il vraiment être si simple ?

"Ça n'a aucune importance que vous ayez été ensemble, ni que vous travailliez ensemble maintenant. J'aurais juste aimé l'entendre de ta bouche."

Vraiment, il ne la méritait pas.

"Mais je comprends ce que tu veux dire à propos de Sebastian, dit-elle, et il la sentit sourire contre son épaule.

— Et encore, sache qu'il a vraiment essayé de bien se tenir cette fois-ci.

— Dors, maintenant.

— Je t'aime."

Il avait l'intention de le lui dire souvent. Tous les jours. Et pas seulement le dire, le montrer. Dans tout ce qu'il faisait. Pour qu'elle n'en doute jamais.

"Je sais, et tu as bien raison, plaisanta-t-elle en tendant le cou pour l'embrasser sur la joue, où sa barbe repoussait dru. Je t'aime moi aussi."

Mais Torkel s'était déjà endormi.

28 octobre

Trois personnes sont mortes.
Ce que je fais, est-ce vraiment juste ? Est-ce que ça vaut la peine ?
Tout ça arrive parce que tu ne voulais pas que quelqu'un meure.
Nous avions juste des opinions divergentes : à partir de quand une personne vit-elle ?
On n'a pas le droit de prendre une vie.
En aucune circonstance.
C'était ce que tu disais.
C'est écrit ainsi.
C'est ainsi.
Ça me console un peu quand je doute.
Car il est aussi écrit :
Si quelqu'un fait du mal à son prochain, on lui fera subir le même mal.
Membre brisé pour membre brisé. Œil pour œil.
Dent pour dent.
Elles s'en sortent donc à bon compte.
Les autres.

Celles qui survivent.
Nous aurions pu discuter de cela.
Comme nous le faisions de tout.
Pas toujours d'accord. Loin de là.
Mais nous nous respections.
Respections les opinions de l'autre.
Même quand elles étaient folles. Mortelles.
Que ne donnerais-je pas pour retrouver ce temps ?
Je pense beaucoup à cette époque. À nous.
De plus en plus au passé.
De moins en moins au futur.
Peut-être parce que je sens que je n'en ai pas.

Valdemar attendait déjà sur le trottoir quand Sebastian passa le prendre. Il fut frappé de le voir aussi frêle et tassé. Sans doute pas si étonnant, il avait traversé pas mal d'épreuves ces derniers temps.

Le cancer. Deux fois.

Une tentative de suicide et une enquête criminelle encore en cours.

Sebastian essaya de se rappeler la dernière fois qu'il avait vu Valdemar. Ça devait être à l'époque où il venait d'apprendre sa paternité et où il avait un besoin maladif d'être près d'elle. Il n'en était pas fier, mais il la surveillait plus ou moins. Alors, il voyait Valdemar tous les jeudis, quand il la raccompagnait chez elle, dans son appartement de Sandhamnsgatan après qu'elle avait dîné chez eux.

Chez Anna et lui. Ses parents.

À l'époque où ils formaient encore un couple. Une famille.

Avant que tout ne s'effondre.

Avant que Sebastian Bergman n'entre dans leurs vies.

Il se souvenait encore qu'il aurait voulu être aussi proche d'elle que Valdemar. Qu'il aurait tout donné pour être celui qu'elle embrassait en le quittant, qui pouvait l'embrasser tendrement sur le front.

Comme il avait été jaloux.

Envieux.

Il avait tout fait pour détruire leur relation. Difficile d'imaginer que c'était à peine plus d'un an plus tôt et qu'il allait à présent mettre autant d'énergie, sinon plus, à tenter de tout réparer.

Quand Valdemar se fut attaché, Sebastian lui indiqua sur le plancher côté passager un sachet 7-Eleven contenant du café, des petits pains au fromage et deux brioches à la cannelle, mais il refusa de la tête. Visiblement, il avait le trac, il se tordait les mains sur ses genoux, regardait par la vitre. Sebastian mit la radio. Ils roulèrent sans se parler.

"Elle ne sait toujours pas que je viens ? demanda Valdemar quand ils s'engagèrent dans la rue de Jonathan à Sundbyberg.

— Non.

— Qu'est-ce qui se passera si elle refuse de me voir ?

— Je ne crois pas que ça arrivera.

— Mais au cas où ?"

Sebastian comprenait son inquiétude. Leur actuelle absence de contact pouvait être imputée au manque de temps de Vanja, amoureuse depuis peu, habitant dans une autre ville, elle avait autre chose en tête. Il y avait une raison. Mais un rejet actif, une fin de non-recevoir, une porte fermée en pleine figure, c'était autre chose. Sebastian était bien placé pour le savoir.

"Tu lui manques.

— Oui, c'est ce que tu dis."

Plus encore : il espérait que ce soit vrai. Beaucoup de choses en dépendaient. Pas seulement pour Vanja et Valdemar. À vrai dire cela le concernait pour moitié.

Il se gara devant un immeuble jaune sale de quatre étages avec une façade en béton sablé et des cadres de fenêtres rouge vif. Le contraste entre le bâtiment et les détails rouges donnait l'impression que quelqu'un avait cru qu'un peu de couleur allait détourner l'attention du fait qu'il s'agissait d'une bâtisse de soixante-quinze ans particulièrement laide. Sebastian regarda l'heure. L'équipe avait convenu de faire la grasse matinée, puisqu'ils étaient rentrés si tard hier. Soudain, Sebastian douta un peu de son plan. Ou plutôt de son absence de plan.

Était-elle réveillée ?

Était-elle seulement là ?

Avait-elle envie d'être tirée du lit par ses deux pères, avec qui elle avait pris ses distances ?

Il ne savait pas, il ne savait pas et la réponse était non, mais il était obligé d'aller jusqu'au bout. Il se tourna vers Valdemar tout en ouvrant la portière.

"Allez, viens, fit-il avec autant d'entrain que possible. Ça va bien se passer."

Ils sortirent de voiture et se dirigeaient ensemble vers le porche quand une voix les arrêta.

"Mais bordel, vous faites quoi, là ?"

Ils se retournèrent en même temps et virent Vanja en survêtement, en sueur malgré le froid, essoufflée, dans la rue derrière eux. Elle les cloua du regard. On ne pouvait pas un instant imaginer qu'elle soit contente de les voir, ni l'un, ni l'autre.

“Salut, Vanja”, Valdemar réussit à charger ces deux petits mots de tant de joie contenue que même Sebastian fut un peu ému. Ils ne semblèrent pas avoir le même effet sur Vanja.

“Mais bordel, qu’est-ce que vous foutez ici ? recommença-t-elle plus lentement, comme si elle pensait qu’ils n’avaient pas compris la première fois.

— C’est mon idée, dit Sebastian en faisant quelques pas vers elle, tandis que Valdemar restait figé sur place, comme s’il avait peur qu’elle s’enfuie en courant s’il s’approchait d’elle.

— Évidemment.

— Si tu pouvais m’écouter, juste deux minutes.

— Non merci.

— S’il te plaît. Deux minutes et on s’en va.”

Elle jeta un coup d’œil à Valdemar qui, désemparé, avait les épaules basses et regardait par terre. Vanja se tourna à nouveau vers Sebastian en acceptant d’un hochement de tête.

“C’est ma faute. Tout est ma faute”, commença-t-il en décidant de dire la vérité. C’était sa seule chance : ça passait ou ça cassait. “C’est moi qui ai détruit ta famille. Si je ne m’étais pas pointé, tu l’aurais encore. Je comprends que c’est peut-être irréparable avec Anna, mais Valdemar…” Il désigna d’un signe de tête la créature misérable figée dans l’allée. “Il te manque. Je sais qu’il te manque.

— Comment ça ? Tu as parlé avec Jonathan ?”

Ça, elle était bonne. Rapide. Probablement n’avait-elle pas confié à grand monde ce qui lui manquait, ses aspirations, ses désirs. Elle n’était pas exactement un livre ouvert s’agissant de sa vie affective. Mais Sebastian n’avait pas l'intention de savonner la planche à son petit ami. Elle était bien assez irritée comme ça, il ne voulait pas en rajouter une couche.

"Pas la peine. J'ai repensé à ce que tu m'as dit. Que je ne m'intéresse pas à ce que tu veux. J'ai réfléchi à ce que tu pouvais vouloir et je sais combien tu étais proche de Valdemar."

Il lui adressa un regard franc et sincère, une expression qu'il maîtrisait à la perfection, mais qui, curieusement, était plus difficile à produire maintenant qu'il pensait réellement ce qu'il disait.

"Ce type de proximité. Ce type d'amour. Je sais que, moi, ça m'aurait manqué."

Une courte pause. Allait-il vraiment jouer la carte Lily-et-Sabine ? Il fallait qu'il fasse feu de tout bois pour arriver à bon port.

Et c'était vrai.

Tout ce qu'il avait dit jusqu'à présent était vrai.

Peut-être était-ce pour cette raison que ça marchait relativement bien.

"Moi, ça me manque. Tous les jours."

Il entendit sa réplique, digne du pire film ultra romantique américain, s'attendant presque à entendre les violons se mettre à jouer en fond sonore.

Vanja ne répondit pas immédiatement, ce qu'il interpréta comme un progrès. Elle tourna le regard vers Valdemar, resté là où Sebastian l'avait laissé, ne sachant pas à quoi s'en tenir.

"On doit aller à Västerås, dit-elle, sans vraie force ni dans son argument, ni dans sa voix.

— Nous n'avons pas non plus d'horaire à respecter."

Un nouveau coup d'œil, une courte réflexion qui s'acheva par un petit soupir et un hochement de tête.

"Bon, d'accord, je vais de toute façon prendre mon petit-déjeuner, il peut me tenir compagnie.

— J'attends dans la voiture."

Il resta là à la regarder rejoindre Valdemar qui, après une embrassade brève et gauche, la suivit dans l'immeuble. Une sensation de chaleur l'envahit. Il avait réussi.

Il avait fait un pas vers une acceptation, un pas vers sa fille.

Son horizon semblait s'éclaircir.

Un acte dépourvu d'égoïsme avait produit un résultat.

Il commençait à faire froid dans la voiture.

Sebastian s'apprêtait à faire un nouveau tour pour réchauffer l'habitacle quand Vanja et Valdemar ressortirent ensemble. Leur embrassade au moment de se quitter lui assura que ces cinquante-cinq minutes les avaient rapprochés. Mais à quel point ? Après quelques courtes phrases d'adieu, il vit Valdemar partir de son côté tandis que Vanja rejoignait la voiture, ouvrait la portière et s'installait sur le siège passager.

"On ne le raccompagne pas chez lui ? demanda Sebastian en regardant Valdemar qui s'éloignait lentement à pied.

— Il va prendre le métro. Je lui ai dit qu'il fallait qu'on aille travailler.

— OK."

Vanja s'attacha. Sebastian démarra et partit. Ils doublèrent Valdemar, que Vanja salua de la main en souriant. Encore un signe que son plan semblait avoir fonctionné, mais autant s'en assurer.

"Comment ça s'est passé ? demanda-t-il du ton le plus neutre possible.

— Bien. Vraiment bien.

— Je m'en réjouis."

Vanja se tourna vers lui avec un regard ouvert et sincère.

"Merci."

Sebastian se contenta de répondre d'un hochement de tête, mais il jubilait intérieurement. Il allait laisser reposer, ne pas la pousser à en dire plus qu'elle ne le voulait, ne pas lui demander de détails. Il accéléra, monta un peu le son de la radio et continua à conduire en silence.

Vanja s'enfonça dans son siège tandis qu'ils quittaient Sundbyberg pour prendre l'E18 vers le nord. Des nuages cachaient le soleil, empêchant qu'il fasse vraiment jour, comme cela arrive à la fin de l'automne. Les façades des immeubles paraissaient plus sinistres que d'habitude. Trop tôt pour les décorations de Noël qui allaient les égayer d'ici un mois environ. Les arbres avaient perdu toutes leurs feuilles dans la vague de froid précoce, la neige n'avait pas tenu, les gens s'enveloppaient de vêtements chauds mais sombres. Gris et sans couleur : c'était l'impression dominante que donnait le monde extérieur.

Quelle curieuse matinée.

Valdemar l'avait accompagnée chez elle, était allé l'attendre à la cuisine avec Jonathan pendant qu'elle se douchait et se préparait. Pendant qu'elle s'habillait dans la chambre, elle les avait entendus parler et Valdemar avait ri. C'était bon d'entendre sa joie. Elle les avait rejoints à la cuisine, et Jonathan avait dit qu'il les laissait, qu'il partait travailler. Il avait chaleureusement serré la main de Valdemar en disant que ça lui avait vraiment fait plaisir de le revoir.

Valdemar avait opiné du chef.

Elle voyait bien qu'ils étaient sincères tous les deux.

Quand ils s'étaient retrouvés seuls, la gêne était revenue. Vanja avait préparé son petit-déjeuner, Valdemar s'était contenté de café. C'était comme s'il n'osait pas vraiment prendre l'initiative quand ils étaient seuls.

Il restait sans défense, faible, prêt à s'excuser.

Mais aussi entièrement honnête.

Il avait voulu lui dire clairement que s'il n'avait pas repris contact avec elle, c'était pour ne pas s'imposer. Qu'elle pouvait prendre le temps dont elle avait besoin pour décider comment elle souhaitait que les choses se passent, et qu'il se conformerait à sa décision.

Il lui avait parlé ouvertement du cancer, de sa mise en examen, de tout ce qui s'était passé entre Vanja et Anna, que cela lui avait un instant fait perdre pied, il ne croyait plus pouvoir revenir en arrière, il n'avait plus de but. Il se trompait, il le savait à présent. Il allait mieux. Elle ne devait jamais, à aucun prix, renouer avec lui par pitié, ou parce qu'elle avait peur de ce qu'il ferait si elle refusait.

S'ils renouaient, il fallait que ce soit parce qu'elle le voulait.

Elle l'avait interrogé sur sa mise en examen. Il avait haussé les épaules. Que dire ?

Il avait fait des erreurs.

Pris des décisions stupides.

Enfreint la loi.

Toute l'affaire Daktea était incompréhensible. Plus vaste et complexe que celle des trusts. Plus de sociétés impliquées. Prête-noms, acquisitions, faillites, sociétés écrans, hommes de paille : l'instruction préliminaire faisait déjà plusieurs milliers de pages, et n'était pas encore terminée. Valdemar était toujours soupçonné de complicité, mais n'était plus incarcéré.

Où irait-il ?

Tous voyaient bien qu'il n'était pas à la tête de cette escroquerie, qu'il n'avait pas de millions cachés quelque part avec lesquels vivre une fois enfui, et on estimait exclu qu'il puisse dissimuler des preuves. Il restait donc là.

Sans Anna. Sans sa fille.

Seul.

C'était peut-être parce que Vanja avait ces derniers temps commencé à songer à fonder elle-même une famille, à appartenir à une histoire commune, que cette rencontre l'avait fait réfléchir ainsi. Elle avait toujours su que Valdemar était celui qui avait commis le moins d'erreurs, qui l'avait le moins trahie, mais c'était lui qui avait le plus durement souffert. Elle pensait savoir à quoi allait conduire cette rencontre de la matinée, mais elle avait besoin de trier ses émotions pour être certaine que sa décision serait la bonne, quand elle la prendrait.

Une matinée curieuse. Mais bénéfique. Elle se sentait bien. Rencontrer Valdemar lui avait fait du bien. Et c'était grâce à Sebastian. Elle n'aurait jamais cru ça. Il avait peut-être changé.

Y croyait-elle vraiment ?

Peu importait.

Elle savait qu'il ne lui parlerait pas puisqu'elle lui avait demandé de ne pas le faire, mais il avait mérité une petite gratification. Elle se tourna vers lui.

“Comment tu as trouvé la nouvelle copine de Torkel ?”

Sebastian parut sincèrement surpris : il s'attendait à ce qu'ils s'en tiennent à la règle de ne se parler qu'au sujet de l'enquête. Mais il se dépêcha de baisser le volume de la radio.

"Bien. Elle a l'air sympathique… Cette histoire avec Ursula, je n'ai vraiment pas fait exprès. J'étais persuadé qu'il lui avait raconté. Il a l'air du genre à tout dire à sa femme.

— C'est vrai, opina Vanja.

— J'espère que je ne lui casse pas sa baraque, s'inquiéta franchement Sebastian. Il est heureux, ça se voit.

— Oui… Et celle de Billy ?

— Je ne sais pas trop. Elle était quoi déjà ? Coach en style de vie ?

— Coach de vie et de carrière, corrigea Vanja avec un petit sourire qui le réchauffa davantage que l'air conditionné de la voiture réglé sur 24 degrés.

— Et ça consiste en quoi ? Je sais qu'elle l'a expliqué, mais j'ai zappé.

— Elle aide les gens à aller mieux et à atteindre leur plein potentiel." Elle le regarda et son petit sourire grandit. "Toi qui es psychologue, vous devez pourtant avoir plein de choses en commun."

Elle le taquinait. Il adorait ça.

"Non, absolument rien", dit-il avec insistance. Il avait fait cinq ans d'études à l'université, puis s'était spécialisé. Il supposait que My avait obtenu une licence ou un diplôme en suivant une quelconque master class en ligne, et qu'elle écrivait sur son site personnel, si elle en avait un, qu'elle *"croyait en ton potentiel"*, que *"tu peux entrer en contact avec ta force intérieure"*, que *"tu portes en toi-même toutes les réponses"* et, pour cacher son manque de connaissances véritables qu'elle a *"réalisé que c'est son parcours de vie et ses expériences qui lui ont le plus appris".*

"Mais Billy a l'air heureux avec elle, conclut-il avec un haussement d'épaules.

— Je n'en suis pas si sûre."

Elle se tut, comme si elle se rendait compte qu'elle en avait trop dit. En même temps, Sebastian avait l'impression qu'elle voulait en dire plus. Il lui laissa le temps.

"Il l'a trompée, finit-elle par dire.

— Quand ?

— L'été dernier. Quand on poursuivait Lagergren.

— Avec qui ?

— Je ne sais pas.

— Comment le sais-tu ?

— Il me l'a dit.

— Et il voulait que tu m'en parles ?"

Une question hautement justifiée. La réponse était non, bien sûr. Billy et elle étaient amis. Un des seuls qu'elle ait, en fait. Alors pourquoi raconter des trucs sur lui, dans une voiture en route pour Västerås ?

C'était la faute de My.

À un moment, pendant la soirée chez Torkel et Lise-Lotte, elle s'était retrouvée seule avec My, et s'était soudain surprise à lui raconter qu'elle essayait de tomber enceinte. Ce qui ne regardait vraiment personne. Et sûrement pas My qui avait accompli l'exploit de se montrer intéressée et curieuse tout en lui parlant de Billy, de son travail, du mariage, de la chasse à la maison de vacances, le tout tellement accompli et merveilleux que Vanja éprouvait un besoin de salir un peu cette image parfaite. Si My avait réussi à lui soutirer quelque chose que personne n'était censé savoir, il était plus que juste que Vanja elle aussi raconte des secrets.

C'était bien sûr n'importe quoi de penser ainsi.

Mesquin, puéril, immature.

Mais le mal était fait.

"Tu ne dois en parler à personne, insista-t-elle, regrettant sa confidence. Et surtout pas à Billy.

— Bien sûr que non.

— Promets-moi.

— Mais tu sais, mes promesses ne valent rien", dit-il en jouant les offusqués. Il vit d'emblée que sa plaisanterie tombait complètement à plat. "OK, c'est promis. Si je veux parler avec Billy, il y a plein d'autres trucs à aborder."

Il n'avait visiblement pas l'intention de lui dire quoi, et elle ne posa pas la question. Ils continuèrent leur route. Le portable de Vanja sonna. Elle le sortit.

"Billy et Carlos ont envoyé ce qu'ils ont trouvé sur Ingrid Drüber."

Vanja se plongea dans la lecture, et ils finirent le trajet dans un silence confortable. Un des plus agréables voyages en voiture dont Sebastian puisse se souvenir.

Même le panneau qui leur indiqua une petite heure plus tard qu'ils étaient arrivés à Västerås ne parvint pas à gâcher sa bonne humeur.

Parfois, on est obligé d'abandonner.

Parfois ce n'est plus possible.

L'appel d'Ida, les deux agressions, ce journaliste venu l'intercepter sur le parking – elle avait su faire face et s'en tirer. Parce qu'elle restait concentrée sur son objectif, plus important que les tourments terrestres qui l'accablaient, et qu'elle avait le soutien de Dieu, qui l'accompagnait à chaque pas.

Aujourd'hui, elle s'était réveillée à 6 heures. Elle dormait à nouveau relativement bien la nuit. Faisait particulièrement attention quand elle rentrait seule chez elle, éprouvait chaque fois un certain malaise, mais dans l'ensemble elle y arrivait de mieux en mieux chaque jour qui passait. Avec l'aide de Dieu. Elle se sentait à nouveau forte. Après une demi-heure de prière, une promenade rapide, une douche et un petit-déjeuner, elle s'était rendue à l'église.

La réunion du matin avec le personnel achevée, elle s'était enfermée dans son petit bureau simplement aménagé. Un bureau, un petit canapé et un fauteuil dans un coin pour les entretiens privés, une bibliothèque sur un des murs avec autant de brochures que de livres.

Des tableaux avec des motifs chrétiens sur les murs vert sombre. Derrière son fauteuil, son préféré, une impression sur toile du *Salvator Mundi*, attribué à Léonard de Vinci. Elle avait consacré toute la matinée à des tâches administratives et à préparer le service du dimanche. Aujourd'hui, rien de prévu en rapport avec l'élection, pas d'entretien de soutien spirituel ni de préparation de baptême, mariage ou enterrement. Sa boîte de réception était pleine, elle devait parcourir un plan de réhabilitation, étudier un litige syndical avec un organiste. Une journée habituelle remplie d'occupations habituelles.

Puis ils étaient venus.

De la police. La brigade criminelle.

La jeune femme, l'homme plus âgé. Vanja Lithner et Sebastian Bergman. Ils savaient tellement de choses, beaucoup plus que le journaliste. Ils avaient l'air de tout savoir.

Parfois, on est obligé d'abandonner.

Parfois ce n'est plus possible.

La jeune femme ne la lâchait pas des yeux, comme si elle enregistrait et analysait le moindre mot prononcé par Ingrid.

"Nous savons, pour AbOvo", dit-elle avant de se taire. Elle attendait apparemment qu'Ingrid parle. Un bref instant, elle envisagea de mentir. Ou en tout cas de jouer l'étonnement, mais elle comprit que si la police l'avait retrouvée, c'était parce que Klara ou Ida avaient parlé.

"Un groupe anti-avortement à Uppsala, que vous dirigiez, compléta Vanja à sa place, la réponse se faisant attendre.

— Oui.

— Dont Linda Fors était membre."

L'idée de tout nier en bloc la tenta à nouveau. Klara n'était pas présente la nuit en question, elle ne pouvait rien raconter. Qu'avait dit Ida ? Tout, sans doute. Ingrid avait entendu à sa voix quand elle l'avait appelée qu'elle était sur le point de craquer.

C'était il y a huit ans.

Les souvenirs se fanent.

On oublie, on ajoute, on retranche.

Peut-être parviendrait-elle à tout faire disparaître une fois encore ? Mais pour cela, il fallait qu'elle en sache davantage.

"Pourquoi me demandez-vous cela ?

— Nous pensons qu'un certain nombre d'agressions, de viols et de morts sont liés à ce groupe et à ce qui est arrivé à Linda Fors, répondit Vanja en termes neutres, sans quitter des yeux la femme dans le fauteuil.

— Vraiment ?

— Oui, avez-vous été agressée vous aussi ? glissa Sebastian.

— Non."

Réponse rapide, mensonge rapide. Sebastian l'avait perçu, il était certain que ça n'avait pas non plus échappé à Vanja.

"Vous en êtes sûre ?"

Ingrid envisagea rapidement ses options. Lui serait-il utile d'être une victime elle aussi ? Elle avait déjà été punie. Pas au sens purement juridique, bien sûr, mais sur un plan personnel. En tout cas, ça ne pouvait pas lui nuire.

"Je ne veux pas que cela se sache… dit-elle en baissant les yeux vers ses genoux.

— Nous n'en parlerons à personne."

Ingrid inspira profondément, leva la tête et, le regard fixé sur Vanja, elle raconta les deux fois. Comment ça s'était passé. La première fois tandis qu'elle regagnait sa voiture après une réunion à l'église. La deuxième fois chez elle.

La seringue.

L'horrible sac.

En mettant des mots sur ces événements, en en parlant à quelqu'un, elle sentit soudain combien elle avait été malgré tout profondément perturbée, combien ces terribles expériences l'avaient marquée, elle comprit qu'elle s'était persuadée d'aller mieux qu'elle n'allait en réalité, tout en éprouvant de la gratitude pour sa foi qui l'avait aidée à traverser ces épreuves, à avancer.

Ils voulaient savoir si elle l'avait vu.

Non. Les deux fois, il était arrivé en cachette par-derrière. Elle les informa des dates des agressions. Dans le schéma que semblait suivre l'agresseur, c'était chaque fois avant Ida. Ingrid avait donc été la première victime. Cela semblait plausible. Elle était malgré tout à la tête de ce groupe.

Raconter ce qu'elle avait vécu l'avait secouée. Cela ramenait à la surface des souvenirs qu'elle s'était efforcée de refouler. Il fallait qu'elle sorte, se ressaisisse, boive un verre d'eau.

"Parlez-nous de Linda, lui demanda Vanja quand elle fut revenue s'asseoir.

— Je ne sais pas quoi dire…

— Comment est-elle entrée en contact avec vous ?

— Elle était enceinte, les médecins lui avaient recommandé une interruption de grossesse, elle avait besoin d'être épaulée et soutenue, elle avait entendu parler de nous par un ami.

— Pourquoi lui avait-on recommandé d'interrompre sa grossesse ?

— Ils considéraient que la mener à terme comportait des risques pour elle et son enfant.

— Donc vous l'avez persuadée de garder cet enfant, tout en sachant que c'était dangereux pour elle, résuma Vanja en s'efforçant de garder une voix neutre, d'agir avec professionnalisme.

— Nous ne l'avons pas *persuadée*, corrigea Ingrid. Elle est venue à nous parce qu'elle voulait le garder. Et personne ne *savait* si c'était dangereux pour elle. Personne sauf Dieu.

— Donc l'avis des médecins ne pesait pas grand-chose ? demanda Sebastian, réussissant moins bien que Vanja à cacher son ton critique.

— Dieu aurait pu vouloir qu'elle et son enfant vivent, et cela aurait alors été le cas, répondit Ingrid. C'était d'une simplicité évidente.

— Mais apparemment, il n'a pas voulu, constata Sebastian. Le bonhomme barbu là-haut dans les cieux était d'accord avec la science médicale… ”

Ingrid avait si souvent été confrontée à ça. Les critiques des interprètes libéraux de la Bible, qui adaptaient la foi aux idées fondamentales du monde contemporain sécularisé et détournaient la signification des Écritures, c'était une chose, avec eux, on pouvait avoir une discussion. Un athée invétéré, ce qu'était Sebastian, elle en était convaincue, ne méritait même pas une réponse. Elle lui adressa en silence un regard presque compatissant.

“Donc, Linda est venue vous trouver…” dit Vanja en essayant de revenir à la raison de leur visite. Ce n’était pas la première fois que les opinions personnelles de Sebastian et sa façon de les exprimer risquaient de pousser un témoin ou un suspect à décider de cesser de leur parler.

“Elle n’était pas soutenue chez elle, dit Ingrid en hochant la tête. L’homme, le père de l’enfant, s’était retiré. Il avait pris ses distances, si j’ai bien compris.

— Et ses parents, frères et sœurs, amis ?

— Ses parents ne savaient rien de l’avis des médecins. Elle ne voulait pas leur en parler. Ils n’auraient pas compris, disait-elle.” Ingrid marqua une courte pause, se pencha en avant et fixa le regard sur Vanja, comme s’il était tout particulièrement important qu’elle comprenne. “Elle était complètement seule. Elle n’avait que nous dans une situation particulièrement difficile.

— Que s’est-il passé le 22 juin 2010 ?”

Elle appelle en début de soirée, elle veut qu’on se voie. Elle a essayé de convaincre l’homme de parler avec elle, d’eux, de l’enfant, de leur avenir, si le pire arrivait. Mais il ne veut pas, ne peut pas, se dérobe. Elle se sent plus seule que d’habitude, elle ne va pas non plus très bien.

Elles sont là pour elle. Toutes sauf Klara Wahlgren. Elle vient elle-même d’accoucher. Un fils. Elles disent qu’ils n’auront pas beaucoup de différence d’âge, qu’ils deviendront peut-être meilleurs amis. Les enfants de Linda et de Klara.

Quand elle arrive, elle est plus pâle que d’habitude, mais ce n’est pas très étonnant, elle traverse de telles épreuves.

Physiques et morales. Quand elles lui demandent comment elle va, elle répond qu'elle ne se sent pas bien, que pour la première fois elle a l'impression qu'il y a un problème. Cette sensation l'amène à se poser des questions, à douter. Pour ne rien arranger, son homme est incapable de la soutenir. Personne n'est là pour elle. Il y a bien son amie, Therese, mais celle-ci n'est pas un vrai soutien, elle ne la comprend pas complètement. Elle se contente de dire qu'elle approuvera toute décision que prendra Linda, que c'est à elle de choisir. Entre les lignes, Linda comprend que son amie considère qu'elle fait une erreur.

Il n'y a donc personne.

À part AbOvo.

Elles parlent, de tout, pas seulement de sa grossesse et de son inquiétude, l'aident à se détendre, à se sentir mieux, à retrouver son calme. Elles essaient de l'aider à se libérer de son angoisse, à avoir confiance en Dieu qui fait toujours tout pour le mieux, à éprouver la joie de porter une petite vie en elle. À profiter du miracle qui croît en elle. Après leur discussion, elles prient ensemble. Pour elle, pour son enfant à naître, pour son homme. Elles prient pour que tout se passe bien, pour qu'elle ait la force de traverser cette période difficile, pour que son inquiétude se dissipe, pour qu'elle retrouve la voie vers son homme dans une relation d'amour.

Elle a l'air d'aller mieux, elle est plus gaie et plus calme. Elle les remercie, elle ne sait pas ce qu'elle ferait sans elles. Sans sa foi. Sans Dieu. Elles s'apprêtent à se quitter. Linda doit d'abord passer aux toilettes. Elles l'attendent, bavardent, de Linda et de son enfant, bien sûr, mais aussi d'autres choses.

C'est Ulrika qui réagit la première.

"Dis donc, elle en met, du temps."

Elles attendent encore quelques minutes, puis descendent ensemble aux toilettes, à l'étage du bas. Il n'y a qu'une porte fermée. Elles frappent.

"Linda ?"

Pas de réponse.

"Linda, ça va ? Tout va bien ?"

Silence. Après quelques secondes de confusion, elles décident qu'il faut essayer d'ouvrir la porte. Heureusement c'est un verrou ancien, avec une fente à l'extérieur, dans laquelle on peut glisser une pièce de monnaie ou une clé pour faire tourner le verrou et ouvrir de l'extérieur. Ce qu'elles font.

Linda est étendue par terre. Elle n'est pas consciente. Il y a beaucoup de sang. Elles sont toutes choquées, ne savent pas quoi faire. En retrait, Ida commence à prier en silence. Ulrika entre dans les toilettes, essaie de ranimer Linda, prend son pouls. Il y en a un, irrégulier, mais distinct. Elle a besoin de soins, il faut l'emmener à l'hôpital.

"Appelez une ambulance !"

Une réaction naturelle, une vraie réaction, sauf qu'elles ne peuvent pas faire ça. Elles ne peuvent pas appeler une ambulance. Elles sont dans les locaux de l'Église. Les locaux de l'Église suédoise. Elle ne doit en aucun cas être associée à leur groupe, à leurs activités.

"Vous comprenez le problème ?" s'interrompt Ingrid. Sebastian et Vanja la voient se redresser sur son fauteuil, c'est visiblement un sujet qui lui tient à cœur. "Un groupe qui affirme que la parole de la Bible, qui est la parole de Dieu, est indiscutable et ne peut être contredite, un tel groupe ne peut pas revendiquer son appartenance à l'Église.

— Pourquoi ? demanda Vanja. Elle avait le sentiment de connaître la réponse, mais il fallait quand même poser la question.

— Pourquoi ? Parce que l'Église a perdu toute ligne directrice. Ils auraient tout fait pour prendre leurs distances, déclaré qu'ils n'avaient rien à voir avec nous, qu'ils ne savaient rien et qu'ils allaient prendre des mesures.

— Mettre les fondamentalistes à la porte, proposa Sebastian.

— Prendre des mesures parce que nous croyons à la parole de Dieu, parce que nous vivons conformément à la parole de Dieu", continua Ingrid en ignorant l'intervention de Sebastian. Vanja et lui remarquèrent que ses joues prenaient des couleurs. "Parce que nous soutenons que la vie est sacrée. Ils sont tombés si bas qu'ils se seraient débarrassés de nous, qui défendons ce qu'ils seraient censés défendre. Voilà pourquoi l'Église suédoise est en crise.

— Donc vous n'avez pas appelé d'ambulance parce que vous aviez peur de vous faire virer ?"

Ingrid se tourna vers Sebastian, et Vanja la sentit à bout de patience. Elle jura en silence. Ils voulaient recueillir le plus d'informations possible, et le harcèlement continu était rarement la bonne tactique pour y parvenir.

"Je ne m'attends pas à ce que vous puissiez comprendre cela, dit Ingrid avec un calme qui impressionna Vanja.

— Ça tombe bien, parce que je ne comprends pas.

— Si le conseil de la paroisse, pour une raison ou une autre, ne m'avait pas renvoyée, le public l'aurait exigé. Le tribunal de la populace sur les réseaux sociaux. Ce n'était pas encore comme aujourd'hui, où Twitter peut détruire votre vie, mais c'était déjà assez violent.

— Je suis sûr qu'il y a quelque part une secte d'évangélistes forcenés qui vous accueillerait à bras ouverts.

— Sebastian, coupa Vanja d'une voix autoritaire. Ferme ta gueule."

Ce qu'il fit. Il comprit ce qu'elle voulait, ce qu'il était en train de saboter. Vanja se tourna à nouveau vers Ingrid.

"Veuillez excuser mon collègue. S'il vous plaît, continuez. Que s'est-il passé ensuite ?"

Unissant leurs forces, elles hissent Linda jusqu'à la voiture, sur la banquette arrière. Elle saigne toujours, mais elle reprend conscience par moments, apeurée, confuse. Ingrid conduit. Rebecca et Ida encadrent Linda. Incapables de faire quoi que ce soit, en réalité. Prises de panique. Ulrika à l'avant sur le siège passager. Ingrid essaie de se concentrer sur la route, pour traverser au plus vite la ville d'Uppsala dans la nuit d'été encore lumineuse. De temps à autre elle jette un œil dans le rétroviseur.

De l'arrière parvient un flot d'observations et de questions, des voix aiguës, stridentes.

Elle saigne !

On arrive quand ?

Elle s'est évanouie !

Est-ce qu'elle va s'en sortir ?

Je crois qu'elle ne respire plus. Est-ce qu'elle respire ?!

Stressée, Ingrid leur demande de se taire, elle ne sait pas, elle ne peut pas répondre à leurs questions. Nouveau coup d'œil dans le rétroviseur. Linda est consciente un bref instant. Ses yeux apeurés et suppliants. Elle sait que quelque chose de très grave lui arrive, de son regard affolé, elle supplie en silence Ingrid de la sauver. Et pourtant, Ingrid s'arrête à une minute à peine de l'entrée des urgences. Elle s'en rend soudain compte. Accompagner Linda à l'hôpital aurait des conséquences.

On poserait des questions, on exigerait des réponses, on ferait des corrélations.

Elles s'approchent lentement de l'hôpital en essayant de se mettre d'accord. Elles finissent par trouver un endroit à couvert près des urgences où elles font descendre Linda. Doucement, elles l'étendent par terre tandis qu'Ulrika, qui semble la plus posée de toutes, monte à l'accueil des urgences expliquer qu'il y a une femme par terre, dehors, qu'elle saigne, qu'elle a l'air mal en point. Elle disparaît avant qu'on n'ait le temps de lui poser des questions, et va retrouver les autres au lieu convenu. Elles attendent et voient le personnel de l'hôpital emmener Linda, puis elles quittent les lieux en silence.

Elles retournent à l'église, nettoient les toilettes, mettent tout en ordre. Les traces de la soirée sont récurées, jusqu'à disparaître. Elles élaborent l'histoire à laquelle il faudra se tenir. Elles s'étaient retrouvées chez Ulrika. Avaient mangé et bavardé. Ingrid et Rebecca avaient raccompagné Linda. Elles conviennent d'un endroit où elles s'étaient séparées. D'où on pouvait rejoindre l'hôpital à pied.

Elles avaient fait tout ce qu'elles pouvaient pour Linda. Quelle que soit l'issue, il n'y avait pas de raison d'y mêler

AbOvo. Personne n'avait à y gagner. Le pas et le cœur lourd, elles se séparent devant l'église. Aucune n'est fière de ce qu'elles ont fait, mais elles n'avaient pas le choix.

"Qu'auriez-vous fait si elle avait survécu ?" demanda Sebastian, sincèrement intéressé. Leur plan échafaudé à la va-vite se serait effondré à l'instant où Linda aurait repris connaissance.

"Nous n'avions pas réfléchi à ça", reconnut sans détour Ingrid avant de se tourner à nouveau vers Vanja. Elle changea de perspective, changea de sujet. "Pourquoi croyez-vous que ce qui est arrivé à Linda a un rapport avec les agressions que nous avons subies ?"

Vanja regarda Sebastian, qui lui laissa ostensiblement le soin de répondre. Elle hésita un bref instant, puis choisit la vérité.

"Nous pensons que l'agresseur essaie de vous faire tomber enceinte. Pour vous forcer à un choix impossible. En punition.

— Ce n'est pas aux hommes de punir, c'est la mission de Dieu.

— Tout le monde ne croit pas en Dieu, pouffa Sebastian. Dieu merci."

Il se leva pour s'en aller. Il en avait assez, d'Ingrid Drüber et de lui-même. Et puis ils avaient fini, ils avaient obtenu ce qu'ils étaient venus chercher. Il s'arrêta à la porte pour attendre Vanja.

"Pourquoi cela se passe-t-il maintenant ? demanda Ingrid, l'arrêtant au moment où elle se levait du canapé. C'était il y a huit ans. Pourquoi maintenant ?"

Une question qu'ils s'étaient eux-mêmes posée depuis qu'ils estimaient que c'était lié à la mort de Linda, sans parvenir à trouver de réponse.

"Nous ne savons pas. Il ne s'est rien passé à votre connaissance, personne ne vous a contactée à ce sujet ?

— Un journaliste est venu ici. Il avait entendu parler d'AbOvo.

— Axel Weber ?

— Oui, c'est lui, il est venu ici, mais il ne s'est rien passé et il n'est jamais revenu.

— Quand était-ce ?

— Il y a deux semaines, peut-être."

Après l'entrée en scène de la brigade criminelle, après la conférence de presse. Vanja essayait de savoir si quelqu'un d'autre avait montré de l'intérêt pour ces événements d'il y a huit ans. Avant le début des agressions et des viols. Elle supposait cependant que les recherches de Billy et Carlos autour de Linda leur donneraient quelques noms sur quoi travailler. Des hommes proches d'elle qui avaient tout perdu à sa mort, comme l'avait dit Sebastian. Il ne devait pas y en avoir tant que ça.

Elle essaya à nouveau de se lever. Cette fois elle y parvint mais, avant qu'elle passe la porte, que Sebastian lui tenait toujours, Ingrid l'interpella.

"Je suis candidate à l'élection épiscopale.

— Nous sommes au courant.

— Tout ceci n'a pas besoin d'être rendu public, n'est-ce pas ? J'ai vraiment fait tout mon possible pour vous aider.

— L'enquête sur la mort de Linda Fors va probablement être rouverte, dit Vanja. Tout dépendra de son résultat."

Elle supposait que les femmes présentes ce soir-là, dont Ingrid était la seule encore vivante, seraient reconnues coupables d'homicide involontaire, et le délai de prescription était écoulé. Il était peu probable qu'un procureur engage des poursuites pour homicide. L'affaire ne serait donc vraisemblablement jamais portée à la connaissance du public.

"Un groupe anti-avortement au sein de l'Église suédoise qui contribue à la mort d'une jeune femme et de son enfant à naître, puis qui tente de camoufler les faits, dit Sebastian. Vous avez intérêt à espérer que votre Dieu veuille garder le secret, sinon, c'est cuit, j'en ai bien peur."

Il ouvrit la porte en grand et quitta la pièce. Vanja s'excusa d'un regard auprès d'Ingrid avant de le suivre. Elle hâta le pas et le rattrapa avant la sortie, le téléphone déjà à l'oreille pour faire son rapport à Torkel et savoir les nouvelles.

"Parfois, je ne comprends pas du tout à quoi tu joues, constata-t-elle en attendant que Torkel réponde.

— Non, je sais, je suis un mystère.

— Plutôt un idiot", lâcha Vanja. Torkel décrocha, ils en restèrent là et quittèrent l'église ensemble.

Il faisait chaud dans la salle de réunion.

Ce fut la première chose qui frappa Torkel, déjà en sueur à son arrivée de Stockholm. Il jeta un coup d'œil au thermostat à côté de la porte. Vingt-six degrés. Il regarda alors Carlos, assis à table, l'oreille droite tournée vers les autres, la gauche n'étant pas encore complètement remise, vêtu d'une chemise, d'un sweat-shirt et d'une doudoune. Dehors, la température commençait à être normale pour fin octobre, il faisait même quelques degrés au-dessus de zéro. La bruine insistante qui avait commencé à tomber à l'heure du déjeuner ne montrait aucun signe de faiblesse. Le ciel et la ville étaient d'un gris uniforme. Il restait encore trois jours avant novembre, mais le mauvais temps resquillait pour draper le pays d'un linceul sinistre et déprimant. C'était assez bien assorti à leur état d'esprit à tous. Ils avaient un mobile possible, très plausible, mais n'étaient pas plus proches d'une interpellation qu'au premier jour.

Un des hommes dont les photos étaient affichées au tableau blanc était vraisemblablement celui qu'ils cherchaient. Le premier, photo en couleur, tout juste la trentaine, les yeux bruns, les cheveux sombres, un visage rond et imberbe respirant la gentillesse. Hampus Bogren, le compagnon de Linda, père de l'enfant qu'ils n'avaient jamais eu.

À côté de lui, un homme du même âge. Une photo en noir et blanc tirée du registre des passeports. Des yeux sombres et fixes sous un crâne rasé, pas l'ombre d'un sourire. Avec cet air, la majorité des citoyens verrait immédiatement en lui le parfait coupable si sa photo était publiée en première page ou faisait la manchette. Enfin, c'était le cas pour quatre-vingt-dix pour cent de la population : très peu réussissaient à avoir l'air sympathique et à inspirer confiance sur leur photo d'identité.

L'homme de l'âge de Torkel et de Sebastian, sur la troisième photo, ne faisait pas exception. Les mêmes yeux sombres que l'homme plus jeune, mais des cheveux foncés, bouclés, et une grande barbe. Un gros anneau à une oreille.

Rodrigo et Daniél Valbuena.

Le père et le demi-frère de Linda.

Et enfin un homme que Torkel n'avait pas encore vu. À peu près le même âge qu'Hampus, la trentaine, des cheveux blonds aux épaules, implantés haut et rejetés en arrière, des yeux pâles derrière une paire de lunettes, un nez proéminent au-dessus de lèvres fines et, entre les deux, une moustache qui aurait rendu jaloux n'importe quel acteur porno des années 1970.

“Qui est Boris Holt ? demanda Torkel en montrant de la tête le nouvel arrivé au tableau, tout en se tournant pour baisser le thermostat à une température plus supportable de 23 degrés avant de se débarrasser de son manteau.

— Un ami de Linda. Son meilleur ami, d'après Therese. En tout cas jusqu'en 2010, répondit Anne-Lie tandis que Torkel s'asseyait à une des places libres autour de la table de réunion. Nous avons tous eu beaucoup à faire aujourd'hui, continua-t-elle. Mais je peux commencer par ma visite dans Almqvistgatan."

Milan Pavic ouvrit. Anne-Lie lui exposa le but de sa visite, elle devait parler à Therese. Milan demanda si c'était absolument nécessaire. Oui, ça l'était. Il s'écarta et la fit entrer dans le trois-pièces. Gabriella, la petite sœur de Therese, était dans le séjour. C'était comme entrer dans une photo en noir et blanc, canapé gris le long d'un mur, avec des coussins gris et blancs. Un fauteuil tendu d'étoffe blanche avec une couverture grise. Des photos en noir et blanc aux murs. Un tapis gris clair sous la table basse blanche. Les abat-jour, les vases, tous les éléments de décoration étaient blancs ou gris. La seule touche d'une couleur différente venait du parquet brun.

Gabriella proposa quelque chose à boire à Anne-Lie, qui déclina et s'installa dans le fauteuil. Avec précaution, comme si elle craignait que sa robe rouge déteigne.

"Comment va-t-elle ? demanda-t-elle à Gabriella en attendant l'arrivée de Therese.

— Elle dort, principalement."

Pas très bien, donc, se dit Anne-Lie. L'apparition de Therese trente secondes plus tard le confirma. Elle était en nuisette et culotte sous un kimono. On aurait pu croire qu'elle n'avait pas dormi du tout. Elle avait l'air si fatiguée, des cernes marqués, la peau pâle et sèche, presque translucide, les yeux à demi fermés, comme si c'était un effort de les garder ouverts. Elle s'assit sur le canapé, Milan à côté d'elle, la main doucement posée sur son épaule. Anne-Lie eut l'impression qu'il comptait ne plus jamais la perdre de vue.

"Comment allez-vous ? demanda-t-elle.

— Pas bien.

— Avez-vous le courage de répondre à quelques questions ?" continua Anne-Lie en mettant toute l'empathie qu'elle pouvait dans sa voix. Therese hocha la tête, resserra son kimono et croisa les bras sur sa taille, comme si elle s'enlaçait elle-même.

Anne-Lie inspira à fond et lui exposa ce qu'ils savaient et ce qu'ils croyaient. Sur AbOvo, la mort de Linda, le fait que quelqu'un cherchait probablement à la venger. Et elle ajouta, non sans hésitation, que le but de celui qui l'avait agressée deux fois était de la faire tomber enceinte.

"Il est donc essentiel qu'on vous ait donné une pilule du lendemain à l'hôpital. Vous l'avez prise ?"

Therese se contenta de hocher la tête. Anne-Lie vit les larmes lui monter aux yeux. Comme si les viols, la violence infligée à son corps et à tout son être ne suffisaient pas, quelqu'un avait pour objectif, pour plan abject, de pervertir ce qui aurait dû être le résultat désiré d'une union amoureuse en quelque chose d'affreux, de grotesque.

"Vous ne faisiez pas partie d'AbOvo ?" Autant avancer sans attendre, personne ne savait combien de temps Therese aurait le courage de répondre à ses questions.

"Non.

— Étiez-vous au courant des risques de la grossesse de Linda ?" Nouveau hochement de tête. "Mais vous n'avez pas essayé de la pousser à l'interrompre." Une affirmation plus qu'une question. Sans cela, Therese n'aurait jamais été attaquée elle aussi.

"Elle ne voulait pas. Vraiment pas", dit Therese, des larmes roulant sur ses joues. Milan la serra plus près de lui, comme s'il voulait l'envelopper, la protéger de tout. "C'était ma meilleure amie. Je la soutenais.

— Bien sûr.

— En dehors de l'Église, elle n'avait personne.

— Et ses parents, et son demi-frère ?

— Ils ne savaient rien. Elle était seule. Je la soutenais."

Ce n'était pas ainsi que l'entendaient leurs agresseurs. Celles qui n'avaient pas fait tout ce qu'elles pouvaient pour empêcher ce qui était arrivé étaient coupables à leurs yeux.

"Qui pourrait vouloir la venger ? À part son ex-compagnon, son père et son demi-frère ?

— Boris, souffla Therese aussitôt, sans le moindre temps de réflexion.

— Boris comment ?

— Holt. Ils étaient voisins, dans Jumkilsgatan, vous savez où c'est ?" Oui, elle savait. "Ils étaient tout le temps ensemble, j'étais presque un peu jalouse, vous savez, elle était ma meilleure amie, mais je n'étais pas la sienne."

Ce sentiment lui était familier. Anne-Lie avait elle-même connu un certain nombre de relations de ce genre, où d'autres avaient plus compté pour elle qu'elle pour eux. C'était toujours assez pénible de s'en rendre compte.

"Mais Linda a coupé les ponts avec lui quand il a refusé de soutenir sa décision de garder l'enfant. Je crois qu'il était amoureux d'elle."

“Visiblement, ils avaient l’habitude de monter sur le toit ensemble la nuit quand ils étaient plus jeunes. Regarder le coucher de soleil, parler de tout. Pour elle, il était plus un frère que son demi-frère, ajouta Anne-Lie pour finir le résumé de sa visite chez Therese.

— Et donc, que savons-nous de Boris Holt ?”, demanda Torkel en se tournant vers Carlos et Billy. Un homme qui avait perdu celle qu’il aimait. Exactement ce qu’ils cherchaient.

“Directeur logistique d’une société qui vend des produits d’entretien. Habite à l’extérieur de Norrtälje depuis 2013, marié avec deux enfants en bonus depuis 2015, indiqua Carlos.

— On a envoyé quelqu’un ?

— Inutile, ils sont partis pour Chypre hier. Vacances d’automne. Ils rentrent dimanche.”

Torkel comprit qu’ils n’avaient plus qu’à attendre. Appeler la police chypriote pour qu’elle interroge Holt sur place n’était pas faisable pour plusieurs raisons, l’appeler directement risquerait, dans le pire des cas, de le prévenir qu’ils étaient sur sa piste, ce qui n’était pas très malin quand le suspect se trouvait déjà à l’étranger. Un instant, Torkel envisagea d’envoyer une équipe technique au domicile de Holt près de Norrtälje pour collecter de l’ADN, afin qu’ils soient certains à son retour qu’il était un de leurs agresseurs, mais dans l’état actuel des choses, ils ne pouvaient raisonnablement pas le considérer comme un suspect : il aimait bien Linda, c’était tout, un argument un peu faible pour justifier une perquisition.

“Je n’y avais pas encore pensé, dit Vanja en l’arrachant à ses pensées. Si leur plan est de mettre ces femmes enceintes… On est en 2018, il suffit de prendre une pilule du lendemain.

— Je dirais que Therese est la seule pour qui ça peut marcher, dit Sebastian. Quand on a milité à AbOvo, cette pilule, c'est sûrement comparable à un avortement.

— Therese a pris une de ces Rassur'Voitures pour rentrer chez elle, que savons-nous à ce sujet ?" Anne-Lie réorienta la conversation en se tournant vers Carlos, qui se redressa en consultant le carnet posé devant lui.

"Ça a commencé il y a cinq ans comme un service pour étudiantes, ça s'est développé, ils ont cinq véhicules à présent. C'est dirigé par le fondateur, Felix Hoekstra.

— Qu'est-ce qu'il t'a dit ?

— Il n'était pas là.

— Où était-il ?"

"Linköping, Växjö puis Borås, une petite tournée dans d'autres villes universitaires où les communes ont été intéressées par notre concept", expliqua la jeune femme qui avait ouvert à Carlos la porte du siège des Rassur'Voitures au centre d'Uppsala. Quand il eut montré sa carte et expliqué ce qu'il voulait, on le laissa entrer, puis il apprit que la jeune femme s'appelait Samantha et était la seule de permanence pour le moment.

"Ce n'est pourtant pas un service communal, dit Carlos en la suivant dans les locaux, s'abstenant d'ôter son manteau.

— Non, mais les questions de sécurité sont d'actualité, et on essaie de développer des collaborations avec les acteurs de la vie économique. Comme ici." Samantha balaya des mains le local désert, un geste censé embrasser toute leur activité. Ce qui n'était pas très difficile. Trois bureaux et cinq ordinateurs. Une kitchenette dans un coin. Aux murs, un tableau d'affichage, quelques posters, une carte d'Uppsala.

Samantha lui expliqua qu'à part elle il n'y aurait personne jusqu'à environ 16 heures, à la tombée de la nuit. C'était à partir de ce moment-là que leurs services étaient le plus demandés. Presque tous ceux qui travaillaient pour eux avaient un emploi et ne venaient qu'après leur journée de travail, quelques soirs par semaine.

"Combien êtes-vous à travailler ici ? demanda Carlos.

— Une vingtaine, mais un soir ordinaire nous sommes peut-être trois ou quatre ici, plus les chauffeurs. Quelques-uns de plus le week-end.

— J'ai besoin d'une liste de vos employés.

— Ce ne sont pas des employés, ils sont bénévoles, ils ne sont pas payés.

— J'ai besoin d'une liste de ceux qui travaillent ici, reformula Carlos sans montrer la moindre irritation, même si Samantha aurait dû d'emblée comprendre ce qu'il voulait dire sans pinailler ainsi.

— Ils ont tous présenté un extrait de casier judiciaire vierge, expliqua Samantha, comme si la question de Carlos était superflue.

— Je vous crois, mais je voudrais quand même une liste."

Dans le meilleur des cas, ils tomberaient sur un nom déjà rencontré dans l'enquête. Quelqu'un qu'ils pourraient relier à Linda Fors ou à une des victimes. Tout était possible.

“Je ne sais pas vraiment où trouver ça. C’est Felix qui s’en occupe. Ou Remi, elle gère l’administration, mais elle n’est pas là.

— Appelez l’un ou l’autre”, proposa Carlos. Samantha parut trouver que c’était une bonne idée. Elle sortit son téléphone, composa un numéro, on lui répondit en quelques secondes, elle se présenta et dit ce qu’elle voulait. Puis elle alla s’installer devant un des ordinateurs, se connecta, se laissa guider et, bientôt, une imprimante se mit à ronronner dans un coin.

“Autre chose ? demanda-t-elle en écartant l’écouteur de son oreille. Pendant que je l’ai au téléphone ?

— Les courses, conservez-vous des données dessus ?

— Les courses, conservons-nous quelque chose ?” répéta Samantha au téléphone. Quelques hmm, un “OK” de confirmation, puis à nouveau quelques manipulations du clavier.

Ce qui les intéressait le plus, c’était de connaître le délai entre un appel et le moment où la personne était récupérée. Non que Carlos en attende beaucoup, il avait plutôt l’impression de demander toutes ces données pour pouvoir abandonner l’idée d’un lien entre les Rassur’Voitures et les agressions. Que quelqu’un reçoive un appel ici, apprenne que celle qui appelait serait seule de retour chez elle, prévienne un complice qui se rendrait sur place, entrerait par effraction et attendrait que la personne transportée rentre chez elle, c’était incontestablement tiré par les cheveux…

“… et impossible dans le cadre temporel que nous avons déterminé, conclut Carlos.

— Est-ce qu'une autre des victimes a utilisé leurs services ?

— Klara jamais, nous le savons. Ça n'existe pas à Gävle, où habitait Rebecca. Et pour Ida, j'ai vérifié par rapport au ticket de caisse des courses qu'elle est allée faire le 21 : en pleine journée, Rassur'Voitures n'assurait pas de service ce jour-là.

— Bon boulot !" laissa échapper Torkel quand Carlos referma son carnet. Il était assez impressionné par cet homme frigorifié. Vérifier le planning des Rassur'Voitures en fonction du ticket de caisse d'Ida était astucieux. C'était le genre d'astuce que Torkel appréciait. Si un jour Carlos souhaitait changer de poste, il l'accueillerait à bras ouverts. Ce serait une bonne recrue dans l'équipe, il était calme, méthodique et agréable. En outre, priver Anne-Lie de son bras droit serait, pour Torkel, la cerise sur le gâteau.

"Tu as demandé si Weber était passé ?" demanda-t-il, certain de s'entendre répondre oui. Il imaginait bien que Carlos avait demandé, et supposait que Weber n'y était pas passé. Ce dernier semblait s'être envolé, il n'avait répondu à aucun des appels de Torkel et n'avait jamais rappelé.

"Il n'est pas passé. Pas d'après cette Remi, que Samantha a eu au téléphone, et qui semble au courant de tout.

— Est-ce qu'on a de ses nouvelles ?" demanda Ursula. Elle ne l'avait rencontré qu'une seule fois, mais savait que Torkel respectait son travail, et que Weber les avait parfois réellement aidés.

"Non.

— Qu'ont-ils dit à *Expressen* ?"

"Rien."

Torkel était assis devant la table en chêne sombre poli dans l'élégante salle de conférences aux murs décorés de manchettes historiques. Il se rappelait sa dernière visite, quand, avec Sebastian, ils avaient persuadé l'ancien rédacteur en chef du journal, Lennart Källman, d'accepter d'organiser une interview de Sebastian, qui avait eu pour conséquence indirecte son assassinat par David Lagergren. L'assassinat de Källman, pas de Sebastian. *Dommage*, se surprit Torkel à penser, avant de le regretter, honteux.

Il avait été au moins aussi énervé par Källman à l'époque que par sa successeur aujourd'hui.

"Vous ne pouvez rien me dire ?

— Pas ce sur quoi il travaillait, non."

Torkel serra les dents, inspira à fond. Il était là parce qu'ils avaient appris que Weber avait pris contact avec Ingrid Drüber, qu'il avait probablement découvert le lien entre Linda Fors et AbOvo.

Il était doué, Weber.

À contrecœur, Torkel était forcé d'admettre qu'il existait une petite possibilité qu'il soit parvenu plus loin qu'eux. Ce qu'ils savaient jusqu'à présent le suggérait. Ou du moins qu'il était arrivé aussi loin qu'eux, mais plus vite.

Il apprit alors que personne n'avait vu Weber depuis plus d'une semaine, bientôt deux. Un collaborateur apprécié depuis de nombreuses années qui avait disparu alors qu'il enquêtait sur des crimes violents. On aurait pu imaginer que la direction du journal serait encline à collaborer pour savoir ce qui lui était arrivé.

Visiblement ce n'était pas le cas.

“Vous venez de dire que vous n’avez plus de nouvelles depuis plus d’une semaine, non ? demanda Torkel avec scepticisme, espérant que quelque chose lui avait échappé.

— Douze jours, confirma Sonia.

— Ça lui ressemble, de disparaître comme ça ?

— Non, il n’a jamais fait ça jusqu’ici, d’après ses collègues.

— Et pourtant, vous ne voulez pas me dire à quelle conclusion il était arrivé, ce qui peut avoir causé sa disparition ?

— Je voudrais bien, mais je ne peux pas.”

Torkel comprit aussitôt ce qu’elle voulait dire, il connaissait la chanson.

La sacro-sainte protection des sources. Une loi merveilleuse qui obligeait tout journaliste à protéger l’identité de ses informateurs. Évidemment, un rédacteur en chef ne pouvait pas prendre le risque de l’enfreindre. Torkel ne s’attendait pas non plus à ce qu’on le laisse librement fouiller dans l’ordinateur de Weber, mais il pensait quand même trouver quelqu’un disposé à l’aider.

“C’est complètement con ! lâcha Torkel, se penchant en avant et haussant la voix. Regardez ses notes, l’historique de ses recherches, vous pourrez me donner des informations sans enfreindre la loi.”

L’impression de *déjà-vu* était tangible. Il avait eu la même discussion, éprouvé la même frustration avec Källman, mais cette fois, il était encore plus désireux d’obtenir ce qu’il voulait. Il était taraudé par l’impression que, si Weber avait disparu, c’était parce qu’il s’était trop approché de leur agresseur.

Une proximité dangereuse. Mortelle.

Mais il n'obtint rien.

Sonia lui expliqua poliment qu'elle comprenait ses arguments, que si personne n'avait encore signalé à la police la disparition de Weber, elle pourrait envisager de le faire, mais qu'elle ne pouvait en aucun cas prendre la décision de partager les informations du journal avec la police. Cela soulèverait de graves questions de crédibilité et, surtout en ces temps de *fake news*, alors que les lecteurs se méfiaient des médias traditionnels, il était tout particulièrement important de ne rien lâcher qui puisse les couler davantage.

Torkel avait d'autres arguments – éthiques, moraux, basés sur des faits – mais comprit qu'ils seraient inopérants : Sonia avait pris sa décision. Il la remercia pour son temps, traversa la rédaction pour rejoindre les ascenseurs et, après avoir rendu son badge visiteur à l'accueil, il fut dehors en deux minutes. Un vent froid le saisit sur la place au pied de l'immeuble du journal. Il s'arrêta pour boutonner sa veste.

“Vous êtes de la police ?” entendit-il derrière lui. Il se retourna : une femme d'une trentaine d'années s'approcha de lui. Elle se présenta rapidement : Kajsa Kronberg. Torkel pensait la reconnaître. Bien sûr, n'était-elle pas à la rédaction du journal ?

“Vous connaissez Axel ? demanda-t-elle, ce qui confirma sa supposition. C'est pour ça que vous êtes là ?

— Oui, et vous, vous le connaissez ?” Torkel sentit l'espoir se ranimer. Elle l'avait quand même suivi jusqu'en bas, elle devait être motivée par autre chose qu'une curiosité pure. “Savez-vous sur quoi il travaillait ?”

Kajsa regarda alentour, comme dans un vieux film d'espionnage, et Torkel s'éloigna inconsciemment de quelques pas de l'entrée, se rapprochant de la façade.

"Il s'intéressait à quelque chose appelé AbOvo." Elle marqua une petite pause entre le *b* et le O, sans doute pour souligner que c'était la chose importante et pour l'aider à s'en souvenir. "Il a demandé comment reconstituer une page web effacée, mais je crois que personne ne l'a aidé."

Torkel comprit à sa réaction qu'il n'avait pas su cacher sa déception.

"Vous le saviez déjà, constata Kajsa.

— Oui. Il n'a pas donné d'autres noms, dit où il allait ?

— Non, malheureusement.

— Merci, en tout cas, conclut Torkel en se dirigeant vers sa voiture pour retourner à Uppsala.

— Je l'aime bien, entendit-il dire Kajsa derrière lui. Qu'est-ce que vous allez faire maintenant ?"

"Nous lançons un avis de recherche pour retrouver sa voiture, nous essayons de repérer son téléphone, décréta Torkel après avoir rendu compte de ses aventures avec des représentants du troisième pouvoir à Stockholm. Tu peux faire ça, Billy ?"

Billy leva les yeux de son ordinateur portable. Il venait de se connecter au forum de jeu pour vérifier à nouveau. Tôt ce matin, il avait répondu qu'il était d'accord pour payer. Ce n'était pas forcément le cas, mais ça lui faisait gagner du temps. À croire que c'était son activité principale, désormais. Gagner du temps. Repousser les choses à plus tard en espérant qu'elles se résoudraient, comme par miracle. Il attendait une réponse de WoLf232, mais jusqu'à présent le post de Billy était le dernier du fil. Il avait passé un moment dans la matinée à essayer de repérer l'expéditeur qui se cachait derrière la signature, mais sans succès, et il avait eu entre-temps d'autres chats à fouetter. Le boulot. Auquel il devait consacrer toute son attention, mais sur lequel il arrivait de moins en moins à se concentrer, s'en remettant à Carlos.

Est-ce qu'aller voir Stella l'aiderait ?

Il écarta l'idée. Ce ne serait pas nécessaire. Son désir de la chambre rouge ne devait pas être justifié par son travail. Il ne s'agissait pas de son enquête la plus technique, aussi ne faisait-on pas particulièrement appel à ses connaissances spécifiques. Il avait plusieurs fois analysé les films des diverses caméras de vidéosurveillance, épluché le portable de Silas Franzén, identifié de son mieux Dan Tillman sur internet, fait des vérifications sur le passé d'Ingrid Drüber et, plus récemment, sur celui des quatre hommes dont la photo était affichée au tableau.

“Oui, pas de problème, répondit Billy en refermant son ordinateur. Mais si Weber n'a pas utilisé son téléphone depuis douze jours, il risque d'être déchargé, continua-t-il, espérant qu'ainsi tout le monde comprendrait qu'on ne pourrait pas le repérer.

— Nous avons aussi l'ordinateur et la tablette d'Ulrika”, rappela Ursula. Billy hocha la tête.

“J'ai déjà commencé.

— Qu'a dit le veuf ? demanda Anne-Lie.

— Gösta ? Pas grand-chose ou plutôt beaucoup de choses, mais pas grand-chose qui puisse nous être utile."

L'homme aux cheveux blancs vint à leur rencontre avant même qu'Ursula et Billy aient le temps de pénétrer sur le terrain. Ils s'étaient garés devant la maison de plain-pied en briques rouges, dans une rue pavillonnaire endormie portant le nom très à propos de Lugnvägen – rue du Calme. Le jardin était encore vert, avec trois grands sapins le long de la maison, une haie de thuyas derrière la clôture brune et quelques genévriers de tailles et de formes diverses entre la pelouse et les plates-bandes.

"Vous êtes venus pour la maison ?" L'homme indiqua de la tête une petite pancarte plantée à côté d'un buisson de buis portant le logo d'une agence immobilière.

"Non.

— C'est une belle baraque, mais beaucoup trop grande pour moi, continua-t-il, comme si leur réponse négative lui avait échappé. Grand terrain également, mais je n'aime pas le jardinage, c'était le truc d'Ulrika, je préfère même ne pas tondre la pelouse.

— Nous sommes de la police, l'interrompit Ursula, en lui expliquant qu'ils étaient là pour parler d'Ulrika et d'un décès survenu huit ans plus tôt.

— Linda ? lâcha l'homme, avant de leur faire signe de venir. Vous voulez du café ? J'allais justement en faire."

Ursula et Billy déclinèrent, mais eurent tous les deux l'impression qu'on allait quand même leur en servir chacun une tasse. Ils suivirent l'homme aux cheveux blancs, qui se retourna vers eux avant d'ouvrir.

"Au fait, je m'appelle Gösta."

Ursula et Billy se présentèrent et entrèrent dans la maison.

"Pas besoin d'enlever vos chaussures", leur précisa Gösta en les conduisant directement à la cuisine. Ils se débarrassèrent de leurs manteaux en chemin. "Asseyez-vous, je vous en prie", fit Gösta en leur indiquant les chaises autour de la table de la cuisine, tandis qu'il se tournait vers le plan de travail et les placards laqués de blanc pour remplir la cafetière.

Ursula et Billy pendirent leurs manteaux au dossier de leur chaise et s'installèrent. Sur la table, un journal du matin était ouvert à la page mots croisés, avec à côté un crayon, une gomme et une paire de lunettes de lecture. Plus près de la fenêtre, sur le rebord de laquelle trônaient dans deux pots des plantes aux fleurs rouges que même Billy et Ursula identifièrent comme des géraniums, un pilulier hebdomadaire avec trois tiroirs par jour, quelques dépliants publicitaires et plusieurs enveloppes à fenêtre, qui provenaient, en tout cas celle du dessus, de l'hôpital de Gottsunda.

"Si nous avons bien compris, votre épouse a disparu au printemps dernier", commença Ursula, rappelant la raison de leur visite. Gösta en avait fini avec la cafetière. Il ouvrit en hochant la tête le placard au-dessus de l'évier et en sortit trois tasses.

"Le 18 avril. Elle n'en pouvait plus… Personne n'aurait cru que je lui survivrais. J'avais plus de vingt ans de plus qu'elle. Elle n'avait que vingt-deux ans quand nous nous sommes rencontrés : tout le monde n'était pas ravi, ses parents en tête, mais nous avons tenu bon.

Nous sommes restés vingt-neuf ans ensemble. Deux enfants…" Il fit un geste vers le réfrigérateur où étaient collées deux photos. L'une montrant un homme d'une bonne vingtaine d'années, un bébé dans les bras et un enfant de trois ans accroché à ses basques. L'autre, une femme plus jeune, aux cheveux sombres, qui souriait à l'objectif, quelque part en Asie du Sud-Est. "Johannes et Emelie, et deux petits-enfants. La petite dernière, là, Maya, est arrivée en mars, Ulrika a eu le temps de la voir.

— Vous avez mentionné une certaine Linda quand nous nous sommes présentés." Ursula fit une nouvelle tentative pour ramener la conversation vers ce qui les intéressait vraiment.

"Oui.

— Que pouvez-vous nous dire à son sujet ?"

Gösta ouvrit le réfrigérateur et en sortit un paquet entamé de biscuits fourrés Ballerina, qu'il posa sur la table.

"C'était une connaissance de l'église. Quelques bonnes femmes qui avaient un petit groupe, elles se voyaient de temps en temps. Du lait ?

— Non merci. Savez-vous ce qu'elles faisaient ?

— Non, elles se voyaient, passaient du temps ensemble, dit Gösta avec un petit haussement d'épaules tout en refermant la porte du réfrigérateur. Comme un club de couture, mais sans couture."

Il ne savait donc rien d'AbOvo, de ce qu'elles défendaient et de ce qui les unissait. Ou alors il savait mais ne savait pas s'ils savaient et estimait qu'ils n'avaient pas besoin d'en être informés s'ils ne savaient pas. Au fond, c'était sans importance. Il était plus que disposé à parler avec eux, et c'était là le plus important.

"Que vous a-t-elle dit au sujet de Linda ?

— Qu'elle était morte. Elle était venue ici un soir, elle avait dîné avec les autres. Je n'étais pas à la maison mais Ulrika me l'a raconté à mon retour. J'ai travaillé pendant des années pour une société de technologie. Je voyageais beaucoup, je rencontrais plein de gens formidables, mais bien sûr c'était pénible, aussi, surtout quand les enfants étaient petits, j'ai raté pas mal de choses. Puis j'ai vieilli, il y a eu moins de voyages, mais plus loin. On travaillait beaucoup avec la Chine. Un pays fascinant. Vous y êtes déjà allée ?

— Non.

— J'ai travaillé jusqu'à mes soixante-neuf ans, même si j'ai un peu réduit la cadence. Pas question de rester toute la journée à la maison. Ulrika travaillait, elle. J'ai pris ma retraite il y a cinq ans. Mais je vais avoir soixante-quinze ans l'an prochain, et il est temps de me trouver quelque chose de plus petit et de plus simple. Je songe à me rapprocher de mes enfants, ils habitent tous les deux dans le Sud. Johannes et sa famille sont à Kalmar et Emelie vient d'acheter un appartement à Helsingborg.

— Linda", dit Ursula d'une voix légèrement interrogative. Elle avait presque mauvaise conscience, cela semblait faire longtemps que l'homme aux cheveux blancs n'avait pas parlé à quelqu'un.

"Oui, ça a fait un coup à Ulrika, ça oui. Après, je ne sais pas. Quelque chose lui pesait.

— Elle n'en parlait jamais ?

— Elle ne voulait pas, mais c'était quelque chose qui lui pesait, je le voyais bien.

— Est-ce qu'elle en parlait avec quelqu'un d'autre, à votre connaissance ?"

Gösta retourna à la cafetière, prit le verseur et emplit les tasses posées sur la table.

"Elle a gardé contact avec l'église, il y a eu un nouveau pasteur qu'elle appréciait. Cornelis quelque chose… Donc elle en parlait peut-être avec lui, peut-être une des diaconesses, en fait je ne sais pas."

Billy et Ursula échangèrent un regard par-dessus la table. Ils semblaient penser la même chose. Si la mort de Linda pesait sur la conscience d'Ulrika, il était possible qu'elle ait souhaité se libérer de ce fardeau avant de mourir. En parler à quelqu'un.

Demander pardon.

Recevoir l'absolution.

À qui pouvait-elle avoir parlé ?

Quelqu'un au sein de l'église, bien sûr, mais il était également possible que sa mauvaise conscience l'ait poussée à se tourner vers les proches de Linda. Mais huit ans, c'était long, il était peu probable qu'elle ait gardé contact avec eux, pour autant qu'elle les ait connus.

Où retrouve-t-on le plus facilement des gens, de nos jours ?

Billy connaissait la réponse.

"Ulrika avait-elle un ordinateur, une tablette ou un téléphone portable ?" demanda-t-il en se fourrant un biscuit dans la bouche. Plus jeune, il avait l'habitude de grignoter le biscuit du dessus avant de racler le chocolat avec les dents, mais sentait que ce serait mal vu chez un adulte.

“Oui, elle avait tout ça, confirma Gösta. Je ne m’en sers pas. Ou si, j’ai un portable, pour que les gamins puissent m’appeler, mais pas tout le reste. Jusqu’à présent, je peux payer mes factures par virement et lire le journal, même si c’est de plus en plus difficile. À la télé et à la radio, ils n’arrêtent pas de parler de web, d’applis, d’iPod, de Swish et que sais-je encore.”

Il faut vivre avec son temps, pensa Billy. Exiger qu’on maintienne les mêmes services qu’il y a vingt ou trente ans, c’est comme vouloir voyager en train à vapeur ou acheter sa musique sur cassettes.

D’autres solutions, plus rapides, meilleures, avaient pris le relais.

“Son ordinateur et le reste sont-ils toujours ici ? demanda-t-il.

— L’autre semaine, je suis allé dans un nouveau café, continua Gösta sans faire mine d’avoir entendu Billy. Je voulais prendre un petit goûter et ils ne prenaient pas le liquide, vous imaginez ? Ils ne prenaient pas l’argent.

— Son ordinateur et le reste sont-ils toujours ici ? répéta Billy, et cette fois il obtint une réponse.

— Oui, tout est dans la salle de jeu. Vous voulez voir ?”

Plus que ça. Ils voulaient tout emporter, et cela ne posait aucun problème. Gösta ne les utilisant pas, il n’était pas pressé de récupérer les *machines* d’Ulrika, comme il les appelait.

“Nous allons donc regarder tout ça dès qu’on aura fini ici, voir si ça donne quelque chose”, ajouta Billy au compte rendu d’Ursula de leur après-midi chez Gösta.

Il semblait qu'une nouvelle pièce du puzzle se mettait en place. Si Ulrika avait voulu alléger son cœur, demander pardon, cela expliquait pourquoi cette vengeance se produisait seulement maintenant.

"OK, pour le meilleur ami, on sait à quoi s'en tenir, mais les autres ?" demanda Anne-Lie en se levant, signalant par là que la fin de cette longue réunion approchait. Elle alla au tableau montrer les photos. "Son ancien compagnon, son père et son demi-frère.

— L'ancien compagnon, Hampus Bogren, vit à Hudiksvall, enseignant spécialisé, marié, une fille. Casier vierge, rien qui dépasse, résuma rapidement Billy en regardant Carlos pour lui passer le relais.

— Rodrigo et Daniél Valbuena. Rodrigo est arrivé ici du Venezuela en 1977, il a épousé Gudrun Torsson et eu Daniél en 1980. Il s'est séparé en 1983, remarié avec Renate Fors en 1986, a eu Linda l'année suivante. Le couple s'est séparé quand Linda avait quinze ans, Rodrigo a déménagé à Göteborg, où habitait Daniél. En 2013, ils sont tous les deux retournés au Venezuela pour créer ensemble une société d'électronique. J'ai essayé de les joindre. J'ai un numéro de téléphone qui tombe sur un répondeur et une adresse mail. J'ai écrit en espagnol et en suédois, pas de réponse. Nous ne savons tout simplement pas où ils sont, conclut-il en regardant les autres.

— Ça peut être l'un d'eux, mais pas les deux, glissa Ursula.

— Pourquoi ?

— D'après le labo, les hommes dont on a recueilli le sperme ne sont pas parents."

Anne-Lie hocha la tête et regarda à nouveau les quatre photos.

“Le copain. Holt. Est-ce qu’il connaissait le frangin et le père ?

— Sans doute, affirma Torkel. Le père en tout cas, s’ils étaient voisins.

— Ou l’ancien compagnon.

— Si c’est au père que nous avons affaire, son ADN doit correspondre à celui de Linda. Est-ce qu’on a un échantillon ?”

Elle se tourna vers Sebastian et Vanja, qui à leur tour se regardèrent. Qui allait rendre compte de leur rendez-vous de l’après-midi ? Vanja fit un signe de tête à Sebastian, qui inspira à fond.

“Ça n’a pas été très simple.”

Ils en avaient parlé quand Anne-Lie les avait appelés pour leur demander de passer chez Renate Fors, la mère de Linda, qui habitait plus ou moins sur leur chemin en rentrant de Västerås : comment obtenir de l’ADN de sa fille décédée sans lui dire pourquoi ils en avaient besoin, à quoi ça leur servirait ?

C’était impossible.

En même temps, la perspective de l’informer des circonstances de la mort de Linda n’était pas réjouissante. Une femme qui pendant huit ans a cru que sa fille, rentrant d’un dîner entre copines, s’était sentie mal, avait tenté de gagner l’hôpital mais n’y était pas arrivée. Voulaient-ils vraiment contredire cette explication tragique et lui raconter la vérité, nettement plus cruelle ?

Ils avaient décidé d'essayer de l'éviter, autant que possible.

Pour elle.

Par simple délicatesse.

Ils entrèrent dans Örsundsbro. Aucun des deux ne connaissait l'existence de cette petite localité avant d'entrer son nom dans le GPS qui les aida à trouver Skolvägen. Huit pavillons identiques d'un étage et demi, alignés, avec entre chacun la distance minimale autorisée, semblait-il. Ces maisons pointues étaient soit rouges, soit grises. Renate vivait dans une des grises. La troisième de la rue. Ils se garèrent devant, passèrent devant le garage et allèrent sonner. Ils aperçurent bientôt du mouvement par le verre dépoli de la porte et, une seconde plus tard, une femme d'une cinquantaine d'années leur ouvrit. Sebastian n'avait pas rencontré beaucoup d'Irlandaises dans sa vie, mais il y pensa aussitôt en voyant ses épais cheveux roux et ses yeux verts. Elle était pieds nus, portait un jean délavé et une longue chemise blanche, avec un pendentif en forme de fleur de lys juste au-dessous de la poitrine. Ils lui expliquèrent qui ils étaient, d'où ils venaient, qu'ils avaient besoin de parler avec elle de sa fille Linda. L'air interloqué et un peu perdu, elle les fit entrer. Ils n'eurent pas le temps de s'asseoir dans le séjour moderne meublé avec goût qu'elle leur demanda ce que ça voulait dire, parler de Linda. Sebastian la regarda, figée sur le seuil, visiblement inquiète, les mains à hauteur du ventre, l'une faisant nerveusement tourner une alliance en or sur l'autre.

“Auriez-vous encore quelque chose qui puisse contenir son ADN ?” demanda Vanja. Il n'y avait pas de bonne façon de présenter leur demande, aucun moyen de l'adoucir, autant la formuler clairement, ils verraient bien jusqu'où ils devraient aller dans leurs explications.

"Je ne comprends pas…" dit Renate, dont le regard perplexe passait de Vanja à Sebastian. Il comprit qu'ils n'y arriveraient pas sans lui dire ce qu'ils savaient. Ce qu'elle était en train d'imaginer était probablement encore pire que la vérité.

"Vous êtes de la brigade criminelle, c'est bien ce que vous avez dit ? continua Renate, confirmant d'une seule phrase le pressentiment de Sebastian.

— Oui… dit Vanja, sur ses gardes.

— Elle a été assassinée ?" lâcha faiblement la femme sur le seuil en portant une main à sa bouche, les yeux remplis de larmes. Sebastian et Vanja se regardèrent. Ce n'était plus possible. Sebastian la pria de s'asseoir. Renate obtempéra, continuant à faire tourner son alliance sans répit.

Il commença à lui raconter calmement et avec tact.

"Elle savait ? fut sa première réaction quand Sebastian lui eut expliqué ce qui était arrivé à sa fille, ce qui avait conduit à leur visite et à leur demande d'ADN. Linda savait qu'elle pouvait mourir ?

— Il semble que oui, répondit Sebastian. Nous n'avons pas lu ses examens médicaux, nous ne connaissons pas exactement le diagnostic des médecins.

— Pourquoi n'a-t-elle rien dit ?"

Que répondre à cela ?

Ils ne pouvaient rien dire.

Renate n'attendait pas non plus de réponse, Sebastian le savait. Cela indiquait qu'elle était forcée de réévaluer sa relation avec sa fille, qu'elle avait cru, comme beaucoup de parents, que son enfant viendrait se confier à elle dans une situation pareille. Que Linda lui faisait confiance et qu'elle serait venue chercher consolation et soutien auprès de sa mère. Qu'elles étaient vraiment proches. Il était douloureux et brutal d'apprendre que ce n'était pas le cas.

"Et les autres personnes de ce groupe ? demanda Renate après avoir pris quelques secondes pour digérer tout ça et y voir plus clair.

— Comme nous vous l'avons dit, notre hypothèse de travail est que quelqu'un cherche à se venger sur elles", répondit Vanja.

Renate hocha la tête, puis se figea, faisant le lien entre ce qu'ils venaient de dire et le but de leur visite.

"Pourquoi voulez-vous l'ADN de Linda ? Vous pensez que c'est Rodrigo ? demanda-t-elle d'un ton qui disait exactement combien l'idée lui paraissait absurde.

— Pas du tout, mais nous avons besoin d'innocenter le plus de monde possible, dit Vanja d'un ton si convaincant que même Sebastian crut un instant que c'était vrai.

— Il est au Venezuela, les informa Renate, leur signifiant qu'ils perdaient leur temps. Tout le monde le pensait catholique, mais il était athée, c'était Linda qui était croyante. Il respectait sa foi, elle respectait son athéisme.

— Nous n'avons pas encore réussi à le joindre, ni lui, ni son fils.

— Ils l'aimaient, mais non..." Renate se tut, l'idée qu'ils aient quoi que ce soit à voir avec les agressions était si impensable qu'il lui était même impossible de la formuler. Une larme coula sur sa joue, qu'elle essuya du revers de la main.

“Vous n’avez pas été contactée par Ulrika Månsdotter ? demanda Vanja pour voir si leur théorie d’une sorte de confession pouvait être confirmée.

— Qui est-ce ?

— Elle ne vous a pas contactée ?

— Non, qui est-ce ? C’est une membre de ce groupe ?

— C’était. Elle est morte.

— C’est une de celles dont vous m’avez parlé, qui est morte ?”

Vanja comprit ce que voulait dire Renate : une de celles qui étaient mortes suite aux agressions, aux viols. Ce n’était pas le cas, mais il n’y avait aucune raison d’entrer dans les détails, Vanja se contenta donc d’opiner du chef et avança en revenant à la charge.

“Pensez-vous avoir quelque chose qui puisse contenir l’ADN de Linda dans la maison ?”

“Il n’y avait rien, donc, constata Anne-Lie avec une certaine déception.

— Rien à première vue, mais elle va y réfléchir et nous rappellera si elle trouve quelque chose.

— OK, bon boulot tous les deux”, dit Anne-Lie avec un geste indiquant que le point sur le travail de la journée était terminé. Tout le monde autour de la table s’étira et rassembla ses affaires. “Maintenant, je voudrais qu’on continue comme ça”, reprit Anne-Lie en réclamant encore quelques minutes leur attention.

Torkel serra les dents. Toujours “je”, jamais “nous”. C’était une chose que son équipe et lui n’aient pas repris la responsabilité de l’enquête, mais elle aurait pu au moins l'informer de l'orientation de l'enquête, afin qu'il ait la possibilité de faire des remarques et de donner son avis avant qu'ils soient placés devant le fait accompli, afin que le plan d'action soit le leur, pas seulement le sien.

Même ça, ce n'était pas possible.

"Billy, tu fouilles l'ordinateur, la tablette et le portable d'Ulrika.

— OK, ça ira assez vite, Gösta nous a donné les mots de passe.

— Carlos, continue de chercher le père et le demi-frère, essaie de voir si tu ne peux pas trouver quelqu'un qui sache comment les contacter en dehors de leur société."

Carlos se contenta de hocher la tête en boutonnant sa veste, l'œil sur le thermostat.

"Torkel, renseigne-toi sur les volontaires qui travaillent pour les Rassur'Voitures, continua Anne-Lie, qui s'interrompit en le voyant faire stop de la main.

— Ursula pourra s'en charger, je pensais retourner causer avec Kajsa Kronberg, à la rédaction d'*Expressen*." Il avait repensé à leur brève rencontre. Elle avait l'air d'avoir une idée de ce que fabriquait Weber, et de tenir à lui. Peut-être pourrait-il l'amener à se renseigner sur les résultats auxquels était arrivé son collègue, sans pour autant rompre la loi sur la protection des sources ? Anne-Lie parut un instant légèrement contrariée, mais eut la sagesse d'admettre que, si elle pouvait se permettre ne pas l'associer à ses décisions, lui donner des ordres directs était une tout autre affaire.

Elle n'en était pas encore là.

Elle n'y serait jamais, d'ailleurs.

"Le seul qu'il nous reste à interroger est son ex-compagnon à Hudiksvall, conclut-elle avec un regard appuyé à Torkel.

— On le prend, Sebastian et moi", dit aussitôt Vanja, à la surprise de tous. Particulièrement de Sebastian. Il sentit une joie chaude et pétillante monter en lui. Son initiative du matin, son acte désintéressé était vraiment rentable. Elle choisissait elle-même de faire équipe avec lui. Ça n'était jamais arrivé, même au mieux de leurs relations.

"Il faut qu'on parle", affirma-t-elle en lui jetant un regard grave, et Sebastian sentit immédiatement sa joie se faner. Tant pis si cette pensée était digne de la colonne coaching d'un magazine masculin : d'après Sebastian, cette phrase ne présageait jamais rien de bon.

Il faut qu'on parle.

Mais bon, il fallait bien une première fois.

Ils se retrouvaient donc à nouveau en voiture. Ils avalaient les kilomètres aujourd'hui. Encore deux cent trente. Jusqu'à Hudiksvall. Vanja au volant, ils sortirent d'Uppsala, rejoignirent l'E4 vers le nord et prirent de la vitesse. Sebastian resta silencieux sur le siège passager à regarder les maisons se clairsemer tandis que le jour faiblissait, et bientôt ils se retrouvèrent dans le noir sur l'autoroute à compter les kilomètres. Vanja n'avait toujours rien dit. Sebastian se regarda dans la vitre de la portière. Autant prendre le taureau par les cornes. Il se tourna vers elle.

"Donc, tu voulais qu'on parle."

Vanja ne répondit pas, ne le regarda même pas, continua à conduire, concentrée, le volant bien en main en position 10 h 10.

"Vanja..."

Pendant quelques secondes, elle sembla évaluer si elle allait dire quelque chose et, dans ce cas, comment.

"Tu ne vas pas aimer ça, finit-elle par lâcher.

— Je m'en doute depuis que tu as dit qu'il fallait qu'on parle, répondit Sebastian, tentant vaguement de plaisanter, mais surtout de cacher combien il appréhendait ce qui allait arriver.

— Ce matin, quand tu es venu avec Valdemar, ça m'a vraiment touchée.

— Bien, c'était l'idée.

— J'y ai pensé et… c'est mon papa.

— Je sais.

— Il l'était depuis trente ans, avant ton arrivée, continua-t-elle comme si Sebastian avait formulé une objection et qu'elle devait le convaincre avec un argument supplémentaire. Et moi, je le vénérais. Je l'aime. Il m'a manqué."

Sebastian se tut, elle avait raison, il n'allait vraiment, vraiment pas aimer ça.

"Comme tu l'as dit toi-même, tu as brisé ma famille, et si tu restes dans ma vie, tu recommenceras."

Sebastian se détourna. Ça fonçait droit à la catastrophe. Il pouvait à peine respirer.

"Même si tu n'en as pas l'intention, entendit-il Vanja dire d'une voix douce. Même si ce n'est pas ce que tu souhaites. Tu ne peux juste pas t'en empêcher.

— Je peux changer, m'améliorer, chuchota-t-il.

— Tu crois vraiment ?" Elle se tut. Elle n'attendait pas de réponse de sa part, mais prenait le temps de décider si elle allait continuer ou non, mettre des mots sur ses pensées. Il fallait qu'il comprenne.

"Je sais qu'elles te manquent. Ta femme et ta fille. Sabine." Elle le vit se raidir en entendant prononcer le nom de sa fille. "Je crois que tu essaies de la remplacer par moi. Exactement comme tu as fait avec Nicole et sa maman."

Sebastian ne répondit pas, ne lui demanda pas de fermer sa gueule, ne laissa rien transparaître, aussi continua-t-elle.

“Je ne peux pas prendre cette place. Je n’en veux pas. Je ne suis pas ta fille. Je suis celle de Valdemar.”

Sebastian garda les yeux tournés vers l’extérieur, le regard vide. Le paysage qui défilait correspondait parfaitement à ce qu’il éprouvait : obscurité totale.

“Tu pourrais devenir une amie”, s’entendit-il finalement dire tout bas, le visage toujours détourné pour qu’elle ne puisse pas voir la larme silencieuse qui coulait sur sa joue. Il ne bougeait pas, ne voulait pas l’essuyer. Ne pas lui laisser voir qu’il pleurait.

“Sebastian…

— Une collègue, tenta-t-il.

— Tu ne t’en contenterais jamais.”

Vrai. C’était vrai. C’était ce qu’ils étaient à présent, des collègues, et il avait tout fait pour que ça change. Il en avait trop fait, apparemment.

“Ce matin, ce que tu as fait, c’était pour moi, ou pour toi ?”

Il oubliait tout le temps combien elle était fine. Évidemment, elle avait analysé ce qui s’était passé ce matin, et pas seulement ce qui s’était passé, mais pourquoi. S’il n’avait pas été aussi effondré, il aurait été impressionné.

“Est-ce que ça ne peut pas être pour nous deux ?” dit-il, la voix brisée.

Vanja regarda sa nuque. Il était temps d’en finir. Il n’y avait pas de bonne façon, mais elle ne pouvait pas se payer le luxe de ménager ses sentiments. Elle avait pris une décision et il fallait qu’elle lui fasse comprendre que c’était comme ça. Et que ça le resterait.

“J’ai eu quelque chose pendant trente ans puis tu es arrivé et tu as tout fait sauter, dit-elle d’une voix posée.

Je suis en train d'atterrir. De me retrouver, de retrouver ma vie. Et tu n'en feras pas partie, pas plus qu'Anna."

Cela ne pouvait être dit plus clairement.

Il n'y avait rien à ajouter.

Apparemment, Sebastian le comprit lui aussi. Après être resté détourné une minute encore, il pivota vers l'avant. Passa rapidement la main sur sa joue, comme pour y essuyer quelque chose. Elle jeta un coup d'œil dans sa direction. Son visage était totalement inexpressif. Il se pencha et mit la radio.

Happier d'Ed Sheeran.

Aucun autre mot ne fut prononcé du voyage.

“Je préférerais ne pas parler de Linda.”

Hampus Bogren souffla la fumée de sa cigarette en grelottant un peu dans son coupe-vent trop fin. Toute sa personne semblait trop fine, comme transparente, sous l’unique réverbère. Blond, à la limite du blanc, des cheveux mi-long et fatigués avec une frange qui pendait sur des yeux d’un bleu clair un peu aqueux, un nez droit et acéré, des pommettes saillantes sous une barbe éparse, des lèvres minces qui tirèrent une autre bouffée. Des jambes grêles dans un jean noir tombant sur une paire de Converse en cuir également noir. Il rappelait à Sebastian les durs avec qui il traînait au collège, voilà une éternité. Ceux qui passaient les récréations dans le carré des fumeurs.

C’était un peu la même situation : lui, assis avec Vanja sur un banc public en bois vermoulu couvert de tags, Hampus installé sur le banc d’en face. À leur gauche, un plot en béton avec un tube métallique fiché dedans, au bout duquel un panneau annonçant : *Ici, on peut fumer*, à côté d’une image stylisée de cigarette.

C’était tout.

Deux bancs face à face et un panneau, à l’écart du parking, à l’extérieur du lotissement proprement dit. Rien pour s'abriter des précipitations ou du vent. Inhospitalier et inaccessible, comme si on avait voulu sérieusement s'occuper de la santé des fumeurs.

Il n'avait pas eu le temps de digérer ce qu'il avait entendu dans la voiture. Il savait qu'il aurait tôt ou tard une réaction, l'atterrissage allait être rude, il le savait, mais il le refoulait pour le moment. Il était concentré sur Hampus.

"Pourquoi ? demanda-t-il. Pourquoi ne voulez-vous pas parler d'elle ?

— Parce qu'il m'a fallu du temps pour tourner la page. J'ai refait ma vie", répondit Hampus en jetant un regard vers les fenêtres allumées de l'immeuble de trois étages qu'ils venaient de quitter et où sa compagne et leur fille l'attendaient.

Avant qu'ils n'arrivent à cet immeuble jaune à l'ouest de la ville, Vanja avait indiqué à Sebastian comment elle voulait mener l'interrogatoire. La situation n'était pas la même qu'avec Renate, cet homme pouvait très bien être suspect, c'était un agresseur potentiel. Elle voulait commencer en disant qu'ils avaient rouvert l'enquête sur la mort de Linda, que des indices indiquaient que les choses ne s'étaient peut-être pas passées comme la première enquête de police l'avait établi.

Ils ne diraient rien de la vengeance ni des viols.

Pour voir ce qu'Hampus leur donnait.

"On fait comme tu veux", avait répondu Sebastian, avant de ne plus rien dire, à part de courtes réponses à des questions directes.

Ils avaient sonné à la porte du troisième étage, s'étaient présentés, et Hampus les avait priés de l'accompagner dehors pour fumer. Dans ce coin fumeurs déprimant. Il ne pouvait pas fumer à la maison pour ne pas exposer sa fille au tabagisme passif, et le syndic avait décidé que la cour intérieure serait non-fumeurs.

“C’est elle, Ulrika, qui vous a contactés ?” demanda Hampus en les scrutant, les yeux plissés. Vanja parut surprise. Elle ne s’attendait pas à voir si simplement confirmée la théorie selon laquelle ceux qui avaient vengé Linda auraient pu recevoir des informations de l’ancienne membre d’AbOvo aujourd’hui décédée.

“Ulrika ? répéta Vanja, comme si elle n’avait pas la moindre idée de qui il parlait.

— Elle a appelé l’hiver dernier, Ulrika quelque chose, elle disait qu’il fallait qu’elle dise la vérité au sujet de Linda.” Hampus écrasa son mégot par terre, piétina le bout incandescent tout en sortant une autre cigarette du paquet. “Je ne voulais pas en parler, alors j’ai raccroché.

— Ça ne vous intéresse pas, ce qui lui est arrivé ?

— Elle est morte”, lâcha-t-il en haussant les épaules. Il plaça la nouvelle cigarette entre ses lèvres et l’alluma. Tira profondément dessus, recracha la fumée. “Il m’a fallu plusieurs années pour m’en remettre.”

Il se releva, tourna le dos à Vanja et à Sebastian, fit quelques pas en regardant vers son appartement, sa nouvelle vie. Vanja et Sebastian lui laissèrent le temps. Virent la fumée blanche virevolter autour de sa tête dans la lumière froide.

“C’était trop pour moi, j’ai pris mes distances. Ce serait moins dur, c’est ce que je me disais. Je l’ai laissée décider. J’étais certain que nous allions perdre l’enfant, mais je pensais qu’elle aurait survécu.”

Il se tut et se retourna vers eux. Des yeux tristes, défaits. Sebastian reconnut ce regard, il l'avait souvent vu dans son miroir.

"Ça m'a pris des années. Faire face au remords. De ne pas avoir pu les sauver, de ne pas avoir essayé de la convaincre… vous comprenez ?"

Sebastian comprenait exactement.

Le sentiment de n'avoir pu sauver personne.

Vivre avec ça.

Toutes ces pensées sur ce qu'on aurait pu faire autrement, ce qu'il aurait fallu faire, ce qu'on aurait dû faire. Sebastian n'avait eu que quelques secondes pour agir, et pourtant il y revenait sans cesse. Combien de temps avait eu Hampus ? Des semaines ? Des mois ? Tant d'occasions où il aurait pu faire un autre choix, avoir la possibilité de changer l'avenir.

"J'ai demandé à Therese, sa meilleure amie, d'essayer de parler avec elle, moi elle ne m'écoutait pas, mais…" Il secoua la tête : elle non plus, elle n'avait pas pu convaincre Linda. Il écrasa sa deuxième cigarette et fourra les mains dans ses poches. "Maintenant, je sais que nous n'aurions rien pu faire. Elle avait décidé, c'était son corps. Je ne pouvais pas la traîner à l'hôpital et exiger un avortement."

Vanja l'observait. Elle était bonne dans bien des domaines, mais excellait à détecter les mensonges. Hampus Bogren ne connaissait pas les circonstances de la mort de Linda, elle en était certaine. La brigade criminelle était convaincue que c'était cette information, provenant vraisemblablement d'Ulrika, qui constituait le mobile des crimes sur lesquels ils enquêtaient.

Cela signifiait donc que Bogren n'était pas coupable.

Il paraissait cependant un peu désinvolte de se désintéresser de lui sur la seule base de cette conviction. Ils ne pouvaient pas lui demander son alibi pour les dates et les horaires en question sans trop lui en dévoiler. Ils ne pouvaient pas invoquer le premier degré de suspicion pour l'arrêter et, s'il devinait pourquoi ils étaient ici, il pouvait détruire des preuves après leur départ. Mais ils n'étaient pas non plus forcés de rentrer bredouilles, raisonna-t-elle.

“Accepteriez-vous de nous laisser prélever votre ADN ? demanda-t-elle du ton le plus neutre possible.

— Pourquoi ?

— Comme je vous l'ai dit, nous reprenons l'enquête sur sa mort et nous cherchons à exclure le plus d'hypothèses possible.

— Elle a été assassinée ?” demanda-t-il avec, assez curieusement, une pointe d'espoir dans la voix. Sebastian comprenait exactement sa façon de penser : il avait en apparence accepté l'idée qu'il n'avait pas pu empêcher la mort de Linda, mais un doute lancinant le taraudait, le rongeait de l'intérieur. Si sa mort dépendait de facteurs sur lesquels il n'aurait jamais pu avoir prise, comme le fait qu'elle ait croisé le chemin d'un meurtrier en rentrant chez elle, ce qui lui restait de culpabilité et de remords serait balayé. Il serait libéré.

“Non, répondit aussitôt Vanja, étouffant son espoir dans l'œuf. Mais les circonstances précises de sa mort sont peut-être différentes de ce qu'on a cru à l'époque, et nous reprenons les éléments de l'enquête technique.

— Mais c'est bien sa grossesse qui l'a tuée ?

— Oui, autant que nous le sachions", répondit-elle, conformément à la vérité. Elle aurait préféré lui affirmer que Linda avait été assassinée, il aurait alors probablement accepté de donner son ADN pour être blanchi, mais le mensonge était trop gros, l'aurait trop influencé. Elle ne pouvait pas mentir sur la cause du décès, surtout s'il devait un jour connaître la vérité.

"Dans ce cas, je ne comprends pas…" Il semblait sincèrement désemparé. La neige avait commencé à tomber tout doucement. Les flocons voletaient jusqu'au sol dans la lumière de l'unique réverbère où se découpait la silhouette d'Hampus. Cette image de calme et d'harmonie contrastait avec la confusion que dégageait l'homme qu'ils avaient en face d'eux. "Je n'y étais pas. Elle était sortie avec des copines de l'église et elle a tenté d'aller seule à l'hôpital. Ils m'ont appelé le matin, quand elle était déjà morte.

— Quoi qu'il en soit, tenta Vanja, votre ADN nous serait vraiment d'une grande aide."

Hampus la dévisagea. Sebastian eut l'impression que cette demande cachait autre chose, que Vanja avait une idée en tête.

"Non.

— Pourquoi ?

— Je ne veux pas. Je ne veux pas vous donner ça. Je ne veux pas que l'État sache tout sur moi dans ses fichiers."

Il les regarda. S'ils avaient réussi à instaurer une forme de confiance, elle avait disparu. Il resserra son blouson, recula d'un pas et indiqua de son corps tout entier que l'entretien était terminé de son point de vue.

Il répondait librement à leurs questions, il put donc s'en aller.

La circulation était clairsemée. Dans la lumière vive des phares qui tranchaient la nuit compacte, Vanja appuya à fond sur l'accélérateur et atteignit des vitesses dignes de Billy sur le retour vers Uppsala. Elle ne voulait pas passer plus de temps que nécessaire dans la voiture avec Sebastian.

Un coup d'œil rapide dans sa direction.

Il était à nouveau à moitié détourné.

La tête appuyée dans les mains, difficile de dire s'il dormait.

En tout cas, il ne parlait pas. Pas depuis qu'ils avaient quitté Hudiksvall et rapidement constaté qu'Hampus Bogren n'était vraisemblablement pas l'un des hommes qu'ils cherchaient, malgré son refus de donner son ADN. Peut-être était-ce réellement une question d'intégrité personnelle, peut-être s'était-il rendu coupable de quelque chose, mais en tout cas pas dans leur affaire, ils en étaient d'accord.

La radio était allumée. Une émission où le présentateur, d'une voix pleine d'empathie et avec un intérêt que Vanja supposait feint, aidait les auditeurs qui appelaient à venir à bout d'histoires assez creuses sur le thème “s’élever”. Il pouvait s’agir de sortir d’une crevasse ou d’escalader une montagne, d’être promu, de faire la grasse matinée ou de se relever d’une maladie ou très trivialement de tomber à l’eau depuis un bateau. L’auditeur pouvait interpréter le thème comme bon lui semblait. Vanja n’arrivait pas à comprendre qui pouvait bien trouver intéressantes ces histoires plus ou moins personnelles, à rallonge et complètement absurdes.

“Je peux éteindre ? demanda-t-elle, assez bas.

— Bien sûr”, dit Sebastian.

Donc il ne dormait pas.

Vanja coupa la radio, mais le regretta presque aussitôt. À présent, le silence était vraiment total dans la voiture. Elle songea à rallumer la radio et à changer de station, trouver plutôt de la musique. Mais elle s’abstint.

Le silence appelait le silence.

Ce qu’elle lui avait dit dans la voiture tout à l’heure, il fallait qu’elle le lui dise. Elle se souvenait que, quelques semaines plus tôt, elle ne supportait pas Sebastian. Le dîner chez Torkel, la rencontre avec Valdemar – qui montrait que Sebastian était capable d’actes qui ne servaient pas que son propre intérêt –, et le fait qu’il semblait en général faire des efforts ne suffisaient pas.

Ce n’était pas son état normal.

La balance penchait nettement vers quelqu’un d’irrécupérable, arrogant, pas sympathique. Le fait même qu’elle se soit souciée de ce qu’il éprouvait, qu’elle n’ait pas voulu le blesser, montrait bien au fond son incroyable talent de manipulateur. Sebastian était une puissance destructrice engagée dans une perpétuelle spirale descendante et il finirait tôt ou tard par l’y entraîner.

Plus encore qu'il ne l'avait déjà fait.

Tellement qu'elle ne pourrait plus remonter la pente pour ramper hors du trou.

Alors oui, ce qu'elle lui avait dit, il fallait qu'elle le lui dise.

Le silence dans la voiture appelait le silence.

Elle laissa pourtant échapper un petit soupir de soulagement quand son téléphone sonna. Elle décrocha en mode mains libres.

“Ici Vanja, tu es sur haut-parleur, répondit-elle.

— C'est Ursula, entendirent-ils en provenance des baffles des portières. Comment ça s'est passé, dans la riante bourgade d'Hudiksvall ?

— On n'a pas d'ADN, mais Sebastian et moi sommes à peu près persuadés que ce n'est pas lui, dit Vanja en jetant un coup d'œil en direction du siège passager.

— Vous avez sûrement raison, constata Ursula. Billy a inspecté l'ordinateur d'Ulrika Månsdotter. En mars, elle a cherché à contacter Cosas Útiles et leur a envoyé un mail.

— Et Cosas Útiles, c'est…

— L'entreprise de Rodrigo et Daniél Valbuena, au Venezuela.

— Et que leur a-t-elle écrit ? demanda Sebastian, intéressé, en se redressant sur son siège. Salut, au fait.

— Salut ! Elle leur a écrit qu'il fallait qu'elle entre en contact avec eux et qu'il s'agissait de Linda.

— Et qu'ont-ils répondu ?

— Ils n'ont pas répondu. Mais elle leur a laissé son numéro de téléphone portable, ils peuvent l'avoir appelée, nous n'avons pas encore reçu ses listes d'appels.”

Vanja et Sebastian absorbèrent l'information nouvelle dans un silence d'un autre type que celui qui régnait dans l'habitacle quelques minutes auparavant. C'était un grand pas dans la bonne direction, mais ils allaient apparemment devoir en faire un autre, plus grand encore.

"Ce n'est pas tout, continua en effet Ursula. Les deux Valbuena sont rentrés en Suède par Göteborg il y a tout juste deux mois.

— Ils sont ici ?" Pur étonnement dans la voix. "En Suède ?

— Mais personne ne sait où, ils n'ont donné aucune adresse." La voix d'Ursula ne cachait pas sa satisfaction : en quelques heures, ils avaient éliminé deux des quatre principaux suspects. "Nous avons lancé un avis de recherche", leur précisa inutilement Ursula. Vanja jeta un coup d'œil à l'horloge du tableau de bord.

"Il nous reste à peine une heure jusqu'à Uppsala, est-ce qu'on vous rejoint ?

— Non, il n'y a pas grand-chose d'autre à faire ce soir. Anne-Lie nous veut tous à 8 heures demain.

— OK, dans ce cas je rentre chez moi et Sebastian…" Elle se tourna rapidement vers lui. Comptait-il rentrer à Stockholm ou rester à Uppsala ?

"Je vais à l'hôtel.

— Alors on s'y verra peut-être, dit Ursula.

— Tu y es ?

— Non, je suis encore au boulot, je sors dîner tard.

— Avec Bella ?

— Non… Roulez prudemment."

Et elle raccrocha. Le silence retomba dans la voiture.

Une serviette.

Une serviette blanche en lin.

Pas tout à fait propre : de petites taches indiquaient clairement que quelqu'un l'avait utilisée. Assise au pied du lit dans sa chambre d'hôtel, Ursula regardait le bout de tissu carré.

Ça ne rimait à rien.

Cette fois, il avait réussi à la convaincre. Il était tard, la cuisine était ouverte jusqu'à 22 heures, c'était confortable, elle serait vite rentrée dans sa chambre si sa journée avait été longue. Beaucoup de bonnes raisons de se donner rendez-vous à son hôtel.

Petros l'attendait dehors. Il avait paru sincèrement content en l'apercevant et elle avait senti qu'elle se fendait elle aussi d'un large sourire. Une courte embrassade plus tard, ils étaient entrés dans le restaurant, à moitié plein. Ursula avait demandé qu'ils soient placés à une table difficilement visible depuis la rue, l'entrée de l'hôtel, ou le bar si on passait y faire un tour, et avait été contente de la table qu'on leur avait indiquée, derrière une étagère saillante pleine de livres et d'ustensiles de cuisine formant un mur assez opaque. Ils s'étaient installés dans les fauteuils jaunes, avaient regardé le menu et commandé. Ursula était partagée : elle ne s'était rien mis sous la dent depuis le déjeuner, mais il fallait éviter de se gaver si tard. Elle avait fini par opter pour un "hippie *bowl*" végétarien et un verre de vin. Après les premières gorgées – et après avoir de temps en temps jeté un œil inquiet vers l'entrée, puis décidé que Sebastian ne pourrait pas les voir – elle s'était détendue. Petros l'y aida. Il était toujours beaucoup plus doué qu'elle pour ça. Veillait à ce que la conversation file sans accroc d'un sujet à l'autre, écoutait, posait des questions, et veillait à ce que cette soirée soit la continuation parfaitement naturelle de leur dernier rendez-vous.

Ils avaient été servis.

Elle avait commandé un autre verre de vin.

Elle lui avait dit en termes vagues que leur enquête avançait, ce que Petros avait déploré sur le ton de la plaisanterie, puisque cela signifiait qu'elle allait bientôt quitter Uppsala. Mais Stockholm n'était pas si loin, avaient-ils convenu de concert. Il lui demandait comment allait Bella quand la chose l'avait frappée.

La dernière fois qu'ils étaient sortis ensemble. Au restaurant thaï.

Il avait été à Västerås. Le soir précédent.

Le soir où Ingrid Drüber avait été violée à son domicile. À Västerås. Elle le savait, maintenant.

Il lui avait fallu moins d'une seconde pour réaliser combien c'était idiot. Quantité de gens se trouvaient à Västerås ce soir-là. En particulier les habitants de Västerås. L'une de ces personnes était leur homme. Mais pas Petros. Naturellement pas. C'étaient les Valbuena qui avaient fait le coup. Ils en étaient même assez certains désormais.

Rodrigo et Daniél Valbuena. Le père et le fils.

Sauf que leurs agresseurs n'étaient pas apparentés.

Petros Samaras n'était pas apparenté aux Valbuena.

Elle s'était forcée à se ressaisir, à refouler ces idées. Elle avait trop travaillé, son cerveau était en surchauffe. Cette affaire l'avait marquée davantage qu'elle n'avait cru ou voulu admettre. De là ces pensées idiotes, ridicules, impossibles. Ça devait être ça, ou quelque chose comme ça. Ou autre chose.

Elle s'était concentrée sur Petros, pour continuer à passer un bon moment. Et y était parvenue.

Quarante-cinq minutes plus tard, ils s'étaient quittés. Il l'avait embrassée, elle lui avait dit combien elle avait passé une soirée agréable. Ils étaient tombés d'accord pour recommencer, puis il avait disparu dans la nuit et elle s'était dirigée vers les ascenseurs. S'était arrêtée. Avait hésité. Était retournée dans le restaurant où le serveur était en train de desservir leur table. En s'excusant, elle avait pris la serviette de Petros.

Avec laquelle il s'était soigneusement essuyé la bouche.

Sur laquelle se trouvait donc son ADN.

Puis elle avait regagné le lobby et pris l'ascenseur jusqu'à sa chambre. Où elle se trouvait à présent. Assise au pied du lit. La serviette devant elle.

Ça ne rimait à rien.

Quelque part, elle savait ce qui s'était passé, et pourquoi. Non qu'elle croie que Petros était l'un de leurs agresseurs. Pas sérieusement. Mais elle s'était autorisée à le croire.

Pour se gâcher la vie.

Pour se créer une raison de ne pas lui faire confiance, de ne pas *pouvoir* lui faire confiance. Elle était presque étonnée de ne pas s'être laissé démasquer par lui. De ne pas avoir veillé à ce qu'il y ait, dès le début, assez d'embûches pour que ça ne devienne jamais normal, habituel et agréable entre eux.

Le normal, l'habituel et l'agréable, elle n'y arrivait pas.

Ça ne marchait pas comme ça pour elle.

Elle avait essayé avec Micke, bien trop longtemps. Espéré y arriver, car tout aurait alors été plus simple.

Le mariage, la maternité, la vie.

Si elle pouvait seulement être satisfaite, si elle pouvait seulement se contenter de ça.

Elle avait ensuite essayé avec Torkel, mais s'était retirée et avait rompu dès qu'il y avait eu une chance, ou un risque, que ça devienne comme il le souhaitait.

Normal, habituel, agréable.

Ça ne lui ressemblait pas.

Alors à quoi bon essayer aussi avec Petros ? Ça marcherait aussi peu avec lui qu'avec Micke et Torkel.

Elle connaissait une seule personne avec qui ça avait marché.

Une seule personne avec qui *elle* pouvait marcher.

Une personne qui, comme elle, n'était jamais vraiment satisfaite, jamais vraiment calme. Qui avait choisi la distance, un peu à l'écart du centre de la vie. Exactement comme elle. Une âme sœur. Si ça existait.

Sebastian Bergman.

Elle s'était juré que jamais plus, jamais avec lui, mais autant l'admettre : elle était impossible à vivre, tout comme lui, et avec lui, rien ne serait jamais normal, habituel et agréable.

Ce serait autre chose.

Quelque chose qu'ils étaient tous deux seuls à pouvoir comprendre et apprécier.

Sa folie de la soirée avait été une façon de se mettre elle-même en garde : elle allait commettre une grave erreur en croyant pouvoir être comme tout le monde.

Rencontrer quelqu'un sur un site.

Dîner, se fréquenter, discuter et laisser la relation s'épanouir.

Devenir proches et vieillir ensemble.

Qui cherchait-elle à tromper, à la fin ? Restait Sebastian. Si elle se rabattait sur lui avec des prétentions limitées, cela pourrait donner quelque chose d'assez spécial. Malgré tout, elle l'avait jadis aimé.

Elle se leva, plia la serviette et la posa sur le bureau. La femme de chambre la prendrait demain. Elle quitta alors sa chambre, monta d'un étage et frappa. Fort. Il dormait peut-être. Encore une fois. Plus fort. Pour que personne ne puisse continuer à dormir de l'autre côté de la porte. Mais elle resta close.

Il n'était pas là.

Il y avait été.

Un court moment, à peine une heure plus tôt. Vanja l'avait déposé devant l'hôtel. Il lui avait semblé apercevoir Ursula au restaurant, mais il l'avait juste noté au passage avant de regagner sa chambre.

Ça faisait son chemin.

La perte de sa seconde fille.

La façon dont elle l'avait dit. *Et tu n'en feras pas partie, pas plus qu'Anna.* Que Vanja pardonne un jour à sa mère, lui fasse une nouvelle place dans sa vie, semblait complètement impensable à Sebastian. Être mis dans le même sac n'augurait rien de bon. Rien du tout. Autant l'admettre. Il l'avait perdue.

Pour de bon cette fois.

Il tournait en rond dans sa chambre. Littéralement. Allait et venait. S'il avait bu ou pris des drogues, ça aurait été une occasion de rechute. Son acte désintéressé, censé amener Vanja à amorcer une révision de son opinion de lui – et qui pour cette raison, très objectivement, n'était pas si désintéressé que cela –, avait échoué, avec un retour de bâton qu'il n'avait pas vu venir. Le laissait privé d'espoir, renvoyé à ses souvenirs.

Il était clair que, d'une certaine façon, elle était un substitut de Sabine. Pas très étonnant. Quand on avait perdu une fille, on voulait avoir l'autre près de soi. Visiblement, quand on avait deux papas, il n'était pas aussi sûr qu'on veuille avoir les deux.

Ce n'était pas incompréhensible.

Juste insoutenable.

Ça avait été sa dernière chance. Il l'avait saisie, et avait échoué. Il était temps pour lui d'admettre que ça s'arrêtait là. Il était temps de tourner la page et d'aller de l'avant. Dommage que ce ne soit pas son fort.

Mais il n'était aucun mal qui n'apporte quelque bien, avait-il songé alors qu'il ressassait. Il s'était contrôlé pour Vanja. Pour rester dans l'équipe. Près d'elle. Si de toute façon elle ne voulait pas de lui, peu importait ce qu'il faisait.

Ni avec qui.

Elle parut surprise.

Qu'on sonne à sa porte si tard dans la soirée, mais surtout de le trouver devant chez elle.

"Ça a été un après-midi éprouvant, je voulais voir comment vous alliez, expliqua Sebastian quand elle lui eut demandé ce qu'il faisait là, ce qu'il voulait.

— Vous êtes venu jusqu'ici pour voir comment j'allais ?" Sa voix sceptique. Ses yeux verts fixés sur lui. "Depuis quand la police a-t-elle ce genre d'attentions ?

— Je ne suis pas policier, je suis psychologue. Psychocriminologue. Je considère que ça fait partie de ma mission quand je travaille pour la brigade criminelle", mentit-il sans se gêner. Si elle n'avait pas été, selon son goût, une femme attirante, dans la bonne tranche d'âge, et qu'il n'avait pas été à fleur de peau, déçu et en rut, il n'en aurait rien eu à foutre. "Mais je vous dérange, peut-être ?

— Non, pas du tout." Mais elle ne fit pas mine de le faire entrer. La porte entrouverte, elle le scrutait pour tenter de déterminer s'il y avait d'autres motifs à sa visite. Sebastian lui adressa un regard qu'il savait d'expérience impénétrable. Après quelques secondes, Renate s'écarta et le laissa entrer.

"Vous voulez quelque chose ? demanda-t-elle tandis qu'il ôtait ses chaussures et son blouson. Du café, du thé ?

— Non, merci."

Elle le guida vers le séjour. Lumière tamisée, à part au-dessus d'un des fauteuils, éclairé par une puissante lampe de lecture. Une broderie était posée sur la table voisine, à côté d'un verre de vin presque bu. Cela l'étonna, il ne l'avait pas imaginée s'adonnant aux travaux manuels. Renate lui indiqua le canapé, alluma les spots encastrés et alla chercher son verre de vin.

"Du vin ? lui proposa-t-elle.

— Je ne bois pas.

— Pourquoi ?"

À sa connaissance, la Suède était le seul pays où on demandait directement et sans gêne pourquoi quelqu'un ne consommait pas d'alcool. Boire était normal dans les relations sociales, et ne pas le faire pouvait légitimement provoquer des questions, estimaient la plupart.

"J'ai une personnalité dépendante", répondit Sebastian, sincère pour la première fois depuis son arrivée. Une façon élégante de dire qu'il était sujet aux addictions. En particulier une, dans laquelle il espérait vivement faire une rechute d'ici une heure – combien de temps lui faudrait-il pour la mettre dans son lit ?

Sebastian s'assit sur le canapé. Regarda autour de lui tandis qu'il entendait Renate à la cuisine. La pièce était blanche, lumineuse, semblait moderne et pensée. Grandes surfaces, peu de meubles, choisis avec soin. Meubles de designers ou Ikea ? Il n'en avait aucune idée, mais c'était élégant et original. Renate revint avec un petit plateau. Un verre de vin blanc, un coca light pour lui et un petit bol de noix de cajou.

"Je vous ai pris un coca, dit-elle après avoir posé le plateau sur la table basse et s'être assise à côté de lui sur le canapé.

— Merci."

Il se pencha vers la canette, l'ouvrit et s'en servit un verre. Il but une petite gorgée et se cala en arrière. Pas question de bavarder, de complimenter la maison, la déco, de lui demander depuis combien de temps elle y habitait, de parler boulot ou hobbies. Il était là en qualité de professionnel attentionné.

"Comme je disais, notre visite a pu remuer beaucoup d'émotions, aussi voulais-je juste voir comment vous alliez.

— J'y ai beaucoup repensé", opina-t-elle en buvant une gorgée de vin. Sebastian sentit croître son espoir. Elle voulait parler, c'était très clair. Une conversation allait les rapprocher, lui donner une ouverture, la possibilité de jouer le jeu. De gagner. "Surtout à ce que nous aurions pu faire autrement, continua Renate. Pas seulement lors de sa grossesse, mais avant. Pour qu'elle se sente en confiance. Nous dise des choses."

Sebastian hocha la tête avec empathie. Là, deux voies se présentaient à lui. Abonder dans son sens : il y avait eu une faille, un manque de confiance, et s'efforcer d'atténuer son sentiment d'avoir mal fait, d'apaiser ses remords maternels.

Ou bien fournir une autre explication et la libérer ainsi de toute responsabilité.

La consolation ou la gratitude.

Le sexe était souvent meilleur après la consolation, mais la gratitude était une façon plus sûre d'arriver à ses fins. Ce soir, il n'avait pas besoin de quelque chose de spécial, une simple satisfaction ferait largement l'affaire. Va donc pour la gratitude.

"Ce n'est pas forcément qu'elle ne vous faisait pas confiance, elle a peut-être voulu vous épargner une situation très pénible, dit lentement Sebastian, comme s'il choisissait chaque mot avec soin. Elle savait ce qu'elle voulait, elle savait ce que vous alliez vouloir. De cette façon, elle vous a épargné une certaine souffrance. Après coup, quelle que soit l'issue, vous n'auriez pas pu avoir fait autrement, puisque vous ne saviez rien.

— Qu'est-ce que vous voulez dire ? Que c'est par sollicitude qu'elle ne m'a rien dit ?

— C'est possible. Je ne l'ai pas connue, je ne sais rien de votre relation, je dis juste que ce n'est pas forcément parce qu'elle ne vous faisait pas confiance."

Il vit que l'idée prenait, une idée nouvelle pour Renate, une idée bienvenue.

"Qu'auriez-vous fait, reprit Sebastian en se penchant en avant avec intérêt. Si vous aviez su ?"

Renate but une gorgée de vin, écarta d'un œil une mèche rousse et le regarda.

"Essayé de la convaincre. De la sauver.

— Elle ne voulait pas être sauvée. Elle était adulte, majeure. Elle avait décidé, c'était son corps. Vous ne pouviez pas la traîner à l'hôpital et exiger un avortement." Il empruntait les mots d'Hampus Bogren. Il n'aurait sans doute rien eu contre, c'était pour la bonne cause. Pour coucher.

"Nous aurions pu essayer. Nous aurions pu la convaincre, la faire changer d'avis. Elle nous aurait peut-être haïs pour ça après, elle ne nous aurait plus jamais parlé, mais au moins elle serait en vie.

— Se demander ce qu'on aurait pu faire différemment est normal, mais dans ce cas précis, vous n'auriez rien pu faire. On ne peut agir qu'en fonction des informations dont on dispose.

— Qu'elle ne nous avait pas communiquées.

— Exactement. Pour vous protéger. Protéger votre relation. Pour qu'elle n'ait pas l'impression de vous trahir et vous l'impression d'être impuissants. Ou rejetés par elle."

Il vit Renate songer à ce qu'il venait de lui dire. Il laissa ses paroles faire leur effet. Il se faisait peut-être des idées, mais il lui sembla que son langage corporel témoignait d'un certain soulagement. Peut-être pas de gratitude, mais le soulagement marcherait aussi, se dit-il.

Renate changea de position sur le canapé, ramena ses pieds sous elle, s'adossa. Il avait beau n'en rester que très peu, le vin faillit déborder de son verre. Une mèche tomba à nouveau sur son visage, elle l'écarta et le regarda.

“Vous savez, avant ça, quand je lisais les *In memoriam* que les gens mettent dans le journal après cinq, dix, quinze ans, je me disais : *Get over it.* Laissez ça derrière vous, allez de l’avant.” Elle finit son vin et reposa son verre sur la table. Sebastian jeta un coup d’œil à son décolleté quand elle se pencha, veillant à bien la regarder dans les yeux quand elle se redressa sur le canapé. “Mais que faire quand on ne peut rien faire ? Quand tout n’est qu’absence. Vide.

— Je sais ce que vous voulez dire, opina Sebastian. L’équilibre entre le deuil, le souvenir et la vie qui continue… Ça peut être délicat.”

Il espérait que quelque chose dans sa voix révélerait à Renate qu’il ne parlait pas d’un point de vue purement professionnel, mais aussi personnel. Que, quand il disait “Je comprends ce que vous traversez”, il le pensait vraiment.

Sebastian hésita. Cette fois, cela ne faisait pas partie du jeu. Une authentique incertitude. Voulait-il emprunter ce chemin-là ? Utiliser Sabine pour parvenir à ses fins ? Voulait-il ouvrir cette porte-là ? Après une brève hésitation, il arriva à la conclusion qu’il pouvait difficilement aller plus mal.

“Ma femme et ma fille. En Thaïlande, Noël 2004.

— Le tsunami ?”

Sebastian hocha la tête et commença son récit. Vingt-cinq minutes plus tard, Renate se pencha et l’embrassa.

Les autres étaient déjà rassemblés quand Sebastian entra dans la salle de réunion.

Le début de la journée avait été inhabituel pour lui à tous les égards. Au lieu de s'éveiller comme toujours au milieu de la nuit le poing droit contracté et l'angoisse poisseuse de son rêve flottant au-dessus de lui comme une fine toile d'araignée, il avait été réveillé par Renate à six heures et demie. Il faisait encore sombre, mais c'était le matin, pas la nuit. L'impression de vide et de dépression qui normalement suivait directement la conquête n'était pas au rendez-vous. La satisfaction de la nuit avait certes disparu, mais en tout cas il n'allait pas moins bien que d'habitude, avait-il constaté en se levant du lit pour s'habiller. Il s'était surpris à ne pas avoir besoin de quitter les lieux au plus vite et, à son grand étonnement, avait tenu compagnie à Renate au petit-déjeuner. Il était déjà tombé sur ce genre de femmes. Celles qui ne lui donnaient pas que du sexe. Celles à qui on pouvait s'attacher, et avec qui on pouvait imaginer remettre le couvert. Surtout quand on n'était pas très en forme. Sebastian leur avait même inventé un nom.

Les *ravigoteuses*.

Renate était une *ravigoteuse*.

Il était détendu et dispos en sa compagnie. Ça resterait sans suite, ils ne se reverraient jamais, si ça ne tenait qu'à Sebastian, mais c'était une expérience agréable, qui ne se produisait pas si souvent.

“Désolé pour mon retard”, dit Sebastian en regardant Vanja. Allait-il dire pourquoi ? Ce qu'il avait fait ? Lui montrer que si elle se fichait de lui, il se fichait d'elle. Il n'avait rien à y perdre, mais très peu à y gagner, surtout auprès des autres membres du groupe, aussi décida-t-il de s'abstenir. Il passa derrière Carlos et Billy pour rejoindre une place libre. Billy semblait consulter un site de jeux en ligne quand il jeta un œil sur son écran. Donc ils n'avaient apparemment pas encore commencé à travailler.

“Alors, où en est-on ? demanda-t-il en tirant un fauteuil et en s'asseyant.

— Nous parlions des victimes, de leur ordre…” dit Anne-Lie avec un geste vers le tableau sur le côté gauche duquel pendait à présent une feuille arrachée d'un bloc papier portant la liste des noms désormais familiers.

Ingrid, Ida, Therese, Klara, Ingrid, Ida, Therese.

“Rebecca est morte, donc s'ils suivent leur schéma, Klara est la prochaine sur la liste”, expliqua-t-elle, bien que ce ne soit pas nécessaire. Sebastian savait très bien qui avait été frappé et quand. “Nous n'avons pas encore réglé tous les détails, continua-t-elle, mais nous avons un plan pour les prendre.

— Je suis tout ouïe.”

Ils commenceraient par convoquer une nouvelle conférence de presse. Annonceraient qu'un nouveau viol avait eu lieu, que la deuxième victime des précédents viols avait été à nouveau agressée. Puis, avec réticence, ils admettraient ne pas avoir la moindre piste, aucun suspect pour le moment et ignorer, dans l'état actuel de l'enquête, pourquoi elle en particulier était frappée deux fois et s'il existait un rapport entre les victimes. Ça donnerait l'impression d'une enquête qui piétine, et Sebastian supposa que Torkel aurait la parole cette fois-ci.

"Est-ce qu'ils vont gober ça, que nous n'avons fait aucun rapprochement ? demanda-t-il avec scepticisme.

— Nous le pensons, répondit gravement Anne-Lie. Ils ne savent pas que nous avons été en contact avec Ingrid Drüber et le suicide d'Ida n'a pas encore été commenté et encore moins associé à notre enquête.

— Ils croient que nous croyons que la deuxième victime était Therese, et elle n'était même pas membre d'AbOvo, compléta Torkel.

— Même si nous ne parlons pas d'Ida, vous ne croyez pas qu'ils supposent qu'elle a signalé son agression ?

— Peut-être, au pire, mais est-ce que ça les arrêterait, même dans ce cas ?"

Sebastian réfléchit à tout ce qu'il venait d'entendre, puis hocha la tête.

"Non, ça ne va rien donner." Il se leva, feignant de ne pas remarquer les soupirs des autres et les regards furieux d'Anne-Lie. "Même si nous parvenons à leur faire croire que nous ne sommes pas à la recherche de quelqu'un qui ait à voir avec AbOvo ou Linda Fors…" Il se tourna vers la liste de noms… "… ils doivent forcément avoir compris que nous avons deviné l'ordre. Que Klara est la suivante.

— Encore une fois : peut-être, répondit Anne-Lie.

Mais il semble que nous ayons affaire à des agresseurs prêts à prendre des risques."

Ça, Sebastian était forcé de l'admettre. Peut-être s'attaqueraient-ils à Klara, même si c'était risqué et que ça pouvait être leur dernier viol. En tout cas pour l'un des deux. Il haussa les épaules.

"Et ensuite ?

— Klara et son mari ont indiqué sur Facebook et Instagram qu'il emmenait leur fils quelques jours chez ses parents pour les vacances d'automne. Et qu'elle restait donc toute seule à la maison, son travail ne lui permettant pas de les accompagner.

— Et nous la mettons sous surveillance.

— Pas vraiment, pas seulement.

— Je prends sa place", dit Vanja, et Sebastian sentit immédiatement un frisson désagréable lui parcourir tout le corps. Le léger bien-être ressenti ce matin fut balayé en un clin d'œil et remplacé par un malaise. "Ingrid, Ida et Therese ont été agressées chez elles les dernières fois, c'est donc là que je me trouverai.

— Je ne comprends pas", avoua Sebastian. On lui expliqua. L'idée était que Vanja allait habiter chez Klara pendant la nuit, partir le matin, retrouver Klara qui serait dans l'appartement de Vanja, Klara irait travailler, en veillant à ne jamais être seule de toute la journée, en rentrant le soir elle échangerait à nouveau sa place avec Vanja, qui rentrerait "chez elle", directement dans le garage, puis la maison, et resterait là pour la nuit.

"Et si quelqu'un l'attend ? demanda Sebastian, en remarquant l'inquiétude qui se mêlait à l'irritation et à la frustration dans sa voix.

— Nous ne pouvons pas inspecter la maison tous les jours, expliqua Anne-Lie. Dans le cas où ils l'auraient mise sous surveillance.

— Mais Billy va installer des caméras et des capteurs de mouvement, glissa Torkel sans laisser à Sebastian le temps de protester. Nous saurons si quelqu'un entre dans la maison."

Sebastian se contenta de secouer la tête. Il n'aimait pas ça mais savait que son avis n'avait aucune importance. Ça se passerait comme ça et s'il faisait abstraction de sa réticence à voir sa fille jouer les infiltrées et prendre des risques, ce n'était pas un plan complètement nul.

Ça pouvait marcher.

Il fallait que ça marche.

Il ne pourrait jamais pardonner à aucun d'entre eux si ce n'était pas le cas.

1er novembre

Therese a à nouveau porté plainte, mais pas Ida.
Ça semble invraisemblable, mais peut-être que non.
Ils n'ont pas fait le lien, c'est ce qu'ils ont dit.
À la conférence de presse de lundi dernier.
Pas besoin qu'ils l'aient fait pour qu'ils devinent qui est la suivante.
Donc ils surveillent Klara.
Elle est seule chez elle.
J'y étais. Je les ai vus.
Ça rend la chose plus difficile. Plus dangereuse.
Mais je dois réussir.
À tout prix.
Elles vont souffrir.
Comme j'ai souffert.
Comme tu as souffert.
Je comptais le faire ce week-end.
Le jour de la Toussaint. Le jour de toutes les âmes.
Quand nous honorons nos morts.
Mais j'ai changé mes plans.

Ce sera demain.
Vendredi.
Je vais me préparer.

Vendredi matin.

Vanja se réveilla avant que son alarme ne sonne, le ventre noué. Elle resta allongée, inspira plusieurs fois à fond puis attrapa son pistolet sous l'oreiller de Zacharias pour le poser sur la table de nuit.

C'était l'avant-dernier jour où quelque chose pouvait arriver.

Aujourd'hui ou demain.

Sinon, il commençait à lui sembler étrangement familier de se réveiller dans le lit double de la chambre de Klara et Zacharias et de voir sur la commode blanche à côté du placard leur photo de mariage et celles de Victor à différents âges sur le mur voisin.

Les premières nuits, elle avait été extrêmement tendue. Elle ne dormait pas, couchée dans l'obscurité, à l'affût, réagissant au moindre bruit. Il y avait toujours plein de bruits dans et autour d'une maison la nuit mais, comme ils étaient tous nouveaux et inconnus pour elle, impossible de savoir s'ils étaient naturels ou non.

S'ils signifiaient que quelqu'un était dans la maison.

Avec elle.

Quelqu'un qui lui voulait du mal.

Elle appelait parfois Billy. En pleine nuit. Lui demandait de vérifier encore une fois les caméras. Juste pour en avoir le cœur net. Elle prenait le talkie-walkie pour s'assurer que dehors les renforts étaient en place. Qu'ils étaient réveillés. Qu'ils étaient tout proches. Elle contrôlait son arme, veillait à l'avoir toujours à portée de main.

Mais il ne s'était rien passé.

De toute la semaine.

Elle sortit du lit et gagna la salle de bains. Il n'y avait pas de fenêtre de ce côté, pas besoin de garder la tête détournée pour dissimuler son visage. Elle verrouilla la porte et entra sous la douche. Elle se sentit un peu plus rassurée mais un brin ridicule de poser son pistolet dans la corbeille en inox avec le shampooing, le baume et le gel douche. Nue sous la douche, elle se sentait vulnérable comme jamais et éprouvait quelque chose qui ne pouvait être que de la peur.

Pendant la semaine, elle avait veillé à faire de temps en temps des apparitions aux fenêtres. Elle avait la même taille que Klara, la même carrure. Il ne lui fallait qu'une perruque, pour que leurs cheveux soient identiques. La frange de Klara facilitait les choses : il suffisait à Vanja de bouger un peu la tête, de se détourner ou de se passer une main dans la frange, et il devenait très difficile de voir qu'elle n'était pas Klara. À une certaine distance, c'était presque impossible.

Une fois habillée, elle gagna la cuisine. Là, il y avait une fenêtre, mais elle prenait le soleil du matin, aussi était-il tout à fait normal qu'elle aille baisser le store. Un café et une tartine, puis elle s'en irait. Toute la semaine, elles avaient échangé leurs rôles dans l'appartement de Vanja. Elles craignaient un peu, si Klara était sous surveillance, qu'on s'inquiète de la voir passer matin et soir faire une visite dans Norbyvägen, mais Vanja aurait pu jurer qu'elle n'était pas suivie. Tous les jours, elle avait changé d'itinéraire, en surveillant attentivement la circulation autour d'elle.

Et le temps était passé ainsi.

Jour après jour.

Ou plutôt nuit après nuit.

Dormir dans la maison de Klara, partir le matin, retrouver Klara qui partait travailler, la même chose l'après-midi, mais à l'envers, rentrer "à la maison" directement par le garage, puis encore une nuit.

Répéter. Encore et encore.

Quatre jours depuis la conférence de presse.

Tout avait été calme.

Trop calme. Hier, Anne-Lie en avait eu assez. Vanja s'apprêtait à aller dormir un moment pendant que Klara était au travail quand elle avait été convoquée.

"Qu'est-ce qui se passe ? avait-elle demandé en rejoignant les autres rassemblés dans le bureau.

— Il ne se passe rien, c'est bien le problème, avait répondu Anne-Lie, visiblement mécontente du résultat nul des derniers jours. Nous ne savons toujours pas où se trouvent le père et le fils Valbuena, avait-elle continué de la même voix irritée et haut perchée. L'ex-compagnon est toujours à Hudiksvall et ce fichu Boris Holt rentre de Chypre ce week-end.

— Nous savons qu'Hampus est toujours à Hudiksvall ? avait demandé Ursula en regardant vers Carlos et

Billy, comme si elle supposait que c'était à eux de savoir s'il s'était déplacé.

— Est-ce qu'il est ici en train d'agresser Vanja, bordel ? avait presque craché Anne-Lie. Nous n'avons pas retrouvé la voiture de ce Weber et nous n'avons pas la moindre putain d'idée de ce qu'il fabriquait et qui lui a valu d'être tué.

— Kajsa Kronberg, sa collègue, ne peut pas nous aider, était intervenu Torkel, informant calmement les autres. Sa cheffe a chargé le département technique de l'avertir en cas de tentative d'intrusion dans l'ordinateur de Weber donc…" Il avait haussé les épaules : une impasse. Pas la première, hélas. "Par ailleurs, nous ne savons pas s'il est mort, avait-il corrigé pour finir, tourné vers Anne-Lie.

— Non, nous ne savons rien, putain. Nous n'avons rien. C'est inacceptable."

Torkel supposait qu'ils avaient été convoqués parce qu'un chef haut placé avait demandé à Anne-Lie : *"Comment ça se passe ?"* d'une voix qui signifiait en réalité : *"Débrouille-toi pour régler ça vite fait, sinon…"* La pression à laquelle elle était soumise avait augmenté après la deuxième conférence de presse, lundi dernier, où ils avaient rendu public le deuxième viol de Therese et où, conformément au plan, étaient apparus assez incompétents. Les journaux écrivaient désormais tous les jours sur le sujet. Deux d'entre eux avaient des envoyés spéciaux sur place qui envoyaient tous les jours leurs reportages sur le mode "Uppsala, peur sur la ville". Les principaux journaux télévisés avaient tous abordé les viols et la police n'y apparaissait pas à son avantage. Suivre le plan, d'accord, mais Anne-Lie n'avait pas l'intention de passer pour une nulle si ça ne donnait rien.

Torkel imaginait qu'elle avait essayé de parler à Rosmarie, laquelle n'avait pas pu faire grand-chose pour elle : dans la mesure où Anne-Lie avait refusé de céder la responsabilité à la brigade criminelle, aucune ombre ne pouvait officiellement retomber sur cette dernière, ni sur Rosmarie. C'était donc entièrement le problème d'Anne-Lie. Qui semblait à présent déterminée à le résoudre.

"Nous allons leur donner une fenêtre de tir. Un cadre temporel pour les forcer à agir.

— Comment ? avait demandé Sebastian, laissant entendre qu'il trouvait l'idée mauvaise avant même de l'avoir entendue développer.

— Klara va publier sur les réseaux sociaux qu'elle va s'absenter un moment. Un temps indéterminé. Elle part samedi soir." Anne-Lie avait alors distribué une feuille imprimée que chacun avait lue :

Juste pour vous dire à tous que samedi soir, nous quittons Uppsala. Zach, Victor et moi serons absents un moment. On verra combien de temps et où on atterrira. Zach et Victor sont déjà chez mes beaux-parents, j'y vais ce week-end. Nous avons pris des congés pour nous retrouver en famille. L'automne a été pénible, nous avons besoin d'un peu de temps ensemble, tout simplement. Comme ça vous savez pourquoi, s'il ne se passe plus rien ici pendant un moment. Prenez soin de vous. Bisous, Klara.

"Elle est au courant de ça ? avait demandé Vanja en parcourant le texte.

— Bien sûr, c'est elle qui l'a rédigé.

— Non, avait lâché Sebastian après avoir lu et reposé le papier. Ne fais pas ça.

— Pourquoi pas ?

— Ne les force pas à réagir, ne les provoque pas, c'est là que ça tourne mal. Sois patiente. Tôt ou tard, ils vont frapper. Peut-être pas cette semaine, peut-être pas la suivante, mais nous allons les prendre.

— Cette semaine est déjà une semaine de trop."

Sebastian avait regardé autour de lui à la recherche d'un soutien. Torkel avait posé le papier et remonté sur son front ses lunettes de lecture.

"Est-ce que ça change vraiment la donne par rapport à ce que nous faisons déjà ? avait-il demandé en se tournant vers Sebastian.

— Oui, absolument.

— En quoi ?"

Sebastian s'était levé et avait commencé à tourner en rond.

"Tu m'as dit que c'était un prédateur quand tu es venue me chercher à Sala, tu te souviens ? avait-il demandé en s'adressant directement à Anne-Lie.

— Oui.

— Imagine un vrai prédateur, un… un lion mangeur d'hommes. Tu veux le capturer, alors tu attaches une chèvre et tu places des gens tout autour, prêts à intervenir quand le lion vient l'emporter ou la tuer.

— Tu viens de me comparer à une chèvre ?" avait glissé Vanja avec un petit sourire. Sebastian l'avait totalement ignorée.

"Vous attendez, le lion s'approche, quand il se sent en sécurité il frappe et vous pouvez le capturer.

— D'accord.

— Même scénario, mais cette fois vous chassez le lion. Vous le rabattez vers la chèvre avec du feu ou un de ces trucs électriques qu'on utilise pour les vaches... Qu'est-ce que tu crois qu'il se passe ?" Sans laisser à Anne-Lie le temps de respirer, il avait continué : "Il attaque, et pas forcément la chèvre. Puis s'enfuit. En tuant probablement quelqu'un au passage.

— C'est moi qui suis la chèvre, non ?

— Bon, écoutez, ce n'est peut-être pas la meilleure comparaison du monde, avait dit Sebastian après avoir noté les regards sceptiques et un peu amusés des autres. Mais il n'en reste pas moins que c'est une mauvaise idée de les pousser à une action désespérée.

— Je trouve l'idée brillante, avait alors dit Vanja en se redressant. Pourquoi attendre plus longtemps que nécessaire ?

— Je viens juste de l'expliquer.

— Je sais que tu veux me protéger, c'est un truc de papa, mais je n'ai pas besoin d'être protégée, surtout pas par toi.

— Il ne s'agit pas de ça, il ne s'agit pas de moi.

— Tout ce que tu fais tourne autour de ton nombril. Mais je peux me débrouiller toute seule."

Sebastian avait levé les mains dans un geste qui pouvait dire à la fois qu'il abandonnait et qu'il s'en lavait les mains.

Anne-Lie en avait pris l'initiative.

Torkel ne s'y opposait pas.

Vanja le voulait.

Il n'était pas toujours aussi clairvoyant, mais là, même lui comprenait que c'était un coup qu'il ne pouvait pas gagner.

C'était hier. Vanja avait passé toute la soirée à la maison. Essayé de lire un peu, de regarder un film, mais n'avait cessé de songer à ce qu'avait dit Sebastian. Était-ce idiot de provoquer l'action ? Leurs hommes allaient-ils être davantage aux abois, et donc plus dangereux ? Elle avait contacté plus souvent que d'habitude l'équipe qui guettait dehors et appelé Billy, mais elle avait eu l'impression de le déranger, qu'il avait d'autres choses plus importantes en tête. Il semblait distrait et stressé. Elle avait donc raccroché et appelé Jonathan, parlé avec lui tard dans la nuit. C'était la première fois qu'elle se sentait aussi tendue, inquiète, exposée.

Mais aujourd'hui, à son réveil, ces sentiments avaient complètement disparu, remplacés par une véritable excitation.

C'était aujourd'hui ou demain.

Ils allaient l'arrêter.

Enfin, ils allaient les arrêter.

Mais elle était surtout contente que ce soit bientôt fini, car elle se languissait de Jonathan. Ils ne s'étaient pas vus de la semaine. Il lui manquait. Tout entier. Sa compagnie. Son corps. Elle voulait coucher avec lui. Faire un enfant avec lui.

Elle vida sa tasse de café, la posa dans l'évier, alla dans l'entrée enfiler sa veste vert foncé à capuche. Elle la rabattit et se regarda dans le miroir. Rajusta sa frange. Elle aurait préféré avoir aussi une paire de lunettes de soleil. Mais comme il faisait à peine jour dehors, ça aurait probablement éveillé les soupçons. Elle baissa donc la tête en refermant la porte derrière elle et se dirigea vers le garage. Elle savait que les policiers en faction dans une voiture un peu plus haut dans la rue la voyaient, mais sans leur accorder un seul regard elle tourna vers la gauche. Elle poussa la porte du garage qui remonta avec un grincement plaintif. Chaque fois qu'elle avait pris la voiture cette semaine, elle s'était dit qu'il faudrait qu'elle la graisse. Mais comment faisait-on, et avec quoi ? Elle n'en avait pas la moindre idée, et ce n'était pas le moment. Elle avait entendu ce bruit toute la semaine, elle pourrait bien le supporter encore demain.

Elle entra dans le garage où il fallut quelques secondes à ses yeux pour s'accoutumer à l'obscurité. Elle baissa sa capuche et s'avançant vers la place du conducteur, à gauche de la Polo. Elle allait saisir la poignée de la portière quand elle se figea. Une impression plus qu'une perception.

Qu'elle n'était plus seule.

Que quelqu'un l'attendait.

Dans le coin sombre, juste à gauche de la porte du garage, là où il n'y avait pas de caméras.

Que quelqu'un se glissait derrière elle.

Sans bruit, dans une paire de Vans pointure 42,5.

Instinctivement, elle décida de ne même pas tenter de sortir son arme, de risquer le corps à corps. Mais elle n'eut pas le temps de se baisser ou de se retourner : la pénombre du garage s'obscurcit et elle sentit une vive piqûre dans son cou. Une de ses mains se leva pour essayer d'ôter le sac, mais l'agresseur l'écarta simplement. Elle pensa qu'il fallait réessayer, l'enlever, essayer de voir l'homme qui l'attaquait, mais ses bras ne lui obéissaient pas. Une seconde plus tard, ses jambes cessèrent à leur tour de fonctionner et elle s'effondra, inconsciente, sur le sol sale du garage.

Berg et Yadav étaient dans leur voiture, à bonne distance de la maison de Klara Wahlgren. La surveiller sans se faire voir, c'étaient les ordres. Ils espéraient sincèrement qu'ils n'étaient pas visibles, qu'ils n'allaient en aucune façon compromettre le succès de cette mission. Ils avaient besoin d'une revanche. Ils n'en parlaient jamais, mais chacun savait que l'autre pensait souvent à ce ratage devant le bordel de Norrforsgatan. Il s'était avéré depuis que ce n'était pas le coupable qu'ils avaient mis en fuite, ce n'était donc finalement pas si grave, mais ils n'avaient plus droit à l'erreur. Ils avaient entendu ce psychologue un peu en surpoids qu'Anne-Lie avait embauché les appeler Dupont et Dupond au réfectoire, après l'intervention ratée. Dupont et Dupond. S'ils n'y prenaient pas garde, c'était le genre de surnom qui allait leur coller à la peau. Que leurs collègues allaient employer, se récriant que ce n'était qu'une plaisanterie amicale si Berg et Yadav prenaient la mouche.

Il y eut du mouvement devant la maison. Vanja sortit, la capuche de sa veste vert sombre rabattue sur la tête. Elle ferma la porte en leur tournant le dos et ils la virent se diriger vers le garage, tourner sur sa gauche et disparaître de leur champ visuel. Ils la suivirent tous deux des yeux et Berg prit un petit carnet entre les sièges, regarda sa montre et nota l'heure où elle quittait la maison. Personne ne le leur avait demandé mais ils le faisaient quand même. Notaient tout. Quand ils quittaient la voiture, quand ils allaient patrouiller autour de la maison – à bonne distance, bien sûr –, quand ils avaient un contact avec Vanja, La dernière fois qu'ils la voyaient le soir, la première fois le matin. Cette fois, pas de faux pas.

Berg reposa le carnet et le crayon et allait faire remarquer à son collègue que Vanja mettait plus de temps que d'habitude à sortir la voiture quand la Polo bleue sortit à reculons du garage, déboucha sur la rue, tourna vers la droite et se dirigea vers eux. Ils virent passer devant eux Vanja dans sa veste verte, capuche bordée de fourrure toujours rabattue. Berg la salua discrètement de la main. Vanja leva deux doigts du volant, sans regarder dans leur direction. Yadav décrocha la radio de bord et rapporta sur le canal réservé qu'elle avait quitté la maison, qu'elle était en route. Qu'ils allaient continuer à surveiller la maison et signaler tout événement ou individu suspect à proximité.

Sebastian entendit le message de Dupont et Dupond dans sa voiture garée dans une rue traversière, cachée, à distance, il ne voulait pas que Vanja sache qu'il la surveillait, qu'il était à proximité en renfort. Si elle n'avait pas déjà rompu avec lui, il ne serait pas là. Il aurait été mort de peur qu'elle l'apprenne, se mette en tête qu'il ne lui faisait pas confiance, qu'il pensait qu'elle avait besoin d'un homme pour la protéger, tout ce qu'elle avait exprimé la veille. Mais maintenant, rien ne pouvait être pire, il n'avait rien à perdre, il pouvait donc au moins calmer sa propre inquiétude et tout faire pour qu'il ne lui arrive rien.

Il venait de voir passer Vanja. Il démarra et laissa la Polo s'éloigner. Il prit vers la droite, roula lentement, la suivant à bonne distance. Il savait qu'elle surveillait bien ses arrières. Elle venait d'arriver au croisement où elle allait prendre à gauche. Sebastian freina presque jusqu'à l'arrêt. Le clignotant de la Polo s'alluma.

Le droit.

Elle tourna vers la droite.

Le front de Sebastian se plissa d'une ride perplexe.

Que diable…

Il accéléra et arriva au croisement, tourna à droite lui aussi, prit encore de la vitesse et vit de justesse la voiture de Klara prendre à gauche un peu plus loin, au niveau d'un panneau montrant un enfant, une femme et un homme sacs au dos en marche vers un grand F. Une zone de loisirs. Ça n'allait pas. Quelque chose clochait. Sebastian les suivit, mais dut s'arrêter pour laisser passer les voitures venant d'en face. Avec une inquiétude croissante, il saisit le talkie-walkie sur le siège passager.

"Allô, Dupont et Dupond ? Ici Sebastian Bergman, je suis Vanja et quelque chose ne colle pas.

— Qu'est-ce qui ne colle pas ? lui répondit-on rapidement.

— Elle prend un autre chemin, elle est entrée dans une foutue zone de loisirs, pas loin d'ici."

Enfin la voie d'en face se dégagea, Sebastian rejoignit la plus petite route et se retrouva bientôt environné d'arbres.

"Elle prend peut-être un autre chemin pour semer d'éventuels poursuivants ? tenta Dupont ou Dupond.

— Non ! cria-t-il presque d'inquiétude. Quelque chose ne colle pas. Bougez-vous le cul, bande de nazes !

— Où es-tu ?"

Sebastian regarda autour de lui. Oui, où était-il ? Il n'en avait aucune idée. La calme zone pavillonnaire avait cédé la place à la campagne.

"Elle a tourné d'abord à droite, puis à gauche… dans une sorte de zone de loisirs." Il jeta un coup d'œil par sa portière droite. “Je viens de passer devant un terrain de foot.

— Je vois où c’est. On arrive.

— Grouillez-vous !” leur enjoignit Sebastian, sentant sa respiration lourde, son cœur qui s’emballait. Il n’était plus inquiet.

Il avait peur. Était mort de peur.

Il continua à rouler, dépassa une sorte de chalet avec un parking devant. Pas de Polo bleue. La route rétrécissait, mais Sebastian accéléra. Après quelques centaines de mètres, elle se divisait en Y. Il s’arrêta avec un juron, détacha sa ceinture de sécurité et descendit de voiture. Il avança jusqu’à l’embranchement comme s’il était un putain de scout capable de repérer les traces de pneus. Il piétina, se passa nerveusement les mains dans les cheveux, lâcha un gémissement oppressé, regarda alentour : les deux routes s’enfonçaient droit dans la forêt.

Il retournait vers sa voiture pour tenter sa chance, choisir au hasard, quand il entendit claquer une portière un peu plus haut dans la forêt sur sa gauche. Il s’élança aussitôt sur le chemin de gravier. Au bout de trente secondes, il aperçut la Polo bleue arrêtée sur le bas-côté. Une silhouette penchée à l’intérieur par la portière arrière ouverte. Sebastian ne voyait que son dos, ses jambes et ses chaussures, mais il eut aussitôt l’impression que ce n’était pas Vanja. La voiture semblait étouffer le bruit de ses pas, car la personne ne réagit pas avant que Sebastian soit sur elle. Il attrapa son blouson et l’arracha à la voiture. Le jeta plus ou moins de côté. Jeta un coup d’œil sur la banquette arrière. Vanja, la femme avec un sac sur la tête ne pouvait être que Vanja. Elle était immobile sur le ventre, pantalon et culotte baissés. Sebastian se retourna, s'attendant à une attaque, à devoir se défendre, mais rien n'arriva. Il fit volte-face, surpris et confus. Pendant les secondes qu'il avait mis à évaluer la situation dans la voiture, l'agresseur avait pris la fuite, Sebastian le vit détaler dans la direction par laquelle il était arrivé. Il le laissa courir. Il n'avait pas la forme physique pour le rattraper et avait plus important à faire.

Il revint vers la voiture, allait se pencher vers l'intérieur quand il se figea. Dans l'entrejambe de Vanja, une seringue. Pleine d'une substance.

Venait-il de l'endormir ?

Mais alors comment l'avait-il fait monter dans la voiture ?

Elle aurait résisté. Il n'aurait pas réussi à l'emmener jusqu'ici sans la mettre d'abord hors de combat. La seringue ne contenait donc pas de somnifère, et puis les autres victimes avaient été piquées au cou…

Lentement, les rouages s'enclenchèrent. Il comprit ce qu'il voyait. Et pourtant non. C'était comme si son cerveau s'opposait à la conclusion qu'il voulait tirer. Il devinait ce qu'était la substance blanchâtre dans la seringue. Mais pourquoi un homme aurait-il besoin de sperme dans une seringue ?

Ses pensées continuaient à se croiser, insaisissables, fuyantes. Que signifiait ce qu'il voyait ? Quelque part, il connaissait la réponse, mais c'était si tiré par les cheveux, si impensable, que sa raison l'empêchait d'y croire. Trop bizarre. Trop dingue. Après un dernier regard à Vanja sur la banquette arrière, il parvint pourtant à la seule solution plausible. Aussi vite qu'il put, il courut à sa voiture, ouvrit la porte à la volée, prit le talkie-walkie, cria dedans tout en se précipitant à nouveau vers la Polo bleue et Vanja.

“Une femme, nous recherchons une femme !”

Berg et Yadav venaient de passer devant le chalet du club d’orientation et se dirigeaient vers la route plus petite quand ils entendirent Sebastian sur l’intercom. Yadav s’arrêta et se tourna vers son collègue, comme s’ils pensaient la même chose. Ils venaient de croiser une femme qui marchait d’un bon pas vers la grand-route. Elle était la seule personne qu’ils aient croisée, et Berg se souvint de l’avoir remarquée, parce qu’elle ne portait pas de vêtements chauds.

“Il s’agit de viols, non ? demanda Yadav, cherchant visiblement à faire coller cette dernière information avec ce qu’il savait de l’enquête en cours.

— Oui.

— Comment peut-il alors s’agir d’une femme ?”

Ne sachant pas quoi dire, Berg continua à fixer son collègue, le regard vide. Des femmes pouvaient aussi commettre des viols, mais pas ainsi, pas comme cet agresseur procédait. Pas qu’il sache.

“Je ne sais pas.

— C’était une femme, celle qu’on a croisée… dit Yadav en tournant la tête vers la vitre arrière et la route d’où ils venaient.

— Oui, mais…” Berg ne termina pas sa phrase. Que faire ? Le psychologue grassouillet avait dit une femme, mais ils recherchaient un violeur. Qui violait des femmes.

S'ils faisaient demi-tour et arrêtaient une femme pour ces crimes, on se moquerait à nouveau d'eux. Le quolibet Dupont et Dupond serait officialisé. Mais d'un autre côté… Ils avaient reçu un ordre direct. D'un homme proche de l'enquête, et qui plus est témoin oculaire, très probablement. Et si quelque chose ne collait pas dans cette Polo, ce qui était possible, vu où ils se trouvaient ? Pourquoi Vanja passerait-elle par là pour rejoindre Norbyvägen ?

"C'est peut-être une complice, ou quelque chose comme ça, tenta Yadav en tirant Berg de ses pensées.

— Oui, opina Berg. Oui, absolument."

Ils échangèrent un regard, se décidèrent. Yadav embraya la marche arrière, fit demi-tour et prit en chasse la femme qui leur était passée sous le nez.

Ils étaient assis ensemble sur la banquette arrière quand elle se réveilla.

Il l'avait redressée en position semi-assise, appuyée contre lui, et avait laissé la portière ouverte. Le sac, la seringue, il avait tout fourré dans la boîte à gants. Peu importait s'il détruisait des preuves, il ne fallait surtout pas que Vanja voie tout ça à son réveil.

Elle fit de petits mouvements pendant une minute avant d'ouvrir les yeux, comme si son corps se réveillait avant son cerveau. Quelques secondes, elle fixa droit devant elle, cherchant à comprendre où elle était, avec qui, et comment elle avait atterri là. Puis elle se redressa, raide comme un piquet, et la respiration soudain plus rauque.

“Tout va bien, dit doucement Sebastian, avant de réaliser que ce n’était pas du tout le cas en voyant la panique dans ses yeux quand elle se tourna vers lui. Tout va bien. Il ne s’est rien passé, continua-t-il de sa voix grave, apaisante. Je te promets.”

Lentement, elle comprit ce qu’il voulait dire, ce qui aurait pu se passer. Elle baissa les yeux vers ses jambes. Pantalon remonté, boutonné, en place. Elle interrogea à nouveau Sebastian du regard pour qu’il lui confirme qu’elle avait bien entendu.

“Il ne s’est rien passé. Je suis arrivé à temps.”

Il n’y avait aucune raison d’en rajouter au traumatisme qu’elle traversait. C’était déjà assez terrible qu’il s’en soit fallu de si peu. Pourquoi lui raconterait-il comment il l’avait trouvée ? À demi nue. L’assaillante penchée sur elle. La seringue entre ses jambes. Qu’il l’avait rhabillée. Qui y gagnerait ? Personne. Il n’y avait aucune raison de l’exposer à des souffrances inutiles. La seringue était pleine. Oui, elle était pleine. Mieux valait la laisser vivre dans l’illusion que le pire qui lui était arrivé était d’avoir été droguée et enlevée. Elle l’avait déjà été une fois. Par Edward Hinde. Cette fois-là, Billy l’avait sauvée. Cette fois-ci, c’était lui.

“Il ne s’est rien passé”, répéta-t-il doucement. Pour l’en persuader, mais une petite, toute petite partie de lui le disait aussi pour s’en persuader lui-même.

Vanja hocha la tête, elle avait besoin de temps. Elle se pencha à nouveau contre lui, la tête contre son épaule, et il sentit son stress aigu se relâcher, son corps s’amollir, puis elle commença à pleurer. Il la serra contre lui.

Ils restèrent ainsi jusqu’à entendre d’autres voitures s’approcher, des voix dans la forêt, quand Torkel arriva en courant. Dégageant une inquiétude presque phosphorescente.

"Elle va bien, il ne s'est rien passé. Je suis arrivé à temps."

Le soleil brillait dans un ciel clair, mais sans apporter aucune chaleur, il faisait froid comme en plein hiver, ce qui ajoutait à l'irritation et à la tension de Sebastian alors qu'il passait devant l'accueil en serrant les dents, sortait son badge, prenait l'ascenseur et appuyait sur le huitième étage.

Il avait accompagné Vanja jusqu'à l'hôpital. Un contrôle de routine. Principalement pour vérifier d'éventuels effets secondaires du somnifère. Elle avait mal d'un côté de la tête où elle pensait s'être cognée en tombant sur le sol du garage. On lui conseilla de surveiller les signaux de commotion cérébrale. À part ça, tout était normal. Sebastian avait quitté l'hôpital à l'arrivée de Jonathan.

Il sortit de l'ascenseur et se dirigea d'un pas résolu vers leur bureau, où il aperçut Anne-Lie en compagnie de Billy. Il ouvrit brusquement la porte. Anne-Lie se retourna et fit un pas pour venir à sa rencontre en voyant que c'était lui.

"Comment va Vanja ?

— Ça va, mais pas grâce à toi."

Anne-Lie s'arrêta net, visiblement prise de court par sa réponse hostile.

“Il ne s’est rien passé, parce que j’étais là, continua Sebastian avec une colère contenue dans la voix. Ton plan de merde pour obtenir un résultat a foiré et tu as mis ton personnel en danger.

— Il est regrettable que…

— Ce n’est pas regrettable, la coupa-t-il. C’était irresponsable et irréfléchi.

— Tu peux penser ce que tu veux, répondit Anne-Lie en retrouvant un peu de son autorité, passé la surprise de la confrontation.

— Il ne s’agit pas de ce que je pense. Vanja est aux urgences à cause de toi.

— Encore une fois, tu peux penser ce que tu veux, répéta Anne-Lie en luttant pour garder son calme. Mais tu as tort sur un point.

— Vraiment ?

— Ça a marché. Nous l’avons.

— Qui ? Où ?”

Sebastian inspira à fond et, avec une certaine hésitation, poussa la porte de la salle d’interrogatoire n° 2.

Carlos et Torkel se retournèrent tous les deux quand il entra dans la petite pièce impersonnelle. Torkel se tourna à nouveau vers la table et déclara, pour l’enregistrement, que Sebastian Bergman venait d’arriver. Sebastian se laissa glisser en silence sur une chaise un peu à l’écart des quatre personnes présentes. Torkel, Carlos, un avocat commis d’office et la femme rousse qui regarda dans sa direction avec un petit sourire, presque comme si elle flirtait.

Renate Fors.

Sa *ravigoteuse*.

En apprenant l'identité de la personne qu'ils avaient arrêtée, il avait hésité à assister à l'interrogatoire. Et si elle racontait ? Qu'il était allé la trouver. Qu'elle était allée le trouver. Hier. Qu'elle était venue à son hôtel et qu'il l'avait laissée entrer dans sa chambre sans hésiter. Elle était malgré tout une *ravigoteuse*. Tout le monde lui était déjà tombé dessus pour avoir couché avec des femmes figurant dans leurs enquêtes. Vanja avait même une fois à moitié plaisanté à ce sujet : il suffisait d'arrêter celle que Sebastian avait mise dans son lit. C'était quand une de ses conquêtes d'un soir, dans le Värmland, avait un instant figuré sur la liste des suspects.

Et elle n'était pas coupable.

Il n'avait jamais couché avec la meurtrière.

Jusqu'à aujourd'hui.

Mais quel mal cela pouvait-il bien lui faire, se demanda-t-il, si Renate disait quelque chose, s'ils apprenaient ce qui s'était passé ? Vanja avait déjà pris ses distances, il ne pourrait plus jamais retravailler avec la Criminelle et, s'agissant d'Anne-Lie, il lui avait certes promis de tenir la bride à sa bite, mais c'était avant qu'elle ne mette en danger la vie de sa fille. Les chances qu'elle fasse à nouveau appel à ses services étaient infimes, et ce qu'il avait fait n'était pas illégal – tordu, immoral, indéfendable peut-être, mais pas condamnable.

Il croisa le regard de Renate. Tous les sentiments positifs qu'il avait à son égard étaient balayés. Elle avait fait ça. Elle avait infligé à Vanja et à ces autres femmes… Il n'avait jamais entendu parler d'un truc pareil et elle l'intéressait sans aucun doute d'un point de vue professionnel, mais il avait le sentiment que c'était la dernière fois qu'il la voyait. Elle lui sourit à nouveau et il comprit alors que ce qu'il avait d'abord interprété comme un flirt était plutôt le signe d'un accord tacite. Ils partageaient un secret.

Torkel reprit la parole.

“Vous nous parliez d'Ulrika, lui rappela-t-il.

— Oui, opina Renate en quittant Sebastian des yeux pour revenir à Torkel. Elle m'a fait venir à l'hôpital, peu de temps avant sa mort. Elle m'a raconté ce qui s'était passé cette nuit-là.

— Quand elles ont laissé votre fille devant l'hôpital.

— Vous pensez que c'est pour ça, n'est-ce pas ? demanda-t-elle. Parce qu'elles se sont contentées de laisser Linda devant l'hôpital ?” Renate secoua légèrement la tête et sourit à nouveau, plus pour elle-même cette fois, comme si elle venait de découvrir un malentendu plaisant. “Elle a très vite été prise en charge. Ça n'aurait pas fait grande différence si elles l'avaient accompagnée à l'intérieur.”

Elle fixa ses yeux verts sur Torkel, il était important qu'il comprenne.

“Elles ont condamné Linda à mort longtemps avant ça. Quand elles l'ont convaincue de poursuivre sa grossesse. Quand elles l'ont menacée d'une sorte de condamnation éternelle si elle avortait.

— Et donc vous vouliez les faire tomber enceintes, les forcer à choisir.

— Exactement.”

Une constatation concise. Aucun triomphalisme. Contrairement à beaucoup de criminels que Sebastian avait rencontrés dans sa carrière, elle n'avait pas un ego gonflé à bloc, elle n'avait pas besoin qu'ils comprennent combien elle avait été intelligente et qu'ils l'admirent pour avoir réussi à les tromper pendant plusieurs mois.

"Et Weber ?" demanda Torkel. On entendait presque dans sa voix qu'au fond il ne voulait pas entendre la réponse.

"Le journaliste ? Il est mort. Je ne l'ai pas fait exprès." Pour la première fois, une pointe de remords dans sa voix. "Je n'ai jamais voulu tuer personne. Je lui ai injecté le somnifère, pour gagner du temps, et lui, il a juste… cessé de respirer."

Torkel regarda ses notes. Ils avaient des aveux, il était à peu près sûr qu'Ursula trouverait des preuves matérielles à son domicile, et le mobile était établi. Ils n'avaient plus grand-chose à faire à Uppsala.

"Vous travaillez pour les Rassur'Voitures, enchaîna Carlos, qui était visiblement d'un autre avis.

— Depuis plusieurs années. Ça n'a rien à voir. C'est une bonne organisation. Felix est quelqu'un de bien. Un homme bon.

— Remi, c'est vous ?

— Mimmi est mon deuxième prénom", confirma Renate.

Carlos nota, puis s'arrêta le stylo sur le papier. Apparemment, il y avait autre chose qu'il voulait savoir.

"Comment vous procuriez-vous le sperme ?

— Comment ? Dans des préservatifs. Les hommes s'en inquiètent rarement, quand ils ont fini leur affaire. Mais je n'ai pas l'intention de vous dire qui.

— Nous savons qu'il y a plusieurs hommes, nous avons trouvé un ADN différent à Gävle.

— Oui, j'ai été obligée de changer avant Rebecca, opina Renate. Celui que j'ai l'habitude d'utiliser n'était pas disponible."

Elle quitta Carlos des yeux et porta son regard sur Sebastian, qui assistait en silence à l'interrogatoire, sans s'en mêler.

"Ça arrive parfois. Alors on prend ce qu'on a sous la main…"

La révélation lui fit l'effet d'une rencontre frontale avec un train de marchandises. Son sang se glaça.

Malédiction !

Il revint en arrière.

Là-bas. Ce soir-là. Sa conquête. Avait-elle été trop facile ? Il essayait toujours de donner aux femmes l'impression que c'étaient elles qui le séduisaient, mais en l'occurrence, c'était peut-être effectivement le cas. Ce n'était pas consolation et soutien qu'elle attendait de lui, mais tout autre chose. Même chose hier. Elle avait été explicite. Il avait répondu présent, presque avec gratitude.

Elle l'avait sous la main.

Il y avait bien sûr toujours la possibilité qu'elle ait couché avec quelqu'un d'autre après lui, mais quelque chose dans les yeux verts fixés sur lui lui disait que ce n'était pas le cas.

Sans un mot, il se leva et se dirigea vers la porte. Torkel l'interrogea du regard, mais il ne lui prêta aucune attention. C'était une sensation nouvelle, le sol tanguait sous ses pieds tandis qu'il quittait la salle d'interrogatoire.

Une fois dans le couloir, il s'adossa lourdement à la porte, et dut faire un effort pour tenir debout. Il essaya de rassembler ses idées. Elles partaient de tous les côtés, dans des directions qu'il refusait absolument, mais il finit par comprendre pourquoi il avait réagi si violemment à l'instant : il avait été surpris, choqué, mais en soi, cela ne changeait rien.

Il était arrivé à temps.

La seringue était pleine.

Rien ne s'était passé.

S'il changeait sa version, il aurait tant de choses à expliquer. Pourquoi par exemple il avait déclaré avoir trouvé Vanja tout habillée. Il inspira plusieurs fois à fond et se sentit redevenir lui-même. Voilà sur quoi il fallait à présent qu'il se concentre, se dit-il. Les raisons pour lesquelles il avait agi ainsi.

Pour la protéger.

Lui épargner d'inutiles souffrances.

Ce qu'il venait d'apprendre, que la seringue contenait peut-être son sperme, ne faisait que rendre l'idée de ce qui aurait pu se passer encore plus malsaine et dégoûtante. À en dépasser l'entendement. Si elle l'apprenait, cela ferait sans doute plus de mal à Vanja que l'agression proprement dite.

Il était arrivé à temps.

La seringue était pleine.

Il ne s'était rien passé.

Il n'avait donc rien à dire.

Ils étaient tous les sept dans un coin du réfectoire.

Un gâteau au milieu de la table, des tasses de café et des canettes de coca plus ou moins bues devant eux. Comme fête, c'était assez mou, mais au moins, les frais ne seraient pas trop difficiles à faire éponger par la comptabilité.

Anne-Lie prononça un petit discours improvisé.

Reconnut que l'enquête n'avait pas été sans frictions, mais le principal était que l'affaire soit résolue et qu'ils y soient parvenus ensemble.

Elle était contente.

Très contente, même.

Ce que Vanja n'arrivait pas bien à comprendre.

Deux meurtres, Weber et Rebecca Alm, un procureur ambitieux ajouterait homicide involontaire pour Ida, sept viols et deux tentatives de viol. Anne-Lie espérait arrêter l'agresseur avant qu'il puisse égaler l'homme de Haga, et voilà que c'était pire, bien pire.

Impossible qu'elle puisse être contente de quoi que ce soit.

Bien sûr, on avait fini par retrouver le père et le fils Valbuena. Renate savait qu'ils étaient revenus en Suède voir s'ils pouvaient y lancer une nouvelle affaire, car la situation au Venezuela devenait intenable, et ils avaient tous les deux la citoyenneté suédoise. Elle avait indiqué à la police quelques endroits où ils pouvaient peut-être se trouver. Rien n'indiquait qu'Ulrika ait réussi à les joindre après le premier mail qu'elle leur avait envoyé, ni qu'ils aient été en quelque façon mêlés à la vengeance de Renate, mais Rodrigo avait donné sans difficulté son ADN quand ils le lui avaient demandé. Ils voulaient exclure la possibilité que Renate ait eu un rapport sexuel avec son ex, qu'il ait su à quoi allait servir son sperme et soit donc considéré comme complice, mais rien n'indiquait que c'était le cas. Pour le reste, ils avaient renoncé à essayer de trouver avec qui Renate avait couché. Elle répondait à toutes leurs questions, sauf celle-là, et ce n'était pas important. Les personnes en question auraient-elles été ravies d'apprendre qu'elles avaient complètement à leur insu contribué à des crimes sordides ?

“Je rentre à Stockholm, dit Torkel en se levant. Salut et à bientôt, on a encore du pain sur la planche pour tout boucler.”

Il avait été abattu tout l'après-midi. Renate leur avait expliqué où ils retrouveraient Weber. Ils avaient aussi mis la main sur sa voiture. Ils ne pensaient pas qu'elle couvrait quelqu'un d'autre, ou qu'elle endossait un crime qu'elle n'avait pas commis, mais Billy avait malgré tout vérifié le GPS de Weber, et la dernière adresse saisie était bien celle du domicile de Renate Fors. Sebastian aurait bien aimé qu'ils le découvrent plus tôt. Par exemple le week-end dernier.

Torkel donna le signal du départ. Tous retournèrent au bureau récupérer leurs affaires. Billy fut le premier prêt, il n'avait que son ordinateur et son blouson à prendre. Vanja l'intercepta.

"Dis, tu me ramènes à Stockholm ?

— Ça aurait été volontiers, mais j'ai un truc à régler avant.

— OK, à plus.

— Salut."

Sans dire au revoir à personne d'autre, Billy quitta le bureau, passa devant l'ascenseur, poussa la porte marquée sortie de secours et disparut à petites foulées dans l'escalier.

Vanja prit son blouson sur le dossier de la chaise et son sac sur son bureau. Elle avait déjà rassemblé ses affaires avant d'aller à la cafétéria. Elle salua tout le monde, dit au revoir à Carlos et Anne-Lie, puis tomba sur Sebastian.

"Merci, dit-elle simplement.

— Pourquoi ? Je suis juste content d'avoir été là."

Le silence se fit. Vanja sentait qu'il fallait dire autre chose, qui sonne plus comme une fin.

"Bon, on ne va pas se revoir pendant un bout de temps, lâcha-t-elle.

— Un bout de temps ?" répéta Sebastian en haussant un sourcil, une pointe d'espoir dans la voix. Vanja soupira, elle savait à quoi s'en tenir. On ne pouvait pas le laisser espérer. Il était un cas d'école de "on leur donne ça, ils prennent ça".

"J'ai juste dit ça comme ça. Jamais plus, c'était dur.

— C'est dur.

— Mais c'est comme ça que ça doit être."

Sebastian hocha la tête. Rien de neuf de ce côté-là. Il n'espérait pas que son intervention dans la forêt change quoi que ce soit. Elle lui était reconnaissante, mais pas au point de vouloir tout réévaluer.

“Prends soin de toi”, dit Sebastian. Il s’éclaircit la voix en entendant combien sa gorge était serrée.

“Merci, toi aussi.”

Ça aurait été le bon moment pour s’embrasser, trouvait-il, mais Vanja tourna les talons et le quitta. Il savait que cela arriverait, mais la douleur était malgré tout insupportable. Ne rien pouvoir faire d’autre que la regarder partir. Ursula s’approcha et lui pressa le bras pour le consoler un peu.

“Tu es prêt ?”

Sebastian regarda autour de lui. Vanja était partie. La Criminelle était un chapitre clos. Il avait un livre à écrire. Des jours solitaires dans la froide grisaille de novembre en perspective. Il inspira à fond, lâcha un soupir et hocha la tête. Il était prêt.

“Très bien, il faut qu’on parle un peu.

— De quoi ?

— D’un truc auquel j’ai pensé l’autre soir. Tu peux me ramener ?”

Ensemble ils laissèrent le bureau, l’hôtel de police et Uppsala derrière eux.

Billy attendait dans sa voiture.

Au milieu de nulle part, un endroit nommé forêt de Fiby d'après Google Maps. La satisfaction d'avoir arrêté une meurtrière et achevé une enquête était ternie, gâchée par les problèmes plus urgents qui devaient être résolus. L'enquête avait été une de ses trois préoccupations de ces derniers temps, mais celle à laquelle il avait consacré le moins de temps et d'efforts. Il avait fait ce qu'il devait, ce qu'on attendait de lui, ni plus, ni moins, la routine. Il avait travaillé mécaniquement, sans inspiration et souvent en pensant à tout autre chose.

À Conny, par exemple.

Le père insistant de Jennifer.

Ils s'étaient vus quelques jours plus tôt, Billy ne pouvait repousser davantage. Ils s'étaient retrouvés au même café que la dernière fois, et il lui avait remis les preuves dont il disposait montrant que les photos étaient manipulées. Conny ne savait comment le remercier. Grâce à lui, la police allait être obligée de prendre la disparition de Jennifer et les soupçons de Conny au sérieux. Exactement ce que redoutait Billy mais, en même temps, le fait qu'il ait aidé Conny pouvait jouer en sa faveur.

Il travaillait à la Criminelle, un des départements de la police suédoise les plus réputés, et c'était lui qui encourageait cette enquête, un collègue inquiet qui voulait que la vérité éclate. Tant que personne ne mettait en rapport son séjour d'une semaine au Bohuslän avec les mises à jour des comptes de Jennifer, il était en sécurité.

Il allait résoudre ça.

Quand ils s'étaient levés pour partir du café, Conny l'avait serré dans ses bras. Fort, sincèrement, tellement heureux que Jennifer ait eu un ami aussi loyal et attentionné que Billy. S'il avait été un instant mal à l'aise, il s'était senti étonnamment bien après ce rendez-vous.

Il ne lui restait donc qu'un problème à résoudre. Il jeta un coup d'œil à l'enveloppe rembourrée posée à côté de lui sur le siège passager. Prêt à payer ce qu'on exigerait. Si les menaces continuaient après ça, il nierait tout, affirmerait que ces photos avaient été prises alors qu'il était en service, pour une affaire de police. Certes, ça attirerait sur lui une attention intempestive, mais il ne pouvait pas non plus continuer éternellement à payer.

Ils avaient convenu d'un rendez-vous sur le forum. Le lieu lui avait été indiqué sous forme de coordonnées. Ce système complexe de communication à travers le forum d'un site de jeux en ligne, cette utilisation de coordonnées GPS : tout ça, rapporté à la somme modeste réclamée par le maître chanteur, amenait Billy à penser – peut-être qu'il versait dans la généralisation et les préjugés – qu'il allait voir se pointer un jeune homme un peu nerd.

Mais pas aussi jeune que ça.

Quelques minutes après l'heure convenue, un gamin maigrichon de seize ans, dix-sept peut-être, arriva à vélo et s'arrêta à une dizaine de mètres de la voiture de Billy. Il descendit de vélo, le laissa tomber à terre et scruta sa voiture en plissant les yeux. Jean noir, coupe-vent noir, rangers aux pieds, petit bouc pubertaire peu fourni, piercing au-dessus d'un œil et sur la lèvre inférieure. Quand il ôta son casque, il découvrit des cheveux ébouriffés trop noirs pour ne pas être teints. Gothique pour les nuls, pensa Billy en voyant le jeune homme s'approcher de la voiture d'un pas assuré. Il ouvrit la portière et descendit.

"Billy ? demanda l'adolescent d'une voix plus grave que Billy n'aurait cru.

— Tu le sais bien, tu as envoyé une photo.

— Tu as le fric ?

— Oui, mais comment je peux savoir que ça ne va pas arriver à nouveau ?

— Je n'ai plus les photos.

— Bien sûr…", ricana Billy. Ce jeune homme le prenait-il pour un idiot ?

"Pourquoi tu crois que j'ai envoyé une lettre par la poste ? Parce que tout ce qui est numérique laisse des traces. Je ne suis pas débile."

Un peu quand même, pensa Billy. Inexpérimenté, en tout cas.

"Tu fais ça depuis longtemps ? demanda-t-il, sincèrement curieux.

— Non, répondit le jeune vêtu de noir, au grand étonnement de Billy. Quand j'ai compris ce qui se passait dans ce bâtiment, je me suis dit que j'allais me faire un peu de blé sur les salauds qui exploitent les femmes.

— Elle le fait parce qu'elle le veut bien, et à ses conditions, mais bon…

— Tu as le fric ?" répéta-t-il. Il semblait stressé.

Billy se tut et observa le jeune maître chanteur. Il était campé devant lui, passant son poids d'un pied à l'autre. Peut-être consciemment pour marquer qu'il était un dur, mais plus probablement par nervosité. Le fait qu'il réponde aux questions, explique et bavasse donnait à Billy l'impression qu'il n'était pas aussi dur et sûr de lui qu'il voulait le paraître.

Il n'allait pas avoir besoin de payer.

Il suffirait de lui faire un peu peur.

Billy sortit son pistolet.

Le jeune homme se figea. La terreur pure sur son visage, devant le tour nouveau que prenait la situation. Ça avait été sur un coup de tête, l'inspiration du moment. Billy s'était dit qu'il fallait y aller armé, même s'il était contraire à tous les règlements de porter une arme en dehors du service.

Aussitôt le pistolet dans sa main, le serpent se réveilla, commença à bouger.

Tire, criait-il. *Tue-le !*

"Donne-moi ton téléphone.

— La photo n'est pas dessus !" Panique dans sa voix. "Je l'ai imprimée et effacée. Elle n'est nulle part. Je le jure."

Pas tout à fait vrai, pensa Billy, on pouvait assez facilement reconstituer des fichiers effacés, mais pour ça, on avait besoin du téléphone.

"Donne-moi le téléphone", répéta-t-il en s'approchant d'un pas. Le jeune homme le sortit d'une main tremblante, tout en essayant de faire baisser son arme à Billy, lui faire comprendre que ce n'était qu'une blague, le convaincre de ne pas faire de bêtise, en demandant pardon et en promettant qu'il n'entendrait plus jamais parler de lui.

Tire. Tue-le.

Le serpent bougeait sauvagement dans son ventre. Il se tordait, se tournait, flairait la proie, voyait la possibilité d'être repu et satisfait pour longtemps, très longtemps.

Impossible, répondit une voix intérieure. *On peut repérer une balle. Trop d'indices techniques dans une balle.*

Billy rangea son pistolet, s'avança et, d'une main, lui prit le téléphone. De l'autre, il lui saisit le poignet et le tira vers lui, le réceptionnant avec un coup de genou dans l'entrejambe, le ventre. Peu importait où. La surprise combinée à la violence du choc coupa le souffle au garçon, qui se plia en deux. Billy jeta le téléphone de côté, attrapa le jeune par le col du coupe-vent et le plaqua contre la voiture.

"La photo n'est que dans ton téléphone ? demanda-t-il entre ses dents serrées, collant son visage au sien.

— Elle n'y est plus..." Sa voix beaucoup plus aiguë à présent, pépiement apeuré.

"Mais elle y était, et seulement là, pas enregistrée quelque part ?"

Le jeune homme secoua la tête. Des larmes de douleur et de terreur lui coulaient sur les joues.

"Qui d'autre est au courant de ça ? Que tu avais rendez-vous avec moi ?

— Personne. Je le jure. Je ne l'ai dit à personne."

Billy lâcha prise, et le garçon se plia en deux, tentant de gérer sa douleur et, hoquetant, gémissant, de retrouver une respiration normale.

Billy recula d'un pas et le regarda. Le serpent se retourna. Chuchota. Tentateur.

Pas besoin d'un pistolet.

Billy s'approcha, balaya d'une jambe les pieds du garçon en noir qui s'étala par terre. Une seconde plus tard, il s'assit sur sa poitrine, lui bloqua les bras sous ses genoux, plaça les mains sur son cou et serra. Le jeune homme comprit ce qui était en train de se passer et tenta de résister. En vain. Au bout d'un moment, Billy sentit les coups de pied dans son dos devenir de plus en plus faibles, pour bientôt cesser tout à fait. Il se pencha tout près du visage du garçon, sentit son haleine chaude siffler encore entre ses lèvres légèrement entrouvertes. Il serra plus fort. Le regarda dans les yeux. Il ne fallait pas manquer ça. Le moment magique où la vie s'éteignait. Il se laissa inonder par la puissance enivrante. Empli d'émotions plus fortes que tout ce qu'il avait jamais éprouvé. Il poussa un cri triomphant quand la respiration cessa et que les yeux sombres s'éteignirent.

Après, le garçon gisait mort près de la voiture.

Billy était assis à l'avant, la portière ouverte.

Il avait été imprudent, avait laissé des indices techniques. Fibres de vêtements, peau sous les ongles, sueur et salive sur le visage. Mais il avait déjà fait disparaître un corps. Avec succès. Cette fois, ce serait plus simple. Pas besoin de maintenir ce garçon en vie pendant des semaines.

Il allait juste disparaître.

Comme disparaissaient parfois les adolescents.

Parti sans laisser de traces. On ne le retrouverait jamais.

Il sortit son téléphone, appela My. Ferma les yeux, se cala contre l'appuie-tête, posa la main sur son pénis durci sous l'étoffe du jean et calma sa respiration pendant les sonneries. L'adrénaline et les endorphines qui affluaient dans son corps lui donnaient une concentration, une paix et une satisfaction qui assez curieusement étaient elles aussi particulièrement excitantes.

Quand My répondit, il lui dit qu'il serait rentré d'ici une heure ou deux, qu'il l'aimait et voulait vraiment faire l'amour avec elle à son retour.

L'homme aimant qu'elle méritait.

Celui qui veillait à maintenir le serpent repu.

Assis dans sa voiture dans la forêt de Fiby, cela lui apparut comme une révélation, un instant de clarté absolue.

Pourquoi choisir ?

Il pouvait être les deux.

ÉPILOGUE

Sebastian regardait l'étoile de Noël à la fenêtre de son bureau. Il ne l'avait pas arrosée depuis le 23 décembre, mais elle était toujours rouge et semblait en forme, apparemment increvable. Ursula la lui avait offerte. À côté de la fleur, un père Noël rouge, un tuteur planté dans le cul, le regardait en ricanant, goguenard.

Rigole, mon coco, pensa-t-il, après-demain c'est la Saint-Knut, et tu dégages. Cette étoile et ce père Noël étaient les seules traces des fêtes dans son appartement.

Il détestait Noël.

Le plus souvent, c'était la période où son addiction au sexe était la pire.

Pour ne pas être seul. Pour ne pas penser. Se souvenir.

Deux jours après Noël, c'était le pire. Il tenait à peine. Le chagrin et le manque se manifestaient physiquement. Il avait mal, peinait à respirer, il fallait absolument qu'il trouve quelque chose, quelqu'un pour dissiper ses pensées pour quelques heures.

Ce Noël, ça avait été Ursula.

En novembre, dans la voiture, en rentrant d'Uppsala, elle lui avait annoncé que Petros ne faisait plus partie du tableau et qu'elle apprécierait vraiment qu'ils se voient plus tous les deux. S'il voulait.

Il le voulait et c'était ce qu'ils avaient fait.

Se voir plus. Se retrouver plus souvent.

Ils avaient passé la plus grande partie de Noël ensemble et, pour la première fois depuis 2004, ça avait été supportable. Elle l'avait même supporté le deuxième jour après Noël, lui avait facilité les choses, ce dont il lui était sincèrement reconnaissant. Ils avaient aussi fêté ensemble le Nouvel An.

Enfin fêté… Cassé la croûte ensemble, elle s'était saoulée au champagne et au vin et dormait à minuit alors qu'il avait pensé lui proposer de descendre à Nybroviken regarder le feu d'artifice.

Ils s'amusaient ensemble. Elle avait son appartement, lui le sien. Ils se voyaient quand ils le voulaient tous les deux. Comme ce soir, quand elle avait appelé pour lui demander ce qu'il faisait *(rien)*, si ça lui disait de dîner ensemble *(pourquoi pas ?)* et lui avait dit qu'elle prendrait quelque chose en sortant du boulot *(de préférence pas de sushis)* et passerait d'ici une heure.

Simple. Spontané. Sans exigence.

De son côté, il était allé parler avec Ralph Svensson à la centrale de Lövhaga, pour son livre. Leur deuxième rencontre. Un bon entretien. Le premier avait été emprunté, Svensson avait répété que Sebastian l'avait enfermé dans le noir. Qu'il avait été méchant et l'avait blessé. Cette fois, ça s'était mieux passé. Ils avaient parlé de son enfance, du père de sa belle-mère et de gens à masques d'animaux qui avaient abusé de lui sexuellement dans un chalet en forêt. Sebastian comptait essayer de retrouver cet endroit. Peut-être avait-il ferré là mieux qu'un livre sur un *copycat* ?

Dans tous les cas, ce serait un bon livre.

Il le sentait.

Vanja lui manquait quand il pensait à elle, ce qu'il essayait d'éviter. Il avait consacré tant d'énergie à essayer de renouer avec elle, réalisait-il à présent. Une énergie qu'il mettait désormais dans son livre, dans l'écriture, à essayer de relancer ses conférences. Donc, d'une certaine façon, il y trouvait son compte. Mais il ne s'en serait pas sorti sans Ursula.

On sonna à la porte. Ursula n'avait pas encore sa clé. Il quitta son bureau et alla lui ouvrir. La fit entrer, prit les sacs et les porta à la cuisine. Elle se débarrassa de son manteau et le suivit.

“Qu'est-ce que c'est ? demanda Sebastian en regardant ce qu'elle avait apporté.

— Des mezzés, répondit-elle en allant les déballer. Tu ouvres une bouteille ?”

Sebastian alla sortir une bouteille de blanc du réfrigérateur. Il avait commencé à en avoir chez lui. De temps en temps, il se surprenait à se demander si elle ne buvait pas un peu trop, ou du moins un peu trop souvent, tous les jours, mais laissait aussitôt tomber. Pinailler sur la consommation d'alcool de sa partenaire, c'était quelque chose que Torkel aurait pu faire.

Ça ne lui ressemblait pas, ça ne leur ressemblait pas.

“Tu es au courant, pour Jennifer ? demanda-t-elle en disposant feuilles de vigne farcies, brochettes d'agneau, falafels, ailes de poulet et pita sur des plats.

— Jennifer ?

— Holmgren. Celle qui était avec nous au Jämtland et qui était allée à Kiruna avec Billy.

— Ah oui, je vois. Qu'est-ce qu'elle a ?"

Ursula se tourna vers lui avec un sourire interrogatif et amusé, comme si elle croyait que sa difficulté à se souvenir d'elle était feinte, qu'il avait ses raisons de ne pas vouloir admettre qu'il la connaissait.

"Tu as couché avec elle ?

— Oh Dieu, non. Elle est quand même un peu jeune pour moi."

En revanche il avait songé à elle, même s'il n'arrivait pas à se rappeler son nom, dès qu'il avait entendu Vanja lui révéler que Billy avait été infidèle. Il ne savait pas bien pourquoi. Sa façon de se comporter en sa présence quand ils travaillaient ensemble. De lui parler. Et c'était elle entre tous qu'il avait voulu avoir avec lui à Kiruna.

"Qu'est-ce qu'elle a ? demanda-t-il en lui servant un verre de vin.

— Elle a disparu l'été dernier. On a retrouvé ses affaires sur un site de plongée spéléo en France en octobre, où on pensait qu'elle s'était noyée, mais maintenant on vient d'ouvrir une enquête pour meurtre.

— Mais pourquoi ?

— C'est dingue, dit Ursula en sortant les barquettes d'houmous et de baba ghanoush. Personne ne l'a vue depuis la Saint-Jean, et il semble que quelqu'un l'a maintenue en vie sur les réseaux sociaux après cette date.

— Comment ça, maintenue en vie ?

— Tu sais, elle a continué à poster des messages sur les réseaux sociaux, des photos, des mises à jour, des *stories*, tous ces trucs."

Le dîner était servi. Sebastian sortit une bière sans alcool du réfrigérateur et l'ouvrit. Il n'avait eu aucune relation particulière avec Jennifer, se souvenait d'une fille zélée et sympathique, mais il fut aussitôt intéressé. D'après ce qu'il venait d'entendre, il s'agissait d'un meurtrier comme il les aimait. Peut-être irait-il proposer ses services à l'équipe chargée de l'enquête ?

"Est-ce qu'elle apparaissait sur les photos publiées ? demanda-t-il en s'asseyant et en commençant à se servir.

— Oui, mais elles étaient truquées. Son père avait des soupçons et Billy l'a aidé à prouver qu'il avait raison, que quelques photos étaient manipulées. On a donc lancé une enquête préliminaire. Et voilà qu'ils sont venus nous voir pour nous demander si on voulait les aider.

— Et alors ?" Il espérait que non. Si l'enquête atterrissait à la Criminelle, c'était cuit pour lui.

"Torkel attend de voir.

— Comment est-elle arrivée en France ?

— Elle n'y est peut-être jamais allée. Il y a des publications sur ce voyage, mais on ne l'a jamais retrouvée."

Sebastian commença à manger. Tout était très bon. Il plongea un bout de pain dans l'houmous. Réfléchit. Qu'avait-elle dit ?

"Elle a disparu quand, tu disais ?

— La semaine après la Saint-Jean."

C'était ça qui lui avait mis la puce à l'oreille. Il avait récemment entendu parler de cette semaine juste après la Saint-Jean. Au dîner chez Torkel et sa nouvelle copine. Cette semaine où Torkel croyait que Billy était en congé et où My croyait qu'il travaillait…

“Au fait, j’ai des nouvelles bien plus importantes !” Sebastian fut tiré de ses pensées. Il leva les yeux de son assiette. Les yeux d’Ursula se mirent à briller et elle applaudit, tout excitée. “Vanja est enceinte !”

Sebastian se figea un instant, avant de parvenir à faire une démonstration de surprise et de joie.

“Vraiment ? Waouh, fantastique ! Elle en est à combien de semaines ?

— Douze.”

Il compta rapidement à rebours. S’il se souvenait bien de la grossesse de Lily, ce n’était pas une science exacte au jour près. Douze semaines plus tôt. Ça tombait fin octobre, début novembre. Dans une Polo bleue en forêt.

“Félicitations, tu vas être grand-père, dit Ursula en levant son verre de vin.

— Merci.”

Il parvint à se fendre d’un petit sourire avant de déglutir et de fermer les yeux, espérant ardemment que c’était bien grand-père qu’il allait être.

REMERCIEMENTS

Ça a mis du temps, mais voilà le sixième livre. Comme toujours, comme d'habitude, plein de gens formidables ont mis leur grain de poivre, nous ont soutenus et ont contribué de toutes les façons possibles à rendre notre travail plus facile et agréable.

Merci à toute l'équipe de Norstedt, avant tout Eva Gedin, Peter Karlsson, Henrik Sjöberg et Kajsa Loord. Merci aussi à tous les membres de Salomonsson Agency, surtout Niclas Salomonsson, Federico Ambrosini, Marie Gyllenhammar et Sophie Smirnakos, avec qui nous travaillons le plus étroitement. Merci à Pär Wickholm, qui reçoit nos quelques idées incohérentes et les transforme chaque fois en magnifiques couvertures. Merci également à tous nos éditeurs à l'étranger et à tous les traducteurs qui permettent à des lecteurs de plus en plus nombreux de faire la connaissance de Sebastian Bergman et de ses collègues de la brigade criminelle.

MICKE : Je veux remercier Hans pour son travail énorme et son esprit combatif, et ma famille formidable, Astrid, Cesar, William et Vanessa. Vous êtes les meilleurs !

HANS : Je veux remercier Camilla Ahlgren, ma meilleure amie et collègue, qui est toujours présente et qui toujours, même quand nous ne travaillons pas ensemble, réussit à m'inspirer, me motiver et m'aider à m'améliorer.

Tony Wood, Katie Barrett et toutes les autres personnes de chez Buccaneer qui ont veillé à me trouver un endroit où travailler à Londres durant quelques semaines incroyablement frénétiques et décisives en mai.

Et enfin bien sûr, ma famille : Lotta, à mes côtés depuis maintenant trente-deux ans et sans qui je ne saurais imaginer ce que serait la vie. Sixten, Alice et Ebba, nos trois fantastiques enfants devenus des adultes brillants, empathiques et drôles qui me rendent fier et me réjouissent tous les jours. Je vous aime tous !

OUVRAGE RÉALISÉ
PAR L'ATELIER GRAPHIQUE ACTES SUD
REPRODUIT ET ACHEVÉ D'IMPRIMER
EN SEPTEMBRE 2023
PAR NORMANDIE ROTO IMPRESSION S.A.S.
À LONRAI
POUR LE COMPTE DES ÉDITIONS
ACTES SUD
LE MÉJAN
PLACE NINA-BERBEROVA
13200 ARLES

DÉPÔT LÉGAL
1re ÉDITION : OCTOBRE 2023
N° impr. : 2303035
(Imprimé en France)